Lo Jakob

Die Feuerwehrfrau, ihre Ärztin, deren Mutter und das ganze Dorf

Lo Jakob

Die Feuerwehrfrau, ihre Ärztin, deren Mutter und das ganze Dorf

Roman

édition el!es
www.elles.de
info@elles.de
Umschlaggestaltung und Satz: graphik.text ▯ntje Küchler
Umschlagillustration: © iStock.com/Dmytro Beridze
ISBN 978-3-95609-314-2

1. Akt

1

Willas letzte Schicht in der Notfallambulanz forderte noch einmal alles von ihr und zeigte ihr ganz deutlich, warum sie hier so dringend weg wollte. Weil sie vollkommen ausgelutscht wurde von dem ständigen Wahnsinn, der hier mit schöner Regelmäßigkeit ausbrach.

Vor ihrer Nachtschicht, ihrem letzten Einsatz auf ihrer alten Station, war sie tatsächlich etwas wehmütig geworden. Sie würde die Kolleginnen und Kollegen vermissen. Nicht alle, aber die, mit denen sie gern zusammenarbeitete. In Zukunft würde sie mit ihrer medizinischen Fachangestellten allein in der Praxis sein. Wenn sie dann eine eingestellt hatte.

Sie hatte ein wenig Bammel davor, so gänzlich auf fachlich-kollegiale Hilfe verzichten zu müssen, ganz auf sich allein gestellt zu sein. Deshalb hatte sie vor Schichtbeginn, noch zu Hause, eine kleine Krise hingelegt und sich kurz eingebildet, dass sie eigentlich die ideale Ärztin für die Notfallambulanz wäre. Und überhaupt die Notfallambulanz der perfekte Arbeitsplatz. All das und noch mehr an realitätsverdrehendem Zeugs war ihr durch den Kopf gegangen.

Es hatten sie ja immer wieder Zweifel gepackt, ob sie nicht den größten Fehler ihres Lebens beging, ihre Stelle im Universitätsklinikum aufzugeben und Hausärztin auf dem Land zu werden.

Nicht irgendwo auf dem Land, sondern genau in dem vermaledeiten Kaff, in dem sie großgeworden war und in dem immer noch der Großteil ihrer Verwandtschaft wohnte. Herrgott, die Hälfte des Dorfes hieß Schneck wie sie. Vermutlich waren in Zukunft all ihre Patientinnen und Patienten mehr oder weniger mit ihr verwandt. Da würde sie sich vermutlich wieder in dieses geordnete Chaos hier im Klinikum zurückwünschen. Auch wenn sie jetzt gerade am liebsten vor Müdigkeit nichts mehr hören und sehen wollte und sich ein Husten eines Cousins vierten Grades nach einem ärztlichen Traum anhörte.

Aber nein. Noch fünf Stunden Wahnsinn aller Arten. Und sie meinte nicht den der psychischen Sorte, sondern den, der hier Alltag war und der Verletzungen aller Arten mit sich brachte.

Ihr nächster Fall würde da keine Ausnahme bilden, wenn sie das lautstarke Gezeter der afrikanischen Großfamilie im Wartebereich richtig einschätzte. Normalerweise wäre sie erst in ihrem Behandlungszimmer auf ihre nächste Patientin gestoßen, weil normalerweise eine der Krankenschwestern oder -pfleger die Einteilung der Patienten und die Sondierung machte. Aber heute war wieder so viel los, dass sie von Georg einfach nur die Unterlagen in die Hand gedrückt bekommen hatte, als er an ihr vorbeigestürmt war. Er wusste, dass sie eine der Ärztinnen war, die sich auch mal einen Patienten selbst aus dem Wartebereich holten.

Schon in der nächsten Sekunde wurde sie bestürmt, als sie durch die Doppeltür trat, die den Behandlungsbereich abtrennte. In einem zuerst völlig unverständlichen Englisch texteten mehrere Menschen gleichzeitig auf sie ein. Es war ihr unmöglich, irgendetwas aufzuschnappen, und sie wedelte einhaltgebietend mit den Händen, was absolut nichts bewirkte. Wer war hier eigentlich der Notfall? Alle, die um sie herumstanden, mit ziemlicher Sicherheit nicht. Da sah sie keine Verletzungen, und die Männer und Frauen der Großfamilie wirkten auch alle quicklebendig.

»Please, please, I don't understand a word you say.«

Noch während sie versuchte, durch beschwichtigende Gesten Ruhe in die Angelegenheit zu bringen, sah sie durch eine Lücke eine schwangere Frau, die mit gesenktem Kopf noch immer saß und an die sich zwei kleine Kinder klammerten. Einer Intuition folgend drängte sie sich durch die Gruppe und näherte sich der Frau. Sie hatte eine Art Turban auf dem Kopf und war in ein buntes afrikanisches Gewand gekleidet, wie die anderen Frauen, die dabei waren. Die Männer hingegen trugen alle Jeans und T-Shirts.

Einer davon drängte sich neben sie. »My wife. Headache. All the time. You understand?« Er zeigte auf seinen Kopf und dann auf den seiner Frau.

»I understand«, antwortete Willa. »Does she speak English?« Die Frau hob den Kopf noch nicht einmal an, als Willa sich neben sie setzte.

»A little. I can speak for her«, sagte der Ehemann sehr selbstsicher, aber sein Englisch hörte sich nicht so gut an, dass er verstehen würde, was sie von ihm wissen musste.

Willa atmete einmal tief durch. Das würde nicht leicht werden. Mit Kommunikationshindernissen eine Diagnose zu stellen, war eine echte Herausforderung. Sie würde sich mehr auf die Untersuchungsergebnisse stützen müssen, als sich auf irgendwelche Aussagen zu verlassen. Was wusste sie schon, wie in der Kultur, aus der ihre neue Patientin stammte, mit Krankheit umgegangen wurde. Wie über Symptome gesprochen wurde. Vielleicht sprach man manche Dinge nicht aus wegen gesellschaftlicher Tabus, vielleicht überzeichnete man andere.

Seufzend erhob sie sich. »Please follow me.«

Als Willa merkte, dass offenbar alle Anwesenden vorhatten, die Patientin zu begleiten, war ihr klar, dass die Schwierigkeiten bereits in diesem Moment anfingen.

Zwanzig Minuten später hatte sie die Patientin endlich in ihrem kleinen Behandlungsraum, eine weitere Stunde später war die schwangere Frau mit einem ersten Verdacht auf Station aufgenommen und ihre Verwandtschaft nach Hause geschickt.

Willa war mit sich zufrieden, weil sie sich sicher war, das Richtige für die Frau getan zu haben, aber Erschöpfung war ein zu schwaches Wort für ihren Zustand nach diesem Fall.

Sie machte sich auf die Suche nach einer dringend benötigten Tasse Kaffee. Der schmeckte hier zwar so, als ob er nach drei Tagen noch einmal aufgewärmt worden wäre und schon vorher eine richtige Kaffeebohne nur von Weitem gesehen hätte, aber heute Nacht war sie nicht zimperlich. Sie brauchte das Koffein, um durchzuhalten.

Im Stationspausenraum goss sie sich in einen großen Humpen, den irgendjemand mit dem Namen *Manuela* zurückgelassen haben musste, denn das stand in großen, bunten Buchstaben darauf, eine ausreichende Menge der rabenschwarzen Flüssigkeit ein.

Sie beging den Fehler, auf dem Weg zu einer Sitzgelegenheit in den angeschlagenen Spiegel zu schauen, der an der Wand hing. Sie sah genauso müde aus, wie sie sich fühlte. Die Ringe unter ihren Augen zeigten die Anzahl ihrer Nachtschichten an – fünf am Stück. Selbst ihre Haare sahen müde aus.

Normalerweise waren ihre Augen und ihre Haare das, was Willa an sich am meisten mochte. Ihr rotbrauner Kurzhaarschnitt betonte ihre grün-braunen Augen. Ihre gerade Nase war nichts Besonderes, aber sie wusste, dass ihr Mund ausdrucksstark war. Zumindest hatten das Menschen, die ihr Komplimente machen wollten, schon des Öfteren gesagt.

Heute würde sie jedenfalls keine Komplimente erhalten, so viel stand nach einem weiteren kritischen Blick fest. Das Weiß ihres Kittels betonte das Lebende-Leiche-Aussehen noch. Da half auch das grüne T-Shirt, das sie darunter trug, nichts.

Willa wandte sich von dem Elend im Spiegel ab. Sie ließ sich auf einen der stapelbaren Industriestühle sinken und ignorierte mit einer Selbstverständlichkeit, die nur durch lange Übung kam, die Scheußlichkeit ihrer Umgebung. Ihr Blick schweifte über die kargen weißen Wände, die verkratzten Tische und das Sammelsurium an Kaffeetassen, ohne sie weiter wahrzunehmen.

Erschöpft ließ sie ihre Gedanken kreisen und trank den Kaffee in großen Schlucken wie ein Verjüngungselixier.

Für ihre neue Praxis hatte sie als Erstes eine kleine Maschine angeschafft, die auch Milch schäumen konnte und die Bohnen für jede Portion frisch mahlte. Ihr Vorgänger, der bereits vor zwei Jahren altersbedingt aufgehört hatte, hatte eine alte Standardmaschine zurückgelassen. Niemand hatte seither das verkalkte alte Ding weggeworfen. Sie würde ganz schön ausmisten müssen in der Praxis. Dafür gab sie sich mindestens zwei Wochen, dann erst würde sie die ersten Patienten aufnehmen.

Wieder wurde sie nervös, wenn sie an all die Details dachte, die sie zu erledigen hatte.

Der Bürgermeister hofierte sie wie Hochadel, so glücklich war er darüber, endlich wieder eine Ärztin in der Gemeinde zu haben.

Er hatte ihr jedwede Unterstützung zugesagt. Zusätzlich zu den fünftausend Euro Werbeprämie.

Auch ihre Mutter hatte sich gleich als Hilfe angeboten. Aber Willa würde den Teufel tun, das anzunehmen. Bei aller Liebe. Nun ja, Liebe. Empfand sie wirklich Liebe für ihre Mutter? Sie würde wahnsinnig werden von den guten Ratschlägen, die immer so ziemlich das genaue Gegenteil von dem waren, was Willa wollte. Sie würde auf andere Art wahnsinnig werden als hier, aber wahnsinnig nichtsdestoweniger.

So schlecht war es hier im Krankenhaus doch gar nicht. Bei genauerer Überlegung. Wieder packte sie die Wehmut. Sie trank einen weiteren Schluck Kaffee. Da war diese Anwandlung gleich wieder wie weggeblasen. Allein wegen des Kaffees. Es war die richtige Entscheidung, eine eigene Praxis zu eröffnen. Hoffte sie.

2

Maxi zupfte an der nagelneuen Hose ihrer Feuerwehruniform herum, die leider noch furchtbar steif war. Mehr von der Uniform hatte sie auf die Schnelle nicht geschafft anzuziehen. Das dunkelblaue Standard-T-Shirt mit dem Logo zählte nicht. Die volle Montur war das, was Eindruck machte. Auch wenn das T-Shirt auf unauffällige Art ihren Oberkörper betonte, für dessen Optik sie jeden Abend ihre Klimmzüge und andere nicht gerade leichte Übungen machte. Sie war eitel, was das anging. Das gestand sie sich ein.

Allerdings war es hier draußen am Ortsrand von Weiler so furchtbar Sacknacht, dass es egal gewesen wäre, wenn sie nackt herumgelaufen wäre. Und weil sie schließlich die ausgebüxte Pferdeherde nicht noch mehr aufscheuchen durften, hatte Dieter, ihr Feuerwehrkommandant, die Devise ausgegeben, die Taschenlampen nur im Notfall einzusetzen.

Maxi stolperte also halbblind durch die Pampa und wartete immer noch darauf, dass sich ihre Augen langsam mal anpassten. In der Nähe waren überall ihre Kollegen unterwegs und filzten die Wiesen, Hecken und Wälder nach den verstreuten Tieren ab.

Zwanzig Stück waren entkommen, und Maxi befürchtete, dass sie die ganze Nacht unterwegs sein würden, um sie zu finden und zurückzubringen. Von der Hofbesitzerin hatten sie dafür alle ein Halfter bekommen.

Dass sie noch nie einem Pferd so ein Ding übergestülpt hatte, hatte Maxi nicht verraten. Aber das konnte ja wohl kein Hexenwerk sein. Das machte der Mensch schließlich seit Jahrtausenden. Viel schwieriger war es, die Gäule aufzustöbern. Aber auch das machte der Mensch seit Jahrtausenden, wie sie erst neulich in einer Arte-Dokumentation über die Beziehung zwischen Mensch und Pferd gesehen hatte.

Maxi stolperte ein Stück weiter über die unebene Wiese.

Dieter wohnte ganz in der Nähe des Hofes. Er hatte sie alle zusammengetrommelt, als er die ersten Exemplare der Herde in seinem Garten stehen sah, seine Karotten auffressend. Es war Maxi reichlich egal, wer Dieters Wurzelgemüse verspeiste. Aber sie hatte auf ihren ersten Einsatz hingefiebert. Mit ein bisschen Feuer hätte der zwar schon sein dürfen, aber im Grunde taten es auch die Pferde.

Sie brannte darauf, sich zu beweisen. Die skeptischen – und ja, auch höhnischen – Bemerkungen ihrer besten Freundin und ihrer Verwandtschaft hingen ihr noch nach. Dass ausgerechnet sie aufs Land zog und dann auch noch in die Freiwillige Feuerwehr ging. Warum nicht gleich zu den Landfrauen. Die Wetten liefen schon, wann sie ihr Experiment aufgeben und mit eingezogenem Schwanz wieder in die Großstadt zurückkehren würde.

Darauf konnten die alten Unken lange warten. Maxi fühlte sich in Weiler sauwohl. Und wenn die erste Runde Besuche durch war, würden alle, und zwar restlos alle, auch anders darüber denken. Oder wenn sie ihre ersten Heldentaten zu berichten hatte.

Maxi tapste wildentschlossen weiter durch das feuchte Gras. Nur knapp vor sich machte sie eine Hecke aus. Immerhin war sie nicht komplett dämlich hineingestürzt. Als sie sie umrundete und dabei in einer Bodenwelle zum Straucheln kam, sah sie es. Intuitiv wusste sie, trotz stockfinsterer Nacht, dass sie es hatte.

Beinahe.

So gut wie.

Fast.

Eigentlich hörte sie es mehr, als dass sie es sah, aber trotzdem. Das leichte Schnauben, das Mahlen der Zähne beim Grasen, die Hufe im Gras beim langsamen Vorwärtslaufen.

Maxi würde jetzt gleich das Leitpferd einfangen, und dann würden die anderen zwanzig folgen. Oder so ähnlich. In der Theorie. So hatte es die Hofbesitzerin empfohlen.

Sie näherte sich mit ausgestrecktem Arm ganz langsam dem Tier. Es stand direkt hinter der Hecke, und es war purer Zufall, dass sie darauf gestoßen war. Bisher hatte es völlig unbeeindruckt gegrast, als sie sich über die Wiese schlich. Aber jetzt hob es alarmiert den Kopf. Im Gegensatz zu seinen Kumpels trug das Exemplar hier sogar schon ein Halfter um den Kopf. Kein Führstrick, aber man konnte nicht alles haben.

Maxi konnte ihr Glück kaum fassen. Sie müsste das Pferd nur am Halfter zu fassen kriegen. Ihre fünfzehn Kollegen von der Freiwilligen Feuerwehr Weiler hechteten währenddessen hinter den falschen Pferden her. Die Hofbesitzerin hatte es ihr zwar nur ganz kurz erklärt, aber diese Tatsache war hängengeblieben: Chef der Truppe war ein braunes Pferd mit einer auffälligen weißen Blässe, die sich bis über die Nüstern zog. Das konnte sie sogar in der stockdunklen Nacht erkennen. Das Pferd, das da jetzt vor ihr aufgeregt tänzelte, hatte genau solch eine Zeichnung.

Warum die Herde ausgebüxt war, wusste sie nicht, nur dass sie jetzt gleich wieder heimkehren würde. Und das neueste Mitglied der Freiwilligen Feuerwehr würde damit in die Vereinsannalen eingehen. Ergo sie, Maxi Gnädig, ihres Zeichens seit genau zwei Monaten Feuerwehrfrau. Also ehrenamtliche Feuerwehrfrau.

Die Pferde würden heimkehren in ihren Stall oder was auch immer, ohne auf irgendeine Straße zu rennen, ohne Dieters Vorgarten zu zertrampeln, und vor allem, ohne dass sie weiter ihre Nacht verbringen musste, indem sie endlos hinter Vierbeinern herrannte. Sie war als Kind nie ein Pferdemädchen gewesen – City-Girl, das sie die meiste Zeit ihres Lebens war –, aber wie schwer konnte es schon sein, ein Pferd einzufangen? Nicht sehr schwer, wenn sie die zehn Zentimeter betrachtete, die ihre Hand nur noch vom Halfter trennten.

Eigentlich war es ganz romantisch, wie sie fand, in die Sommernacht hinauszurennen, während die Sterne am klaren Himmel blinkten. Es roch gut nach frischem Gras und feuchter Erde, und die Luft war so rein, wie Maxi sie wohl in ihrem ganzen Leben noch nicht geatmet hatte.

Ein leichter, angenehmer Geruch nach Pferd erinnerte sie daran, dass sie sich auf ihre Aufgabe konzentrieren musste, denn sonst ergriff das große Tier womöglich noch die Flucht. Es rollte komisch mit den Augen, sodass man in der Dunkelheit das Weiße drumherum erkennen konnte. Das war kein gutes Zeichen, oder?

Maxi beschloss, nicht länger zu zögern, sondern zuzugreifen. Beherzt.

Und das tat sie dann auch.

Nur dass das Pferd anderer Meinung war. Es versuchte, sofort wieder loszukommen. Aber wenn Maxi eines bei der Feuerwehr in der kurzen Zeit gelernt hatte, der Job war nichts für Weicheier. Wer vor jedem Regenwurm Panik bekam, hatte nichts in der Freiwilligen Feuerwehr verloren.

Sie hängte sich also mit aller Kraft, die sie hatte, an dieses Halfter und versuchte, das Tier in Richtung Weg und damit zum Hof zu ziehen. Die ersten Meter war sie die klare Gewinnerin dieses Zweikampfes, und innerlich triumphierte sie bereits. Aber dann steigerte das Pferd plötzlich seinen Widerstand. Bilder von wilden Mustangs und deren Zähmung schossen mit einem Schlag durch Maxis Kopf. Sie würde nicht loslassen. Auch wenn das Pferd den Spieß umgedreht hatte und jetzt sie durch die Gegend schleifte.

Maxi stieß einen heiseren Schrei aus vor lauter Wut und Entschlossenheit. Sie hörte daraufhin tatsächlich die Stimmen ihrer Kollegen rufen, die sich aus der Dunkelheit näherten. Aber für das Pferd war das wohl der letzte Schritt zur Vollpanik, und es befreite sich mit einem gewaltigen Bocksprung aus Maxis Klammergriff. Noch im Loslassen war Maxi fast erleichtert, aber noch während sie weggeschleudert wurde, trat das Pferd noch einmal aus. Beim ersten Mal war sie so nah gewesen, dass die ausschlagenden hinteren Hufe ihr nicht gefährlich wurden. Aber aus dem Augenwinkel sah sie es fast wie in Zeitlupe kommen. Trotz Dunkelheit, trotz der Schnelligkeit, mit der alles vonstattenging.

Das Pferd sprang aus lauter Angst hoch und schleuderte mehr so nebenbei seine Hinterläufe in ihre Richtung. Wie es schien, noch nicht einmal zielgerichtet auf sie, nur leider war sie nicht so reaktionsschnell wie ein Pferd. Und hatte dem auch nicht so viel Muskelmasse entgegenzusetzen. Sie versuchte noch, sich wegzudrehen und spannte jeden Muskel an. Aber der Tritt streifte ihre Rippen, und Maxi klappte schlagartig zusammen. Der sofortige Schmerz raubte ihr die Atemluft.

Sie lag auf dem Boden und wusste nicht so recht, warum, spürte aber das Hufgetrappel eines flüchtenden Pferdes. Dann menschliche Füße, die in ihre Richtung liefen. Mehrere. Sie starrte einen Moment von Schmerz geflutet die blinkenden Sterne an.

Als ihre Kollegen angerannt kamen, raffte sie sich gerade auf ins Stehen. Vornübergebeugt, auf die Knie gestützt, atemlos. Aufrichten ging nicht. Aber alles halb so schlimm. Das versuchte sie auch Harry und Dieter zu sagen, aber es kam nur ein heiseres Ächzen heraus. Sie hatte keine Luft zum Sprechen. Und der Schmerz schoss bei jeder kleinsten Bewegung durch ihren Brustkorb und schnürte ihr fast den letzten Rest Atemluft ab.

»Wir brauchen einen Krankenwagen«, sagte Dieter, und aus dem Augenwinkel sah sie ihn an seinem Handy herumfummeln.

Maxi winkte ab, aber auch das verursachte Schmerzen. »Geht schon«, brachte sie heraus.

»Ich glaube, du spinnst. Stell dich doch mal aufrecht hin, wenn es dir so prächtig geht.«

Maxi versuchte es. Sie versuchte es wirklich.

Schließlich winkte sie Dieter ihr Einverständnis. Wie sollte sie schließlich hier wegkommen, wenn sie nicht weiter hochkam als so? Sie stand einfach nur, stützte sich schwer auf ihre Knie und atmete. Um sie herum aufgeregtes Gerede, Kollegen kamen und gingen, die Minuten verstrichen. Immer wieder machte sie einen Ansatz, vollends aufrecht zu stehen, aber der Schmerz und die Atemlosigkeit verhinderten es jedes Mal.

Dieter blieb neben ihr stehen, gab Anweisungen und scheuchte die Kollegen. Inzwischen flackerten überall auch Taschenlampen um sie herum. In der Ferne hörte sie immer wieder Rufe und Hufgetrappel, aber was die Pferdeherde machte, war ihr im Moment völlig egal.

»Er tritt sonst nie aus«, sagte irgendwann die Hofbesitzerin neben ihr, und Maxi hätte fast losgeprustet vor Lachen. Das war wohl die Variante von *Der tut nichts, der ist ganz lieb*, die Hundebesitzer sagten, bevor Fiffi zubiss – abgewandelt für Pferdebesitzer.

Das Lachen blieb ihr aber im Hals stecken. Und sie würdigte diese Aussage auch keines Kommentares. Schließlich war sie der lebende Beweis, dass er – wie auch immer er hieß – sehr wohl austrat. Ihre Rippen taten entsprechend höllisch weh. So langsam kam auch eine einsetzende Angst dazu, dass eine oder zwei gebrochen sein könnten. Sehr viel länger wollte sie daher hier nicht mehr stehen, denn so langsam machte sich diese Angst breit und war auch nicht gerade ihrer Atmung zuträglich.

Schließlich hörte sie in der Ferne ein näherkommendes Martinshorn, und die Nacht irrlichterte in blauem Licht.

»Scheiße, wieso kommen die mit Blaulicht mitten in der Nacht?«, fragte Dieter rhetorisch, und Maxi konnte sich innerlich nur anschließen. Wie peinlich war das denn? Das ginge schneller im Dorf rum als ein Lauffeuer.

Aber als dann schließlich der Trupp des Notarztteams aus den zwei Fahrzeugen stieg und um sie herumschwärmte, war sie noch nie in ihrem Leben erleichterter gewesen. Die Schmerzspritze, die sie sofort verabreicht bekam und die sie geradezu abschoss, war ein Wunderding. Maxi schnitt im Drogenrausch nur am Rande mit, wie sie auf eine Liege verfrachtet und im Krankenwagen Richtung Universitätsklinikum gefahren wurde. Aber eigentlich dachte sie, sie wäre in einem Raumschiff unterwegs. Was für ein geiler Trip. Sie wollte nie wieder runterkommen.

3

Willa wollte gerade den Pausenraum verlassen und sich immer noch müde dem nächsten Fall annehmen, als Georg sie abfing.

»Wir kriegen eine Feuerwehrfrau rein, die vom Pferd getreten wurde. Verdacht auf Perforation der Lunge. Nimmst du die?« Er hatte Unterlagen in der Hand, die er ihr überreichen wollte.

Aber Willa zögerte. »Berufsfeuerwehr oder Freiwillige?«

Durften Frauen eigentlich in Deutschland inzwischen zur Berufsfeuerwehr? Sie wusste das gar nicht. Bei der Freiwilligen war es inzwischen angekommen, auch Frauen aufzunehmen. Das wusste sie von ihrer Mutter aus Weiler. Die fand das nämlich einen Skandal. Was hatten Frauen denn bei der Feuerwehr verloren? Fand ihre Mutter. Was typisch war.

»Ist doch egal«, sagte Georg, der schließlich nur die Patientin loswerden wollte, um sich dann wieder um das überfüllte Wartezimmer kümmern zu können.

»Oh nein«, wehrte Willa ab. »Wenn du die Freiwillige Feuerwehr so gut kennen würdest wie ich, würdest du das nicht sagen.«

Und das entsprach vollkommen der Wahrheit. Wie viele Feuerwehrfeste hatte sie in ihrer Kindheit und Jugend mit ihrer Familie besuchen müssen, wie viele Trinkgelage der Jungs von der Freiwilligen mitgekriegt – sie hatte alles, aber wirklich alles gesehen in dieser Hinsicht.

Georg runzelte unwirsch die Stirn. Er konnte ihren Gedankengängen offensichtlich nicht folgen. »Nimmst du sie jetzt oder nicht? Wirst du jetzt in deiner letzten Nacht komisch, Willa? Bloß weil die Frau von der Freiwilligen Feuerwehr ist?«

Er hatte natürlich recht. Sie war schließlich professionell. Sie würde die Feuerwehrfrau wie jeden anderen Patienten behandeln. Egal durch wie viel Unfähigkeit oder Alkohol oder beides sie sich selbst in diese Situation gebracht hatte. »Her mit der Feuerwehrfrau. Schlimmer als die afrikanische Großfamilie kann es nicht sein. Dann mach ich eben auch noch Freiwillige Feuerwehr. Die kommen bestimmt von der Gurkentruppe aus Weiler.«

Das letzte sagte sie nur so daher. Nur um ein bisschen mehr zu maulen über diese letzte Schicht. Weil es das Schlimmste war, was ihr gerade einfiel. Eine Steigerung der Freiwilligen Feuerwehr als solcher.

»Woher wusstest du das?«, fragte Georg erstaunt.

Willa musste spontan losprusten. »Oh mein Gott. Echt jetzt?« Was war heute nur los? Ihre letzte Schicht servierte es ihr so richtig fett, dass es schon fast ulkig wurde. So langsam. Und mit viel Galgenhumor betrachtet.

Georg sah sie seltsam an. Er dachte wohl, dass sie in ihrer letzten Schicht geistig nicht ganz zurechnungsfähig geworden war.

»Ob die Feuerwehrfrau aus Weiler ist, weiß ich nicht, aber der Krankenwagen war nach Weiler beordert worden. Lass dich also überraschen.« Und damit verschwand er einfach und ließ sie zurück.

Willa stieß einen Stoßseufzer aus und bereitete sich mental auf die Ankunft der Freiwilligen Feuerwehr Weiler vor. Das Wort *Gurkentruppe* war dabei nie weit von ihren Gedanken entfernt. Es wunderte sie überhaupt nicht, dass es jemand von denen geschafft hatte, sich von einem Pferd treten zu lassen. Wie auch immer das vonstattengegangen war, Willa war sich sicher, dass es selbstverschuldet sein musste. Absolut sicher. Sie hoffte wirklich inständig, dass kein Alkohol beteiligt war. Lungenperforation und Alkohol. Eine äußerst unschöne Kombination.

Aber noch während sie sich diesen Gedanken hingab, hörte sie schon, wie das Notfallteam mit der Liege den Gang von der Krankenwageneinfahrt her angerollt kam.

Sie warf nur einen oberflächlichen Blick auf die Patientin, als sie an ihr vorbeigerollt wurde. Sie konzentrierte sich darauf, was der Kollege Notarzt über ihren Status zu berichten hatte. Währenddessen übernahm im Hintergrund ihr medizinisches Personal die Ankunft der Liege. Aus dem Augenwinkel nahm sie wahr, dass alles seinen üblichen Gang ging. Sie würde auch das hier schaffen. Noch dreieinhalb Stunden bis zur Freiheit.

Der Kollege verabschiedete sich sehr schnell, da ein neuer Einsatz reinkam.

Willa ordnete zuallererst Röntgenaufnahmen und Ultraschall an. Bevor sie nicht wusste, was Sache war, konnte sie gar nichts tun. Die Patientin war stabil, hatte ausreichend Schmerzmittel bekommen, so weit so gut. Und kein Alkohol weit und breit. Das war doch schon mal ein positives Zeichen.

Während die Untersuchungen liefen, übernahm sie zwei weitere Fälle von Georg und kam dann erst ins Behandlungszimmer, als die Patientin schon auf sie wartete. Zwischendrin hatte sie im Vorbeiflug die Kurzinfo erhalten, dass sowohl beim Röntgen als auch im Ultraschall völlige Entwarnung gegeben worden war. Nicht weiter tragisch also, dass sie nicht sofort zur Stelle war. Und sie wusste ja vom Kollegen, was er der Feuerwehrfrau für die Fahrt an Schmerzmitteln gegeben hatte. Absolut ausreichend für einige Stunden.

Jetzt also Freiwillige Feuerwehr Weiler. Willa wappnete sich für das Schlimmste. Zu ihrem Erstaunen fand sie einen leeren Behandlungsraum vor und nicht die versammelte Mannschaft wie erwartet. Lediglich zwei Frauen – die eine auf der Behandlungsliege, die andere daneben sitzend auf einem Stuhl. Schon wieder ein Punkt, der positiv zu bewerten war.

Ihre Nacht hellte sich gerade drastisch auf. Sie hatte nämlich fest damit gerechnet, wie bei der afrikanischen Großfamilie erst einmal für Ordnung sorgen zu müssen und ein gefühltes Volksfest auflösen. Nicht, dass die Horden aus aufgebrachten Feuerwehrleuten nicht womöglich noch Einzug halten konnten, aber es war wesentlich unwahrscheinlicher geworden. So schnell kämen die an Georg draußen nicht vorbei, und so schnell könnten sie auch ihr Behandlungszimmer nicht ausfindig machen. Bis dahin wäre sie hier wahrscheinlich schon durch.

»Hallo. Ich bin Doktor Schneck, die behandelnde Ärztin.«

Das war ihr Standardspruch zur Begrüßung für Patienten, die ansprechbar waren. Aber Willa gab grundsätzlich niemandem mehr die Hand. Das hatte sie sich schon vor langer Zeit abgewöhnt. Ungefähr im zweiten Semester Medizinstudium, und nicht erst mit der Corona-Pandemie. Die furchtbarsten Erreger wurden durchs Händeschütteln übertragen. Sie wusste zwar, dass viele Patienten das als wichtig erachteten und sich wohler fühlten, wenn der Arzt oder die Ärztin ihnen die Hand gab. Sie hatte erst vor Kurzem darüber wieder einen Artikel in einer Fachzeitung gelesen. Aber das neue Corona-Virus fühlte sich dabei eben auch pudelwohl. Um nur eine der Plagen, die das Krankenhaus heimsuchten, zu nennen.

Sie behielt also ihre Hand für sich. Unterlagen, die man mit sich herumschleppte, waren da immer zur Tarnung hilfreich. Die hielt sie auch jetzt wieder wie ein Schild vor sich.

»Maxi Gnädig. Die Feuerwehrfrau, die vom Pferd getreten wurde. Ich weiß – peinlich«, sagte die Patientin auf der Liege mit einem schiefen, selbstironischen Lächeln.

Erst jetzt sah Willa sie sich genauer an. Und fühlte sich, als ob sie der Schlag treffen würde.

Oder wie paralysiert.

Oder wie von Amors Pfeil durchbohrt.

Sie konnte ihren Blick gar nicht von der attraktiven Frau lösen, die irgendwas in ihr auslöste, das nichts mit rationaler Logik zu tun hatte.

Natürlich sah die Frau wirklich gut aus. Dunkle, lockige Haare bis knapp über die Ohren, die jetzt ziemlich wild aussahen. Ein schöner, geschwungener Mund, der sich vermutlich wunderbar weich zum Küssen eignete. Blaue Augen, die vor Intelligenz nur so sprühten, aber gerade auch eine Portion Schmerz in den kleinen Fältchen drumherum zum Ausdruck brachten. Eine edle Nase, wie sie einer griechischen Statue gut zu Gesicht stünde. Perfekt geformt für das insgesamt sehr edle Gesicht. Einfach extrem gutaussehend. Fast schon schön zu nennen. Selbst in dem kalten Licht des Behandlungsraums und nach einem nicht gerade zuträglichen Erlebnis mit einem Pferd.

Aber das war es gar nicht. Diese Attraktivität, diese Schönheit. Nicht nur. Es war viel mehr ein Gefühl, diese Maxi Gnädig zu kennen. Sie schon aus hundert früheren Leben zu kennen. Und ihr jedes Mal wieder mit Haut und Haar zu verfallen.

Willa glaubte als Medizinerin natürlich nicht an solch einen wissenschaftlich nicht nachgewiesenen Quatsch wie Wiedergeburt, aber genau das war das übermächtige Gefühl, das sie überkam. Vollkommen irrational. Dass sie sich am liebsten sofort dazu bekennen wollte, dass sie diese Frau für sich wollte, dass sie sich sicher war, die *Eine* gefunden zu haben. Es haute sie einfach um, und sie war machtlos dagegen.

Diese ganze Erkenntnis fand im Schlag einer Wimper statt. Mehr Zeit brauchte es gar nicht.

Die zweite Person im Raum rettete sie davor, einfach nur dazustehen und zu glotzen. »Elli Gnädig-Schmitz. Die Schwester«, sagte die Frau und sah dabei sehr ernst und besorgt aus.

Richtig, sie war ja hier, um eine medizinische Diagnose zu stellen. Willa schaffte es irgendwie, in den Raum zu nicken, ohne wie eine Bekloppte ihre neue Patientin weiter anzustarren. Ihr Herz hatte ungefragt einfach angefangen zu wummern, und sie merkte, dass sich ihre Wangen heiß anfühlten. Eine unleidige Angewohnheit, wenn Frauen ihr gut gefielen. Und diese Feuerwehrfrau namens Maxi Gnädig hier war die unangefochtene Nummer eins in ihrer Hitparade des Gefallens.

Es fiel ihr schwer, sich auf ihr medizinisches Fachwissen zu konzentrieren. Willa blätterte in den Ergebnissen der Untersuchungen, um sich zu sortieren und sich die Sachlage ins Gedächtnis zurückzurufen. Röntgenbilder – nichts gebrochen. Lunge intakt. Ultraschall – keine inneren Blutungen im Bauchraum. Die Feuerwehrfrau hatte mehr Glück als Verstand gehabt. Pferdetritte in die Rippen gingen selten so glimpflich ab. Was nicht heißen sollte, dass sie nicht Schmerzen kriegen würde, die einen Heiligen in die Knie zwingen würden.

Eine weitere wichtige Information bohrte sich in ihr Hirn. Die Patientin hatte eine Adresse in Weiler. Willas Herz wummerte bei dieser Tatsache fast noch mehr. Gerade sah sie sich einem Phänomen ausgesetzt, dessen Existenz sie für einen Mythos gehalten hatte: Liebe auf den ersten Blick.

Noch konfuser als vor dem Blick in die Unterlagen räusperte Willa sich und wappnete sich für erneuten Augenkontakt. Die beiden Frauen im Raum warteten auf ihr ärztliches Urteil. Neben der Schwester stand sogar eine gepackte Reisetasche. Wahrscheinlich rechneten sie mit der Aufnahme auf Station.

Das war doch mal ein Faktum, mit dem sie anfangen könnte, ohne sich lächerlich zu machen. »Die gute Nachricht ist, Sie werden nicht hierbleiben müssen, weil Ihre Rippen vollkommen intakt sind und auch sonst keine Organe betroffen sind.« Willa hielt das Röntgenbild hin und zeigte auf die Rippenbögen.

Zwei Paar Augen, die sich ähnelten, schauten gebannt darauf, auch wenn Willa vermutete, dass sie nicht so besonders viel erkennen konnten. Außer ein paar schattige Bögen, die man auch als medizinischer Laie als Rippen ausmachen konnte.

»Ich möchte Sie trotzdem noch kurz untersuchen und mir Ihre Atmung anschauen.«

Willa näherte sich der Liege, legte ihre Unterlagen beiseite und wappnete sich für den Körperkontakt mit dieser umwerfenden Frau. Sie zog sich einen Rollhocker heran und setzte sich unnötig langsam, um die Situation noch ein paar Sekunden länger hinauszuzögern.

Vielleicht verrannte sie sich völlig, vielleicht war diese Maxi Gnädig in Wirklichkeit total bescheuert – schließlich gehörte sie zur Gurkentruppe –, vielleicht würde Willa morgen schon ganz anders über diese Begegnung denken. Vielleicht, vielleicht.

Aber jetzt in diesem Moment war sie ein Nervenbündel, weil sie diese schöne Frau untersuchen musste.

4

Maxi konnte sich nicht aufsetzen, auch wenn ihr innerer Macho alles daransetzte, es unbedingt zu schaffen. In Anwesenheit einer jungen, gutaussehenden Ärztin kam er ungefragt heraus und scherte sich auch erst einmal nicht um ihre teuflische Verletzung.

Schließlich gab er sich geschlagen, und sie schaffte es mit Ellis Hilfe, das Feuerwehr-T-Shirt auszuziehen. Nur noch in ihrem Sport-Bustier lag sie völlig außer Atem, weil sie nur flache Atemzüge wagte, auf der Liege, und die Ärztin kam auf ihrem Hocker nähergerollt. Sie studierte Maxis Torso mit ihren intensiven Blicken – sodass Maxi nach der Erleichterung über die Entwarnung schon wieder besorgt wurde. War doch etwas nicht in Ordnung? Maxi sah an sich hinunter. Sie entdeckte noch nicht einmal einen blauen Fleck in der Form eines Hufeisens oder in irgendeiner anderen Form. Aber die Schmerzen pochten gedämpft durch die Schmerzmittel immer noch im Hintergrund. Sie fühlte sich wie von einer Straßenwalze in den Asphalt planiert. Oder eben wie von einem Pferd getreten.

Trotzdem nahm sie sehr wohl wahr, dass diese Doktor Schneck zum einem ihr Gaydar bis in den roten Bereich ausschlagen ließ, und zum anderen, dass sie eine wirklich sehr hübsche Rotbraune war, deren grünlich-braune Augen Maxi mit ihrer Intensität in ihren Bann zogen. Selbst der unansehnliche weiße Arztkittel tat dem Ganzen keinen Abbruch. Maxi konnte darunter ein säuberlich gebügeltes grünes T-Shirt mit V-Ausschnitt erkennen. Eine weiße Hose natürlich und weiße Turnschuhe. Alles nicht weiter unerwartet, außer den kurzen rotbraunen Haaren und diesen Augen. Ungefähr fünf Sommersprossen auf dem Nasenrücken.

Maxi starrte die Ärztin mit dem etwas lustigen Nachnamen an. Für einen kurzen Moment vergaß sie, dass sie Schmerzen hatte und warum sie hier lag. Eine kurze unbedachte Bewegung mit der

Schulter, eigentlich nur ein intuitives Anheben, erinnerte sie dann aber unschön daran, dass sie wirklich Besseres zu tun hatte, als Frauen anzuschmachten.

Und besagte Angeschmachtete auch. Die hatte auch Besseres zu tun. Die würde sie gleich untersuchen. Mit ihren Händen. Direkt auf ihrer nackten Haut. Maxi hielt in Erwartung der Berührung die Luft an.

»Ist Ihre Atmung eingeschränkt?«, fragte Doktor Schneck auch gleich und schaute ihr jetzt direkt in die Augen. Ihre geschwungenen, dunkelroten Augenbrauen waren fragend angehoben. Sie hatte den Kopf leicht schiefgelegt.

Maxi stieß sofort die Luft wieder aus. »Eigentlich nicht. Wobei ich mich noch nicht getraut habe, ganz tief durchzuatmen.«

»Das sollten Sie aber. Deshalb bekommen Sie auch die entsprechend starken Schmerzmittel mit nach Hause. Und die nehmen Sie auch bitte. Bei Rippenverletzungen ist eine der Gefahren, dass die Lunge nicht richtig eingesetzt wird, und dadurch kann eine Lungenentzündung entstehen.« Die Ärztin musste Maxis entsetzte Augen gesehen haben, denn sie fügte hinzu: »Ich sagte, *kann*.«

Dann fackelte sie nicht weiter, legte Maxi eine Hand auf den Bauch und fing an, sie erst einmal großräumig abzutasten.

Die widerstreitenden Gefühle in Maxi waren kaum auszuhalten. Einerseits befürchtete sie, jederzeit Schmerz zu spüren, andererseits bereitete es ihr ein perverses Vergnügen, von den zarten, weißhäutigen Händen der Ärztin vorsichtig ertastet zu werden. Und das waren seeeehr angenehme Hände, die sehr vorsichtig vorgingen.

Maxi schaute auf ihren Bauch und diese geschmeidigen Hände. Sie sahen dort sehr gut aus, sehr passend. Wie stolz sie immer auf ihre flachtrainierten Bauchmuskeln war, in diesem Moment umso mehr. Sie hatte zwar kein Sixpack und würde das in diesem Leben auch nicht mehr erreichen, aber auch kein Gramm Speck überschüssig. Nicht wie Elli, die mit einem Rettungsring aus überflüssigen Pfunden zu kämpfen hatte, und das, obwohl sie ein paar Jahre jünger war als sie.

Doktor Schnecks Hände wanderten fachkundig weiter, und Maxi schwankte erneut zwischen Befürchtungen und abstrusen Gedanken an sämtliche Arztromane, die sie jemals gelesen hatte.

Bilder aus Krankenhausserien geisterten durch ihren Kopf. Da waren die Ärztinnen auch immer wahnsinnig gutaussehend, und sie fragte sich, ob das so sinnvoll war. Dass das Krankenhauspersonal mit seiner Optik die Patienten ganz wuschig machte. Sie fühlte sich jedenfalls ganz wuschig. Wie Doktor Schneck wohl mit Vornamen hieß?

Maxi war klar, dass die Schmerzspritze sie immer noch geistig etwas beeinträchtigte. Solche unkontrollierbaren Fantasien waren nicht unbedingt normal für sie. Und sie hatte den Krankenwagen schließlich zeitweise für ein Raumschiff gehalten. Dass der Notarzt über die Schlaglöcher und den Oberbürgermeister, der nichts dagegen unternahm, gelästert hatte, hatte sie allerdings noch in Erinnerung.

Sie kam sich immer noch vor wie auf Droge. Sie hatte keine nennenswerten Drogenerfahrungen außer gelegentlichem Alkoholkonsum und einem Haschplätzchen in ihrer Jugend, aber genauso stellte sie sich das vor mit chemischen Drogen. Dass man nicht mehr ganz kontrollieren konnte, wohin das Gehirn einen führte. Dass sie bei der Untersuchung jetzt entweder die Hände der Ärztin anstarren musste, oder wie jetzt, als sie sich an ihrer Schulter entlangtasteten und Maxi sie aus dem Blick verlor, ihr Gesicht fasziniert fixierte, das gehörte genau in diese Kategorie.

Maxi war natürlich in ihrem Leben schon einigen schönen Frauen begegnet, mit der einen oder anderen hatte sie auch was am Laufen gehabt, aber sie tendierte wirklich nicht zum lüsternen Starren. Nicht so, wie sie es jetzt tat.

Was für hübsche Augen! Umrahmt von rötlich schimmernden dunklen Wimpern. Das hatte sie so noch nie gesehen. Obwohl die Ärztin gänzlich ungeschminkt war. Wer sah denn in seiner Nachtschicht so verboten gut aus? Ein bisschen blass vielleicht. Doktor Schneck kam wohl nicht so viel an die frische Luft und die Sonne, so deutlich, wie sich ihre paar eingestreuten Sommersprossen auf der Nase abzeichneten. Aber das machte sie fast noch anziehender. Maxi konnte sich gar nicht sattsehen. Der Mund war auch hübsch. Nicht zu dünne Lippen, nicht zu dicke Lippen. Genau perfekt proportioniert. Und diese Lippen bewegten sich jetzt. Sehr schön, wie das aussah. Mit einem kleinen, amüsierten Kräuseln im Mundwinkel. Und der Kopf wieder leicht schräggestellt wie schon einige Male. Sehr charmant.

Maxi lächelte zurück.

Und erst dann wurde ihr klar, dass sie vermutlich angesprochen worden war. In dem Moment, als diese betörenden Hände sich von ihrer nackten Haut verabschiedet hatten.

»Maxi!«, rief ihr Elli förmlich zu. Dann sprach sie die Ärztin an, bevor Maxi sich äußern konnte. »Ist das normal, dass sie so weggetreten ist?«

»Mein Kollege hat ihr vor dem Transport ein sehr starkes Schmerzmittel verabreicht. Das hält noch ein paar Stunden an. Sorgen Sie dafür, dass sie die Schmerztabletten in genau den Abständen nimmt, die ich Ihnen aufschreibe.« Die Ärztin saß immer noch direkt neben ihrer Liege, aber jetzt rollte sie in Ellis Richtung.

»Ich wollte eigentlich wieder heimfahren«, sagte ihre Schwester zu der Ärztin.

Das Gespräch fand gänzlich ohne Maxi statt. Aber sie war auch immer noch mit dem Anblick von Doktor Schneck beschäftigt. Sie hatte eine wirklich schöne Kurzhaarfrisur, die ihre glatten, kräftigen Haare richtig gut zur Geltung brachte. Wie sie im kalten Neonlicht glänzten, war ein Faszinosum für Maxi.

»Sie sollte nicht allein sein. Lebt sie denn allein?« Das war eine komische Frage der Ärztin, und Maxi wurde klar, dass sie mal so langsam etwas sagen musste, sonst würde das mit dem Nachhausegehen nichts werden.

»Ich komme schon zurecht«, klinkte Maxi sich mehr oder weniger unelegant ins Gespräch ein.

Doktor Schneck sah fragend zu Elli.

Glücklicherweise ließ ihre Schwester sie nicht hängen. »Ich bleibe bei dir. Ich ruf Gerald an. Er muss die Mädchen eben mal allein in die Kita bringen.« Sie hörte sich nicht begeistert an, aber wenn Not an der Frau war, konnte Maxi sich immer auf sie verlassen. Und umgekehrt galt das schließlich auch.

Doktor Schneck erhob sich zögernd von ihrem Hocker. »Wenn das geklärt ist, schreibe ich Ihnen noch ein Rezept aus. Die Apotheken, die Nachtdienst haben, stehen am Schwarzen Brett.« Sie schien ihre Untersuchung damit beendet zu haben, blieb aber immer noch neben der Liege stehen, den Kopf wieder leicht zur Seite geneigt.

Eine Eigenart, die Maxi sehr reizend fand.

Die Ärztin schaute zuerst sie an, kurz Elli und dann irgendwie unsicher in den Raum. Was jetzt? Vertraute sie ihrer Diagnose nicht ganz? Wollte sie sie doch einweisen? War es das? Dachte sie, Elli würde sich vom Acker machen? Sie sah wirklich so aus, als ob ihr etwas Ernstes auf der Zunge läge. Und Maxi wollte auf keinen Fall im Krankenhaus bleiben müssen. Bevor sie nicht am Abnippeln war, wollte sie heim in ihr eigenes Bett.

Deshalb kam sie Doktor Schneck ganz schnell zuvor, bevor sie sprechen konnte. »Dann noch eine angenehme Nachtschicht. Vielen Dank für Ihre freundliche Hilfe. Bestimmt gibt es noch interessantere Fälle als eine langweilige Feuerwehrfrau mit Pferdetritt.« Sie plapperte einfach einen Satz nach dem anderen. Auch das schrieb sie innerlich den Medikamenten zu, aber sie konnte nicht aufhören, bis sie sah, dass die Ärztin sich der Tür zuwandte.

»Hm, ja, gut also«, sagte Doktor Schneck noch immer etwas zögerlich.

»Ja, also, gute Nacht. Danke noch mal«, schloss Maxi die Situation endgültig ab. Nur nicht hierbleiben müssen. Auch wenn der Anblick der Ärztin eine enorme Aufmunterung war und sie ihre Verletzung für die paar Minuten ihrer Anwesenheit fast vergessen ließ.

Wie sie ohne diese Ablenkung wieder in ihr T-Shirt kommen sollte, wusste sie noch nicht. Zur Not musste Elli ihr ein Handtuch aus ihrer gepackten Reisetasche umschlingen. Wie voreilig von ihrer Schwester, gleich eine Tasche für den Krankenhausaufenthalt zu packen. Maxi grinste bei dem Gedanken. Sie durfte heim!

Doktor Schneck schob in diesem Moment die Schiebetür des Behandlungsraumes auf und verschwand mit einem letzten geheimnisvollen Blick, den Maxi nicht deuten konnte, aus ihrem Blickfeld.

Ein Seufzer entfuhr ihr, und sie spürte mit einem Mal wieder ganz deutlich, wo das blöde Ross sie getroffen hatte. Bis auf den Millimeter genau konnte sie es verorten. Hatte Doktor Schneck heilende Hände? Oder irgendeine esoterische Kraft, die Verletzungen unterdrückte? Es war mysteriös. Die Ärztin hatte sie so in ihren Bann gezogen, dass sie fast alles vergessen hatte. Wie schade, dass sie sie nie wiedersehen würde. Wirklich schade.

»Ich verfrachte dich jetzt nach Hause. Auch wenn ich es lieber gesehen hätte, wenn sie dich im Krankenhaus behalten hätten. Zur Beobachtung und so.«

»Nur über meine Leiche bleibe ich hier länger als nötig.«

Auch wenn hier eine gewisse Ärztin durch die Gänge lief. Maxi seufzte wieder und bereute es sofort.

5

Willa betrat am nächsten Nachmittag den gepflasterten Weg, der zum Haus ihrer Eltern in der Ortsmitte von Weiler führte. Ihr Elternhaus lag wunderbar idyllisch neben der alten Kirche unter altem Baumbestand.

Als Kind hatte sie hier in der Straße mit dem Ball gespielt und war mit ihrem Roller rauf- und runtergefahren. Ihr älterer Bruder war immer eher unterwegs bei seinen Freunden gewesen oder in den diversen örtlichen Vereinen. Aber für sie war das schon damals nichts gewesen. Und sie konnte sich auch jetzt, da sie die neue Weilerer Hausärztin wurde, nicht vorstellen, wieder hier zu wohnen. Bei dem Gedanken allein bekam sie schon Beklemmungen. Wie gut, dass sie ihre Wohnung in der Stadt behielt, auch wenn das hieß, dass sie pendeln musste. Fünfundzwanzig Minuten Fahrt waren verkraftbar. Die hatte sie auch jetzt nach der furchtbaren Nachtschicht trotz Übermüdung geschafft.

Eigentlich hatte sie heute nur entspannen wollen, aber die Begegnung gestern mit der Feuerwehrfrau brachte sie hierher nach Weiler.

Sie hatte immer noch den Schlüssel zum Haus und öffnete die Tür mit einem lauten »Hallo« in den Flur.

Ihre Mutter schaute sofort aus der Küche, die ihr Reich war. »Wilhelmine, was machst du denn hier? Ich dachte, du kommst erst übermorgen. Jetzt hab ich überhaupt nichts hier, was ich dir anbieten kann. Dein Vater geht doch jeden Freitag in den Schützenverein, da koche ich nichts.« Über den Rand ihrer Lesebrille schaute sie sie mit einem leichten Vorwurf an. Einen Ausdruck, den sie relativ häufig im Zusammenhang mit ihrer Tochter zur

Schau trug. Auch wenn es besser geworden war, seit Willa verkündet hatte, dass sie die Praxis im Ort übernahm. Aber das war vermutlich nur eine kurze Pause, die vielleicht in diesem Augenblick schon wieder vorüber war.

»Hallo, Mama. Das macht doch nichts. Ich hab mich ja auch nicht angemeldet.« Willa bemühte sich um einen freundlichen Tonfall. Bemühen war genau das, was sie mit ihrer Mutter immer machte. Wenn sie sich nicht bemühen würde, könnte sie vermutlich überhaupt keinen Kontakt zu ihr halten.

Ihre Mutter setzte die Brille rasch ab. »Ich geh noch schnell rüber zum Bäcker und hole ein paar süße Stückchen. Vielleicht will ja dein Bruder mit uns Kaffee trinken.«

Willa erstaunte es, dass ihre Mutter ihren Bruder erst im zweiten Satz erwähnte und nicht bereits im ersten, wie es normalerweise der Fall war. Es stellten sich ihr automatisch schon wieder die Nackenhaare auf.

Ihr Bruder war das goldene Kind. In den Augen ihrer Mutter konnte er nie etwas falsch machen. Seit jeher wurde er ihr als hehres Vorbild hingehalten. Schon ihr ganzes Leben lang. Ihr Verhältnis zu ihrem Bruder Wilhelm – ja, wie bitter, sogar ihr Name war ein Abklatsch von seinem – hatte das nicht gerade positiv beeinflusst. Natürlich war Wilhelm im Dorf geblieben, hatte hier heterosexuell geheiratet und Kinder gezeugt. Er war zwar inzwischen schon wieder geschieden, aber selbst das wurde ihm nicht angekreidet. Das lag, laut ihrer Mutter, nur an der schrecklichen Ex-Schwiegertochter, die alles in der Ehe falsch gemacht hatte, wenn sie solch einen Mann wie Wilhelm nicht hatte halten können.

Willas Sympathien lagen hingegen bei ihrer Ex-Schwägerin Larissa, mit der sie immer noch Kontakt hatte, was aber niemand aus ihrer Familie wissen durfte, weil sonst der dritte Weltkrieg ausgebrochen wäre.

»Ich wollte eigentlich nur kurz bleiben und dann in die Praxis rübergehen.«

Aber so schnell ließ sich Gertrud Schneck nicht von einem eingeschlagenen Kurs abbringen. »Einen Kaffee wirst du ja wohl mit uns trinken können. Wilhelm soll seinen Freund Bernd mitbringen. Den kennst du noch nicht. Ein sehr netter junger Mann.«

Und Bingo. Da waren sie bereits im Hausflur wieder bei einem Thema, das noch in jedem Gespräch irgendwie vorgekommen war: der Wunsch ihrer Mutter nach einem Schwiegersohn. Das war vollkommen abwegig, und trotzdem gab ihre Mutter nicht auf. Willa hatte noch nie etwas mit einem Mann gehabt, noch nicht einmal ansatzweise, sodass das die Hoffnungen ihrer Mutter irgendwie nähren könnte. Sie war so maximal homosexuell, wie es nur ging, aber das interessierte Gertrud Schneck nicht.

Als Willa mal gesagt hatte, dann solle eben ihr Bruder Wilhelm in zweiter Ehe einen Mann heiraten, kam das gar nicht gut an. Sie hatte schon alle Strategien gefahren: geduldiges Erklären bis zum Abwinken, wütende Retouren bis hin zur Aggression, schnippische Antworten, Gleichmütigkeit, Witz. Aktuell war sie beim Ignorieren angekommen. Das machte sie auch jetzt wieder so. »Ich habe einen Kaffee in meinem Thermosbecher dabei. Ich werde also gleich rüber in die Praxis gehen. Ich wollte nur kurz Hallo sagen.«

Und ein paar Infos aus ihrer Mutter herausquetschen, die grundsätzlich alles aus dem Dorf wusste. Da würde sie ja wohl auch wissen, was es mit der Feuerwehrfrau Maxi Gnädig auf sich hatte und wo sie zu finden war. Willa wusste zwar noch nicht, wie sie auf elegante Art mit ihr in Kontakt kommen konnte, aber das würde sich vielleicht noch zeigen.

Ihre Mutter zog erwartungsgemäß einen Flunsch, aber Willa ließ sich davon nicht beeinflussen. Hatte sie nicht mehr, seit sie fünfzehn war.

»Wenn du meinst«, sagte Gertrud Schneck reichlich pikiert, was Willa nur am Rande wahrnahm, da ihre Gedanken sich schon wieder nur um die Feuerwehrfrau drehten.

Eigentlich hatte sie noch gestern Nacht irgendwie das Gespräch auf Privates lenken wollen. Ihr war nur absolut nichts eingefallen. Im Gehen hatte sie nach Worten gesucht, hatte fallenlassen wollen, dass sie bald in Weiler praktizieren würde, dass man sich doch mal sehen könnte. Irgendwas.

Nur leider war das ihr Waterloo. Mit schönen Frauen das Gespräch beginnen. Willa war darin so mies, dass es schon peinlich war. Ihr versagte dabei grundsätzlich der Verstand, der Mut verließ sie komplett, und sie machte sich meist lächerlich, indem sie albernen Blödsinn daherredete und sich auch sonst wie ein Tölpel benahm.

Wie sie das also anstellen sollte, mit Maxi Gnädig in Kontakt zu treten, stand in den Sternen. Sie wusste nur, dass sie es wollte. Sehr dringend. Dringender als bei allen anderen Frauen in der Vergangenheit. Sie wusste auch, dass sie diesmal nicht einfach den Schwanz einziehen und sich damit zufriedengeben würde, aus einer Ecke heraus zu beobachten, wie andere das taten, was sie so sehr wollte und begehrte. Die Gelegenheit an sich vorbeiziehen lassen und sich dann mit dem begnügen, was ihr in den Schoß plumpste.

Das war vielleicht ein bisschen gemein gegenüber ihren Ex-Freundinnen, die alle sehr nette Frauen waren. Die drei, die sie vorzuweisen hatte. Aber es hatte ja nie gehalten. Willa war sich bewusst, dass das durchaus ihre Schuld war. Aber das lag eben auch daran, dass die Beziehungen immer nach dem gleichen Strickmuster funktioniert hatten. Ihre Exen hatten alle sie angesprochen, sie war sozusagen ausgesucht worden und hatte ›nur‹ die Gelegenheit ergriffen. Natürlich hatte sie jede ihrer Exen gemocht und auch irgendwie attraktiv gefunden. Sonst hätte sie sich das ja gar nicht vorstellen können. Aber es war immer eine Kopfentscheidung gewesen und keine aus dem Herzen heraus. Sie war nie verliebt gewesen. Nicht so richtig. So über beide Ohren, den Verstand vollkommen verlierend, blind vor Liebe.

Natürlich waren auch Gefühle im Spiel gewesen, sie war ja kein gefühlloser Roboter. Aber es war eben nie das ganz große Gefühl entstanden, wie sie sich das erhofft hatte. Das fehlende Etwas war dann auch immer der Grund für das Beziehungsende gewesen. Zumindest konnte sie das nach reichlich Introspektion so diagnostizieren.

Jetzt war da eine Frau, die ihr Herz schon in der ersten Minute hatte so hochschlagen lassen, wie es keine ihrer Exen jemals geschafft hatte. Sie würde den Teufel tun und nicht alles versuchen, was in ihrer Macht stand. Willa hoffte nur, dass das ausreichte, um irgendwo hinzukommen. Sei es nur herauszufinden, dass Maxi Gnädig im Tageslicht betrachtet nur eine Illusion war.

Aber falls nicht? Willa wagte kaum weiterzudenken, was das bedeuten könnte. Es gab so viele *Was-wäre-Wenns*. Was wäre, wenn Maxi Gnädig ihre Traumfrau wäre? Was wäre, wenn das umgekehrt nicht der Fall wäre? Was wäre, wenn sie sich komplett blamieren würde? Was wäre, wenn die Feuerwehrfrau sich noch nicht einmal an sie erinnern könnte? *Was-wäre-wenn, was-wäre-wenn.* Aber sie musste es trotzdem versuchen.

»Ach, noch eine kuriose Begebenheit«, sagte sie wie nebenbei, als ob es nicht um Informationen ginge, die vielleicht ihr ganzes weiteres Leben beeinflussen könnten.

»Ja?«, kam die begierige Aufforderung weiterzureden. Schwiegersohn in spe und Kaffee und alles sofort vergessen. Auf die Tratschsucht ihrer Mutter war einfach immer Verlass.

»Gestern Nacht muss es in Weiler einen Einsatz der Feuerwehr gegeben haben. Waren da irgendwo Pferde ausgebrochen?« Das klang hoffentlich sehr unverfänglich. Sie umschiffte Maxi Gnädig vollständig. Denn wenn eines klar war, ihre Mutter war wie ein Fuchs auf der Fährte einer Feldmaus, wenn es darum ging, Dinge zu erschnüffeln, die nicht für sie bestimmt waren. Willa musste also mit äußerster Vorsicht vorgehen.

»Das war Claudias kleine Herde. Die haben mal wieder den Elektrozaun niedergetrampelt. Dieter sollte es einfach lassen, seinen Vorgarten so liebevoll zu bepflanzen. Diese Frau ist einfach nicht dazu in der Lage, Pferde zu halten. Das ist doch ein Skandal.« Während sie sprach, wischte ihre Mutter mit einem aus ihrer Schürze hervorgeholten Tuch über den makellos sauberen kleinen Tisch im Eingangsbereich.

Willa zuckte die Schultern über die Aburteilung. »Das kommt eben manchmal vor.«

Gertruds Kopf schnellte hoch. »Das darf es aber nicht. Dann müssen die Viecher eben immer im Stall bleiben.«

Ihre Mutter mochte grundsätzlich keine Tiere. Das betraf nicht nur Pferde, sondern auch Hunde und Katzen. Kaninchen oder Meerschweinchen. Sie mochte nur Rinder. Und das nur als Wiener Schnitzel auf ihrem Teller.

Auch das ignorierte Willa aus strategischen Gründen. »Es wurde jemand dabei verletzt.« Ihr war klar, dass sie damit nur Öl ins Feuer goss, weil ihre Mutter die Pferdehalterin offensichtlich bereits auf dem Kieker hatte, aber Willa musste ja schließlich irgendwie aufs eigentliche Thema kommen.

»Mit Blaulicht sind die mitten in der Nacht durchs Dorf gefahren mit ihrem Krankenwagen. Stell dir das mal vor. Diese Unverschämtheit.« Das Tuch wurde unsanft zurückgestopft und bekam den ganzen Unmut ihrer Mutter zu spüren.

Willa unterdrückte auch hier wieder die Worte, die unmittelbar aus ihr heraussprudeln wollten und die sehr viel aggressiver ausgefallen wären. Sie schaffte eine sachliche Antwort. »Das ist ja wohl verkraftbar, wenn es um eine lebensbedrohliche Verletzung geht.«

Ihre Mutter winkte ab. »Ach was, lebensbedrohlich.« Sie verschwand beim Reden in die Küche und sprach über ihre Schulter hinweg weiter. »Die ist doch schon wieder zu Hause. Woher weißt du das alles? Und wieso interessiert dich das?«

Willa folgte ihr und sagte zu ihrem Rücken: »Weil ich in meiner letzten Schicht das Vergnügen hatte, die Feuerwehrfrau zu behandeln und das schon ein immenser Zufall war.«

Ihre Mutter drehte sich unvermittelt um und sah sie plötzlich sehr misstrauisch an. Das war wohl schon zu viel gewesen. Willa wurde schlagartig klar, dass Maxi Gnädig in Weiler mit Sicherheit so bekannt war wie ein bunter Hund. Wenn ihr Gaydar sie nicht komplett in die Irre geführt hatte, war das natürlich eines *der* Gesprächsthemen für den Dorfklatsch. Das Geschwätz fand vermutlich kein Ende. Eine Lesbe bei der örtlichen Feuerwehr.

Die jetzt auch noch von der zweiten Lesbe mit großem Tratschfaktor behandelt wurde. Der neuen Hausärztin des Dorfes.

Wie hatte sie nur so doof sein können zu denken, dass ihre Mutter nicht sofort Lunte wittern würde? Ihr Blick allein sagte alles: Misstrauen, Ablehnung, Widerwillen. Ihre Mutter war einfach so vorhersehbar in ihrer Homophobie.

»Halt dich bloß von der fern. Das ist eine ganz furchtbare Person.«

Dieses Mal gelang es Willa nicht, ihre Reaktion hinunterzuschlucken, und sie fiel sehr sarkastisch aus. »Wie kann denn das sein, wenn sie in der Feuerwehr ist?« Sie wusste, welch große Stücke ihre Mutter auf die Weilerer Feuerwehr hielt. Hätte Willa sich nach einem Mann aus der Freiwilligen erkundigt, Gertrud Schneck hätte Freudentänze aufgeführt.

»Da gehen die Frauen nur so ein und aus. Und arbeiten tut sie auch nichts. Ein ganzes Lotterleben führt diese Person. Eine Schande fürs Dorf.«

Wie Willa diese Aussage hasste. *Eine Schande.* Alles, was nicht in Gertrud Schnecks Weltbild passte, war eine Schande. Viel zu oft hatte dieser Ausdruck auch auf sie schon Anwendung gefunden.

»Wer sagt das?«, fragte Willa, obwohl sie die Antwort bereits wusste. Ihre Mutter sagte das. Ihre Mutter verurteilte Maxi Gnädig gnadenlos. »Eigentlich hatte ich einen soliden Eindruck.« Die pure Provokation. Mehr brauchte es nicht als die paar Worte.

Gertrud verzog das Gesicht zu einer angewiderten Grimasse. »Solide? Wie kann denn *so eine* solide sein!«

Und genau in diesem Moment bereute Willa ihre Entscheidung, die neue Dorfärztin zu werden, aufs Tiefste. Denn sie war ja auch *so eine*. Nur dass ihre Mutter das nie akzeptieren würde.

6

Maxi schaffte es nicht einmal unter Aufbietung ihres ganzen Willens, sich aufzusetzen. Nicht einmal so langsam wie eine Schnecke und in Zeitlupe. Sie hatte das Gefühl, dass ein Felsbrocken auf ihrer Brust lag und ihr die Luft abschnürte.

So langsam machte sich eine leichte Panik in ihr breit und sie bereute ihre Entscheidung, die Schmerztablette abgelehnt zu haben, die Elli ihr in der Frühe hatte geben wollen. Sie hatte es zwar gestern Nacht selbst mit Ellis Hilfe kaum geschafft, sich auszuziehen, aber die letzten Stunden hatte sie sich gut gefühlt. Der Schmerz war erträglich gewesen. Kein Vergleich zu jetzt. Dazu kam, dass sie wirklich äußerst dringend pinkeln musste.

»Elli«, sagte sie so laut es ging, aber es kam nur ein heiseres Krächzen heraus, das ihre Schwester vermutlich gar nicht erreichen würde, denn wahrscheinlich war sie eine Etage tiefer.

Im Türrahmen tauchte aber tatsächlich eine Gestalt auf. Allerdings nicht ihre Schwester, sondern ihre Mutter. »Schmerztablette?«, fragte sie, als ob es eh klar wäre und sie auf nichts anderes gewartet hätte, als dass ihr ältestes Kind endlich zur Vernunft kam.

Aus lauter Bockigkeit wollte Maxi fast schon ablehnen, der Schmerz war aber zu groß für solch dumme Spielchen. »Zuerst eigentlich Klo, aber ich glaube, das schaff ich nicht ohne«, gab sie also zu, und ihr schmerzverzerrter Gesichtsausdruck musste wohl sämtliche Mutterinstinkte angesprochen haben, denn im Nu hatte sie eine Tablette vor dem Mund und ein Glas Wasser mit Strohhalm in der Hand.

»Kriegst du die so runter?«

Maxi grummelte bejahend und schluckte das Ding kurzerhand. Elli hatte sie gestern Nacht so hoch aufgebettet, dass sie zuversichtlich war, den riesigen Klumpen Schmerztablette ihre Speiseröhre hinunterquetschen zu können, ohne daran zu ersticken.

Ihre Mutter blieb auf der Bettkante sitzen, und gemeinsam warteten sie endlose Minuten. Maxi konnte gar nicht sagen, wie dankbar sie um die Gesellschaft war. Ihre Mutter konnte ebenso wie sie im richtigen Moment schweigen. Das war wunderbar. Sie hielt nur Maxis Hand und schaute sie immer wieder aufmunternd an.

Wer sie nicht kannte, machte immer wieder erstaunte Bemerkungen über ihre Ähnlichkeit. Bei ihrer Mutter überwog zwar so langsam das Grau in den dunklen Locken, und sie war insgesamt eine rundlichere, weichere Version, aber man konnte es nicht leugnen – sie sahen sich verdammt ähnlich. Außerdem hatte Ingrid Maxi mit sechzehn bekommen, der Altersunterschied war wirklich eher wie bei Geschwistern. Ingrid sah sogar mehr aus wie ihre Schwester als Elli. Die kam nach ihrem verstorbenen Vater. Ihr Bruder Robert, das Küken, war hingegen eine perfekte genetische Mischung.

Maxi lenkte sich mit lauter solchen Gedanken ab von den Schmerzen, dem Druck und der dazugehörigen Panik.

Nach gefühlten Ewigkeiten merkte sie, wie alles nachließ – die Schmerzen waren gedämpfter, und sie bekam auch wieder besser Luft. »Ich glaube, jetzt können wir es versuchen.«

Sie wünschte, sie hätte auf die Ärztin gestern Nacht gehört und sie nicht nur angeschmachtet. Jesus, Maria und Josef, war das eine Lehre. Eine sehr schmerzhafte. Sie würde in Zukunft pünktlich wie verordnet das Zeug brav schlucken, auch wenn sie kein Fan von Medikamenten war, deren Beipackzettel einmal um den Äquator reichte.

Ihre Mutter sagte kein Wort, sondern schritt zur Tat. Gemeinsam schafften sie es mit mehreren Anläufen, Maxi einigermaßen schmerzfrei zuerst zum Sitzen am Bettrand zu bringen, und danach war das Aufstehen gar nicht mehr so schwer.

Sie ging so schnell es eben ging zur Toilette – also seeehr langsam. In ihrem Hexenhäuschen gab es glücklicherweise keine großen Strecken zurückzulegen.

Ihre Mutter blieb kommentarlos draußen stehen. Maxi nahm sich fest vor, ihr keinen Anlass zu geben, zu ihrer Rettung ins Klo kommen zu müssen. Wobei es von Minute zu Minute dank der Tablette besser ging. Wieso war sie nur so idiotisch gewesen und hatte Heldin spielen müssen?

Maxi stellte sich Doktor Schnecks Reaktion auf diese Selbsterkenntnis vor. Sie würde vermutlich dieses faszinierende Lächeln auflegen und irgendetwas furchtbar Trockenes dazu sagen.

Warum ging ihr eigentlich diese Ärztin nicht mehr aus dem Kopf? Maxi schob das beiseite und machte sich an die praktischen Dinge des Lebens: auf die Kloschüssel zu kommen.

Sie war noch dabei, sich wieder anzuziehen, da hörte sie die Türklingel, und nur Sekunden später sprach ihre Mutter mit jemandem. »Komm rein. Sie ist auf dem Klo.«

Na toll, würde jetzt auch noch verkündet werden, was sie dort genau tat? Und wem sagte ihre Mutter das eigentlich?

»Immerhin das scheint ja zu funktionieren«, hörte sie Carolina antworten, und ihre Stimmung hellte sich sofort auf. Ihre Ex-Freundin war einer ihrer Lieblingsmenschen.

Elli machte sich ja immer darüber lustig, dass sie mit fast allen ihrer ehemaligen Beziehungen befreundet blieb und sich ihr Freundinnenkreis mehr oder weniger daraus zusammensetzte. Aber Maxi hatte dafür nur ein Schulterzucken übrig. Sie hatte die Frauen eben einfach gut ausgesucht. Grundsätzlich passten also alle zu ihr, nur halt nicht für eine dauerhafte Liebesbeziehung. Sie verstand Menschen nicht, die sich fast ausschließlich in Arschlöcher verliebten – männlich oder weiblich oder alles dazwischen.

Was hatte das denn für einen Sinn? Maxi mochte nette Menschen. In allen Lebenslagen. Auch im Bett. Elli lachte darüber immer nur. Sie war mehr die Art Hete, die auf ›Bad Boys‹ stand. Geheiratet hatte sie dann aber gar keinen Möchtegern-Gangster, sondern das genaue Gegenteil. Gerald war ein braver Finanzbeamter – solider und freundlicher ging gar nicht. Womit für Maxi alles gesagt war.

Ganz langsam schlich sie sich aus dem Klo. Ingrid und Carolina hatten es sich bereits an ihrem kleinen Tischchen gemütlich gemacht und plauderten. Sie kannten sich ja schon lange genug. Ihre Mutter war immer sehr aufgeschlossen gegenüber ihren vielfältigen Bekanntschaften und Freundschaften. Bei der Freiwilligen Feuerwehr war sie auch neulich dabei gewesen. Sehr zur Erheiterung ihrer Kameraden. Wer brachte denn schon seine Mutti zum abendlichen Bier mit? Nach drei Stunden hatte das dann aber keinen mehr gestört. Manchmal nervte sie das fast. Dass ihre Mutter überall so gut ankam. Sie konnte dann einen Funken Eifersucht fast nicht unterdrücken. Es war aber allemal besser als das Gegenteil.

Als sie angeschlichen kam, hörten die beiden auf zu reden und verfolgten gebannt, wie Maxi sich im gesteigerten Schneckentempo wieder zum Bett bewegte. Sie winkte ab, als ihre Mutter aufstehen wollte, um ihr zu helfen. Sie würde es allein schaffen.

»Gibst du jetzt also zu, dass dein Projekt Landleben gescheitert ist?« Carolina war wie immer direkt. Viel zu direkt für Maxis Gemütszustand und ihre gedämpft schmerzende Seite.

Sie antwortete einfach gar nicht und widmete sich vollständig der Aufgabe, wieder ins Bett zu kommen. Langsam und vorsichtig.

»Lass sie. Sie wird schon noch von allein draufkommen. Oder auch nicht.«

Diese Haltung schätzte Maxi so. Dieses *Laisser-faire* ihrer Mutter. Ihr Vater war eher aufbrausend gewesen, und deshalb waren sie in ihren Teenager-Jahren auch oft aneinandergeraten, aber Ingrid hatte immer ausgeglichen. Jetzt wünschte Maxi sich oft ihren Vater zurück, um mal so einen richtigen Streit vom Zaun zu brechen und sich danach wieder versöhnen zu können.

Carolina riss sie aus ihren abschweifenden Gedanken. Sie lief aufgeregt hin und her, ein echtes Unterfangen in ihrem superkleinen Häuschen und seinen Minizimmern. Wie immer war Carolina übermäßig dramatisch. »Was braucht es denn noch? Reicht ein Pferd nicht aus? Musst du auch noch bei einem echten Brand verletzt werden?«

Maxi sah sie als Antwort einfach an. Hochgezogene Augenbrauen inklusive. Sie musste es nicht aussprechen, Carolina wusste auch so, was sie dachte: Drama Queen. Oft genug hatte sie ihre Freundin schon so betitelt.

Carolinas selbstironisches Lächeln zeigte ihr, dass sie verstanden hatte. Sie legte entsprechend nach: »Oder sonst irgendwas passieren, was einem nur auf dem Land passieren kann?«

Ingrid schnaubte erheitert darüber. Carolinas Vorstellungen vom Landleben waren doch sehr eingeschränkt und kamen wohl großteils aus der *Landlust* oder Fernsehdokumentationen über die Ausbreitung von Zecken.

Maxi und sie grinsten sich an.

Dann setzte Carolina einen Babyflunsch auf und kullerte übertrieben mit ihren großen, ausdrucksstarken Augen. »Komm einfach wieder zurück«, sagte sie mit Kleinkindstimme.

Süß. Aber Maxi war immun dagegen. Sie konnte sich zwar noch an Zeiten erinnern – in der grauen Vorzeit ihrer Beziehung – zu denen das bei ihr funktioniert hatte wie antrainiert, aber das war lange vorbei. Es schmeichelte ihr trotzdem, dass Carolina zu solchen Mitteln griff, um sie in die Stadt zurückzulocken.

Das hieß aber nicht, dass sie sie nicht provozieren durfte. Und Carolinas eingleisige Denkweise – Stadt cool, Land doof – lud geradezu ein, das zu tun. »Wieso bist du überhaupt hier, wenn es hier so schrecklich ist? Ich bin mir sicher, in zwei, drei Wochen kann ich auch wieder in die Stadt kommen, und wir treffen uns dort. Du sollst ja nicht kontaminiert werden mit zu viel Landleben und Natur.« Maxi klimperte mit ihren Wimpern zurück.

Das trieb Carolina nur zu noch mehr Drama an. Mit wehendem Rock schritt sie in dem kleinen Zimmer des Hexenhäuschens hin und her. Ihre Fülle war nie ein Hinderungsgrund für perfekte Eleganz gewesen. Im Gegenteil. Carolina war die perfekte füllige Burlesque-Tänzerin. Die sie ja auch war. Wenn das Licht aus- und die Bühnenscheinwerfer angingen.

Das hier war wie eine Show. Ein kurzer Blick zu ihrer Mutter bestätigte das. Mit einem süffisanten Lächeln saß sie am Esstisch und besah sich Carolinas ›Auftritt‹.

»Ich will meine alte Freundin einfach wieder direkt vor Ort haben. Ist das zu viel verlangt?« Carolina blieb mit Schwung in einer Drehung verharren und starrte Maxi an. »Und du bist einfach kein Landmädchen. Was willst du überhaupt hier?« Sie machte eine weit ausholende Geste, die alles mit einschloss: das viel zu kleine Hexenhäuschen, in dem Maxi am Dorfrand wohnte, das Dorf an sich und die gesamte unbebaute Landschaft aus Feldern, Wäldern und sanften Hügeln drumherum. In Carolinas Adern floss Asphalt, ihre Knochen waren aus Beton und ihr Gehirn bestand aus der Straßenkarte einer Großstadt. Sie konnte nichts anderes denken und fühlen als Urbanität.

Für Maxis erste dreißig Jahre galt das so ein Stück weit auch, aber je älter sie wurde, desto mehr überwog die Sehnsucht nach Natur, nach dem reduzierten Leben auf dem Dorf. Sie war tatsächlich kein Landmädchen, aber sie konnte doch ein Wurzelweib werden. Oder so was.

Außerdem musste sie ja nicht ihr gesamtes Leben im Dorf verbringen. Sie hatte ein Auto, ein Motorrad, ja sogar ein Fahrrad. Sie war mobil. Die Hälfte der Zeit war sie sowieso nicht hier. Schon aus beruflichen Gründen und weil ihr gesamtes Umfeld sie zurück in die Stadt lockte.

»Ich will hier leben, und ich will hier vor allem schreiben.«

Das hatte sie schon oft als Argument gebracht, aber das machte es ja nicht weniger wahr. Deshalb hielt sie es Carolina wieder entgegen.

Erneut erntete sie nur einen entnervten Stoßseufzer – wie schon so oft. »Du kannst überall schreiben. Das ist doch das Gute daran, Schriftstellerin zu sein.« Carolina tänzelte hin und her.

»Das stimmt nicht. Ich kann eben *nicht* überall schreiben. Bei mir ist Lärm tödlich. Da fällt mir kein gescheiter Satz ein. In der Stadt ist es mir inzwischen zu laut geworden.«

Und das stimmte auch. Der Verkehrslärm trieb sie zur Verzweiflung. Natürlich hätte sie sich innerhalb der Stadt eine ruhigere Wohnung suchen können, aber das wäre nur ein Kompromiss gewesen.

»Das ist doch Quatsch«, verkündete Carolina voller Inbrunst. Und als ob sie die Unterstützung herbeigezaubert hätte, fing einer ihrer Nachbarn draußen an, mit der Motorsäge sein Holz zu bearbeiten. Oder was auch immer den Motorenlärm verursachte. »Siehst du!«, rief Carolina triumphierend über die Motorsäge hinweg.

»Ich bleibe hier. Fürs Erste. Und damit basta. Und zwar endgültig.«

Mit dieser Aussage verstummte auch die Maschine wieder, und es herrschte kurz verblüffte Stille im Hexenhäuschen.

»Wann musst du wieder zum Arzt?« Ingrid hatte wohl genug von der ewig gleichen Diskussion. Ihre Methode war es, Maxi ihren Willen zu lassen und darauf zu setzen, dass sie schon von allein zur Vernunft kam. Wie bei so vielen ihrer verrückten Ideen, die sie im Laufe der Jahre so an den Tag gelegt hatte.

Mit der Schriftstellerei war das auch so gewesen, nur dass das immer noch nicht vorbei war und vermutlich auch nie vorbei sein würde. Dafür verkauften sich ihre Bücher zu gut.

Aber das hatte Ingrid inzwischen auch eingesehen, nämlich dass Maxi keine wirklich gute Deutschlehrerin geworden wäre. Nach der Lektüre sämtlicher Bände ihrer Krimiserie war sie einer ihrer größten Fans. Sie fieberte auf jede Fortsetzung hin.

»Die Ärztin im Krankenhaus meinte, dass ich mich eigentlich nur auskurieren muss. Die wird das ja wohl am besten wissen.« Ein Bild von Doktor Schneck schoss ihr vors innere Auge. Die kurzen rotbraunen Haare, der schöne Mund, diese Augen, die in sie geblickt hatten, als ob sie Maxi kennen würden wie kaum ein anderer Mensch. Nicht zu vergessen diese Hände, die sie untersucht hatten und die trotz ihrer Zartheit so wissend, so zielsicher, so zupackend waren.

»Aber du musst doch da noch mal hin. Da muss doch eine Nachsorge stattfinden«, sagte Ingrid und sah dabei nachdenklich besorgt aus.

Maxi wollte schon protestieren, aber wenn sie es recht bedachte, wäre so eine Nachsorge bei Doktor Schneck doch genau das, was sie brauchte. Und sei es nur, um zu kontrollieren, dass die Ärztin im Tageslicht betrachtet und ohne Medikamentenhigh nicht so umwerfend aussah, wie Maxi das im Gedächtnis hatte. Denn falls sie in echt so war, wie ihr Erinnerungsvermögen das vorgaukelte, dann hatte Maxi ein Problem am Start. Welche Frau sollte jemals an Doktor Schneck herankommen? Denn mit Sicherheit war eine Frau wie die Ärztin schon seit Jahren in festen Händen, und Maxi könnte nur von Weitem bewundern, was sie nie haben konnte.

Trotzdem. Sie würde es gern wissen.

Es klingelte schon wieder an der Tür des Hexenhäuschens, und Maxi fragte sich, warum sie nicht eine Drehtür hatte einbauen lassen, so wie es hier zuging. Aber es lenkte sie immerhin so lange von Doktor Schneck ab, bis sie zur Nachsorge gehen konnte.

7

Nichts funktionierte. Ihr Computersystem wurde noch installiert, sie hatte noch immer kein Praxisteam, und der alte Bürostuhl, den sie in einer Hauruckaktion aus dem Keller geholt hatte, quietschte.

Trotzdem saßen in Willas Wartezimmer bereits die ersten Patientinnen und Patienten. Es musste sich wie ein Lauffeuer im Dorf verbreitet haben, dass sie die Praxis zwei Wochen früher als angekündigt öffnete. Urlaub adieu, ausgeruhte Vorbereitungen adieu – hereinspaziert Maxi Gnädig. Hoffte sie inständig. Denn genau das war der Grund für diese wenig durchdachte Aktion. Dass die Feuerwehrfrau zur Nachsorge in die Praxis im Dorf kommen würde. Was lag denn schließlich näher?

Nur bisher saßen im Wartezimmer sieben Weilerer Schnecks, die alle über dutzend Ecken mit ihr verwandt waren, und ein paar Leute, die sie sogar nicht kannte, was ja erfreulich war – aber keine Maxi Gnädig weit und breit.

Willa wühlte sich durch die alten Karteikarten ihres Vorgängers, die sie in Ermangelung eines funktionierenden Computers jetzt erst einmal weiterverwenden musste, um aufzuzeichnen, wen sie wie behandelte. Die Krankenkassenabrechnung stand auf einem anderen Blatt und würde vermutlich noch ein Albtraum werden.

Mit einer Karteikarte in der Hand öffnete sie die Tür zum Warteraum und grüßte in die Runde. »Guten Morgen, alle zusammen.«

Unisono kam ein Gruß zurück, und aufmerksame Augen musterten sie. Nicht unfreundlich, aber doch mit ausgesprochener Neugier.

Gestern hatte Willa einfach einen Stapel ihrer alten Zeitschriften hier auf ein Tischchen geworfen, einige *Emmas* darunter – wie auch immer das in Weiler ankommen würde. Eine Pflanze oder ein paar Bilder täten dem Warteraum noch gut. Die Stühle hatte sie noch zu Krankenhauszeiten bestellt, sonst müssten ihre Patienten jetzt auf Sperrmüllersatz Platz nehmen. Immerhin waren alle Räume frisch renoviert.

»Ich bitte um etwas Verständnis und Geduld heute. Die Praxiseröffnung könnte reibungsloser verlaufen. Aber es geht jetzt los. Margit Schneck, bitte«, sagte sie in den Warteraum hinein. Eine der anwesenden Schnecks erhob sich sofort und kam zielstrebig auf sie zu.

»Keine Sorge, Wilhelmine. Länger als bei Doktor Frank kurz vor dem Ruhestand kann es gar nicht dauern.« Das kam von einem Cousin dritten Grades, den sie seit ihrer Jugend nicht mehr gesehen hatte, aber sofort an seiner lauten Stimme und der vorwitzigen Art erkannte.

Sie nickte ihm nur zu. Ganz neutral. An dieser nichtssagenden Gesichtsmimik würde sie noch viel arbeiten müssen, um sie zu perfektionieren. Sie hatte das Gefühl, dass sie das hier sehr oft brauchen würde.

Margit Schneck folgte ihr ins Behandlungszimmer.

Mit einem Quietschen ließ Willa sich auf dem Schreibtischstuhl nieder und schob die Karteikarte, die sie von Margit Schneck gefunden hatte, auf dem Schreibtisch zurecht, um darin Eintragungen machen zu können. Die letzte, die sie darin fand, war zehn Jahre alt – großes Blutbild mit extrem guten Werten.

Sie schaute hoch und fragte mit ihrer besten Doktorstimme: »Was kann ich also für Sie tun?«

Die Reaktion darauf hätte sie sich in ihren kühnsten Träumen nicht zusammenfantasieren können. Ihre erste Patientin in ihrer eigenen Praxis.

»Aber seit wann siezt du mich denn?«, fragte Margit Schneck empört. »Ich hab dich als kleines Kind auf dem Schoß gehalten, erinnerst du dich nicht? Du hast immer Tante Margit zu mir gesagt.«

Die Erinnerung war natürlich noch da, aber wollte sie ausgerechnet jetzt daran denken? War das nicht unpassend? Verfluchtes

Dorf, verfluchte Verwandtschaft. Das brachte Probleme mit sich, die sie vorher so nicht durchdacht hatte.

»Aber jetzt sind wir Ärztin und Patientin.«

Diese Erklärung erschien Willa alles zu sagen, und sie sah Margit Schneck auffordernd an. Immer noch in Erwartung auf das medizinische Problem, das es hier anzugehen galt. Das Wartezimmer saß schließlich voll. Aber sie hatte die Rechnung ohne ihre Verwandte gemacht.

»Und ich bin immer noch deine Tante Margit«, erwiderte sie mit vorgeschobenem Kinn, das deutlich zeigte, dass sie in diesem Thema eine unverrückbare Ansicht hatte.

Gut, Willa konnte flexibel sein. Zwangsläufig. Das führte hier sonst zu nichts. Und tatsächlich war Margit Schneck immer eine von den Schnecks gewesen, die stets sehr nett zu ihr waren. Daran konnte sie sich deutlich erinnern.

»Also gut, Tante Margit, was bringt dich in meine Praxis?« Vielleicht führte der Weg des geringsten Widerstandes zum Erfolg.

Tante Margit öffnete ihre Großraumhandtasche, die sie die ganze Zeit über dem Arm hängen hatte und nun auf ihren Schoß bugsierte. »Ich hab dir hier ein Glas Honig von deinem Onkel Erwin mitgebracht. Wenn es leer ist, sag einfach Bescheid. Du weißt doch, dass er passionierter Imker ist?« Und mit diesen Worten stellte Tante Margit ein Fünfhundert-Gramm-Glas des deutschen Imkerbunds mit flüssigem, goldenen Honig auf Willas Schreibtisch.

»Oh, vielen Dank, das wäre doch nicht nötig gewesen«, sagte Willa reflexartig und ziemlich perplex. Die erste Patientin, das erste Geschenk. Damit hätte sie wohl auch rechnen müssen. Hier im Dorf. »Du bist also krank?«, versuchte sie, das Gespräch wieder in die richtige Richtung zurückzulenken. Etwas plump, aber dafür sehr deutlich. Sie würde doch wohl noch in Erfahrung bringen, wieso Tante Margit hier war.

»Krank?«, erwiderte Margit Schneck aber sofort wieder empört. »Wie kommst du denn darauf? Mir geht es bestens. Ich bin *nie* krank. Und Erwin auch nicht. Wir nehmen Propolis, da können deine ganzen Medikamente nicht mithalten.«

Ja, Willa hatte schon von dem Bienenkittharz Propolis und seinen vielfältigen medizinischen Anwendungsmöglichkeiten gehört, sich aber noch nie ausführlicher damit befasst. Das fiel in den Bereich Naturheilkunde. Im Krankenhaus nicht gerade sehr nachgefragt. Vielleicht sollte sie das jetzt mal angehen. Als Allgemeinmedizinerin auf dem Dorf war es durchaus nützlich, sich da ein bisschen Fachwissen anzueignen.

Erst einmal galt es allerdings, hier weiterzukommen. »Aber warum warst du denn dann in meinem Warteraum?« Willa war jetzt vollständig verwirrt und trug bestimmt auch ein entsprechendes Gesicht zur Schau. Sie war nicht gut darin, ihre Emotionen zu verstecken. Ein Umstand, den ihre Mutter ihr immer wieder vergegenwärtigte.

Tante Margit strahlte sie jedoch an. »Na, um dich herzlich willkommen zu heißen und dir viel Erfolg zu wünschen! Als Patienten wirst du uns zwar, so Gott will, nicht oft zu Gesicht bekommen, aber wir freuen uns sehr darüber, dass du jetzt wieder hier bist. Das Dorf braucht dich.«

Willa konnte nicht anders, als über diese unerwartete Wendung herzlich aufzulachen, und Tante Margits Strahlen war auch wirklich ansteckend. Das kam von Herzen, und man spürte das auch. »Das ist aber wirklich nett, Tante Margit«, sagte sie zum ersten Mal am heutigen Tag ganz und gar unverkrampft und positiv gestimmt.

Tante Margit war damit anscheinend zufrieden, denn sie stand zügig auf und raffte ihre Großraumhandtasche wieder an sich. »Ich halte dich nicht länger auf. Da warten noch mehr Leute in deinem Wartezimmer.«

Willa wollte irgendetwas Höfliches antworten, aber Tante Margit fackelte nicht lange herum. Sie öffnete die Tür zum Behandlungszimmer und war schon halb hinaus, bevor Willa *piep* sagen konnte.

»Und lass dich von deiner Mutter nicht wieder vergraulen, Mine.«

Mit dieser Aussage, die für Willas Geschmack wesentlich mehr Ausführung gebraucht hätte, verschwand Tante Margit mit einem Winken aus der Praxis, als ob das alles ganz und gar selbstverständlich wäre.

Willa schaute perplex auf das golden schimmernde Glas Honig auf ihrem Schreibtisch. Was für ein Anfang!

Dann biss sie sich ärgerlich auf die Lippe. Warum hatte sie Tante Margit nicht nach der Feuerwehrwehrfrau Maxi Gnädig gefragt? Von allen Sachen, die sie hätte sagen können, wäre das ja wohl das Allerwichtigste gewesen.

Aber jetzt war keine Zeit zu sinnieren. Auch nicht darüber, dass die nette Tante Margit wohl ein etwas zwiespältiges Verhältnis zu ihrer Mutter Gertrud hatte. Eine äußerst interessante Tatsache.

Willa erhob sich wieder mit einem Quietschen aus dem alten Schlachtross von einem Schreibtischstuhl und wusch sich die Hände an ihrem kleinen Waschbecken. Sie hatte Tante Margit zwar nicht die Hand gegeben – was sie im Nachhinein wunderte, dass die willensstarke Verwandte nicht auch darauf bestanden hatte –, aber das konnte nicht schaden. Hygiene war das A und O in der Medizin.

Da ertönten Stimmen im Flur, und das kleine Glöckchen an der Eingangstür klingelte. Auch das hatte sie mehr oder weniger provisorisch aufgehängt. Was sich bereits bewährte. So hörte sie wenigstens, wenn jemand kam.

Sie brauchte wirklich dringend eine Mitarbeiterin. Während sie in Behandlung war, konnte sie schließlich nicht auch noch neue Patienten aufnehmen. Das würde hier noch im Chaos enden, wenn sie das nicht bald anging. Es lagen ihr zwar schon Bewerbungen vor, aber sie war aufgrund von verschobenen Prioritäten – Feuerwehrfrau auf Platz eins, danach kam der ganze Rest – noch nicht dazu gekommen. Sie ging wirklich alles in der falschen Reihenfolge an. Mist.

Willa trocknete sich schnell die Hände ab und machte sich über die Rezeption auf den Weg zum Wartezimmer.

Und blieb bei dem Anblick, der sich ihr bot, unvermittelt stehen. Larissa, die Ex-Frau ihres Bruders, war in die Praxis gekommen, während sie mit Tante Margit im Behandlungsraum war. Die zehn Minuten hatten für Larissa offenbar gereicht, sich hinter dem Empfangstresen einzurichten. So richtig. Denn Larissa sah so aus, als ob sie da hingehörte und auch noch nie etwas anderes gemacht hätte.

Zwei Neuankömmlinge standen davor, und Larissa managte alles mit absoluter Gelassenheit. Und was noch besser war: mit Professionalität. Das Kartenlesegerät für die Versichertenkärtchen funktionierte wie durch ein Wunder inzwischen auch. Und der Computer!

Larissa warf ihr kurz einen Blick zu und fuhr dann fort, die neuen Patienten aufzunehmen.

Willa konnte nur starren. Sie war nicht in der Lage weiterzumachen, als ob nichts wäre. Hörten die Überraschungen hier in Weiler eigentlich irgendwann auch mal auf?

Larissa komplimentierte die beiden Neuen zügig ins Wartezimmer und wandte sich dann kampflustig zu Willa.

Wohlwissend, dass nur durch eine Tür getrennt halb Weiler im Wartezimmer saß, flüsterte Willa ihrer Ex-Schwägerin über den Tresen hinweg zu: »Was machst du hier?«

Larissa zeigte vorwitzig auf die ganzen Unterlagen und überhaupt alles, was sich um sie herum befand.

Willa ging hinter den Tresen und baute sich vor Larissa auf, was nicht so leicht war, weil ihre Ex-Schwägerin eine stämmige, große Blonde war, die Willa einfach aus dem Weg hätte schubsen können. »Du weißt, was ich meine«, insistierte Willa trotzdem. Das war schließlich ihre Praxis hier. Auch wenn sich Weiler offenbar in einer geheimen Verschwörung gegen sie befand. Nichts lief, wie sie das geplant und vorhergesehen hatte.

Larissa schaute sie störrisch an. Hochgezogene Schultern, zusammengebissene Zähne, hochgezogene Augenbrauen. »Ich bin die ideale Praxishelferin für dich, und das habe ich in den letzten zehn Minuten bewiesen.«

Ja, tatsächlich, das hatte sie. Das musste Willa zugeben. Es war wie ein Wunder. Natürlich hatte Larissa Glück gehabt, dass der Techniker genau im richtigen Moment fertig geworden war und sie sofort übernehmen konnte. Aber es stimmte, Larissa hatte ohne Einarbeitung die Sache geschmissen. Was nicht weiter verwunderlich war, denn sie hatte vor ihrer Heirat mit Wilhelm in einer Zahnarztpraxis gearbeitet. Seit den Kindern aber nicht mehr. Sie hatte zwar eine Stelle gesucht, aber keine gefunden, die mit den Zeiten der Kita in Weiler kompatibel war.

»Warum hast du dich denn nicht einfach beworben?« Das war doch wohl die Frage aller Fragen. Natürlich hätte Willa auch selbst darauf kommen können, ihrer Ex-Schwägerin die Stelle anzubieten, aber sie hatte wirklich anderes um die Ohren gehabt.

Larissa kriegte ein Funkeln in die Augen und sah noch störrischer aus. »Weil du mich garantiert nicht genommen hättest. Gertrud hätte dich so lange bearbeitet, bis du klein beigegeben hättest. Jetzt hat mich bereits das halbe Dorf hier gesehen, nun ist es praktisch schon Allgemeinwissen.«

Larissas Erklärung ließ Willa die Kinnlade herunterfallen. Larissa registrierte das offensichtlich, denn sie grinste schelmisch und fügte hinzu: »Ganz schön ausgefuchst von mir, oder?« Sie hatte verdammt recht, und das war keine angenehme Erkenntnis.

»Das kann man wohl sagen«, gestand Willa ein.

Sie wusste nicht, ob sie sauer oder froh sein sollte. Das Gesicht ihrer Mutter hätte sie aber zu gern sehen wollen, als sie erfahren hatte, dass ihre verhasste Ex-Schwiegertochter jetzt die medizinische Fachangestellte ihrer Tochter war. Denn eines war sicher: Gertrud Schneck war eine der Ersten gewesen, die es erfahren hatten.

8

Die schiere Menge an Menschen im Wartebereich verhieß nichts Gutes. Maxi hatte ja schon öfter gehört, dass man eine Unmenge an Zeit mitbringen musste, wenn man in die Krankenhausambulanz ging, aber dass das der Realität entsprach, hatte sie für abwegig gehalten. Man konnte doch nicht fünf Stunden warten, bis man drankam. Oder konnte man?

Vielleicht ließ sich ja an der Aufnahme klären, dass sie eine bestimmte Ärztin sehen wollte und damit aus der Schlange herausfiel. Aber erst einmal bis zur Aufnahme durchkommen.

Nach einer ersten optischen Orientierung zog sie an einem Automaten eine Nummer, wie es kaum zu übersehende Schilder anwiesen, und schlich noch immer viel vorsichtiger als im Normalzustand zu einer Wartebank, auf der noch zwei Plätze frei waren.

Auf ihrem kleinen Zettel stand die Nummer 96. Auf der Anzeigetafel, die gerade wieder blinkte und eine neue Nummer aufrief, hingen die Zahlen jedoch aktuell in den 60ern. 61 und 62 wurden gerade bearbeitet. Wahnsinn! Noch über dreißig Leute vor ihr. War das der Alltag in deutschen Krankenhäusern? Das war ja wohl ein Skandal.

Vielleicht sollte sie Doktor Schneck um ein paar Insider-Informationen bitten und das in einen ihrer nächsten Krimis einbauen. Ein Krimi, der im Krankenhaus spielte? Warum eigentlich nicht. In ihrer Serie rund um die Kriminalhauptkommissarin Carsta und ihre Kollegen war bereits der siebte Band veröffentlicht, und sie schrieb am achten. Band eins bis sieben waren ein erfolgreicher Dauerbrenner im Verlag, und ihr Herausgeber lechzte schon nach dem jeweils nächsten Roman. Zwar war sie damit in ein ziemliches Korsett gequetscht, rein künstlerisch betrachtet, aber sie konnte sich über den Erfolg wirklich nicht beschweren.

Irgendwann würde sie etwas anderes schreiben wollen und hatte dafür auch schon Ideen in der Schublade, aber momentan war sie noch zufrieden mit ihrer Serie. Und solange ihr immer wieder Ideen kamen, wo und was Carsta, ihre charismatische Polizistin, noch ermitteln konnte, war doch auch alles gut. Das würde doch sogar Anlass bieten, mit Doktor Schneck einen privaten Termin zu vereinbaren. Zur Recherche. Perfekt!

Im Rahmen dieser Recherche könnte sie dann ein bisschen mehr über die hübsche Ärztin herausfinden. Was schlummerte hinter diesen grünlichen Augen für eine Persönlichkeit? Maxi konnte Tiefen erahnen, und das erweckte ihre Neugier nur umso mehr. Oberflächliche Menschen fand sie schrecklich langweilig. Vielleicht lag diese Einstellung daran, dass sie Schriftstellerin war und immer das Besondere, das Dahinter suchte, aber sie konnte sich nicht helfen. Es war eben so. Und Doktor Schneck versprach viel an dahinter verborgen Liegendem.

Mit diesen Gedanken vertrieb sie sich die Zeit, bis Carolina sich neben sie auf die Bank plumpsen ließ. Man würde manchmal nicht meinen, dass sie sich auf der Bühne als Torpedotante so unglaublich geschmeidig bewegen konnte. *Torpedotante*, Carolinas Bühnenname, hatte Maxi erfunden. Bis zum heutigen Tag eine ihrer besten literarischen Eingebungen. Schließlich schlug Carolina immer ein wie ein Geschoss, wenn sie wie losgelassen ihre Nummer abzog, dabei die Hüllen fallenließ und ihre Kurven präsentierte.

»Nummer?«, fragte Carolina, als ob sie ihre Gedanken gelesen hätte, aber natürlich meinte sie die Position in der Warteschlange.

»Sechsundneunzig.« Maxi traute sich kaum, diese absurd hohe Zahl zu nennen. Carolinas Geduldsfaden war so kurz wie ihr geblümter Rock.

»Das ist ein Scherz, oder?«, kam die Gegenfrage mit einem Wallen ihres stattlichen Busens.

»Nope«, sagte Maxi knapp, um keine Tirade zu provozieren.

»Das wird uns ein Vermögen im Parkhaus kosten. Und da war alles voll. Ich wette, die finanzieren ihr Krankenhaus nicht durch die Krankenkassen, sondern rein über die Parkeinnahmen.«

Natürlich sagte Carolina das so laut, dass alle anderen Anwesenden das auch hören konnten. Mehrere Leute lachten darüber, andere nickten ernsthaft bestätigend. Die allerwenigsten reagierten abweisend. Und schon wieder hatte Carolina ein Publikum für sich gewonnen. Unglaublich. Carolina konnte Torpedotante einfach nicht zuhause lassen.

Inzwischen war schon die Nummer 70 dran. Das ging doch schneller, als sie gedacht hatte. Maxi überschlug das im Kopf. Sie saß jetzt elf Minuten hier, und neun Nummern waren schon vorbei. Zehn, wenn man die Frau mitrechnete, die gerade an den Schalter ging. Das hieß, sie musste noch zirka vierzig Minuten warten, bis sie drankam. Das war machbar. Ob sie dann allerdings nach der Aufnahme sofort zur Behandlung geschickt wurde, war ja auch ungewiss. Vielleicht war Doktor Schneck nicht sofort greifbar. Maxi hoffte, dass sie nicht wieder in der Nachtschicht im Dienst war. Aber da ihr Unfall kalendarisch betrachtet letzte Woche passiert war, hoffte sie, dass die Ärztin diese Woche die Tagesschicht hatte. Das war doch eigentlich logisch, oder? Auch wenn sie keine Ahnung von Krankenhausdienstplänen hatte.

»Ich hab dich nicht gezwungen, mich hier herzufahren. Also sei schön brav«, sagte sie zu Carolina, die aussah, als ob sie gerade so weitermachen wollte.

»Brav! Das werde ich erst sein, wenn ich mal eingeäschert bin, und das weißt du auch.«

Das stimmte, und genau das machte Carolinas Charme auch aus. Eine bessere Freundin, mit der es einer nie langweilig wurde, gab es kaum. Außerdem loyal. Auch wenn sie mit ihr ins Krankenhaus wahrscheinlich mehr aus Neugier als aus Loyalität gekommen war.

Maxi hatte nämlich in einem Nebensatz fallenlassen, welch eine attraktive Ärztin sie behandelt hatte. Zack, waren Carolinas Lauscher aufgestellt. Das war ja okay, solange sie diesen überbordenden Charme nicht an Doktor Schneck erprobte. Maxi wollte Willa ganz für sich. Sie hatte sich auch vorgenommen, allein ins Behandlungszimmer zu gehen. Carolina durfte schön davor warten. Sie würde ihre kostbaren Minuten maximal ausschöpfen.

Die folgende Dreiviertelstunde plauderten sie über Gott und die Welt, mal mit den anderen Wartenden um sie herum, mal nur zu zweit über gemeinsame Bekannte und Nichtigkeiten.

Als ihre Nummer aufgerufen wurde, war Maxi kein bisschen genervt, wie sie das vorher vermutet hatte. Im Gegenteil, sie war guter Dinge und energetisiert. Sie würde jetzt Doktor Schneck wiedersehen. Wie schön!

Mit Carolina im Schlepptau trat sie an die Aufnahme, an der ein etwas aufgelöst wirkender Mann mittleren Alters mit Schweißperlen auf der Stirn und sehr wenigen Haaren auf dem Kopf saß.

Ohne sie anzusehen oder zu begrüßen, fragte er gleich: »Versichertenkarte? Überweisung? Sonstiges?« Er tippte hektisch irgendwas an seinem Computer und erschien dabei sehr hibbelig.

Maxi wartete ein paar Sekunden, bis er sie endlich ansah. So viel Zeit musste sein. Ungeduldig blickte er schließlich auf und sah sie fragend an. Bei Carolina neben ihr tickte bereits der Zünder. Sie konnte es geradezu hören.

»Ich war schon mal hier und würde gern wieder zur gleichen Ärztin«, sagte Maxi in aller Ruhe.

Der Mensch am Schalter fuhr sich mit der Hand schnell über die Stirn. »Das geht nicht«, erklärte er wegwischend. Seinen Schweiß als auch Maxis Ansinnen. Einfach so.

Maxi hatte den Mund schon offen für eine freundliche Bitte, als Carolina neben ihr explodierte. Der Torpedo hatte sein Ziel erfasst. »Schätzchen, das muss gehen, oder ich mach hier einen Aufstand, dass das Technische Hilfswerk kommen muss. Oder Misereor oder wer auch immer.«

Der Mann im weißen Hemd seufzte tief, als ob er *Was für ein Scheißtag und womit habe ich das nur verdient* sagen wollte. Auch das war eine Wirkung von Torpedotante. Die vollkommene Zerstörung jeglicher Abwehrmauern. Widerstand war bei Carolina wirklich zwecklos, und das strahlte sie auch aus. Dass sie stets und immer bekam, was sie wollte. Oder es sonst Tote gab.

Wie gut, dass sie Carolina dabeihatte. Maxi hätte mit Sicherheit einfach ein Einsehen gehabt – wenn etwas nicht ging, dann ging es eben nicht. Carolinas Motto war da eher: Geht nicht, gibt's nicht.

»Sie will zu Doktor Schneck, und sie wird zu Doktor Schneck gehen.« Carolina mähte den armen Wurm nach dieser Aussage mit einem Blick nieder, und er wand sich auch wie ein solcher.

Der Mann rang ein paar Sekunden mit sich, dann vergewisserte er sich mit einem Blick zu seiner Kollegin am Schalter nebenan, dass ihnen niemand zuhörte, und gab eine sehr leise gesprochene Antwort. »Doktor Schneck arbeitet nicht mehr hier.«

Diese Information durfte er ihnen wohl gar nicht geben. Aber das war Maxi gerade herzlich egal. Sie konnte es nicht glauben. Ihre erste Reaktion kam einfach so aus ihr heraus. »Aber ich bin extra ihretwegen hier.« Das war albern. Sie wusste es, aber die Enttäuschung war so groß.

Am liebsten hätte der entnervte Schaltermann wahrscheinlich seine Augen verdreht, aber übertrieben geduldig wie mit einem Kind oder jemandem kurz vor dem Wahnsinn ging er auch noch auf diesen Einwand ein. »Ich bin mir sicher, wir haben noch ein paar andere fähige Ärzte. Ich vertrete heute zwar nur einen Kollegen und bin sonst nicht an der Anmeldung, aber ich könnte versuchen, Sie direkt an einen zu vermitteln.«

Ihrer Linie treubleibend quengelte Maxi auch wie ein Kind weiter. »Aber ich wollte doch noch einmal zu ihr.«

Carolina rüstete sich derweil für die nächste Attacke und hatte den Mund bereits offen – was auch immer sie da noch erreichen wollte, wenn die Ärztin gar nicht mehr hier arbeitete –, als der Schaltermann wieder mit einem versichernden Blick in alle Richtungen eine neue Information herausließ.

»Wilhelmine hat jetzt eine eigene Praxis. Oder macht sie demnächst auf. So genau weiß ich das nicht. Allerdings nicht hier.«

Maxi lag als Erstes auf der Zunge zu sagen, dass Frau Doktor Schneck aber immer noch auf der Homepage des Klinikums als Mitarbeiterin zu finden war.

»Wo denn?«, fragte Carolina sofort, bevor Maxi reagieren und ihren absurden Einwand mit dem Internetauftritt anbringen konnte. Aber das hätte natürlich auch ihre erste Frage sein sollen, wenn sie denn geistesgegenwärtig genug gewesen wäre.

»Auf dem Land«, kam gleich die Antwort. Ihr Gesprächspartner hatte sich mittlerweile anscheinend in sein Schicksal gefügt. »In einem Kaff namens Weiler. Kennt kein Mensch.«

Wieder war Maxi so geschockt, dass einfach aus ihrem Mund sprudelte, was ihr in der ersten Sekunde in den Kopf schoss. »Ich wohne auch in Weiler.«

Das schien eine Erinnerung in ihrem Schaltermann wachzurufen. »War das der Pferdetritt letzte Woche? Die Feuerwehrfrau? Ich hatte zu der Zeit auch Dienst. Ich bin eigentlich Krankenpfleger.«

Auf seinem Namensschild stand Georg, wie Maxi jetzt das erste Mal wahrnahm. Sie konnte sich an ihn allerdings nicht erinnern, was vermutlich kein Wunder war.

»Das war ich. Der Ausdruck *Ich glaub, mich tritt ein Pferd* hat eine ganz neue Bedeutung erhalten.«

Maxi fragte sich wieder, ob ihre Erinnerungen an die Nacht nicht völlig verzerrt waren und sie beim nächsten Mal, wenn sie Doktor Schneck sah, ganz enttäuscht sein würde.

Der Pfleger namens Georg lachte über ihren Scherz und schien jetzt gänzlich befriedet zu sein. Er lächelte und sah einigermaßen entspannt aus. Für seine bisherigen Verhältnisse. »Es sollte in Weiler nicht schwierig sein, in Erfahrung zu bringen, wann und wo Frau Doktor Wilhelmine Schneck praktiziert. Der halbe Ort ist schließlich mit ihr verwandt. Kennen Sie nicht ein paar davon?«, fragte er.

Aber Maxi konnte ihm nicht folgen. »Was meinen Sie? Ein paar wovon?«

Jetzt sah Georg, der Schaltermann oder Pfleger, schon wieder genervt aus. Es schien ihm gerade einzufallen, dass im Warteraum die Hölle los war und er so langsam mal voranmachen musste. »Na, von ihren Verwandten. Die heißen doch in Weiler alle Schneck mit Nachnamen«, sagte er gehetzt, und mit einer Geste gab er ihnen zu verstehen, dass seine Geduld jetzt am Ende war. Er drückte eine Taste auf seinem Computer und rief die nächste Nummer auf.

Maxi hörte das *Pling*-Geräusch, das daraufhin im Warteraum erklang. »Das wusste ich nicht«, sagte sie noch im Wegdrehen vom Schalter. Aber wenn sie es recht bedachte, hieß eine ihrer Nachbarinnen tatsächlich Schneck. Die Nette, deren Mann Imker war.

Carolina zog sie am Ärmel ihres guten Armes mit sich. Gerade noch rechtzeitig aus dem Weg, als schon der nächste Patient massiv und ungeduldig angestürmt kam und sie mit einem Zwillingskinderwagen fast über den Haufen gefahren hätte.

Als sie unverrichteter Dinge von der Anmeldung weggingen, hörte sie den genervten Schnaufer von Georg, der heute nur aushalf. Armer Mann. So plattgewalzt von Carolina und jetzt dem Zwillingsmann.

Aber Maxi hätte im Nachhinein betrachtet keine Sekunde anders gemacht. Immerhin hatte sie jetzt das, was sie wollte. Sie würde zur Nachbehandlung zu Doktor Wilhelmine Schneck gehen. Und sie wiedersehen. Wenn auch ein bisschen später als geplant.

2. Akt

1

Willa war jetzt schon eine ganze Woche in ihrer neuen Praxis tätig, aber in Sachen Feuerwehrfrau noch keinen Schritt weitergekommen.

Moment. Das stimmte nicht ganz: Sie wusste inzwischen, dass es bei der Feuerwehr eine Frau namens Maxi Gnädig gab und sie einen Unfall mit einem Pferd hatte, was zu der fast einhelligen Meinung im Dorf führte, dass Frauen in der Feuerwehr nichts verloren hatten. Das überraschte Willa überhaupt nicht und war genau das, was ihre Mutter mit Sicherheit auch dachte. Aber da sie über beide Ohren mit Arbeit eingedeckt war, hatte sie Gott sei Dank noch keine Gelegenheit gehabt, sich die Standpauke abzuholen, die sie wegen Larissa erwartete, sowie sonst irgendwelcher vorgefassten Meinungen von Gertrud Schneck.

Mehr hatte sie also nicht herausbekommen und war deswegen auch schon ordentlich frustriert. Aber sie musste zugeben, dass sie auch nicht wirklich zum Fragen gekommen war. Ihr war die Bude gestürmt worden mit Antrittsbesuchen wie dem von Tante Margit, gepaart mit nützlichen und unnützen Geschenken und Wehwehchen der geringfügigsten Art.

Wenn sie es dazwischen geschafft hatte, das Gespräch auf die Geschehnisse im Ort zu lenken, waren massig Informationen über Geburten, Heiraten, Todesfälle und Sonstiges gekommen und nur ganz selten Informationen über die Freiwillige Feuerwehr.

Bislang hatte sie sich noch nicht getraut, dezidierter nach Maxi Gnädig zu fragen. Sie war ein echter Feigling.

Heute Morgen standen die ersten Hausbesuche an. Ihr Vorgänger hatte das immer so gemacht, und obwohl sich das wirtschaftlich wohl überhaupt nicht rechnete, fühlte Willa sich verpflichtet, diese Tradition beizubehalten. Ihr war natürlich klar, dass manche Leute sonst den Krankenwagen hätten holen müssen.

Vor allem manche ihrer älteren Patienten schafften den Gang in die Praxis nicht. Und eigentlich fand sie auch, dass das zu einer Hausarztpraxis auf dem Dorf einfach dazugehörte.

Sie parkte ihren gelben VW Beetle vor dem Einfamilienhaus, wo die dreiundneunzigjährige Patientin angeblich allein wohnte. Das hatte ihr Larissa gestern noch in einem sehr nützlichen Briefing mit auf den Weg gegeben.

Nachdem sie klingelte, wurde ihr fast sofort mit dem Türöffner aufgemacht. Ohne Nachfrage, wer an der Tür stand. Das war eben das Leben auf dem Dorf.

Im Eingang kam ein junger Mann im Jogginganzug auf sie zu. »Hallo Mine«, sagte er, aber sie erkannte ihn nicht. Hätte sie das sollen, oder sprach er sie so an, weil das viele im Dorf taten?

»Guten Morgen«, sagte sie daher neutral. »Ich bin hier für Frau Schmelzling.«

Der Mann streckte ihr zur Begrüßung die Hand hin und lächelte sehr breit. Seufzend schüttelte Willa sie, weil sie keinerlei Ausweg hatte. Das war jetzt schon mehrfach vorgekommen. Sie würde mehr Desinfektionsmittel bestellen müssen. Auch solches für unterwegs.

»Das ist meine Oma. Du erkennst mich nicht, stimmt's?«, fragte der Mann im Händeschütteln auf sehr nette Art.

Ertappt. Offenbar war ihr neutraler Gesichtsausdruck nicht so neutral und nichtssagend, wie sie gehofft hatte. Sie sah ihn noch mal genauer an. Kinnbärtchen, kurze braune Haare in einem Allerweltsherrenschnitt, freundliches Lächeln. Nichts weiter Erwähnenswertes an Merkmalen.

»Tut mir leid. Ich treffe gerade so viele Leute wieder«, gestand sie. »Hilfst du mir auf die Sprünge?« Daran, von allen Leuten, die sie von früher kannten, geduzt zu werden, hatte sie sich bereits gewöhnt.

»Ich bin Dieter. Dieter Schmelzling. Du bist mit meiner Schwester in eine Klasse gegangen«, sagte der Mann und wartete wieder auf eine Reaktion von ihr.

Dunkel dämmerte ihr etwas. Der Name Schmelzling hatte gleich bekannt gewirkt.

Dieter Schmelzling fuhr fort, weil er wohl merkte, dass er weiter ausholen musste, damit es bei Willa *klick* machte. »Ich habe euch manchmal auf meinem Mofa in der Gegend herumgefahren. Einmal hat uns deshalb die Polizei angehalten. Beim Baggersee.«

Da machte es tatsächlich *klick* bei ihr. Wie hatte sie nur den Bruder ihrer damals besten Freundin nicht erkennen können? »Diddi! Natürlich! Wir waren echt bescheuert, oder? Zu dritt auf einem kleinen Mofa. Typisch Teenager. Meine Mutter hat mir dafür eine Woche Hausarrest verpasst.« Manchmal hielt sie ihr die Geschichte heute noch vor. Wobei Diddi lange auch ein Kandidat war, den sie ihr kredenzen wollte. Vielleicht auch ein Grund, warum sie ihn nicht erkannt hatte. Verdrängung.

»Tja nun, deine Mutter war immer sehr streng mit dir«, sagte Dieter mit einer leichten Grimasse.

Nicht mit deinem Bruder Wilhelm, schwang da mit. Das wusste Willa. Denn das ganze Dorf hatte unter Wilhelms nicht immer harmlosen Jugendstreichen gelitten, weil ihre Eltern, allen voran Gertrud, ihn einfach hatten machen lassen, ohne große Konsequenzen zu ziehen. Denn so waren Jungs eben. O-Ton Gertrud Schneck.

Willa ließ das kommentarlos stehen. Was sollte sie auch dazu sagen?

»Deiner Großmutter geht es nicht gut?«, lenkte sie das Gespräch weg von ihrer manchmal nicht so besonders erfreulichen Jugend im Dorf.

»Komm mit. Sie soll es dir am besten selbst erklären.«

Da war Willa aber mal gespannt, wie gut eine dreiundneunzigjährige ihr erklären konnte, wo der Schuh drückte.

Sie folgte Dieter die vier Treppenstufen hinauf in eine Wohnung, die früher eindeutig mal der Mittelpunkt einer größeren Familie gewesen war, jetzt aber offensichtlich von einer älteren Person bewohnt wurde. Am Eingang stand ein Rollator, ein Blick in die offenstehende Badezimmertür zeigte eine Duschhilfe in der Badewanne, auf einem Wäscheständer trockneten Kompressionsstrümpfe ordentlich aufgereiht.

»Oma, es ist die Ärztin. Wilhelmine Schneck«, rief Dieter bereits im Flur, während er sie in ein geräumiges Wohnzimmer führte. »Ich hab dir doch von ihr erzählt. Noras alte Schulfreundin hat Doktor Franks Praxis übernommen.«

»Aber ja doch. Hallo, hallo!«, antwortete eine hobbitkleine Frau mit grauer Dauerwelle in einem bequem aussehenden Stuhl mit Lehnen. Sie saß vor einem bescheidenen Frühstück aus Marmeladenbrot und Kaffee und einem Sammelsurium an Tabletten. Für eine dreiundneunzigjährige wirkte sie quicklebendig und mit einem hellwachen Verstand ausgestattet. »Frau Doktor, es ist mein Zucker. Der spinnt.« Sie hielt ein Heft mit den typischen Tabellen von Diabeteskranken in die Höhe.

Willa nahm es ihr ab und fing an, die Zahlen zu studieren.

»Mine, willst du auch ein Tässchen? Die Oma kocht einen guten Kaffee. Von Hand aufgebrüht wie in den guten, alten Zeiten.«

Das klang nicht schlecht, aber wenn sie pünktlich in der Praxis sein wollte, sollte sie definitiv ablehnen.

»Stell ihr eine Tasse hin, Diddi. Frag nicht lange.«

Und zack bekam sie rabenschwarzen Kaffee in einer Porzellantasse mit Blumenmuster serviert. Genau so, wie sie ihn mochte. Sie nahm einen Schluck. Er schmeckte auch, wie sie ihn mochte. »Vielen Dank. Das bringt mich in Schwung«, erklärte sie und hoffte, dass sich das leutselig anhörte.

Diddis Oma winkte ab, lächelte aber zufrieden und biss in ihr Marmeladenbrot.

»Waren Sie mit ihrem Diabetes denn bereits bei Doktor Frank?«

Diddi schnaubte abfällig durch die Nase, und seine Oma legte ihr Brot beiseite. »Jetzt will ich Ihnen mal was über Doktor Frank erzählen …«

Und damit begann eine Konsultation, wie Willa noch keine in ihrem Leben hatte. Denn ihr Vorgänger Doktor Frank hatte bei Diddis Oma so ziemlich alles versäumt, was es zu versäumen gab. Dass die alte Dame mit ihrem Diabetes trotzdem so gut zurechtkam, war fast wie ein Wunder. Zumal bei dem stattlichen Alter.

Sie vereinbarte nach einigem Hin und Her mit den beiden eine Strategie und als erste Tat einen Labortermin für ein großes Blutbild.

Als Willa sich nach der Blutabnahme verabschieden wollte, fiel ihr im Wohnzimmer ein Foto von Dieter in Uniform auf. Wenn sie nicht alles täuschte von der Freiwilligen Feuerwehr. Diese Gelegenheit war zu günstig. Sie musste sie ergreifen. Auch wenn ihr bei dem Gedanken bereits die Knie anfingen zu zittern. Solch ein Jammerlappen war sie.

Willa atmete tief ein. »Bist du bei der Feuerwehr?«, fragte sie ziemlich aus dem Blauen heraus und zeigte auf das Foto. Bevor sie der Mut verließ.

Kurz sah das Oma-Enkel-Gespann etwas überrascht aus wegen des plötzlichen Themenwechsels, dann stiegen sie voll darauf ein.

»Dieter ist der Kommandant«, sagte Oma Schmelzling stolz.

»Das ist mein großes Hobby. Und wir sind in den letzten Jahren wirklich besser geworden.«

Dieter wusste anscheinend noch genau, wie es in ihrer Jugend war, als die Freiwillige so manche Situation noch verschlimmert hatte. Wollte man lieber, dass das Haus abbrannte oder von der Freiwilligen weggespült wurde? Damals hatte man die Qual der Wahl, und es war ein offenes Geheimnis gewesen. Er wollte dem wohl gleich entgegenhalten.

Aber deshalb hatte Willa schließlich nicht gefragt. Solange die Praxis nicht Feuer fing, kümmerte sie das nicht. Also weiter im Text. Es konnte doch nicht so schwer sein, das Gespräch auf das Wesentliche zu lenken. »Ich hab neulich eine Feuerwehrfrau von euch behandelt. In meiner letzten Nacht in der Notfallambulanz.« Ihre Ohren brannten, und sie hoffte, dass man ihr nicht ansah, wie wichtig ihr diese Begegnung war.

»Das ist ja ein Zufall. Maxi war bei dir?« Dieter schien erfreut über diese Information.

Aber bei Willa kam nur eine Sache wirklich an: Endlich hatte sie jemanden gefunden, der Maxi Gnädig wirklich kannte. Sie versuchte, ganz gelassen zu wirken in ihren nächsten Sätzen. »Der Pferdetritt. Was ist denn da passiert? Ich dachte, ihr habt euch verbessert ...« Ein kleiner Scherz würde die Sache ein bisschen auflockern, hoffte sie.

Dieter stieg tatsächlich darauf ein. »Haha! Sehr witzig. Sie ist noch nicht lange dabei und hat keine Erfahrung mit Pferden.«

Wie konnte sie nur Informationen aus ihm herausholen, ohne zu offensichtlich zu sein? »Neu im Dorf?«, war eine gute Frage, wie sie fand. Ganz so, als ob sie Smalltalk betreiben würde.

»Och, geht so. Ein paar Monate ist sie schon da«, erklärte Dieter. »Sie wohnt im Hexenhäuschen von der alten Irmingard. Weißt du, welches ich meine? Hinten draußen in der Waldhohl.«

Willa nickte. Natürlich wusste sie, welches Häuschen gemeint war. Als Kinder hatten sie immer Angst vor der alten Irmingard mit ihren langen grauen Haaren und den stechend blauen Augen gehabt. Sie hatten sie für die Hexe aus Hänsel und Gretel gehalten. Zumal sie ihnen immer Bonbons geschenkt hatte. Seeeeehr verdächtig!

Und dort wohnte jetzt Maxi Gnädig?

Weil sie nicht weiter darauf einging – und das lag schlicht und ergreifend daran, dass sie mit dieser neuen Information überfordert war –, räumte Dieter kurzerhand ihre Kaffeetasse weg und brachte sie in die Küche. Oma Schmelzling beschäftigte sich wieder mit dem Sortieren ihrer Medikamente. Die beiden schienen es nicht komisch zu finden, dass die neue Ärztin mit den Gedanken abschweifte.

Schließlich warf Willa einen Blick auf die Uhr ihres Handys. Sie war entsetzlich spät dran. Gern hätte sie das Gespräch noch ausgedehnt, noch mehr über die Feuerwehrfrau in Erfahrung gebracht, aber es sollte für heute nicht so sein.

Jetzt wusste sie immerhin, wo die Feuerwehrfrau wohnte. Aber sie konnte ja nicht einfach vorbeigehen und klingeln. Nein, wirklich nicht. Das traute sie sich nicht. Sie bereute es maßlos,

dass sie nicht gleich in jener Nacht im Krankenhaus gesagt hatte, dass sie die Praxis hier eröffnete. Das wäre doch ein perfekter Anknüpfungspunkt gewesen. Sie hätte ganz charmant anbieten können, die Nachsorge in ihrer neuen Praxis direkt vor Ort in Weiler zu machen.

Aber nein, sie hatte ja den Mund wiedermal nicht aufgekriegt. Willa hätte sich in den Hintern beißen können. Jetzt hatte sie den Salat. Sie wusste den Namen ihrer Traumfrau, sie wusste sogar ihre Adresse, und das Allerschlimmste: Sie wusste, wie zart sich ihre Haut anfühlte. Verflucht noch mal. Aber sie wusste nicht, wie in Kontakt treten. Das konnte doch wohl nicht wahr sein.

Sie verabschiedete sich hektisch von den Schmelzlings und fuhr mit ihrem Beetle den kurzen Weg zu ihrer Praxis. Viel zu spät und viel zu aufgewühlt.

2

Maxi saß den ersten Tag wieder am Schreibtisch und bemühte sich darum, in ihrem aktuellen Krimi voranzukommen. Ihre Kommissarin war gerade im Verhör mit dem Hauptverdächtigen und versuchte, ihm eine verbale Falle zu stellen. Eine trickreiche Situation, die es da zu formulieren galt, und Maxi merkte, dass sie dafür heute nicht die entsprechende Konzentration hatte.

Sie hüpfte zum Anfang des Kapitels zurück und versuchte eine Methode, die häufig zum Erfolg führte, wenn sie nicht vorwärtskam: Sie las das bereits Geschriebene noch mal und hoffte, so in die Geschichte einzutauchen. Tatsächlich funktionierte das auch ganz gut, und sie machte hier und da Ergänzungen und Verbesserungen. Kommasetzung war nicht gerade ihre Stärke, und ihre Lektorin raufte sich immer die Haare, wenn es an die Korrekturen vor der Veröffentlichung ging. Deshalb versuchte Maxi, die grausamsten Fehler zu vermeiden.

Sie schaffte es auf diese Art, eine Stunde mehr oder weniger aufmerksam zu arbeiten. Als sie dann wieder an die Stelle des Verhörs kam, an der sie weiterschreiben wollte, war es aber vorbei mit der kurzfristigen Konzentration. Entweder stimmte am Fluss der Geschichte etwas ganz grundsätzlich nicht und sie wurde deshalb immer wieder rausgeworfen, oder es stimmte etwas mit ihr nicht.

Maxi neigte zu Zweiterem. Denn wenn sie ehrlich war, schwirrte ihr immer noch Frau Doktor Schneck im Kopf herum. Sie hatte es zwar verschieben und erst einmal arbeiten wollen, aber so, wie es lief oder eher nicht lief, wurde daraus nichts. Eine Internetrecherche hatte nämlich lediglich den Eintrag fürs Klinikum ergeben, aber keine Praxisinformation in Weiler.

Maxi versetzte ihren Rechner in den Ruhezustand und begab sich in ihre kleine Küche. Noch immer gehandicapt ging sie mühselig in die Knie und kramte in dem kleinen Regal neben der Spüle herum. Irgendwo hier hatte sie es neulich hingestellt, das leere Honigglas, das sie den Nachbarn zurückgeben und sich dafür ein neues holen wollte.

Schließlich zog sie es hinter ein paar selbst eingekochten Tomatensoßen ihrer Mutter hervor. Ingrid hatte sie gebracht, um ihr das Kochen zu erleichtern. Nudeln mit Tomatensoße gingen immer. Selbst einarmig hatte Maxi es noch irgendwie geschafft, das auf den Tisch zu kriegen.

Sie nahm das Honigglas, schaute noch einmal kontrollierend in den Spiegel neben der Eingangstür – ging so, Haare bisschen verwuschelt vom Schreiben, weil sie sich da immer mit den Fingern hindurchfuhr, verwaschene aber saubere Jeans, ein bequemes T-Shirt von einer Band, auf deren Konzert sie neulich war, leger, aber ansonsten präsentabel – und machte sich auf den Weg. Von ihrem Häuschen runter über den Kies zur Straße, dann zum Gartentor nebenan. Durch den schmiedeeisernen Zaun mit dem Schild *Honig aus eigener Imkerei*, die Betonplatten entlang bis zur antiken Haustür der Schnecks.

Das Scheunentor nebenan stand offen, aber es war niemand zu sehen, also klingelte Maxi brav an der Haustür. So gut kannten sie sich noch nicht, dass sie einfach in die Scheune gelaufen wäre, um zu sehen, ob sie jemanden antraf.

Margit Schneck öffnete die Haustür in einer geblümten Schürze, an der sie sich gerade die Hände abtrocknete. »Das ist ja mal eine Überraschung. Frau Gnädig, wie geht es Ihnen denn? Ist der Honig alle? Guten Morgen auch noch.« Sie war wie immer ein Ausbund an Energie und guter Laune.

»Guten Morgen. Entschuldigen Sie die Störung. Mir war tatsächlich nach einem Honigbrot.« Maxi grinste schief und hoffte, das reichte als Erklärung.

»Kommen Sie rein. Ich hol' Ihnen ein neues. Ich bin gerade schon am Kochen, deshalb muss ich schnell in die Küche zurück, bevor was überkocht.«

Maxi folgte der Schürzenträgerin durch den Hausflur in eine gemütliche Wohnküche. Vor ihrem Umzug aufs Land hätte sie es für unmöglich gehalten, dass es heutzutage noch Frauen gab, die tatsächlich eine Schürze zum Arbeiten in und ums Haus trugen. In Weiler war sie eines Besseren belehrt worden. Die Männer trugen teilweise auch noch Blaumänner. Erwin Schneck, Margits Ehemann, war einer davon.

Trotz dieser sehr konservativ und rückwärts gewandten Aufmachung hatten die beiden allerdings keinerlei Probleme mit einer semi-prominenten, lesbischen Schriftstellerin ziemlich brutaler Kriminalromane als Nachbarin. Sie waren wohl von ihrer

Vorgängerin Irmingard so einiges an Merkwürdigkeiten gewohnt. Oder sie waren einfach sehr entspannte Zeitgenossen.

Margit Schneck schob ein paar Töpfe hin und her, rührte hier und da um und drosselte die Flamme des Gasherds auf ein Minimum. »So, Frau Gnädig, jetzt zum Honig.«

»Wie wäre es, wenn Sie mich Maxi nennen würden?«, fragte sie. Nicht, dass sie von der älteren Frau sofort das Du erwartete, aber *Maxi* zusammen mit *Sie* wäre doch schon ein Fortschritt.

»Stimmt, es wird so langsam Zeit. Jetzt wohnen wir schon seit etlichen Monaten nebeneinander. Also, Maxi, dann komm mal mit. Ich bin übrigens die Margit.«

So einfach war das mit ihren Nachbarn. Schon von Anfang an. Und sie hoffte, dass sie auch so einfach die Information erhalten würde, für die sie herübergekommen war.

Maxi folgte Margit lächelnd in eine kleine, geflieste Werkstatt, die ganz offensichtlich für alles diente, was mit Honigherstellung zu tun hatte. Eine Honigschleuder stand in der Ecke, auf der Arbeitsplatte lagen Etiketten herum und in den Regalen standen die abgefüllten Honiggläser bereit. Es roch fantastisch nach einer Mischung aus Bienenwachs und Honig. Maxi verliebte sich sofort in diesen kleinen Raum mit dem großen Fenster.

Ihre Nachbarin holte ein Glas aus dem Regal und machte sich an der Arbeitsplatte daran, es zu etikettieren.

Maxi nutzte die Gelegenheit für ihr Anliegen. »Im Krankenhaus hat mich übrigens eine Ärztin namens Schneck behandelt. Ist die vielleicht mit dir verwandt, Margit?«, fragte sie den Rücken in der geblümten Schürze.

»Das ist die Wilhelmine. Ich nenn sie Mine. Die Tochter von meinem Vetter Klaus.« Margit sah noch nicht einmal auf von ihrer Tätigkeit. Ihr Tonfall besagte, dass das Allgemeinwissen in Weiler war. Nichts weiter hinzuzufügen.

Aber Maxis Fragen begannen da erst. Jetzt wurde es doch erst richtig spannend, denn Margit war genau die richtige Quelle für alles, was sie über die anziehende Frau Doktor Schneck erfahren wollte. Sie war ja praktisch so etwas wie eine Nichte von ihr. »Angeblich eröffnet sie bald eine Praxis im Dorf. Haben die im Krankenhaus gestern gesagt. Stimmt das?«

Margit drehte sich jetzt doch zu ihr um – sehr plötzlich und schwungvoll. Der Schalk in ihren Augen verhieß nichts Gutes.

Zumindest für Maxis Strategie. Komplett gescheitert, musste sie sich eingestehen. Margit schien zu durchschauen, dass sie nicht nur einfach so fragte. Dass sie fragte, weil ihr die Ärztin gefiel. Und das wiederum schien Margit zu gefallen.

»Lass mich dir mal was über Mine erzählen.«

Nichts lieber als das, dachte sich Maxi und nickte aufmunternd und begeistert. Margit redete aber bereits weiter.

»Solch ein nettes, hübsches Mädel wie Mine hat es in Weiler keine zweite gegeben. Sie war zwar manchmal ein wenig schüchtern, aber aus dem rechten Holz geschnitzt, wie man bei uns so sagt. Alle mochten sie.«

Margit machte eine Kunstpause, und Maxi hielt automatisch die Luft an.

»Außer ihrer Mutter. Warum die Frau so hinter ihrer Tochter her war, hat viele vor ein Rätsel gestellt. Als Mine dann so weit wie möglich weggezogen ist, um zu studieren, haben das alle hingegen sofort verstanden. Schrecklich.«

Margit sah aus, als ob sie das wirklich nicht nachvollziehen konnte, wie eine Mutter ihr eigenes Kind so furchtbar finden und somit vertreiben konnte. Sie drehte sich abrupt wieder zur Arbeitsfläche um, klebte einen Streifen zwischen Deckel und Glas, der wohl die Unversehrtheit garantieren sollte, und schob es dann zur Seite.

Als sie sich wieder zu Maxi zurückdrehte, die geduldig auf die Fortsetzung wartete, fuhr sie fort: »Nach dem Studium ist sie dann in die Stadt gezogen und hat dort im Krankenhaus angefangen. Manche aus Weiler sind deswegen immer dort hingefahren, um sich behandeln zu lassen. Obwohl sie in der Notfallambulanz arbeitete, hat sie es immer eingerichtet, auch wenn es gar nicht gepasst hat. Medizinisch, weißt du?«

Eine rhetorische Frage, aber Maxi nickte bestätigend. All das sprach für Doktor Schneck. Ganz enorm sogar. *Mine.* Maxi schmunzelte in sich hinein. »Und was ist mit der Praxis?«, platzte sie dann mit ihrer Frage heraus. Denn das war das, was sie ja wirklich wissen wollte.

Margit wischte auf der Arbeitsplatte ein paar ominöse und nicht vorhandene Staubpartikel weg. »Dazu komme ich noch. Alles zu seiner Zeit. Das musst du doch als Schriftstellerin wissen.

Du kannst den Mörder auch nicht gleich auf den ersten Seiten präsentieren.«

Das konnte sie wohl, sie musste dann den Roman allerdings ganz anders aufzäumen. Sie wollte jetzt aber keine Widerworte geben, weil die Geschichte sich dann nur noch weiter hinauszögern würde.

»Und alle haben es gewusst«, fuhr Margit fort.

»Was gewusst?« Maxi konnte sich nicht beherrschen zu fragen. Margits Erzählung war richtiggehend spannend. Ein Minikrimi beim Honigkauf.

»Na, dass sie an Männern kein Interesse hat. Aber das war egal. Hat keinen gestört. Außer ihrer Mutter. Gott, was die Frau ihr immer junge Männer unter die Nase gehalten hat. Schrecklich.« Margit schüttelte ablehnend den Kopf. Hinter dieser Geschichte steckte noch mehr, und sie nahm sich vor, das später mal noch herauszukriegen.

»Warum Mine allerdings noch keine Frau an ihrer Seite hat, ist mir das wahre Rätsel«, ließ Margit dann die Bombe platzen.

Und damit war auch diese große Frage beantwortet. Das war das beste Glas Honig ihres Lebens. Egal, wie es schmecken würde – und bisher war jedes Glas des Schneckschen Honigs absolut delikat gewesen. Maxi grinste breit. Diese Info war zu gut, um so zu tun, als ob sie das alles kaltlassen würde.

Margit grinste zurück. »Siehst du. Das Beste kommt immer zum Schluss. Die Praxis ist im Rathaus oben drin, und die Öffnungszeiten sind täglich von neun bis zwölf und dreimal in der Woche auch nachmittags. Aber du kannst schließlich auch am Morgen gehen.« Und damit drückte ihr Margit Schneck das Honigglas in die Hand. »Vier Euro fünfzig, wie immer.«

Maxi holte das bereits abgezählte Geld aus ihrer Hosentasche und ließ die Münzen in Margits ausgestreckte Hand plumpsen. »Das ist viel zu billig, Margit. In der Stadt würde das sieben kosten.«

Ihre Nachbarin drehte sich um und ging in Richtung Küche zurück. »Wir sind aber nicht in der Stadt, und ich verlange doch von meiner Nachbarin nicht mehr als vom Rest des Dorfes.« Sie winkte Maxi zum Abschied über die Schulter zu.

»Auch wieder wahr«, sagte Maxi lächelnd, winkte ebenfalls und ging zur Haustür hinaus.

Was für eine erfolgreiche Recherche, dachte sie, als sie den kurzen Weg zu ihrem Häuschen zurücklegte. Frau Doktor Wilhelmine ›Mine‹ Schneck hatte also eine Praxis im Dorf, war lesbisch und Single. Diese drei Tatsachen verwandelten ihren Tag in den absoluten Hammertag.

Als sie die untere Ebene ihres Häuschens betrat, wo sie ihr Arbeitszimmer eingerichtet hatte, fragte Maxi sich allerdings, weshalb. Wieso hatte das so einen großen Effekt auf sie? Es war ja nicht so, dass sie auf der Suche nach einer neuen Beziehung war. Oder gar nach der großen Liebe. War sie doch nicht, oder?

Und trotzdem. Das Hochgefühl wollte einfach nicht nachlassen. Auch nicht, als sie wieder am Schreibtisch saß und darüber nachdachte, dass ihrer Kommissarin Carsta vielleicht wirklich mal eine Liebesgeschichte gut zu Gesicht stünde. Sie musste doch nicht für immer solch ein einsamer Wolf auf Verbrecherhatz bleiben.

3

»Dein plötzliches Interesse an einem Spaziergang ist erfreulich. Befürchtest du nicht, jemanden zu treffen, den du nicht sehen willst?« Larissa schlenderte mit dem Hund an der Leine gemütlich neben ihr her, während die beiden Kinder um sie herumrannten und Fangen spielten.

Die Frage ihrer Ex-Schwägerin war durchaus berechtigt. Das war bisher immer Willas Argument *gegen* Spaziergänge im Dorf gewesen. Diese ständigen Begegnungen mit Leuten, wenn man einfach nur seine Ruhe wollte.

Aber jetzt war es ja genau umgekehrt. Sie hoffte darauf, jemanden zu treffen. Jemanden ganz bestimmten. Aber das würde sie Larissa natürlich nicht verraten. Auch wenn sie sich für den Fall der Fälle ihre beste Bluse angezogen hatte, die gewisse Attribute betonte, und dazu die passende Capri-Hose, die ihre Figur vorteilhaft in Szene setzte. Larissa hatte das bisher noch nicht bemerkt, und Willa hoffte, das bliebe so. Schließlich musste sie als

Dorfärztin jetzt auch repräsentieren und konnte nicht im Schlabberlook durchs Dorf schlappen.

Ihr Neffe und ihre Nichte bewahrten sie in diesem Moment günstigerweise aber vor einer Ausrede. Die beiden stritten schon die ganze Zeit, aber jetzt hatte das Gekreische an Dezibel zugelegt.

»Finn, hör auf, deine Schwester an den Haaren zu ziehen!«, bellte Larissa einen Befehl heraus, dass es Willa durch Mark und Bein fuhr.

»Aber sie hat angefangen«, verteidigte sich ihr Neffe sofort.

Seine Schwester heulte indes theatralisch weiter, und Willa beschlich das leichte Gefühl, dass sie es aus Effektgründen etwas übertrieb.

»Es ist mir egal, wer angefangen hat, ihr hört jetzt damit auf. Sonst gibt es später keine Süßis.«

Diese Drohung wirkte schlagartig, beide Kinder verstummten.

Willa übernahm die Leine und den Hund, während Larissa zu ihren Kindern lief und durch Haare wuschelte, Kleider zurechtzupfte und noch einmal leiser und insistierend mit den beiden redete. Eigentlich verstanden sich die beiden Geschwister gut. Was heute los war, wusste Willa nicht so recht. Es war auf alle Fälle anstrengend.

Sie setzten nach ein paar Minuten den Spaziergang fort. Wesentlich ruhiger als zuvor, aber Larissa behielt ihre Kinder jetzt auch mehr im Blick. Willa durfte dadurch den Hund behalten, was ihr ganz recht war.

»Wenn sie das Wochenende bei Wilhelm verbracht haben, sind sie immer total durcheinander. Dann kann ich die halbe Woche wieder zusehen, dass ich sie auf Normalmaß zurückbringe.«

Larissa war natürlich im Bilde darüber, dass Willa sich mit ihrem Bruder nicht gut verstand und ein neutraler Umgang schon viel war. Deshalb erwartete sie wohl auch von ihr keinen Kommentar zu der Sache oder gar Hilfestellung bei der Problematik. Willa hörte also kommentarlos zu.

»Ich weiß nicht, was er mit ihnen macht. Ich hab schon versucht, sie auszuspionieren, aber es kommt nichts dabei raus außer unkontrolliertem Süßigkeitenkonsum. Meinst du, das kann der Zucker sein, der sie so aggro macht?«

Dazu könnte Willa natürlich etwas sagen und müsste sich nicht unbedingt weiter heraushalten. Sie hielt das medizinisch sogar durchaus für möglich, aber ihr erster Gedanke war ein anderer gewesen, nämlich dass die Oma ihre Enkel gegeneinander aufhetzte. Böse Unterstellung. Aber rückblickend war das wohl so zwischen ihr und Wilhelm gelaufen. Warum sollte ihre Mutter nicht die gleiche Schiene mit ihren Enkeln fahren?

Finn war vier und Fiona fünf. Das blöde Spiel der ähnlichen Namen hatte ihr Bruder schließlich auch mit auf seine Kinder übertragen. Wie Larissa das nur hatte mitmachen können, hatte sie sich bisher nicht getraut zu fragen.

Larissa war automatisch stehengeblieben, weil das Thema sie wohl so aufwühlte.

Aber Willa lief mit dem Hund einfach ein Stück weiter. Sie wollte es unbedingt bis zur Waldhohl schaffen, bevor die Kinder zu müde wurden und sie womöglich vorher umdrehen mussten. »Gut möglich«, sagte sie über ihre Schulter. Kurz und knapp. Sie hielt sich lieber heraus aus der Sache. Ihre Familie war ein Haifischbecken. Sie hatte nicht vor, sich da wieder hineinzubegeben, auch wenn sie sich jetzt wieder mehr in ihrem Dunstkreis befand.

Willa beugte sich zum Hund hinunter und kraulte eine Runde, denn die Kinder kreischten schon wieder und lenkten ihre Mutter erneut ab. Die einzig ruhige in der Gruppe heute war Cappuccino, die schokoladenfarbene Labradorhündin der Kinder. Bisher war sie immer für durchgeknalltes Gerenne und Chaos zuständig gewesen, aber die zweieinhalbjährige Hündin wurde vielleicht doch auch langsam vernünftiger. Zumindest sahen ihre Hundeaugen Willa so an, als ob sie ihr vollkommen zustimmen würde, dass das heute unerträglich war.

Nach einigem Hin und Her schafften sie es doch noch, in die Waldhohl einzubiegen und die Hangstraße hinaufzulaufen, an deren oberem Ende das Hexenhäuschen stand, das Willas heutiges Ziel war.

Zuvor mussten sie aber noch am Haus der Verwandtschaft vorbei. Tante Margit und Onkel Erwin wohnten genau daneben. Willa hoffte, dass die beiden nicht ausgerechnet heute vor dem Haus zu tun hatten.

Aber natürlich jätete Tante Margit im Hof Unkraut in ihrem Hochbeet. Onkel Erwin war in der Scheune beschäftigt.

Willa hoffte, an ihrem Haus vorbeischleichen zu können, um sich Irmingards altes Hexenhäuschen genauer anzuschauen und mit ihren Blicken vielleicht die neue Bewohnerin herauszulocken.

Aber natürlich hatte sie die Rechnung ohne Larissa gemacht. »Margit! Hallo! Wie geht's dir?«, rief sie am Hoftor.

Tante Margit drehte sich sofort von ihrem Beet weg und strahlte. »Larissa! Und auch noch Mine mit dabei! Hallo zusammen. Kinder, wollt ihr ein Stück Schokolade?« Sie kam bereits auf sie zu und öffnete das Tor.

Natürlich schrien Fiona und Finn gleich Hurra, und es half auch nicht, dass Larissa noch abwinken wollte. So viel zum Thema Zucker. Willa erinnerte sich, dass sie als Kind auch immer Schokolade von Tante Margit bekommen hatte. Sie war offenbar eine Unverbesserliche.

»Was macht ihr beiden denn hier?«, fragte Tante Margit, nachdem sie den Kindern jeweils einen Riegel in die Hand gedrückt hatte, die sie aus ihrer altbackenen Kittelschürze hervorzauberte.

»Willa wollte einen Spaziergang in die Waldhohl machen. Kannst du dir das vorstellen, sie war seit Jahren nicht mehr hier.« Larissa plapperte alles aus, was Willa lieber geheimgehalten hätte. Aber das konnte ihre Ex-Schwägerin natürlich nicht wissen.

Willa stöhnte innerlich trotzdem auf. Warum nicht noch allen verkünden, dass sie wegen des Hauses nebenan hier war. Wie gut, dass sie Larissa nichts verraten hatte. Ihre Ex-Schwägerin und nigelnagelneue medizinische Fachangestellte wusste nichts von Maxi Gnädig. Und Willa wollte, dass das auch so blieb. Denn sonst wüsste es wohl bald das ganze Dorf.

»So, so«, sagte Tante Margit. »In die Waldhohl wolltest du also. Was es hier wohl so Besonderes gibt?« Sie sah Willa mit einem erheiterten Blick an.

»Nichts. Wieso?«, fragte Willa irritiert über den neckischen Ton, den Tante Margit angeschlagen hatte. Ihre Verwandte konnte doch schließlich nicht ahnen, weshalb sie hier war. Sie war zwar schon immer wunderfitzig gewesen, aber *das* würde ja wohl alles Menschenmögliche übersteigen. Oder?

»Wir haben ja eine sehr nette neue Nachbarin. Das habt ihr doch bestimmt schon gehört, oder?«, fragte Margit dann, als ob sie Gedanken lesen könnte.

Willa verschlug es die Sprache, aber Gott sei Dank war da noch Larissa an ihrer Seite, die für sie beide ausreichend Redebedürfnis und Neugier mitbrachte. »In Irmingards altem Haus? Kann man da überhaupt noch drin wohnen? Ich dachte, das wird bestimmt bald abgerissen.«

Sie blickten alle gleichzeitig in Richtung des kleinen Fachwerkhauses, das durch die Büsche und Bäume zwischen den benachbarten Grundstücken nur ansatzweise auszumachen war. Das, was sie erkennen konnte, sah noch so aus wie früher.

»Es ist sehr einfach und ja auch wirklich winzig, aber sie hat es sehr schön renoviert«, erklärte Tante Margit.

Für Willa war klar, dass sie damit Maxi Gnädig meinte, aber Larissa konnte dem wohl nicht folgen. »Wer? Die alte Irmingard? Das kann ich mir nicht vorstellen«, sagte sie erstaunt.

Tante Margit machte eine kleine Geste, die *Quatsch, die doch nicht* besagen sollte. »Maxi, die neue Besitzerin.«

Jetzt wurde es interessant.

»Was ist das für eine Frau? Wo kommt die her?«, fragte Larissa, als ob Willa souffliert hätte. Sie spitzte gespannt wie eine Riesenohrfledermaus die Ohren.

Tante Margit lächelte merkwürdig zu ihr herüber und beantwortete dann die Fragen mit einer Gegenfrage, und zwar so, als ob Willa sie gestellt hätte. »Hast du noch nicht von unserer neuen Feuerwehrfrau bei der Freiwilligen gehört?«

Willa nickte. Tante Margit schien ja im Alter etwas schrullig zu werden. Auch wenn sie in jüngeren Jahren schon eigenwillig war. Ihre Mutter hatte auf alle Fälle oft genug darüber gelästert. Nur ihrem Vater gegenüber und auch nur, wenn sie meinte, Willa oder ihr Bruder würden nicht zuhörten. Denn Verwandtschaft war ja schließlich Verwandtschaft. Auch wenn man sich auf den Tod nicht ausstehen konnte, hielt man nach außen zusammen.

Tante Margit beäugte sie intensiv, dann schwenkte ihr Blick zu Larissa, die prompt antwortete. »Nö. Oder warte mal. War da nicht neulich ein Unfall?«

Wieder machte Tante Margit diese wegwerfende *Ach-Quatsch-*Geste. »Nichts weiter Tragisches. Es geht ihr gut. Erst heute Nachmittag war sie kurz hier und hat ein Glas Honig gekauft.«

Willas Herz hüpfte bei dieser Aussage ein wenig. Weil eine Begegnung mit Maxi Gnädig plötzlich ganz nahgerückt war. Gott sei Dank steckte Larissa immer noch voller Fragen und überbrückte sämtliche komischen Reaktionen, die Willa wohl an den Tag legte.

»Eine junge Frau also? Wie kommt die dazu, in so einem schrecklichen alten Haus zu wohnen? Ist sie etwa mit der alten Irmingard verwandt?«

Auch eine gute Frage. Tante Margit verzog kurz nachdenklich den Mund, hatte dann aber gleich wieder eine Antwort parat. »Nicht, dass ich wüsste. Sie hat es einfach gekauft. Kommt aus der Stadt. Will wohl das Landleben genießen.«

»In der alten Bruchbude? Das ist ja schräg«, meinte Larissa. Sie war in manchen Dingen sehr konventionell.

Willa fand das gar nicht so abwegig. Die Waldhohl war, außerhalb des direkten historischen Ortskerns gelegen, einer der schönsten Flecken in Weiler. Irmingards Hexenhäuschen passte da sehr gut hin mit seinem Fachwerkcharme. Es war vermutlich früher eine Art Weinberghäuschen oder Gartenhaus gewesen. Das hatte doch was, so zu wohnen. Urig.

Tante Margit schien das ähnlich zu sehen. Sie schenkte Larissa eine hochgezogene Augenbraue, die zeigte, dass sie anderer Ansicht war, ging dann aber doch darauf ein. »So sind diese kreativen Künstlertypen eben. Kann man nicht mit uns Normalsterblichen vergleichen«, lautete ihre lapidare Erklärung. Aber das machte natürlich ein ganz neues Fass auf.

»Hä?« fragte Larissa geistreich.

Willa hätte am liebsten genauso dämlich nachgefragt. Denn das beschäftigte sie auch schon eine ganze Weile, was Maxi Gnädig von Beruf war. Laut ihrer Mutter ja angeblich gar nichts. Oder arbeitslos. Oder noch schlimmer. Was auch immer in der Negativliste ihrer Mutter danach kam.

Tante Margit lieferte nur zu gern weitere Informationen dazu. Es war geradezu so, als ob sie darauf gewartet hätte, das endlich zu können. »Sie ist Schriftstellerin. Schreibt so gruselige Krimis. Wenn man sie so sieht, würde man ihr das blutrünstige Zeug gar nicht zutrauen. Erwin hat gerade eines ihrer Bücher auf dem Nachttisch liegen. Er ist ganz begeistert.«

Willa war glatterdings ein wenig überwältigt. Schriftstellerin? Bücher? Blutrünstig? Und offenbar konnte man ihre Werke ganz normal kaufen, wenn sogar Onkel Erwin eines las.

»Wow. Eine echte Schriftstellerin bei uns im Dorf? Hat sie einen Künstlernamen? Oder wie ist das?«

Tante Margit lehnte sich gelassen ans Hoftor und schüttelte den Kopf. Ganz Expertin in schriftstellerischen Dingen und anderen weltgewandten Themen. »Du findest sie bei Amazon unter Maxi Gnädig.«

Willa hätte am liebsten ihr Smartphone gezückt und alles gegoogelt, was man zu Maxi Gnädig, der Schriftstellerin, finden konnte, und dann noch gleich bei Amazon sämtliche Bücher bestellt.

Aber Larissa fiel dazu etwas ganz anderes ein. »Bestellst du etwa bei Amazon? Ich fass es nicht, Margit. Du musst doch zum *Bücherwurm* in Unterweiler gehen. Der macht sonst noch Bankrott.«

Der *Bücherwurm* war die örtliche Buchhandlung, die Willa auch noch von früher kannte. Es wunderte sie, dass der kleine Laden in Zeiten des Internetriesen immer noch existierte. Die Leute auf den Dörfern schienen echt loyal zu sein.

»Mach ich doch auch«, sagte Tante Margit beschwichtigend. »Aber Erwin hat zuerst bei Amazon geguckt, und dann haben wir es beim *Bücherwurm* bestellt.«

An Willa flog dieses Gespräch nahezu vorbei. Sie war noch dabei zu verarbeiten, was sie gerade alles erfahren hatte.

Tante Margit schien zu merken, dass Willa ganz woanders war mit den Gedanken, denn sie ließ den Gesprächsfaden plötzlich fallen und schlug eine ganz andere Richtung ein. »Ich würde euch wirklich gern vorstellen, aber sie ist vor einer halben Stunde von ihrer Mutter abgeholt worden. Ich glaube, sie wollten einkaufen gehen. Tragen kann sie mit der ausheilenden Verletzung noch nicht.«

Das klang logisch für Willa. Sie hätte nichts anderes erwartet. Aber Enttäuschung machte sich schlagartig in ihr breit. Das wäre doch jetzt super gewesen, wenn Tante Margit so mir nichts dir nichts einfach mal das Eis gebrochen und unter Nachbarn ein kurzes Hallo eingeleitet hätte. Willa konnte es sich in Gedanken richtig ausmalen, wie locker und selbstverständlich das abgelaufen wäre. Sie hätte sich ein wenig erstaunt gegeben, Maxi in Weiler wiederzutreffen und hätte sie dann zuerst einmal in ihre Praxis eingeladen – so als Ärztin der Herzen. Das Gespräch hätte sich von da aus zwanglos weiterentwickelt, und Willa sah sich schon bei Kaffee im Hexenhäuschen sitzen. Larissa, die Kinder und Cappuccino hatte sie ganz ausgeblendet.

Alles nichts. Seifenblase zerplatzt.

Sie war wirklich vom Pech verfolgt. So schnell konnte sie schließlich nicht wieder hier vorbeispazieren. Das würde dann wirklich auffallen. Tante Margit benahm sich eh schon so komisch. Wie sie Willa gerade wieder anschaute, war doch seltsam. Als ob sie genau wüsste, was in ihr vorging.

Wieder sorgte Larissa für dringend nötige Ablenkung. »Nicht weiter tragisch. Über kurz oder lang lauf ich ihr eh über den Weg. Das ist doch in Weiler so.«

Sie verkündete das mit einer Sicherheit, die Willa beneidete. Normalerweise war das so. Das stimmte. Aber Willa fragte sich wirklich, wie viel Geduld sie noch haben musste, bis das endlich passierte.

4

Maxi zog eine schicke schwarze Hemdbluse aus dem Kleiderschrank und betrachtete sie nachdenklich. Schön, aber zu schick. Sie hängte sie wieder zurück und zog ein T-Shirt aus dem Stapel. Eines ihrer Lieblingsstücke mit einem kleinen Keith-Haring-Druck vorn drauf. Leider hatte es die besten Zeiten schon hinter sich und war etwas verwaschen und ausgeleiert. Noch gut genug, um am Schreibtisch zu sitzen und zu tippen, aber nicht für ihren Antrittsbesuch bei Doktor Schneck. Wieder zurück in den Schrank.

Nach mindestens zehn weiteren solcher Versuche entschied sich Maxi endlich für eine grüne Leinenhose und ein gestreiftes Ökobaumwolle-T-Shirt, ein Ensemble, das sie ganz neu auf einer

Lesereise in Köln gekauft hatte. Das sollte ausreichend schick und leger sein.

Nächster Punkt: Haare. Die wollten heute auch nicht so, wie es ihr lieb war, und sahen einfach suboptimal aus. Hier zu fluschig, da zu platt. Maxi zupfte an mehreren Strähnen herum und erreichte eine minimale Verbesserung. Den Gesamtzustand konnte sie aber nicht mehr ändern, ohne die Sprechzeiten zu verpassen. Sie hatte jetzt ewig gebraucht, bis sie ihre Kleiderauswahl getroffen und sich im Spiegel ausreichend begutachtet hatte – warum eigentlich? Mal ganz konkret hinterfragt. Warum machte sie aus der Begegnung mit Doktor Schneck solch eine Staatsaffäre? Das machte sie sonst nicht einmal bei Frauen, mit denen sie tatsächlich liiert war, warum also mit einer Frau, die sie noch gar nicht wirklich kannte? Eine Merkwürdigkeit, die sie in diesem Moment nicht hinterfragen wollte.

Auch nicht die weitere Merkwürdigkeit, dass sie jetzt überhaupt in die Praxis ging. Denn eigentlich fühlte sich ihre Verletzung von Tag zu Tag besser an. Sie konnte den Arm wieder bewegen, ohne vor Schmerz aufzuzucken, die Schmerzmedikamente hatte sie auch schon reduzieren können, und sie fühlte sich insgesamt viel beweglicher.

Trotzdem zog Maxi jetzt die Haustür hinter sich zu und machte sich heute am Mittwochmorgen auf den Weg in die Dorfmitte. Nicht logisch, aber ein unwiderstehlicher Drang.

Maxi schritt guter Dinge die Waldhohl hinunter und weiter in Richtung Rathaus. Das Laufen tat ihr gut, und sie merkte noch einmal sehr deutlich, dass es eigentlich keinen richtigen Grund mehr gab, die Ärztin aufzusuchen. Keinen medizinischen. Andere Gründe gab es zuhauf. Welche noch mal, außer dass Doktor Schneck wahnsinnig attraktiv war?

Nicht weiter darüber nachdenken. Sie würde Doktor Schneck wiedersehen. Dieses Mal wirklich und wahrhaftig. Eine Tatsache, die ihr ungemein gute Laune bereitete.

Am Rathaus angekommen sah sie, dass da inzwischen wirklich ein neues Messingschild hing, das die Praxis von Doktor Wilhelmine Schneck mit Öffnungszeiten anzeigte. Der Eingang war neuerdings barrierefrei mit Rampe und automatisch öffnenden Türen. Vor sechs Monaten, als sie nach Weiler gezogen war und zuletzt auf dem Rathaus zu tun hatte, gab es das noch nicht. Auch im Treppenhaus war inzwischen ein Lift installiert. Das war eigentlich längst überfällig, weil die Praxis im zweiten Stock über dem Bürgermeister und seinen Büros lag.

Wie das früher bei Doktor Schnecks Vorgänger gehandhabt wurde, war ihr schleierhaft. Aber offensichtlich hatte die Gemeinde einiges getan, um die Praxis an heutige Verhältnisse anzupassen und für eine junge Ärztin attraktiv zu machen. Maxi hatte in der Feuerwehr munkeln hören, dass es lange Zeit gar nicht so ausgesehen hatte, als ob überhaupt jemand die Praxis übernehmen würde. Die Gemeinde hatte sogar mehrere tausend Euro Belohnung ausgeschrieben. Landarztpraxen waren in ganz Deutschland eine vom Aussterben bedrohte Spezies, das wusste Maxi. Umso besser, dass Weiler sich mit einer Ärztin brüsten konnte. Das würde sich der Bürgermeister bei der nächsten Wahl bestimmt auf die Fahne schreiben. Mit Leuchtbuchstaben.

Maxi entschied sich gegen den Lift, sie hatte es ja schließlich nicht an den Beinen, außerdem war sie schon ganz unfit ohne ihren täglichen Sport. Ein paar Treppenstufen waren ganz willkommen.

Sie nahm die Steintreppe in Angriff, die sich in dem historischen Gebäude nach oben schlängelte. Es war ruhig hier, obwohl auch das Bürgermeisteramt heute Sprechzeiten hatte, wie sie unten am Eingang gesehen hatte.

Maxi schnaufte ein wenig nach dem ersten Stockwerk. Sie war wirklich außer Training. Wie schnell das ging. Gerade mal anderthalb Wochen war der Tritt her, und sie kam sich schon vor wie eine alte Oma. Sie hätte vielleicht doch den Lift nehmen sollen.

Nachdem sie am Eingang zum Bürgermeisteramt vorbei war, blieb Maxi einen Moment stehen, um zu Atem zu kommen. Sie wollte schließlich nicht mit Schnappatmung in der Praxis ankommen und so womöglich gleich Doktor Schneck begegnen. Sie wollte gelassen und charmant sein, wenn sie sie sah. Dieses Mal sollte die Begegnung auf Augenhöhe stattfinden. Die Ärztin sollte sie nicht schon wieder kurz vor dem Kollaps erleben.

Über sich hörte Maxi eine Tür zuklappen und begleitet von ärgerlichem Gemurmel einer Frau Schritte die Treppe herunterkommen.

Sie raffte sich gerade wieder dazu auf weiterzugehen, als eine ältere Frau um die steinerne Biegung kam. Sie sah aus, als ob sie der nächsten Person, die sie traf, mutwillig eine reinhauen wollte. Als sie Maxi sah, bestärkte sich dieser Eindruck noch. Aus der Gewitterwolke über ihr zuckten Blitze.

Maxi hatte die Frau noch nie im Dorf gesehen, zumindest konnte sie sich nicht erinnern, aber die Verärgerung war auch für eine Fremde erkennbar. Maxi erwartete fast, die Treppen hinuntergestoßen zu werden, und wappnete sich. Sie schätzte die Frau auf Mitte sechzig bis maximal Mitte siebzig. Das war ja heutzutage sehr schwer einzuschätzen. Außerdem sah sie sehr fit aus. Wären die Gewitterwolken nicht gewesen, hätte Maxi sie für eine sehr gepflegte, sehr konservative, gesetzte Dame gehalten. Die unauffällige, ja regelrecht fade wirkende Kleidung in Altrosa war bis zur Perfektion gebügelt, und auch der Rest der Person war so mausig, dass die nach außen getragene miese Laune einen ziemlichen Kontrast darstellte.

Die Frau riss sich sichtlich zusammen, blieb vor Maxi stehen und beäugte sie.

Maxi wollte sich schon an ihr vorbeidrängen, so schnell wie möglich weg, da wurde sie unerwartet von ihr angesprochen.

»Da brauchen Sie gar nicht erst reinzugehen. Da ist voll«, schleuderte ihr die resolute Seniorin mit messerscharfer Stimme entgegen. Keinerlei Widerworte duldend.

Maxi brauchte einen Moment, um auf diese Aussage eine passende Erwiderung zu formulieren. »Wirklich? Dann lass ich mir eben einen Termin geben.«

Sie wollte weitergehen, aber die Frau ließ sie einfach nicht vorbei. Blockierte ihr regelrecht den Weg, und Maxi hatte den Eindruck, dass es pure Absicht war und nicht etwa ein Versehen.

»Termine vergeben die gar keine. Und außerdem nehmen sie keine neuen Patienten auf. Zumindest keine, die nicht vorher schon bei Doktor Frank waren.«

»Aber das kann doch nicht sein.« Maxi sah die Frau ungläubig an. Ihre Nachbarin Margit hatte davon nichts gesagt.

»Glauben Sie mir.« Das war keine freundliche Aufforderung, sondern ein Befehl. Zwischen aufeinandergebissenen Zähnen herausgequetscht. Der Seniorin schien jetzt allerdings aufzufallen, dass sie so nicht mit einer Fremden reden konnte, und sie riss sich sichtlich zusammen. Versuchte sich sogar an einem Lächeln, das jedoch merkwürdig gezwungen geriet und verunglückte. »Es ist so. Meine Schwiegertochter ist dort die Sprechstundenhilfe.«

Maxi versuchte, einen Scherz daraus zu machen. »Dann könnten Sie womöglich ein gutes Wort für mich einlegen.« Das ging aber sofort in die Hose.

»Ich kenne Sie doch gar nicht.« Ein empörtes Blaffen. Superablehnend. Die altrosa Aggrodame hätte auch einfach sagen können, dass sie das nicht tun würde. Oder über ihren kleinen Scherz lachen. So langsam vermutete Maxi ein klitzekleines Psychoproblem.

»Aber ich wollte unbedingt zu Frau Doktor Schneck.« Sie ließ nicht locker. Warum auch. Dennoch bemühte sie sich um Freundlichkeit. Das war im Dorf essentiell, wenn man es sich nicht aus Versehen mit zwei Dritteln der Bevölkerung wegen einer Nichtigkeit versauen wollte. Also redete sie weiter mit der gestörten älteren Dame in Altrosa.

»In Unterweiler gibt es Doktor Erhardt. Der ist auch gut.« Das sollte wohl eine Empfehlung sein. Einer, der Maxi folgen sollte, wie sie dem Gesichtsausdruck entnehmen konnte.

»Und Sie meinen wirklich, ich brauche noch nicht einmal nachzufragen?«

Das schien der Aggrodame zu gefallen, denn sie setzte plötzlich eine sehr zufriedene Miene auf und schaffte ein kleines Lächeln. »Ich wurde gerade hochkant hinausgeworfen. Da wollen Sie gar nicht reingehen. Die spinnen in dieser Praxis. Vor allem meine Schwiegertochter ist eine echte Furie hinter der Anmeldung.« Wieder ein aufgeladener Blick, der aber nicht Maxi galt, sondern wohl besagter Schwiegertochter eine halbe Treppe höher.

Maxi wollte eigentlich trotzdem hochgehen, aber die Aggrodame durchbohrte sie jetzt wieder mit ihrem Messerblick, als ob sie das ahnen würde, und rückte auf der Treppe auch keinen Zentimeter von der Stelle.

Maxi hätte sie körperlich aus dem Weg schieben müssen, um nach oben zu kommen. Zum einen war sie aber dafür noch nicht wieder fit genug, denn die Frau sah aus, als ob sie eine echte Kratzbürste wäre, die massiv Widerstand leisten könnte. Zum anderen würde sie doch nicht eine Rangelei im Rathaus anfangen. Oder andernorts. Schon gar nicht mit einer älteren Dame in mausiger Aufmachung. Da konnte die noch so gestört und aggro sein.

Also seufzte Maxi auf und strich die Segel. Sie könnte schließlich auch von zuhause anrufen und nachfragen. Das wäre vermutlich das Beste.

Sie drehte sich also um und stieg die Treppenstufen wieder nach unten. Die Frau verfolgte sie. Zumindest kam Maxi das so vor. Denn obwohl sie sehr langsam ging, überholte die Aggrodame noch nicht mal auf dem Absatz zum Bürgermeisteramt, wo das mit großzügig Platz möglich gewesen wäre.

Als sie unten aus der Eingangstür traten, kam ihnen der Bürgermeister entgegen. »Guten Morgen, Gertrud«, sagte er zu der Frau. Dann zu Maxi: »Guten Morgen, Frau Gnädig.«

Maxi fragte sich, ob sie ihm das Du anbieten sollte. Das war hier in Weiler eigentlich so Usus. Aber die Frau, deren Name Gertrud lautete, okkupierte den Bürgermeister sofort mit irgendeinem Anliegen. Zu viel Müll im Dorf, schnitt Maxi so am Rande mit. Zu viel Müll im Dorf? Maxi fand Weiler wie geleckt im Gegensatz zur Großstadt. Wo war hier denn herumliegender Müll?

Sie warf noch einen wehmütigen Blick zurück aufs Rathaus, wo gerade Doktor Schneck Sprechstunde hatte. Wieder nichts.

Frau Gertrud, die Aggrodame, warf ihr einen Giftblick zu, der sie endgültig verscheuchen sollte, und setzte ihre Tirade an den Bürgermeister ungehindert fort. Gott sei Dank hatte sie ein neues Opfer gefunden.

Aber herumlungern und warten, bis sie weg war, würde vermutlich nicht klappen, so wie das aussah. Es blieb also bei Maxis Plan, wieder heimzulaufen und anzurufen. Sie war gut mit ihrer Telefonstimme. Sie würde die Arzthelferin schon überreden können, sie aufzunehmen. Und wenn sie flehen musste.

5

Willa sah sich in dem völlig überfüllten Veranstaltungssaal um. Die Show fand im Saal einer großen Kneipe statt, der normalerweise für Konzerte und Kabarett genutzt wurde. Der historische Saal mit Säulen und Ambiente war wirklich hübsch und auch für große Veranstaltungen geeignet wie die heutige.

Eigentlich hätte es ihr hier gefallen, aber sie fühlte sich fehl am Platz. Wie kamen ihre ehemaligen Kolleginnen und ein Kollege aus dem Krankenhaus eigentlich auf die hirnverbrannte Idee, sie als Abschiedsgeschenk mit zu einer Burlesque-Show zu schleppen? Wie konnte man denken, dass ihr das gefiel? Nur weil sie lesbisch war? Sie hatte zwar schon von dieser Art Show gehört, aber noch nie den Drang verspürt, sich eine anzusehen. War das nicht wie bei Travestiedarbietungen auch? Ein mehr bieder als ausgefallenes Publikum, das davon angezogen wurde? Eine Art Kick und ein *Walk On The Wild Side* für solche, die sonst nicht viel Ausgefallenes oder Wildes in ihrem Leben hatten?

Wenn sie sich hier so umschaute, was für Leute an den benachbarten Tischen saßen, dann fühlte sie sich in ihrer Theorie bestätigt.

Das Publikum scharte sich um kleine Tischchen, so auch ihre Sechsergruppe, die im Halbkreis saß, um nichts von den Auftritten vorn zu verpassen.

Bisher waren fünf Einlagen zum Besten gegeben worden, die das Publikum anheizen sollten für den Haupt-Act. Auf dem Flyer zum Programm stand der Name *Torpedotante*. Willa schauderte bei dem Gedanken, was sie da wohl erwarten würde. Die bisherigen Künstlerinnen jedenfalls hatten wie gelangweilte Hausfrauen gewirkt, die ein etwas riskantes Hobby zum Besten gaben. Alles ein bisschen hölzern und ungelenk.

Willa versuchte, ein heiteres Gesicht aufzusetzen, obwohl sie bisher eher befremdet war. Aber ihre Gruppe Ex-Kolleginnen und der Quotenmann Georg amüsierten sich köstlich, also wollte sie nicht die Zitrone geben, die mit ihrer sauren Ausstrahlung den Abend vermieste.

Aber die vermeintlich erotische Show war bisher so gar nicht sexy in Willas Augen. Eher fast schon ungewollt lustig, trotz viel nackter Haut. Da ihre Kolleginnen und Georg aber begeistert bei jedem Auftritt kreischten, pfiffen und applaudierten, hielt sich Willa mit ihrer Erheiterung zurück. Sie machte weder auf Zitrone noch auf Kichererbse und nippte schicksalsergeben an ihrem *Hugo*. Heute war sie ausnahmsweise mit der Straßenbahn unterwegs, weil sie sich schon im Vorfeld gedacht hatte, dass sie

Alkohol brauchte, um das hier ertragen zu können. Da sie sonst nicht oft Alkoholisches zu sich nahm, spürte sie bereits die angenehme Entspannung und das leicht schwummerige Gefühl, das der *Hugo* mit sich brachte.

Die fünfte Nummer ging zu Ende, ohne dass Willa das weiter registrierte. Die Darstellerin hatte mit vielen Federboas, Pailletten an den unmöglichsten Körperpartien und etwas, das aussah wie Gardinenpüschel an den Brüsten, ganz unterhaltsame zehn Minuten gestaltet. Der Applaus war wieder sehr ausgelassen, und Willa klatschte brav mit.

Jetzt sollte also Torpedotante kommen. Danach konnte sie dann hoffentlich nach einem letzten gemeinsamen Getränk mit der Gruppe heimgehen. Und hoffentlich stand nicht noch mehr auf dem Programm, sie musste schließlich morgen um neun in der Praxis sein. Ihre Hausbesuche hatte sie bereits alle auf den Nachmittag verschoben.

Die Conférencière kündigte mit humoristisch überzogener Stimme die nächste Darbietung an, und Willa hoffte, dass die Nummer das auch halten konnte, was versprochen wurde. Dass sie wie von einem Torpedo weggeballert wurde. Nun ja. Eher unwahrscheinlich.

Plötzlich absolute Schwärze im Saal. Das Publikum kicherte in Vorfreude. Willa war jetzt zugegebenermaßen auch ein bisschen gespannt.

Dann ertönte schlagartig ein treibender Bass, kreischende Gitarren und Stroboskoplicht. Während sich ihre Sinne noch an diesen Angriff gewöhnten, kam eine Gestalt auf die Bühne gerannt. Im ersten Moment war Willa sich nicht sicher, ob es sich nicht um einen Mann handelte, weil die Darstellerin eine American-Football-Uniform trug und nicht gerade zierlich wirkte. Dann trafen sich die bisher umherschweifenden Scheinwerfer auf der Gestalt, die den Helm herunterriss. Lange rote Haare fielen wie eine Kaskade heraus, und ein teuflisch herausforderndes Grinsen auf knallrot geschminkten Lippen zeigte dem Publikum, was hier Sache war.

Okay, dachte Willa. Das war mal unerwartet. Und auch bislang wesentlich besser als die Erotikhausfrauen. Gebannt verfolgte sie weiter, was sich auf der Bühne entfaltete. Sie konnte sich dem Sog aus Musik, Licht und Performance nicht entziehen – selbst wenn sie es tatsächlich gewollt hätte. Diese Torpedotante war wirklich gut. Sogar sehr gut.

Sie legte jetzt eine fast schon aggressive Show auf die Bühne, die aus überzogenem Macho-Gepose bestand und dem Herumwirbeln eines Baseballschlägers. Hätte jemand Willa vorher erzählt, wie die Nummer ablaufen würde, sie hätte mit dem Kopf geschüttelt und vehement verneint, dass nur die geringste Möglichkeit bestand, davon auch nur ansatzweise fasziniert zu sein.

Aber es war so. Ihr war wortwörtlich die Kinnlade heruntergefallen. Und sie fühlte sich wahrlich weggeballert von so viel Kraft, Charisma und schierer Präsenz. Diese Frau war eine Naturgewalt im wahrsten Sinne des Wortes.

Torpedotante begann jetzt, sich Stück für Stück ihrer Uniform zu entledigen. Nicht irgendwie sexy und sanft, sondern genauso pompös und ungestüm wie der Rest der Performance. Sie riss sich das XXL-T-Shirt mit der Nummer 13 vom Leib und schleuderte es von sich – irgendwohin ins Publikum, wo der Fetzen wie eine Trophäe unter begeistertem Gejaule aufgefangen wurde.

Es ging weiter mit den Teilen des Brust- und Schulterpanzers. Peu à peu legte die Burlesque-Tänzerin einen üppigen Körper frei, der nicht wirklich Willas erotischem Empfinden entsprach, aber doch etwas auslöste. Bewunderung für den Mut zur Nacktheit vielleicht. Oder auch Hochachtung für die kraftvolle Performance. Die mit schwarzem Klebeband abgeklebten Brustwarzen auf den vollen Brüsten waren definitiv ein Hingucker. Selbst für Willa, die normalerweise keine Fetischistin großer Brüste war. Sie liebte Brüste, aber eher in der Größenordnung, die noch in ihre Hand passte. Auf jeden Fall fühlte sie sich noch einmal mehr optisch weggeballert wie angekündigt.

Als Torpedotante nur noch in einem String ihren Abschlusstanz über die Bühne fegte, johlte Willa mit dem Rest des Publikums mit. Mitgerissen von der Performance. Wie unerwartet!

Georg klatschte ihr mit der Hand auf die Schulter, in einer Kumpelmanier, die Willa irritierte und aus der Begeisterung riss. Und als die Künstlerin in einem Encore von der Bühne ins Publikum rannte, wurde es ihr dazu noch ganz mulmig. Solche Sachen hasste sie wie die Pest. Künstler, die das Publikum mit einbezogen. Da befürchtete sie immer, dass es sie treffen könnte. Sie saßen zwar eher mittig, aber Torpedotante würde das vielleicht nicht abhalten.

Die Burlesque-Tänzerin begann jetzt, wahllos Menschen im Publikum anzutanzen und anzumachen, dass es Willa ganz anders wurde. Stellvertretend für die armen Würmer wurde es ihr ganz heiß. Allerdings fanden das manche Leute – männlichen und weiblichen Geschlechts – geradezu toll und machten begeistert mit. Ein Mann stand auf und tanzte ausgelassen mit. Das würde ihr nicht in hundert kalten Wintern einfallen.

Dann schmiss sich Torpedotante einer Frau am rechten Rand auf den Schoss, deren Anblick Willa das Herz aus ganz anderen Gründen schneller schlagen ließ. Die Frau, die da gerade ausführlich mit der Burlesque-Tänzerin flirtete, war niemand anderes als Maxi Gnädig. Sie lachte ausgelassen und ließ sich von Torpedotante dazu animieren, ihre vollen Brüste in die Hände zu nehmen und zu wiegen. Dieser Akt fuhr Willa ganz entschieden zuerst irgendwohin südlich und dann voller Eifersucht nördlich. In eine Region ihres Gehirns, die nicht gerade für positive Gedanken zuständig war. Alles sehr widerstreitend, sehr verwirrend.

Die Künstlerin drückte Maxi Gnädig schließlich ganz unverfroren einen Kuss mitten auf den Mund, sprang dann auf und verschwand unter tosendem Applaus hinter dem Vorhang.

Willa war so geschockt, sie war wie ausgeknipst. Alles um sie herum tobte vor Begeisterung, und sie konnte noch nicht einmal klatschen. What the fuck?

Ein Stoß in die Rippen von Georg riss sie aus ihrer Starre, und sie klatschte wie alle anderen. Aber in ihr tobte ein Sturm. Nein, ein Hurrikan.

Sie hatte nicht erwartet, wenn sie das nächste Mal Maxi Gnädig sehen würde, dass diese die Brüste einer anderen Frau in Händen hielt. Wirklich nicht. Das musste sie erst einmal verarbeiten.

Das Publikum war noch immer wie aufgeputscht, aber so langsam legte sich der Tumult nach Torpedotantes Show und Zugabe so langsam. Manche Leute gingen, ausgelassen und lachend, aber andere bestellten bei den Bedienungen Nachschub an Getränken.

Bis Willa sich richtig erholt hatte, hatte auch ihre Gruppe bereits die nächste Runde bestellt, und ihr wurde ein neuer *Hugo* vor die Nase gestellt. Sie trank die lauwarmen Reste ihres alten in einem Satz leer und goss gleich noch vom neuen hinterher.

Diese Burlesque-Show hatte sie ausgetrocknet. Vom restlichen Schock einmal abgesehen.

Etwas erholt versuchte sie, Maxi Gnädig im übriggebliebenen Publikum im Saal zu entdecken. Sie ließ ihre Blicke schweifen, nahm nichts anderes wahr, scannte alle Leute nur auf Anzeichen von Maxi Gnädig ab. Und sie wurde fündig.

Tatsächlich saß sie noch am rechten Rand an einem Tischchen zusammen mit ihrer Schwester, die Willa aus dem Krankenhaus kannte, und einer anderen Frau, die etwas älter war als die beiden, aber ihnen auch sehr ähnlich sah. Eine ältere Schwester vielleicht? Die drei lachten ausgelassen und redeten viel. So wie Willas Gruppe und der Rest des sehr erheiterten Publikums. Nur Willa stach vermutlich heraus wie das schwarze Schaf.

Willa versuchte, sich in die Gespräche ihrer Ex-Kolleginnen einzuklinken und nur nebenbei Maxi Gnädig zu beobachten. Das gelang ihr die nächsten zwanzig Minuten mehr schlecht als recht. Ihre Aufmerksamkeit wurde immer wieder an den rechten Rand gelenkt. Ihr erster Eindruck von Maxi Gnädig war nicht falsch gewesen. Sie war wahnsinnig attraktiv. Sie sah sogar noch wesentlich besser aus als in ihrem desolaten Zustand im Krankenhaus. Das war ja eigentlich fast schon logisch, dass man optisch nicht in Topform war, wenn man mit einer Verletzung auf der Liege lag. Willa hatte sie ja noch nicht wirklich in Bewegung gesehen. Sie gestikulierte beim Reden viel mit den Händen, fuhr sich mehrfach durchs Haar, war lebhaft. Diese Geschmeidigkeit gefiel Willa immens. Auch das Lachen stand ihr enorm gut. Maxi Gnädig war einfach eine Traumfrau.

Willa wollte sich gerade näher damit befassen, wie die Feuerwehrfrau heute angezogen war – bis zu einem schwarzen Hemd mit aufgewickelten Ärmeln kam sie –, als sie unsanft aus ihren Beobachtungen gerissen wurde.

»Wo starrst du eigentlich die ganze Zeit hin?«, fragte Georg.

Glücklicherweise bekam das von den anderen niemand mit. Das Getratsche wäre sonst unerträglich gewesen.

Georg saß direkt neben ihr und hatte den gleichen Blickwinkel, von dem er jetzt Gebrauch machte, in dem er nachzuvollziehen versuchte, was Willas Aufmerksamkeit in ihren Bann zog. »Ah!«, sagte er, bevor Willa mehr tun konnte, als abwimmelnd die Schultern zu zucken. »Der Pferdetritt.«

»Du erinnerst dich?«, fragte sie erstaunt. Dass *sie* sich erinnerte, war klar, aber Georg war schließlich nicht wirklich in den Fall involviert gewesen. Nicht, dass sie wüsste.

»Nachdem sie letzte Woche zusammen mit der Torpedotante einen Aufstand an der Rezeption gemacht hat, weil sie zu dir wollte. Definitiv erinnere ich mich daran. Das werde ich so schnell nicht vergessen.«

Georgs Erklärung warf Willa komplett aus der Bahn. »Mit *der* Torpedotante?«

Einerseits war sie höchst erfreut zu erfahren, dass Maxi Gnädig zu ihr wollte, andererseits war sie irritiert. Wieso war diese Burlesque-Tänzerin mit dabei gewesen? Das ergab doch alles überhaupt keinen Sinn.

Die Frage wurde beantwortet, als eine Frau an den Tisch von Maxi Gnädig trat, lautstark begrüßt wurde und sich dann in die Arme von Willas Traumfrau warf. Torpedotante privat und angezogen, wenn auch mit einem Ausschnitt, in den die dunkelhaarige Frau jetzt gerade fast hineinfiel.

Ganz offensichtlich war Torpedotante mit Maxi Gnädig bestens bekannt. Um nicht zu sagen intim. So, wie sie sie gerade herzte und bestürmte. Und ihr Gesicht in ihren ausladenden Busen drückte.

Der Schluss, den sie zu ziehen hatte, war ja wohl eindeutig. Supereindeutig. Gott sei Dank zog sie ihn, bevor sie sich irgendwie blamiert hatte. Hier oder im Dorf.

Maxi Gnädig war mit der Torpedotante liiert. Mehr musste sie nicht sehen. Mehr wollte sie auch gar nicht sehen.

Abrupt stand sie auf, schob ihren Stuhl mit einem fies quietschenden Geräusch nach hinten. Ihre ganze Gruppe sah sie plötzlich an. »Ich muss morgen früh raus. Vielen Dank für alles.« Sie fand, sie hörte sich einigermaßen ruhig an. Allerdings fühlte sie sich überhaupt nicht ruhig. In ihrem Inneren wütete eine Enttäuschung, die richtiggehend schmerzte.

»Du willst schon gehen?«

»Bleib doch noch.«

»Das Leben ist zu kurz, um früh aufzustehen.«

Die Proteste prallten an ihr ab. Sie wollte einfach weg hier.

Ein paar schnelle Umarmungen später hastete Willa bereits aus dem Saal. Einer vorbeilaufenden Bedienung gab sie für ihre

Getränke einen Zwanziger und ging, ohne ihr Wechselgeld nachzuzählen. An der frischen Luft draußen atmete sie erst einmal tief durch.

Willa hatte im Grunde nur geringe Erwartungen an ihre Traumfrau: nicht in der Nase bohren, nicht furzen, nicht rülpsen. Das waren ihre Standards. Sie war wirklich anspruchslos, aber so viel Manieren mussten sein. Alles andere? Offen und verhandelbar.

Ach, natürlich. Und Single sollte sie sein. Offensichtlich der größte Mangel im Fall von Maxi Gnädig, der Feuerwehrfrau und Schriftstellerin. Willa musste es einsehen. Es wäre ja fast ein Wunder gewesen, wenn solch eine Frau noch nicht weggeschnappt war. So war das eben, wenn Träume zerplatzten. Es blieb ein Vakuum zurück.

6

Maxi nahm den Hörer ihres Festnetztelefons und tat das, was sie die letzten zwei Tage schon tun wollte. Die Aggrodame im Treppenhaus hatte sie mehr beeinflusst, als sie gedacht hatte. Sonst hätte sie sich wohl kaum zwei Tage abhalten lassen. Jetzt hatte sie die seltsame Begegnung einigermaßen verdaut. Aber wenn sie daran dachte, hatte sie gleich schon wieder ein sehr eigenartiges Gefühl im Bauch.

Ohne weiter darüber nachzudenken, tippte sie die Nummer der Weilerer Arztpraxis in das Tastenfeld. Es war Schlag neun Uhr, und die Praxis müsste genau jetzt aufmachen.

Obwohl sie gestern erst spät ins Bett gekommen war wegen Carolinas Auftritt, hatte sie sich den Wecker so gestellt, dass sie Freitagmorgen loslegen konnte. Ihre beste Freundin war nach ihrem Auftritt mal wieder vollkommen überdreht gewesen – wie eigentlich immer, wenn sie die Torpedotante rausließ – und hatte noch ewig feiern wollen. Aber Maxi hatte irgendwann ihre Mutter und ihre Schwester mit Carolina zurückgelassen.

Nur deshalb war sie jetzt ausgehbereit. Selbst wenn sie sofort einbestellt wurde, kein Problem, sie war geschniegelt und gebügelt. Und auch einigermaßen ausgeschlafen.

Am anderen Ende der Leitung klingelte es mindestens zehn Mal, und Maxi wurde bei jedem Klingelton pessimistischer. Vielleicht war Freitag doch geschlossen? Aber warum ging dann kein Anrufbeantworter dran? Das war doch so üblich in Arztpraxen. Man musste doch wissen, wann man es wieder versuchen konnte. Kein gutes Zeichen. Vielleicht stimmte das wirklich, was die komische Gertrud gesagt hatte. Vollkommen überlastet und ausgebucht. In solch einem Maß, das schon gar niemand mehr ans Telefon ging.

Dann endlich wurde abgehoben, als sie schon auflegen wollte. »Arztpraxis Wilhelmine Schneck. Sie sprechen mit Larissa Schneck«, sagte eine gehetzt klingende Stimme.

Die vielen Schnecknamen verwirrten Maxi gewaltig. Wer war jetzt diese Larissa Schneck? Nur die Tatsache, dass es in Weiler anscheinend so viele Schnecks gab, ließ sie nicht sofort annehmen, dass es sich um Doktor Schnecks offiziell angetraute Ehefrau handelte. Aber die Möglichkeit bestand natürlich. Wobei … ihre Nachbarin Margit hatte Wilhelmine als Single ausgegeben. Und hatte diese komische Gertrud-Person nicht gesagt, ihre Schwiegertochter arbeitete an der Rezeption? War die das vielleicht?

»Ähm, hallo, hier spricht Maxi Gnädig.« Sie schaffte die Kurve gerade so, trotz Überraschung und leichter Verwirrung. »Ist es möglich, einen Termin bei Frau Doktor Schneck zu bekommen?«

Am anderen Ende hörte sie Tippen auf einer Tastatur und Papierrascheln. Dann wieder die gehetzte Stimme. »Wir vergeben keine Termine«, sagte sie abwesend. Aber auch mit einer Endgültigkeit, die Maxi vor den Kopf stieß.

Trotzdem ließ sie nicht sofort locker. Dafür war ihr die Sache mit Doktor Schneck wirklich zu wichtig. Aus welchen Gründen auch immer. Es war einfach so. »Oh! Und da geht gar nichts?« Sie versuchte es mit einem freundlich flirtenden Ton und ihrer besten Telefonstimme. Die hatte sich schon oft bewährt. Sie wusste, sie konnte die Leute bezirzen, wenn sie es darauf anlegte.

Aber anscheinend funktionierte das nicht bei einer Person im Vollstress, die noch nebenher mit tausend Dingen beschäftigt war. »Wie meinen Sie das? Was ist denn daran ein Problem?« Wieder schnelles Tippen auf der Tastatur. Dann eine kurze Pause, die Maxi schon als Zeichen zur Beendigung deutete. Als sie gerade dafür Luft holte, sprach die Frau weiter: »Sie kommen einfach zu unseren Sprechzeiten vorbei.«

Wie jetzt, was jetzt, einfach so? Das war ja zu gut, um wahr zu sein. »Sie sind nicht komplett voll?«, fragte sie deshalb nach und hörte sich vermutlich geistig beschränkt an. Oder äußerst lästig und hartnäckig.

Die Stimme wurde so langsam ungehalten. »Hören Sie mal, wenn es wegen der Wartezeiten ist, das koordiniere ich so, dass niemand länger als eine Stunde warten muss. Das liegt ja wohl noch im Rahmen.«

Maxi beeilte sich mit einer beschwichtigenden Antwort. »Das ist es gar nicht. Ich wollte nur nachfragen, weil ich dachte, dass Sie gar keine neuen Patienten mehr aufnehmen.« Sie hatte inzwischen angefangen, nervös Kreise mit dem Bleistift auf einem kleinen Block zu kritzeln. Sie hatte ihn da hingelegt, um einen möglichen Termin zu notieren. Was sicherlich nicht einmal nötig gewesen wäre, weil ein Termin bei Doktor Schneck sich in ihr Gedächtnis gebrannt hätte.

»Wie kommen Sie denn darauf?« Diese Frage wurde richtiggehend in den Hörer hineingeblafft wie das Bellen eines Chihuahuas.

Maxi klingelte das Ohr, aber sie beeilte sich wiederum mit der Antwort. »Das hat mir neulich jemand im Treppenhaus vor der Praxis gesagt.« Und das war ja schließlich die reine Wahrheit, auch wenn sich die Arzthelferin ungläubig anhörte.

Wieder das Chihuahuabellen. »Wer war das denn Hirnverbranntes?«

Maxis Kreise mutierten zu ärgerlichen Rechtecken, die sie blockartig schwarz schraffierte. »Die Frau hieß Gertrud und war sehr wütend darüber, dass sie aus der Praxis geworfen wurde. Angeblich«, fügte sie schnell hinzu, weil sie nicht schon wieder ins Fettnäpfchen treten wollte. Ins gefühlt zehnte.

Ein Schnaufer kam aus dem Hörer. »Das ist die Mutter meines Ex-Mannes, und die tickt offensichtlich nicht mehr richtig. Kommen Sie also vorbei. Wir haben heute bis zwölf Sprechstunde.« Dann ging wieder das Tippen auf der Tastatur los, das zwischenzeitlich aufgehört hatte. Stimmen näherten sich im Hintergrund, aber Maxi konnte nicht ausmachen, ob eine davon Doktor Schneck gehörte.

»Okay, das mache ich. Bis gleich«, sagte sie und legte den Bleistift weg.

»Tschüssi. Und nichts für ungut wegen der alten Schachtel.«

Rumms, aufgelegt. Und Maxi blieb ein wenig verwirrt nach diesem Gespräch zurück.

Nach kurzer Gedankenpause, die zu nichts führte, beschloss sie aufzubrechen. Sie würde von ihrem Plan jetzt nicht abrücken, auch wenn die Verhältnisse hier in Weiler insgesamt komplizierter zu sein schienen, als ursprünglich gedacht.

Im Rathaus angekommen entschied Maxi sich dieses Mal für den Aufzug. Sicher war sicher. Im Treppenhaus begegnete man zu vielen Leuten.

Ohne jemanden zu treffen kam sie heute in der Praxis an. Als sie die Eingangstür öffnete, klingelten über ihr ein paar provisorisch angebrachte Glöckchen an einer bunten Schnur, wie sie sie in einem Asialaden schon einmal gesehen hatte.

Über einen kurzen Flur gelangte sie zu einem Empfangstresen. Vor ihr war noch ein Patient, der aber gerade fertig war und ins Wartezimmer nebenan ging.

»Bitte?«, fragte die Frau hinterm Empfang und warf in einer ungeduldigen Geste ihr gefärbtes blondes Haar über die Schulter. Das war dann wohl die Frau, zu der das Chihuahuabellen gehörte. Rein optisch passte das sogar. Irgendwie. Hätte sie sie mit einem Hund vergleichen müssen, wäre es definitiv ein hektischer Chihuahua gewesen. Ein übergewichtiger, überdimensionierter.

»Wir haben gerade eben telefoniert. Maxi Gnädig. Ich würde gern in die Sprechstunde.«

»Oh mein Gott. Ich weiß nicht, was in meine ehemalige Schwiegermutter gefahren ist, sowas hat sie noch nie gemacht. Sie ist normalerweise übertrieben auf korrektes Verhalten bedacht. Ich hoffe, sie kriegt keine frühe Demenz oder so.«

Maxi lehnte sich an den Tresen. Sie musste über die ganze Angelegenheit inzwischen schmunzeln. Gleichzeitig fühlte sie sich wie eine Katze vor dem Mauseloch – Raubtier in Lauerstellung. Nicht, dass Doktor Schneck sie auch nur annähernd an eine Maus erinnerte. Aber trotzdem hoffte sie, bereits einen ersten Blick auf sie zu erhaschen. Oder gar eine erste Begegnung gleich hier im Flur.

Jetzt winkte sie erst einmal ab. »Nicht weiter tragisch. Wenn es dann heute klappt …« Und schenkte der Arzthelferin ein gewinnendes Lächeln.

»Definitiv! Versichertenkärtchen, bitte«, sagte die daraufhin.

Maxi kam dem sofort nach und betrat bereits ein paar Minuten später das Wartezimmer. Sofort, als sie in die Runde der wartenden Patienten grüßte, entdeckte sie Dieter, den Kommandanten der Feuerwehr, der ihr bei ihrem Unfall geholfen hatte.

Er lächelte ihr entgegen, und Maxi setzte sich neben ihn. »Grüß dich, Maxi«, sagte er.

»Grüß dich, Dieter«, erwiderte sie, ganz wie es ihre Gepflogenheit war.

»Was macht die Verletzung?«

»Wird besser. Und wieso bist du hier?«

»Ich warte nur auf ein Rezept für meine Oma. Danach gehe ich zur Arbeit.« Er blätterte nach diesem kurzen Informationsaustausch wieder in seiner Zeitschrift.

Im Wartezimmer herrschte Stille, und Maxi war sich bewusst, dass mit Sicherheit alle Ohren mithörten, obwohl sich die vier anderen Patienten geschäftig lesend gaben. So viel wusste sie bereits übers Dorfleben: Hier interessierte sich jeder für jeden, und Gerüchte gingen schneller rum als eine E-Mail einmal um die Welt.

»Ich kann demnächst wieder zum Training kommen«, flüsterte Maxi Dieter zu.

»Hast du noch nicht die Nase voll? Das freut mich. Es stehen ein paar tolle Aktionen an.«

Bevor Maxi nachfragen konnte, was er damit meinte, öffnete sich die Wartezimmertür, und Maxi ging sofort in Habachtstellung.

Aber es war nur die Arzthelferin. »Dieter, dein Rezept, Renate, deine Überweisung, Bruno, ins Labor.« Genauso stakkatoartig, wie sie redete, verteilte sie die Zettel und trieb die Patienten aus dem Wartezimmer.

Dieter winkte Maxi noch kurz zu, dann war plötzlich das Wartezimmer deutlich leerer geworden.

So langsam wurde Maxi nervös und ging die verschiedenen Szenarien ihrer bevorstehenden Begegnung mit Doktor Schneck durch. Was sie sagen würde, wie sie es sagen würde, was die Ärztin vermutlich erwidern würde. Ihr Gehirn wollte gar nicht aufhören damit, immer wieder andere Varianten durchzuspielen. Seltsamerweise lief es jedoch stets darauf hinaus, dass sie sich verabredeten, sich privat wiederzusehen. Dass Doktor Schneck von Maxi genauso angetan war wie umgekehrt.

Maxi verbot ihren Gehirnwindungen jedoch strikt weiterzudenken. Immerhin das schaffte sie. Denn sie wusste doch selbst nicht, was sie weiter wollte. Für irgendwelche Kurzaffären war sie inzwischen nicht mehr zu haben, aber wirklich beziehungswillig war sie auch nicht. Oder zumindest suchte sie nicht, forcierte es nicht. Wenn ihr die geeignete Frau über den Weg lief, dann wäre sie bereit – hatte sie bisher immer gesagt, wenn Carolina davon angefangen hatte, dass es langsam mal wieder Zeit für die Liebe wurde.

Während Maxi so vor sich hin sinnierte, kamen wieder zwei neue Patienten ins Wartezimmer, und zwei wurden von der Arzthelferin geholt. Bisher keine Doktor Schneck weit und breit.

Dann ging die Tür zum Wartezimmer wieder auf, und da stand sie plötzlich. Doktor Schneck.

Maxi fand es im ersten Augenblick ganz und gar surreal. Sie hatte jetzt wirklich lange darauf warten müssen, sie endlich wiederzusehen. Und sie war ganz und gar nicht enttäuscht. Der Anblick von Doktor Schneck war noch viel besser als nachts in der Notaufnahme. Nur der weiße Kittel war gleich. Sonst war alles besser. Auch dass sie sie persönlich holen kam und nicht die reichlich gewöhnungsbedürftige Arzthelferin.

»Frau Gnädig, bitte«, sagte Doktor Schneck mit einem Blick auf eine Akte in ihrer Hand.

Maxi stand sofort auf und lächelte ihrer neuen Ärztin entgegen. Der Blick, den sie erntete, war zwar freundlich, aber ihr wurde daraus nicht erkenntlich, ob Frau Doktor Schneck sie wiedererkannte. Das neutrale Lächeln hätte alles bedeuten können.

Das war schon mal eine herbe Enttäuschung. Sie hatte natürlich gehofft, dass auch die Ärztin ihre Begegnung als etwas ganz Besonderes abgespeichert hatte. Rein rational gedacht war sie das nicht, wenn man in die Überlegung mit einbezog, wie viele

Patienten Ärzte in der Ambulanz jeden Tag zu Gesicht bekamen. So ein Pferdetritt war da vermutlich noch eine eher harmlose Verletzung, die nicht weiter beachtenswert war. Aber sie hatte ja auch nicht wegen ihrer Verletzung im Gedächtnis bleiben wollen, sondern grundsätzlich. Als Person. Als Frau.

»Kommen Sie bitte mit in mein Behandlungszimmer«, sagte Doktor Schneck freundlich-neutral und ging voran über den Flur.

Als sie die Zimmertür schloss und Maxi auf den Stuhl vor ihrem Schreibtisch verwies, fragte sie mit leicht schräg geneigtem Kopf: »Wie kann ich Ihnen also helfen?«

Die Ärztin erkannte sie wirklich nicht. Das war inzwischen klar. Wow, das war ein herber Schlag. Obwohl sie ganz auf Doktor Schneck und die Situation konzentriert war, merkte Maxi, wie es ihr fast die Schamesröte ins Gesicht trieb. Sie würde zuhause ganz schön ihre Wunden lecken müssen. Zugegeben, das war sie nicht gewöhnt. Dass Frauen sich nicht an sie erinnerten. Maxi wusste, dass sie einen gewissen Effekt bei den Damen hatte. Aber offenbar nicht, wenn es wirklich etwas zählte. Das war vermutlich wahnsinnig gesund für die Charakterbildung, aber nicht so aufbauend fürs Ego. Zumal sie wirklich eine Verbindung zu der Ärztin gespürt hatte. Vermeintlich gespürt hatte. Unter Drogen. Was für ein Trip. Von dem sie gerade ziemlich spät unsanft heruntergeholt wurde.

7

»Ich war vor anderthalb Wochen bei Ihnen im Krankenhaus. Der Pferdetritt? Mitten in der Nacht?«, fragte die Frau, die Willas Gedanken die letzte Zeit beherrscht hatte. Und leider immer noch beherrschte, obwohl sie seit gestern Abend eigentlich eines Besseren belehrt sein sollte. Die sie für eine kurze Zeit an Liebe auf den ersten Blick hatte glauben lassen.

»Ach, Sie waren das?« Willa gelang ein unbeschwerter Tonfall, obwohl es ihr die Kehle fast zuschnürte. »Die Welt ist klein.«

Der Gesichtsausdruck, den sie für ihre Lüge erntete, war ziemlich enttäuscht. Aber jetzt gab es kein Zurück mehr. Sie musste diese Scharade, dass sie sich nicht an Maxi Gnädig erinnerte, weiter durchziehen.

Warum sie spontan gelogen hatte, war ihr selbst nicht ganz klar. Außer dass sie sich hatte instinktiv schützen wollen. Und was war ein besserer Schutzwall als vorzugaukeln, dass ihre erste Begegnung nichts, aber auch gar nichts Besonderes gewesen war? Nicht weiter beachtenswert, so durchschnittlich, dass man sie einfach vergessen konnte. Natürlich hatte sie es dabei geschafft, ihre neue Patientin vor den Kopf zu stoßen, das war ihr auch klar.

Bevor ihre Gedanken noch weiter Achterbahn mit ihr fahren konnten, schwenkte Willa innerlich auf die rein professionelle Schiene. Darin war sie geübt, das beherrschte sie aus dem Effeff.

Sie lächelte ihr professionelles Ärztinnenlächeln, das Anteilnahme, Freundlichkeit und medizinische Kompetenz in den Mixer warf. »Wie geht es Ihnen denn inzwischen?« Eigentlich hätte sie ja fragen sollen, wie sie hierher in ihre Praxis kam. Das wäre wohl logisch gewesen. Aber das war ihr nicht sofort eingefallen, weil sie es ja schließlich wusste. Willa biss sich auf die Unterlippe und hoffte, dass Maxi Gnädig nicht weiter darüber nachdachte und das komisch fand.

Ihr Gegenüber schien sich vom ersten Schock zu erholen und schenkte ihr ein zögerliches Lächeln. »Eigentlich ganz gut. Aber ich spüre die Stelle schon noch. Das strahlt auch noch aus.« Mit der Hand schwenkte sie grob über die Region des Tritts.

Willa konnte nicht umhin, dieser schönen Hand mit den Augen zu folgen und auch alle umliegenden Regionen wahrzunehmen. Nicht als Ärztin, sondern als Frau. Ganz unverhohlen. Denn obwohl ihr Verstand ihr sagte, dass die Sache mit Maxi Gnädig abgehakt zu sein hatte, wollte der Rest von ihr dieser Logik nicht folgen.

Sie schaffte es rechtzeitig, ihre Augen vom unter einem hübschen gestreiften T-Shirt verborgenen Busen loszureißen und eine Notiz in ihr Tablet zu tippen. Sie hätte hinterher nicht sagen können, was sie da tippte. Sie würde die Datei wohl nachher bereinigen müssen. Es hätte gut sein können, dass da stand: *Die Patientin hat einen ausgesprochen attraktiven Körper.* Oder sonst was

Unangemessenes, das Larissa besser nicht zu Gesicht bekam. Und ihr selbst später bestimmt ultrapeinlich wäre.

Willa schaute ihre Patientin ernst an. So ernst, wie sie es gerade eben schaffte. »Das war nicht anders zu erwarten. Irgendwelche Probleme beim Atmen? Stärkere Schmerzen?« Gute, professionelle Fragen, die ihr da automatisch von den Lippen kamen. Ihrer großen Routine sei Dank.

Maxi Gnädig schien kurz zu überlegen und sagte dann: »Eigentlich nicht.«

Willa wurde sofort hellhörig. Wenn Patienten ›eigentlich‹ sagten, wurde sie das immer. »Eigentlich? Das heißt, manchmal schon?«, fragte sie und beobachtete die Reaktion darauf genau.

»Hmmm ...«, machte Maxi Gnädig und sah dabei anbetungswürdig aus. Leider. Sie wollte das ja gar nicht wahrnehmen, tat es aber trotzdem.

Bei jedem anderen Patienten hätte sie schon von vornherein eine Untersuchung geplant und spätestens jetzt durchgeführt. Willa merkte, wie sie unprofessionell zögerte. Und das ging gar nicht. Sie durfte ihre persönlichen Probleme, die sie vielleicht mit der Untersuchung haben würde, nicht in ihr Verhalten als Ärztin einfließen lassen. Sie musste weiterhin strikt professionell bleiben, und das hieß jetzt: Ran an die Frau.

Sie stand von ihrem Schreibtischstuhl auf, wie immer von einem Quietschen begleitet, und deutete in die andere Raumhälfte, wo ihre Untersuchungsliege stand. »Machen Sie doch bitte mal den Oberkörper frei.«

Maxi Gnädig schaute sie für einen Wimpernschlag etwas entsetzt an, dann folgte sie Willa bereitwillig zur Untersuchungsliege und zog flink ihr T-Shirt über den Kopf. Zu schnell für Willa, obwohl sie damit gerechnet hatte, ja dazu aufgefordert hatte. Darunter kam ein enganliegendes Tanktop zutage. Und kein BH. Unter dem durchsichtig weißen Top. Schluck.

Wo sie gestern Abend bei sehr viel mehr entblößter Haut vollkommen kalt geblieben war, wurde es ihr jetzt gerade siedend heiß. Dabei hatte sie wirklich schon Tausende Patientinnen in Unterhemden und weniger zu sehen bekommen. Nichts weiter dabei, versuchte sie ihrem überhitzten Gesicht zu befehlen, ihren glühenden Ohren, ihrem in Brand geratenen Dekolleté. Und vor allem dem Ziehen in ihrem Unterbauch. Vor allem dem.

Willa drehte sich von Maxi Gnädig weg und schaffte es trotz massiver Beeinträchtigungen, ihr Stethoskop aus der Ablage neben der Liege herauszuholen und sich um den Hals zu hängen. Sie würde diese spezielle Patientin jetzt abhören wie jede andere auch. Auch wenn ihre Hände nicht so ruhig waren, wie sie es gewohnt war, und ihr Puls leicht erhöht. Das ließe sich alles überspielen. Maxi Gnädig kannte sie ja nicht und wusste nicht, was für sie normal war. Dann war sie eben ein etwas flattriges Huhn. Dass sie das nur bei ihr war, musste sie ja nie erfahren.

Als sich Willa wohlgewappnet und motiviert wieder zu Maxi Gnädig umdrehte, stand sie plötzlich einem nackten Oberkörper gegenüber. Zwei wunderschönen Brüsten mit hübschen braunen Brustwarzen, wohlgeformt und magnetisch anziehend. Sie konnte ihren Blick nur mit massiver Willensanstrengung abwenden. Der Rest des Oberkörpers war genauso wohlgestaltet und ästhetisch proportioniert, wie Willa das aus dem Krankenhaus in Erinnerung hatte. Damals war allerdings ein Sport-BH noch als Barriere dazwischen gewesen.

»Seit dem Unfall konnte ich keinen BH mehr anziehen«, sagte ihre Patientin wohl als Erklärung, dass sie nackt vor ihr stand.

Eigentlich war das für die Untersuchung wesentlich besser. Verklemmte Patientinnen, die nicht einmal vor der Ärztin bereit waren, sich zu entblößen, waren nicht so einfach zu untersuchen. Willa verstand auch, dass bei dieser Art der Verletzung Maxi Gnädig keinen BH tragen konnte. Trotz all dieser Gründe hätte Willa aber wer weiß was für einen BH an diesem so anziehenden Oberkörper gegeben. Ihr Gehirn würde nämlich in nur wenigen Sekunden anfangen, vor Überhitzung zu kochen, und ihre Augen würden austrocknen, weil sie nicht mehr blinzeln konnte.

Maxi Gnädig stand in Erwartungshaltung vor ihr.

Ach ja, die Untersuchung.

Willa schaffte es, einigermaßen professionell zu nicken und mit ernster Stimme eine Anweisung zu geben. »Bitte drehen Sie sich um. Ich möchte Ihre Lunge abhören.«

Maxi Gnädig tat sofort, wie ihr geheißen.

Als sie den attraktiven Rücken vor Augen hatte, konnte Willa endlich kurz durchatmen. Auch eine wirklich schöne Ansicht dieser verlockenden Frau, aber nicht so gehirnverquirlend wie die Vorderseite. Gott sei Dank!

»Achtung, das Stethoskop kann kalt sein. Nicht erschrecken.« Willa setzte sich den Hörer auf.

»Ich bin nicht so schreckhaft.«

Trotzdem zuckte Maxi Gnädig zusammen, als sie den Kopf des Instruments ansetzte. Willa vermied es tunlichst, sie mit der bloßen Hand zu berühren. Das würde noch kommen, aber sie gönnte sich den Aufschub.

Dann schaffte sie es, ihr medizinisches Fachwissen in den Vordergrund ihrer aufgewühlten Gedanken treten zu lassen und ernsthaft auf die Atemgeräusche und mögliche Beeinträchtigungen zu lauschen. Gründlich setzte sie an den diversen Stellen ihr Stethoskop an und zögerte so das Unausweichliche hinaus.

Als sie alle wesentlichen Stellen zweimal abgehört hatte, blieb ihr nichts anderes übrig. »Bitte drehen Sie sich wieder um.«

Da war sie wieder, diese verlockende Vorderseite.

Willa ließ sich keine Millisekunde Zeit, darüber nachzudenken, wie nah ihr diese Brüste waren. Sie machte einfach automatisch weiter mit dem Abhören. Es war absolut nichts Auffälliges zu hören. Lungengeräusche in Ordnung, Herzgeräusche in Ordnung.

»Alles in Ordnung. Ich würde gern noch Ihre Beweglichkeit testen.« Das war ihr medizinischer Sachverstand, der da sprach. Der Rest von ihr befand sich im Chaos. Sie würde die halbnackte Maxi Gnädig jetzt anfassen müssen. Müssen oder dürfen?

Als ihre Hände den ersten Kontakt mit dieser weichen Haut aufnahmen, war ihr klar, dass die Antwort *dürfen* lautete. Maxi Gnädig fühlte sich nicht nur samtweich an, sie roch auch betörend gut. Nicht aufdringlich oder überwältigend nach Parfüm, sondern nach frischgewaschener, gut duftender Frauenhaut. Nach besonders verheißungsvoll duftender Frauenhaut. Maxi Gnädig war ein besonders gutriechender Mensch.

Willa bildete sich ein, dass sie das ausgesprochen gut beurteilen konnte, da sie schon große Teile der Menschheit unter die Nase bekommen hatte. Zwangsweise passierte das als Ärztin. Die meisten Menschen rochen eher streng. Männer sowieso, aber auch die allermeisten Frauen waren kein olfaktorisches Erlebnis. Die wenigsten so, dass Willa mit der Nase näher heranwollte und genüsslich schnüffeln wie ein Trüffelschwein.

Bei Maxi Gnädig allerdings mutierte sie zum Trüffelschwein. Gern hätte sie sie von oben bis unten abgeschnüffelt und herausgefunden, ob sie überall gleich berauschend roch. Leider hatte dieses Privileg eine andere Frau. Ein menschlicher Torpedo, der Willa vermutlich allein für ihre Gedanken aus der Erdumlaufbahn geschossen hätte.

Willa schwitzte Blut und Wasser, als sie Maxi Gnädigs Arm bewegte, ihre Schulter untersuchte und ihre Rippen abtastete. Das alles mit einer – wie sie hoffte – professionellen und gleichzeitig ein wenig abweisenden Fassade. Selbstschutz – das Wort hämmerte durch ihren Kopf wie ein Presslufthammer. Sie wollte nicht aus der Erdumlaufbahn geschossen werden, und sie wollte auch nicht einer Frau hinterherschmachten, die sie nicht haben konnte.

Willas Nacken verkrampfte sich, und sie biss mit den Zähnen so fest zu, dass sie spontan Spannungskopfschmerzen bekam.

»Es scheint alles in Ordnung zu sein.« Sie beendete endlich die Untersuchung. »Sie können sich wieder anziehen, dann besprechen wir das.«

Sobald es höflich erschien, drehte sie sich weg und zu ihrem Schreibtisch. Sie stürzte sich auf ihr Tablet und machte Eintragungen. Wie eine Wilde tippte sie und wusste doch nicht, was sie da tippte.

Durchatmen, Kraft sammeln für den letzten Teil, den sie so schnell wie möglich hinter sich zu bringen gedachte. Und dann würde sie Maxi Gnädig hoffentlich erst wiedersehen, wenn sie die Sache innerlich vollständig verarbeitet hatte. Ihren kurzen Ausflug in die irrwitzigen Abgründe des Wahnsinns namens *Liebe auf den ersten Blick*.

8

Maxi kribbelte es noch am ganzen Körper von der Untersuchung. Zuerst hatte sie gedacht, sie hätte einen Nervenschaden von dem Pferdetritt erlitten, so überraschend, wie die Schauer durch sie hindurchgelaufen waren, als Doktor Schnecks

Hände ihre Rippen entlangfuhren. Unglaublich sanft und gleichzeitig vollkommen sachkundig. Zumindest kam ihr das so vor. Es war nichts, aber auch gar nichts Intimes daran gewesen. Trotzdem fühlte sich Maxi so, als ob das gerade das Vorspiel zu etwas ganz anderem gewesen wäre.

Sie stülpte sich schnell ihr Tanktop über und beeilte sich, auch das T-Shirt folgen zu lassen. Denn Doktor Schneck saß bereits am Schreibtisch und notierte in einer unglaublichen Geschwindigkeit ihren Befund.

Maxi setzte sich ihr wieder gegenüber und studierte die Ärztin einen unbeobachteten Moment lang.

Dass Doktor Schneck sie bei ihrer ersten Begegnung nicht wirklich wahrgenommen hatte, okay, damit würde sie leben müssen. Aber sie würde jetzt alles dafür tun, dass die zweite besser verlief. Das nahm sie sich vor, als sie ihren Eindruck aus der ersten Nacht bestätigt sah. Nicht nur bestätigt. Übertroffen.

Frau Doktor Wilhelmine Schneck war der Hammer, ein Sahneschnittchen, eine sexy Mama. Und alle weiteren Synonyme für *schöne Frau*, die ihrem literarischen Verstand und ihrem inneren Thesaurus so einfallen wollten. Zuckerpuppe. Prachtweib. Venus. Ihre Gedanken hüpften in großen fantasievollen Sprüngen davon, und sie bemühte sich, sie wieder einzufangen. Es würde ihr nicht unbedingt helfen, wenn sie wie eine Irre anfangen würde zu kichern oder Blödsinn daherzureden. Sie würde jetzt ihren Charme auspacken, der laut Aussage diverser Frauen beträchtlich war, und sie würde Frau Doktor Schneck verdeutlichen, dass es ein Fehler gewesen war, dass sie sich nicht an sie hatte erinnern können. Dass es ein Ding der Unmöglichkeit war. Sie würde jetzt im positiven Sinn einen unvergesslichen Eindruck hinterlassen. Nicht im Torpedotantensinn.

Plötzlich sahen ein paar grünlich-braune Augen auf und ertappten sie beim Starren. »Haben Sie Fragen?«

Wieder diese leicht seitlich geneigte Kopfhaltung, eine wirklich ganz und gar reizende Angewohnheit der Ärztin. Wie bei einem besonders süßen Hündchen, das einen anschaute. In Kombination mit den ausdrucksstarken Augen und dem schönen Mund hatte das einen umwerfenden Effekt.

Maxi fiel nichts Besseres ein, als einen Witz zu machen. »Muss ich sterben, Frau Doktor?« Sie fügte dem ein schelmisches Lächeln hinzu.

Aber leider wurde das von ihrem Gegenüber gar nicht verstanden. Die Ärztin sah sie konsterniert an. »Was ... wieso ...?«

»Scherz!« Maxi lachte verkrampft auf. »Sagen das die Patientinnen nicht in Arztromanen zu dem wahnsinnig hinreißenden behandelnden Arzt, den sie am Ende heiraten?«

Voll daneben! Konnte sie sich noch dämlicher anstellen? Und dann auch noch Arztromane!

»Keine Ahnung?«, sagte die Ärztin mit einer unwirschen, verwirrten Stimme.

»Entschuldigung. Ist mir so rausgerutscht. Ich bin Schriftstellerin.« *So* würde das nichts werden mit dem guten Eindruck. »Was ist also mit meiner Verletzung? Kann ich wieder Sport machen?« Sachlich! Sachlich war gut. Damit war sie auf sicherem Boden zurück.

»Ich würde es mal langsam angehen und bei Beschwerden aufhören. Aber grundsätzlich spricht nichts dagegen«, antwortete Doktor Schneck ebenso sachlich. Nicht mehr, nicht weniger.

Maxi suchte verzweifelt nach etwas, das sie noch sagen konnte, das das Gespräch verlängern würde. Oder besser noch ins Persönliche hinüberführen. Auf elegante, unauffällige Art. Ihr wollte nur partout nichts einfallen.

»Gut«, sagte Doktor Schneck, und ihrem Tonfall war deutlich anzuhören, dass Maxi jetzt gleich aus dem Zimmer komplimentiert werden würde.

»Ich wohne neben einer Verwandten von Ihnen. Margit Schneck. Die machen tollen Honig. Sind Sie da manchmal?«

»Wie kommen Sie darauf?«, fragte die Ärztin und bekam einen misstrauischen Ausdruck. Das schien die falsche Fragerichtung zu sein.

»Oh!«, entfuhr es Maxi. »Also, ich meine nur. Falls Sie mal dort wären, könnten Sie kurz bei mir anklopfen. Nichts weiter.« Sie knetete die Hände in ihrem Schoß. Das lief hier alles aus dem Ruder.

»Ich komme nicht so im Ort herum. Nur auf Hausbesuche, und da habe ich keine Zeit«, sagte die Ärztin streng, und jetzt hielt sie den Kopf ganz gerade. Das sprach nicht für Maxis Talent, sie für sich einzunehmen.

Aber sie gab noch nicht auf. »Sie könnten auch mal einfach so vorbeikommen. Wie gesagt bin ich Schriftstellerin und sitze viel am Schreibtisch. Ich würde mich über einen Besuch zur Ablenkung freuen.« Da! Konnte sie die Einladung noch deutlicher aussprechen?

Die Ärztin sah sie merkwürdig an. Sehr merkwürdig. Sondierend, abwägend, wie ein Rätsel, das sie nicht zu knacken verstand. Aber was gab es da schon zu verstehen? Sie hatte ihr Interesse doch deutlich gemacht. Dass sie lesbisch war, dürfte sich auch bereits zu Doktor Schneck herumgesprochen haben. Das Dorf war doch, was das anging, flink ohne Ende. Oder versuchte die Ärztin etwa gerade, sich einen Reim daraus zu machen?

»Also, ich meine, ich würde gern Ihre nähere Bekanntschaft machen.« Oh Gott, wie hörte sich das denn an? Ganz furchtbar. Genauso furchtbar kam es wohl auch an. Als ob sie einen unsittlichen Antrag gemacht hätte.

Zumindest furchte Doktor Schneck die Stirn und sah unangenehm berührt aus. »Danke für das Angebot. Ich bin im Moment mit der Praxiseröffnung sehr beschäftigt. Gute Besserung weiterhin. Wenn die Schmerzen wieder stärker werden sollten oder Sie andere Beschwerden bekommen, kommen Sie wieder in die Sprechstunde.«

Und damit wurde Maxi ganz eindeutig mit einer endgültigen Geste des Zimmers verwiesen. Sie bekam zum Abschied noch nicht einmal die Hand gereicht, und Doktor Schneck stand bereits am Waschbecken, als sie aus dem Zimmer ging, und wusch sich die Hände. Ganz so, als ob sie sich von Maxi reinwaschen wollte, die Begegnung wegschrubben würde.

Wow. Tiefschlag.

Die Ärztin war wirklich unnahbar gewesen. Sie war auf keine ihrer Annäherungen eingegangen, im Gegenteil. Sie hatte eine Ablehnung an den Tag gelegt, die Maxi schwer traf.

Maxi ging frustriert heim und überlegte bei jedem Schritt, was falschgelaufen war. Warum ausgerechnet eine Frau, die sie unwiderstehlich fand, mit ihr nichts zu tun haben wollte.

3. Akt

1

Wie läuft es in der Praxis?«, fragte Willas Mutter ganz unschuldig und schnitt den Sonntagsbraten, von dem sie nur ein winziges Scheibchen auf dem Teller hatte, in minikleine Teilstücke.

Ihre Mutter kochte jeden Sonntag für eine ganze Kohorte, aß selbst aber nur wie eine Maus davon. Von den Gästen wurde allerdings erwartet, dass sie sich wie ausgehungerte Bären auf das Essen stürzten.

Willa hatte sich dieser Essenseinladung, die sie am Freitagabend überfallen hatte, nicht entziehen können. Sie hatte ihre Mutter schon wochenlang hingehalten. Jetzt waren ihr die Ausreden ausgegangen. Zumal sie ihre ganze Energie am Freitag für Maxi Gnädig aufgebraucht hatte. Eine Begegnung, die sie seither gekonnt verdrängte.

»Gut«, antwortete Willa knapp. Sie würde nicht weiter kommentieren, denn sie wusste genau, dass ihre Mutter auf Informationsfang war.

Sie saßen am sonntäglich gedeckten Esstisch im Hause Schneck. Das Goldrandgeschirr, das nur an Sonn- und Feiertagen zum Einsatz kam, und das Silberbesteck dazu führten bei Willa fast schon zu Beklemmungen. Wie viele schreckliche Familienessen hatte sie in genau dieser Konstellation schon in ihrem Leben hinter sich gebracht?

Ihr Vater Klaus saß am Kopfende des mit einer festlichen Tischdecke eingedeckten Tisches und wirkte wie immer vollkommen unbeteiligt. Er sagte grundsätzlich nie etwas, es sei denn, das Essen war misslungen. Aber das war Gertrud Schneck schon viele Jahre nicht mehr passiert. Nicht dass Willa wüsste. Aber bei so vielen Essen war sie ja auch gar nicht dabei gewesen, seit sie zum Studium ihr Elternhaus verlassen hatte. Sie hatte sich erfolgreich hinausgeschlängelt.

Ihre Mutter saß jedenfalls wie eh und je neben ihrem Mann, tat ihm ständig neu auf und sorgte für Nachschub, sodass er gar nichts sagen musste.

Wilhelm saß am anderen Ende, der Stammhalter hatte dieses Privileg. Ihre Mutter umsorgte ihn fast so sehr wie den Vater. Kein Wunder kam sie selbst nur dazu, eine kleine Portion zu essen.

Willa hatte sich schon immer wie das fünfte Rad am Wagen in dieser Konstellation gefühlt. Die drei brauchten sie doch gar nicht. Ihr war nicht klar, warum sie hier überhaupt teilnahm. Als Larissa noch mit von der Partie war, gab es wenigstens noch jemanden am untersten Ende der Hackordnung. Wenn sie beide dabei waren beim Sonntagsessen, saßen sie auf der gleichen Tischseite nebeneinander und warfen sich immer wieder konspirative Blicke zu. Doch seit einiger Zeit gab es keine Komplizin mehr. Die war entkommen, die Glückliche.

»Wie macht sich deine kompetente Sprechstundenhilfe?«, fragte ihre Mutter wie aufs Stichwort.

Willa sagte nichts zu diesem altmodischen, herabwürdigenden Begriff für ihre medizinische Fachangestellte. Aber ihr war auch sofort klar, warum sie hier war. Gertrud wollte möglichst viel aus ihr herausbekommen. Larissa war natürlich ein entscheidendes Puzzleteilchen. Nachdem das halbe Dorf bekundet hatte, wie gut sich Larissa in der Praxis machte, hatte ihre Mutter schlecht öffentlich auf die Pauke hauen können. Privat hatte sie versucht, Willa anzugehen, aber Willa hatte bisher alles gut abblocken können. Jetzt versuchte es Gertrud mit Sticheleien und kleinen intriganten Bemerkungen, auf die Willa aber nicht einzugehen gedachte.

Sie hob den Blick gar nicht von ihrem Teller und schnitt weiter eine Kartoffel in kleine Quadrate. »Praxismanagerin oder medizinische Fachangestellte heißt das. Und Larissa ist ein Traum.«

Ihr Bruder, der ihr gegenübersaß, grunzte abfällig, sagte aber nichts dazu. War auch besser so. Über seine geschiedene Frau sollten sie nicht reden, das würde nur zu Unheil führen. Obwohl? Warum nahm sie sich eigentlich so zurück? Sie hatte doch absolut keinen Grund. Das war nur anerzogenes Verhalten, dass sie immer noch so kuschte.

»Und die Patienten?«, ließ ihre Mutter nicht locker. Sie stierte Willa an, als ob sie sie hypnotisieren wollte. Gefügig machen wie Kaa, die Schlange im Dschungelbuch ihre Opfer.

Dem Würgegriff ihrer Mutter hatte sich Willa als Erwachsene allerdings längst entzogen. Auch wenn sie sich in neuester Zeit in ihre Jugend zurückgebeamt fühlte, als sie diesem Würgegriff noch ausgesetzt war.

Wieder brodelte Unbehagen in Willa hoch. Sie sollte noch viel vehementer sein, sich viel mehr gegen diese Versuche der Vereinnahmung wehren. Schließlich würde sie die nächsten Jahre definitiv im Dorf verbringen. Sie würde sonst in Windeseile wieder in ihrer alten Position als ungeliebte Tochter landen, und das war absolute No-go-Area.

»Gut. Danke der Nachfrage.« Sie sagte das so, als ob Gertrud es als freundliche Nachfrage gemeint hätte. Auch wenn sie beide wussten, dass das nicht zum Repertoire ihrer Mutter gehörte. Die fürsorgliche Mutter gab sie nur für Wilhelm. Es brodelte weiter in Willa, und sie konnte kaum noch ihren Braten essen, weil es sie fast würgte.

»Wer kommt alles zu dir?«

Willa schossen sofort Bilder von Maxi Gnädig in den Kopf. Wie sie halbbekleidet vor ihr gestanden hatte. Wie sie später wohl versucht hatte, persönlichen Kontakt einzuleiten und Willa ihr dann sehr ungehobelt eine Abfuhr erteilt hatte. Alles sehr aufwühlende Erinnerungen. Die hier auch gar nichts zu suchen hatten und überhaupt ausradiert gehörten. *Raus aus meinem Gehirn,* dachte Willa. Und mit Sicherheit hatte Gertrud Schneck auch keinesfalls die Feuerwehrfrau mit ihrer Frage gemeint. Ihre Mutter war weiter auf der Jagd nach irgendwelchen Infos. Welche genau wusste Willa nicht, aber aus ihr würde sie definitiv nichts herausholen. So langsam stellten sich ihr die Haare im Nacken auf.

»Das darf ich dir nicht sagen. Patientengeheimnis.« Noch nie war sie so froh gewesen, dass das Teil ihres Berufes war.

»Na hör mal, ich bin deine Mutter!« Gertrud Schneck gab sich empört, aber Willa wusste, dass sie nur spielte, um eventuell doch noch etwas aus ihr herauszubekommen. Was so wichtig sein konnte, dass sie es unbedingt erfahren wollte, war Willa ein Buch mit sieben Siegeln. Sie verstand die krankhafte Neugier ihrer

Mutter nicht, die Sucht nach Tratsch. Oder war sie auf eine bestimmte Information aus? Aber das war auch vollkommen egal.

»Das gilt auch für nahe Verwandte«, sagte Willa trügerisch ruhig und schob sich einen Happen in den Mund, den sie mit wenig Enthusiasmus kaute.

Ihre Mutter strich anscheinend fürs Erste die Segel. Aber das hieß nicht, dass sie Willa vom Haken lassen würde. Da kannte sie ihre Mutter gut genug. Jetzt ging es eben mit anderen Dingen weiter. Denn eines war klar: Ihre Tochter war Gertrud Schnecks Lieblingsobjekt für tausenderlei Verbesserungsvorschläge und Nörgeleien. Eine Tatsache, die Willa noch nie so klar vor Augen stand wie gerade jetzt in diesem unangenehmen Moment beim Sonntagsessen. Sie kam sich wieder vor wie ein räudiger Hund, den vermeintlich niemand lieben konnte, weil er so hässlich anzusehen war. Schon erstaunlich, wie sie sich hier immer fühlte. Als ob sie nicht liebenswert und kompetent wäre. Warum behandelten sie alle Menschen netter als ihre eigene Familie? Es brodelte weiter in ihr drin, dass der Kessel mit Zaubertrank fast überschwappte.

»Nimm noch Kartoffeln, Wilhelmine. Du hast nur zwei auf dem Teller. Du bist eh viel zu dünn.«

Fast hätte Willa triumphierend aufgelacht. Also kam dieses Thema nun an die Reihe. Ihr – laut ihrer Mutter – nicht besonders ansprechendes Äußeres. Zum gefühlt zehntausendsten Mal. »Danke, mir reicht das.« Willa versuchte, weiterhin sachlich zu reagieren. Und nicht mehr wie in ihrer Jugend mit Trotz. Aber es war eine Gratwanderung. Vor allem heute, da das Brodeln sich fast nicht mehr kontrollieren ließ.

»Zu magere Frauen finden Männer auch nicht attraktiv. Stimmt's, Wilhelm?«, wandte sich Gertrud Schneck an ihren Braten in sich reinschaufelnden Sohn.

»Ich steh aber auch nicht auf Fette«, ließ sich Wilhelm zu einer Aussage verleiten, die man fast schon als Unterstützung betrachten konnte. Wenn man das äußerst wohlwollend betrachtete. Was Willa heute und auch sonst nicht tat.

Sie las diese Aussage nur als eine weitere seiner frauenfeindlichen Blödheiten. Ihr Bruder brachte nämlich mindestens dreißig Kilo zu viel auf die Waage und trug einen ungesunden Schmerbauch mit sich herum. Und das war lediglich ihre fachliche

Meinung. Mal ganz von ihrer persönlichen abgesehen, die sagen würde: Wer selbst so fett ist, darf gewichtstechnisch nicht über andere richten.

»Ich kann dir einen Diätplan aufstellen«, sagte Willa, bevor sie das innere Brodeln eindämmen konnte. Es verschaffte sich Gehör, noch bevor ihre Mutter reagieren konnte. Ihr Vater war sowieso wieder geistig abwesend und mampfte stoisch vor sich hin. Schweinebraten war sein Lieblingsgericht, und er hatte sonst auch meist nichts zum Gespräch beizutragen. Er strahlte aus, dass ihm seine Familie am Arsch vorbeiging. Und zumindest das hatte sie von ihm geerbt. Das musste Willa zugeben.

»Hä?«, sagte Wilhelm eloquent. Vermutlich weil er von ihr, der Paria, keine Widerworte erwartete.

Aber sie hatte erst angefangen. Das Fass war am Überlaufen, und nichts würde die vergorene, verunreinigte Sauerei, die in diesem Fass seit Ewigkeiten vor sich hinfaulte, aufhalten können. »Na, wenn du nicht auf dicke Frauen stehst und man umgekehrt annimmt, dass die meisten attraktiven, schlanken Frauen nicht auf fette Männer stehen, dann solltest du wohl abnehmen, um eine entsprechende Frau finden zu können.«

Oh ja, das war gut gewesen.

Kurze Stille am Tisch. Wilhelm schaute sie mit offenstehendem Mund perplex an.

Dann fielen die Groschen.

»Wilhelmine!«, keifte ihre Mutter aufgebracht. »Du bist wie immer furchtbar! Ich weiß nicht, wie ich so ein missratenes Kind habe aufziehen können.«

Willa wusste, was jetzt auf dem Plan stand. Eine grässliche Standpauke ihrer Mutter, die ihr tausend Dinge vorhalten würde, aber vor allem, dass sie eine herbe Enttäuschung war und auch immer sein würde. In allen Bereichen.

Aber ihre Mutter wusste nichts von dem überlaufenden Fass in Willa drin. Es war nämlich bereits umgekippt, und die Flut riss auch noch ihre letzten Hemmungen mit sich. Sie hatte dermaßen den Kanal voll, diese dysfunktionale Familie weiter zu ertragen. Was machte sie eigentlich? Sich das als erfolgreiche, erwachsene Frau anzutun? Der reinste Masochismus.

Das war der letzte Gedanke, den sie hatte, bevor sie aufstand. Noch bevor Gertrud Schneck erneut Luft holen konnte, um verbal auszuholen. »Mir reicht's mit euch. Ich bin raus hier. Ich bin die Dorfärztin, schon vergessen? So viel zum Thema *missraten*. Ich lasse so nicht mit mir reden. Nie wieder.«

Ihrer Mutter stand schon wieder der Mund offen. Vermutlich, um ihr noch einmal zu sagen, dass sie nicht ihren Vorstellungen entsprach, als plötzlich eine Bassstimme laut in Willas geplanten Abgang hineinplatzte.

»Gertrud, sei still. Unsere Tochter hat recht.« Ihr Vater hatte tatsächlich gesprochen. Willa blieb allein aus Überraschung an ihrem Stuhl stehen. »Komm, setz dich wieder, Mine«, sagte er, und es klang durchaus versöhnlich und freundlich, nahm dann ein Stück Braten in den Mund und kaute.

Willa setzte sich aus lauter Verblüffung. Er hatte ihren Spitznamen aus Kindertagen benutzt. Das hatte er schon Jahrzehnte nicht mehr getan.

Es herrschte Schweigen. Das große Schweigen. Ihre Mutter war sichtlich beleidigt. Ihr Bruder war so überrascht wie Willa, gleichzeitig warf er ihr aber auch hasserfüllte Blicke zu.

Lediglich ihr Vater blieb so wie immer. Als ob nicht gerade eine vollkommene Umstrukturierung der ganzen Familie stattgefunden hätte.

Ihr Vater hielt ihr plötzlich die Fleischplatte hin, und aus reinem Schock nahm Willa noch ein Stück. Ein großes sogar.

Sie konnte ihre Traumfrau nicht kriegen, aber immerhin hatte sie es geschafft, ihrer Familie die Stirn zu bieten. Vielleicht war die Sache mit Maxi Gnädig doch zu etwas gut gewesen.

2

Ein Kranausleger schwebte über ihre Köpfe hinweg auf einen Container zu. Umringt von Feuerwehrmännern stand Maxi in ihrer innig geliebten Montur, die sie seit dem Pferdetritt nicht mehr angehabt hatte, auf einem Bauernhof nicht unweit von Weiler.

Maxi hatte sich aus lauter Frust dazu entschieden, bei diesem Hofumzug hier mitzuhelfen. Ihr war nicht nach Schreiben, ihr war sogar nicht einmal danach, Serien zu gucken bis sie nicht mehr wusste, welches Jahr gerade war, ihr war nach überhaupt nichts zumute. Da konnte sie genauso gut ein bisschen mit anpacken.

Dieter war zwar skeptisch gewesen wegen ihrer noch nicht ganz verheilten Verletzung, aber jetzt stand sie hier mit den anderen aus der Freiwilligen Feuerwehr auf dem Bauernhof und war bereit, Hand anzulegen. Dieter hatte schon gleich verkündet, dass sie lediglich leichte Sachen tragen durfte. Aber es gab hier genug zu tun, auch wenn man nicht unbedingt Tonnen bewältigen konnte.

Gerade machte sich Harry daran, mit seinem Riesenteil von einem Laster mit Kran hinten auf dem Ausleger einen Container zu verladen. Da war sie vermutlich nicht so besonders hilfreich. Leute, die sowas schon mal gemacht hatten, waren gefragt. Trotzdem hatte sie eine Runde zuschauen wollen, weil es spannend war und sie so etwas noch nie gesehen hatte.

Als sie merkte, dass das Manövrieren und Austarieren länger als fünf Minuten dauern würde, riss sie sich los und ging die leichte Anhöhe hinauf, wo der Pächter sein ganzes Geraffel in einer alten Scheune untergebracht hatte.

Dass die Feuerwehr am Sonntagnachmittag im Spätsommer hier einen Einsatz hatte, war eine reine Gefälligkeit für den Pächter. Der musste den Hof räumen – Eigenbedarfsklage des Besitzers. Anscheinend hatte der Pächter alles versucht, um bleiben zu können, aber es hatte nichts geholfen. Der Künstler und Kräutergärtner musste gehen. Und mit ihm seine ganzen Kunstprojekte und Kräuterbeete.

Maxi stand am großen Scheunentor und schaute hinein. Eine riesige Menge unnützer Schrott lagerte darin. Es war nicht zu fassen, was manche Leute so sammelten. Oder einfach nicht wegwarfen. Das hier war schlicht eine bessere Müllhalde. Die anderen Feuerwehrleute hatten ja darüber lamentiert, dass der Besitzer den Hof leerstehen lassen würde, weil er lediglich die Flächen nutzen wollte, und wie schlecht das für die Gebäudesubstanz war. Aber ehrlich mal. War Müll besser?

Maxi entschied sich, mit dem riesigen Haufen gelber Säcke anzufangen, der sich in einer Ecke türmte. Die wären leicht und würden schon mal optisch nach viel aussehen.

Als sie allerdings anfing, die ersten Säcke aufzunehmen, fing es in dem gelben Haufen an zu rascheln und zu piepsen. Maxi sprang erschrocken zurück. Mäuse. Wenn es eines gab, was sie nicht gut wegstecken konnte, dann waren das Mäuse. Diese Erfahrung hatte sie in ihrem Hexenhäuschen bereits machen müssen. Sie war keine Heldin, wenn es um Mäuse ging. Dafür brauchte sie immer Ingrid. Die fing die kleinen Nager ein und trug sie raus. Während Maxi ungelogen auf dem nächsten Stuhl, Tisch oder sonstigen Möbel stand und wie ein Girly kreischte. Es war peinlich, aber wahr.

Gelbe Säcke schieden daher schon mal aus. Maxi ließ die zwei in ihrer Hand einfach zurückplumpsen und brachte Distanz zwischen sich und dem Haufen. Wie gut, dass sie hier in der Scheune noch allein war. Niemand, der sah, wie das neueste und erste weibliche Mitglied der Freiwilligen Feuerwehr wegen ein paar kleinen Mäusen zum hilflosen Weibchen mutierte.

Also, was dann? Sie schaute sich in der Scheune um und entdeckte einen Stapel Bananenkartons, der so aussah, als ob er für sie geeignet wäre. Ein erster Blick zeigte, dass alle Kartons mit Altpapier gefüllt waren. Nicht ganz leicht, aber machbar, wenn sie sich die Schubkarre von draußen holte. Mäuse wohnten nicht in Altpapier, oder? Maxi rüttelte einmal vorsichtig am Stapel, aber es tat sich nichts.

Einmal Schubkarreholen später lud Maxi die ersten drei Kartons auf, die doch schwerer waren als gedacht. Aber sie schaffte es. Dann rollte sie die Schubkarre hinunter in den Hof, wo Dieter beim Ausladen half. Zurück in der Scheune lud sie die nächsten drei Kartons auf. Über dreißig Stück warteten insgesamt darauf, fortgeschafft zu werden. Zehn Fahrten mit der Schubkarre also.

Sechs davon schaffte Maxi ohne Zwischenfall.

In Gedanken versunken nahm sie beim Beladen der siebten Fuhre nicht sofort wahr, dass der Karton, den sie gerade in Händen hielt, viel leichter war als die anderen. Und sie vernahm auch nicht das erboste Summen, das daraus drang. Beziehungsweise erst, als es schon zu spät war. Denn sie war plötzlich umringt von Wespen. Vielen Wespen. Und aus den Schlitzen im Bananenkarton kamen immer mehr.

Maxi tat das vermutlich Dümmste, was sie tun konnte, das war ihr im selben Moment schon klar, aber es war eine automatische

Reaktion. Sie ließ den Karton einfach fallen. Das erzürnte die Bewohnerinnen nur noch mehr. Viel mehr! Dass Maxi wie eine Verrückte durch Wedeln versuchte, die Insekten zu vertreiben, setzte dem ein Sahnehäubchen auf.

Als sie den ersten Stich in die linke Hand spürte, nahm sie die Beine in die Hand. Egal, wie das für die Kameraden wieder aussehen würde. Nur weg hier von dieser Attacke.

Allerdings verfolgten die Wespen sie.

Maxi wusste gar nicht mehr, wie viele Stiche sie schon getroffen hatten, als sie wie von der Tarantel gestochen aus der Scheune rannte. Ihre Verfolgerinnen ließen im Freien nicht von ihr ab, und sie rannte kopflos den geschotterten Weg hinab. Sie sah von Weitem, wie ihre Kollegen ihr entgegenstarrten, aber sie konnte nichts anderes tun als weiterrennen, der Schwarm Wespen stets um sie herum.

Ihr Nacken brannte von den Stichen, ihr Gesicht versuchte sie mit ihren herumfuchtelnden Händen zu schützen. Trotz ihrer Panik war ihr aber klar, dass das zwecklos war.

Maxi rannte quer über den Hof und eine kleine Böschung hinunter. Sie erinnerte sich an das Brückchen, das sie gesehen hatte, als sie auf dem Hof angekommen war. Darunter floss ein Bach, den sie jetzt gezielt ansteuerte. Sie wusste sich nicht anders zu helfen, als sich mitten hineinzustürzen und zu hoffen, wenn sie wieder auftauchte, dass die erbosten Wespen von ihr abließen.

Mit einem lauten *Platsch* landete sie in der Bachmitte und tauchte kurzerhand in das eiskalte Wasser. Sie spürte die Erleichterung fast sofort. Das Wasser kühlte die Stiche, und sie wurde schlagartig nicht mehr umzingelt. Sie blieb so lange unten, wie sie es aushalten konnte. Als sie auftauchte, stürzten sich einige Exemplare wieder auf sie, aber es waren schon wesentlich weniger. Maxi spritzte wie wild um sich und tauchte dann noch mal unter.

Beim zweiten Auftauchen war sie allein. Halleluja!

Allerdings dauerte es keine Minute, bis an der Böschung die ersten Feuerwehrmänner auftauchten. Maxi hätte sich jetzt am liebsten irgendwohin gebeamt. Aber da musste sie jetzt durch. Sie wappnete sich für den Hohn der Kameraden.

Aber stattdessen schlug ihr Sorge entgegen.

»Ho, Maxi!«, rief Dieter durchs Gebüsch. »Wie geht es dir? Wir kommen und holen dich.«

»Nein, nein, alles okay. Ich komme allein wieder hoch. Keine Sorge.«

Das war ihr gar nicht recht und mehr als peinlich. Dieters Gesicht tauchte trotz ihrer Bekundung, dass alles in Ordnung war, durch die Büsche auf, gefolgt von weiteren Kameraden.

Maxi stapfte durch den Bach auf sie zu, um ihnen möglichst zuvorzukommen. Aber jetzt erst stellte sie fest, dass große, mit Algen überzogene Steine im Bachbett lagen. Die Angelegenheit war gar nicht so einfach, denn sie rutschte immer wieder weg und kam sich furchtbar ungeschickt vor. Sie *war* furchtbar ungeschickt und unbeholfen, keine Frage. Das war nach einem Meter Wegstrecke bereits klar. Ihr Gesicht brannte höllisch, ihr Nacken war ein Flammeninferno. Maxi fühlte sich absonderlich und schwummrig. Irgendwie angeschwollen.

Sie war dann doch froh, dass Dieter am Ufer stand und sie vollends herauszog. Die Kameraden reichten sie weiter die Böschung hoch, und Maxi ließ sich oben zuerst einmal ins Gras plumpsen wie der nasse Sack, der sie ja schließlich auch war. Nur kurz liegen und zu Atem kommen. Hatte jemand wohl eine Salbe für Insektenstiche zur Hand? Und warum kam kein einziger fieser und foppender Kommentar von den Kameraden zu ihrem erneuten Missgeschick?

3

Der Notruf kam herein, als Willa gerade in der Praxis über einigen verwalterischen Tätigkeiten hing, die sie nur schwer vom ultrabizarren Familienessen und der noch verwunderlicheren Begegnung mit Maxi Gnädig ablenkten.

Dieter hatte seit kurzem wegen seiner Oma Willas Handynummer. Aber er rief wegen einer Verletzung bei einem Einsatz an. Wespenattacke und Örtlichkeit, spulte er seine Infos zügig ins Telefon ab. Er wartete nur so lange, bis Willa zusicherte, sofort zu kommen.

Willa musste das nicht lange abwägen. Der Krankenwagen aus der Stadt wäre nicht so schnell da, und den konnte sie immer noch verständigen, wenn sie die betroffene Person stabilisiert hatte. Aber Dieter hatte versichert, dass die Lage nicht so ernst war. Wobei Willa das erst glaubte, wenn sie es selbst diagnostiziert hatte.

Dieter nannte zwar keine Namen, aber Willa schwante aus unerfindlichen Gründen, dass sie Maxi Gnädig nicht nur mit ihren Kollegen antreffen würde, sondern als Patientin. Dass es sich bei dem Pechvogel mit den Stichen um sie handelte. Nur so eine Eingebung, aber allein dieser Gedanke stürzte sie in ein emotionales Tohuwabohu.

Die siebenminütige Fahrt auf den Ulmenhof hinaus war zu kurz, um es in den Griff zu bekommen. Also kam Willa mehr oder weniger aufgeregt auf dem Hof an und wurde schon beim Aussteigen von Teilen der Freiwilligen Feuerwehr umringt.

Sie ließ ihren gelben Beetle mitten auf dem Hof stehen, und ein Mann, der sich als Harry vorstellte, führte sie zu einem geschotterten Platz mit Plastikstühlen und einer weiteren Ansammlung Menschen. Alle trugen auf dem Rücken den Schriftzug *Freiwillige Feuerwehr Weiler*. Irgendwie hatte sich bei dieser Truppe nicht viel in den Jahren geändert. Unfälle schienen noch immer an der Tagesordnung zu sein.

Es öffnete sich wie von selbst eine Gasse für Willa durch die dunkelblau Uniformierten, und tatsächlich: Da saß in einem alten Plastikstuhl Maxi Gnädig und sah aus wie ein alter ausgespuckter Kaugummi. Das, was Willa auf den ersten Blick von ihrem Gesicht und ihren Händen sah.

Und sie war pudelnass. Ihre Kameraden hatten sie bereits in Wärmefolie gepackt. Als positives Zeichen wertete Willa, dass die Patientin wach und ansprechbar war und ihr jetzt auch den Kopf zudrehte.

»Wir sollten aufhören, uns so zu treffen«, sagte Maxi zur Begrüßung, und Willa hätte schwören können, den Versuch eines Lächelns auf dem zerstochenen Gesicht zu entdecken.

Willa stahl sich ungefragt ein Lachen aus der Kehle. Es war aber auch wirklich beispiellos. Die Feuerwehrmänner um sie herum lachten ebenfalls, und irgendwie war das wohl das Zeichen, dass alle mal durchatmen konnten. Die Ärztin war da und sah nicht besorgt aus.

Sie war aber tatsächlich selbst auch erleichtert. Kein anaphylaktischer Schock, sonst hätte sie wohl gleich eine Wiederbelebung am Start gehabt.

Warum war die Erleichterung umso größer, weil es sich um Maxi Gnädig handelte?

»Habt ihr sie etwa mit dem Schlauch abgespritzt, oder warum ist sie so nass?«, fragte Willa in die Runde, weil sie es nicht fassen konnte, dass ihre Patientin zu allem Unglück auch noch triefte. Den Freiwilligen aus Weiler war schließlich alles zuzutrauen.

Sofort wurden Proteste laut, und Dieter, ganz der Kommandant, trat neben sie. »Wofür hältst du uns eigentlich?« Er hörte sich echt beleidigt an.

Maxis gleichzeitige Antwort erklärte dann allerdings die Sachlage. »Ich bin in den Bach gesprungen. Um den Schwarm loszuwerden.«

Und sie wirkte sogar ein wenig stolz auf diese etwas brachiale Methode. Es schien funktioniert zu haben, wenn auch mit frostigem Ergebnis. Maxis Lippen sahen ein wenig bläulich aus vor Kälte. Kein Wunder Mitte September. Es war tagsüber zwar noch so warm, dass man im T-Shirt unterwegs sein konnte, aber das Wasser im Bach war vermutlich schon ziemlich kalt. Maxi Gnädig müsste bald raus aus den nassen Kleidern und sich aufwärmen.

»Keine Aufregung, die Herren und die Dame«, sagte Willa und versuchte, die Empörung abzuwiegeln. »War ja nur eine Frage. Und wenn es geholfen hätte, wäre es ja durchaus legitim gewesen. Das mit dem Abspritzen. Wenn auch nicht gerade elegant. Das waren also Wespen? Keine Hornissen?«

Auf einer großen Hand mit Schwielen darauf wurden ihr kommentarlos ein paar tote Exemplare hingehalten. Eindeutig Wespen. Auch gut. Wesentlich weniger gefährlich.

»Also gut«, sagte Willa langgezogen, und Dieter verstand sofort, was sie wollte.

»Männer, wir lassen Mine jetzt mal ihrer Arbeit nachgehen, und wir nehmen unsere auch wieder auf. Auf geht's!«

Der Kommandant klatschte zweimal in die Hände, und seine Männer zerstreuten sich. Wenn auch etwas unwillig, wie es Willa vorkam. Ob aus Sorge oder aus Neugier, darüber wollte sie kein Urteil fällen. Sie vermutete aber Zweiteres.

»Wo sind die Stiche denn überall, und wie viele sind es schätzungsweise?«, fragte sie sachlich die Patientin, die ihr so viel Herzschmerz bereitete.

»Im Gesicht, im Nacken und an den Händen. Mindestens zehn. Aber es ist gar nicht so schlimm. Ich brauche gar keinen Arzt«, erhielt sie mit einem Rascheln der Folie zur Antwort. Maxi Gnädig versuchte ungeschickt zu gestikulieren.

»Gut, dass ich *Ärztin* bin. Die kann man immer brauchen. Und da ich schon mal da bin, dürfen Sie das mir überlassen, das zu beurteilen.«

Ihre Patientin gab ein kleines heiteres Geräusch von sich, das es nicht ganz zum Lachen schaffte, und schien sich geschlagen zu geben.

Willa begutachtete die betroffenen Stellen und kam zu einer wesentlich höheren Anzahl Stiche, als Maxi Gnädig genannt hatte. Ein eindeutiger Versuch, den Vorfall zu verharmlosen. Es war gut, dass sie hier war. Auch wenn das ihrem emotionalen Frieden nicht zuträglich war.

Willa wollte gern eine saubere Versorgung der Stiche garantieren, und das ging hier auf dem Hof nicht. Außerdem musste sich ihre schlotternde Patientin umziehen.

Sie entschied sich für eine einfache Lösung der beiden Probleme. »Ich fahre Sie jetzt nach Hause, Sie ziehen sich um, und ich versorge die Stiche.«

Maxi Gnädig sah so aus, als ob sie protestieren wollte, nickte dann aber schlicht, um ihr Einverständnis anzuzeigen. Sie erhob sich und schwankte leicht.

Willa fasste sie ohne nachzudenken am Ellenbogen und stützte sie. »Langsam, wir haben es nicht so wahnsinnig eilig.«

Die Feuerwehrfrau sah sie seltsam an und versuchte, sich ihr zu entziehen. »Geht schon. Ist schon wieder weg. Ich kann allein laufen.«

Willa ließ den Arm wieder los, beobachtete Maxi Gnädig aber genau. Sie vermutete, dass die Feuerwehrfrau vor ihren Kameraden eine taffe Fassade aufrechterhalten wollte. Ansonsten sah sie keinen Grund, sich nicht führen zu lassen. Aber wenn sie es so wollte … bevor sie allerdings umkippte, würde sie doch eingreifen.

So gingen sie die paar Meter zu ihrem Auto. Dieter kam angelaufen und schien schon erahnt zu haben, was jetzt kam. Er breitete auf dem Beifahrersitz eine weitere Isolierfolie aus. Dafür war Willa auch sehr dankbar. Wasserflecke mussten nicht unbedingt sein.

»Ich fahr sie heim und versorge sie dort«, erklärte sie dem Feuerwehrkommandanten.

»Alles klar. Gib einfach Bescheid, wenn wir noch irgendwas für sie tun können«, bat er.

Aber das kam bei Maxi Gnädig nicht gut an, die seit einigen Momenten richtig mies drauf zu sein schien. »Ich steh auch daneben, und mir geht's soweit ganz gut.«

Willa beobachtete zusammen mit Dieter, wie die zerstochene Feuerwehrfrau selbständig in ihr Auto einstieg. Sie versuchten nicht, ihr zu helfen. Das war gerade nicht gefragt.

Dieter schloss die Beifahrertür, und Willa ging auf die Fahrerseite. Sie warfen sich kurz einen verschwörerischen Blick zu, dann stieg auch Willa ein.

Zügig fuhr sie los über die Feldwege und kleinen Sträßchen rund um den Ulmenhof. Erst als sie ins Dorf fuhren, warf sie den ersten Blick zu ihrer Beifahrerin hinüber. Die saß stumm und ziemlich verschwollen neben ihr. Ein Blick aus blauen Augen traf sie, den sie nicht deuten konnte. Ertappt schaute sie wieder nach vorn.

Erst jetzt wurde ihr so richtig klar, dass sie sich in eine Situation manövriert hatte, die sie besser vermieden hätte. Sie sollte a) nicht mit Maxi Gnädig länger allein sein, b) nicht zu ihr nach Hause gehen und c) überhaupt auf Abstand bleiben.

Diese Aktion gerade war das genaue Gegenteil. Warum hatte sie das gemacht? Willa war klar, dass das alles gar nichts mit ihrer Rolle als Dorfärztin zu tun hatte, auch nicht mit Mitleid und Hilfsbereitschaft. Kam sie in Maxi Gnädigs Dunstkreis, wollte sie etwas ganz und gar Unmögliches: ihre Nähe. Leider hatte die Wespenattacke wohl ihre Abwehrmechanismen ausgeschaltet, die sie neulich in der Praxis so gut am Start hatte.

Jetzt kam sie nicht mehr aus dieser Nummer heraus. Sie musste versuchen, sie so schnell wie möglich und mit so viel Abstand wie möglich hinter sich zu bringen.

Sie bog in die Waldhohl ein und fuhr vor das kleine Häuschen, in dem die Schriftstellerin wohnte. Kam sie also doch noch mal hierher. Sie hoffte, Tante Margit schaute nicht aus dem Fenster.

Aber natürlich war diese Hoffnung umsonst. Kaum hielt sie Maxi Gnädig die Autotür auf – ihre Patientin war auf der Fahrt ganz klein mit Hut geworden und ließ sich brav helfen, weshalb Willa Schmerzen und auch einen leichten Schock vermutete –, schaute schon Tante Margit um die Ecke.

»Um Gottes willen! Maxi, was ist dir denn passiert?«, rief sie aufgeregt und wischte sich dabei noch die Hände an einem Küchenhandtuch ab.

»Nicht weiter schlimm, Margit«, sagte Maxi Gnädig geknickt und hörte sich so an, als ob es eben doch einigermaßen schlimm war. »Ein paar übellaunige Wespen haben mich in die Zange genommen.«

Margit kam bis zum Auto gelaufen. Ihr Gesicht trug eine Mischung aus Sorge und Empörung zur Schau. »Kann man dich kein einziges Mal mit der Feuerwehr mitgehen lassen?«

Die Schriftstellerin verzog das geschwollene Gesicht. Es sollte wohl eine Art schiefes Grinsen werden, sah aber ziemlich hormäßig aus. *Die Nacht der lebenden Toten* oder so ähnlich. »Nächstes Mal passe ich besser auf. Versprochen. So langsam hab ich auch alles durch.«

Willa war bisher der Aufmerksamkeit von Tante Margit entgangen, jetzt schwenkte ihr Blick wie ein Suchscheinwerfer auf sie und nahm sie in den Fokus. »Kümmere dich gut um sie, Mine.« Das war ein Befehl. Ganz eindeutig. Ihre Tante Margit hatte Maxi Gnädig wohl echt ins Herz geschlossen.

»Mach ich, Tante Margit.«

Und das hatte sie ja auch vor. Warum war sie wohl mit hierhergekommen? Sie nickte ihrer Tante noch einmal zu und führte Maxi dann mit der Hand auf dem folieüberzogenen Rücken in Richtung Hexenhäuschen. Das fühlte sich fast professionell an. Aber leider nur fast.

4

Maxi stand in dem kleinen Vorraum zu ihrem Schlafzimmer, schlotterte und wusste nicht, wohin mit sich. Sie wollte raus aus den kalten und nassen Kleidern, aber Doktor Schneck stand unmittelbar hinter der Eingangstür, und ihr Hexenhäuschen war so mini, dass es keinen Platz gab, um sich unbeobachtet umzuziehen.

Sie hatte zwei Ebenen, auf denen sie wohnte, aber die waren nur durch eine Außentreppe verbunden. Oben Schlafzimmer, Kleiderschrank und eine kleine Toilette. Unten Küche, kleine Toilette, kleine Dusche und Büro Schrägstrich Wohnzimmer. Das war das ganze Häuschen. Der Garten drumrum war wunderschön, das Fachwerkhäuschen von außen ein Traum, aber innen gab es herzlich wenig Platz. Normalerweise reichte das für ihre Bedürfnisse völlig aus, aber jetzt gerade war es reichlich blöd.

Ihr Gehirn schien unter den Stichen auch gelitten zu haben, denn Maxi wollte partout keine Lösung für dieses Dilemma einfallen, und daher blieb sie einfach wie festgemeißelt stehen.

»Umziehen«, befahl Doktor Schneck hinter ihr, sich dessen wohl nicht bewusst, was das nach sich zog.

Schlotternd kam Maxi jetzt doch eine Idee – einfach, weil ihr so verdammt kalt war. »Wären Sie so nett, solange ein Feuer anzumachen?«

Wenn die Ärztin abgelenkt war, fühlte sich Maxi nicht so beobachtet. Außerdem fror sie wirklich bis auf die Knochen. Ganz egal, ob es draußen über zwanzig Grad hatte. Hier drin fühlte es sich an wie in einem Kühlschrank.

Doktor Schneck – Mine, wie Margit sie so süß nannte – sah kurz konsterniert aus, als ob sie vielleicht schon lange kein Feuer mehr entfacht hätte. Dann drehte sie sich suchend um. Der kleine Holzofen war nicht schwer zu finden. Doktor Schneck stellte ihre Tasche daneben und holte aus Maxis Holzkiste heraus, was sie brauchte.

Maxi riss sich nach kurzer Vergewisserung, dass die Ärztin beschäftigt war, das triefende T-Shirt vom Leib, und ihre nasse Hose folgte. Ihre Unterwäsche war natürlich genauso nass, und es blieb ihr nichts anderes übrig, als sich ganz nackt auszuziehen.

Sie öffnete den Einbauschrank, der mit dem Häuschen verwachsen war und aus Kirschholz gezimmert, und versuchte, sich hinter die Schranktür zu quetschen, um ein bisschen Privatsphäre zu haben. Aber sie merkte, dass das nicht funktionierte, als ihr Blick auf den von Doktor Schneck traf, die wieder einmal ihren Kopf geneigt hatte und wie ein Hündchen aussah. Und die sehr wohl wahrnahm, dass Maxi splitterfasernackt war. In ihren Augen flackerte es. Ein gieriges Hündchen, das einen leckeren Knochen im Visier hatte. Wäre es Maxi nicht so kalt gewesen, ihr Gesicht nicht so verquollen und ihre Hände nicht einem Flammeninferno gleich, dann hätte sie darüber nachgedacht, was dieser Blick zu bedeuten hatte.

Aber so stülpte sie sich kurzerhand das erstbeste T-Shirt über und suchte in aller Hektik eine Unterhose heraus, die sie schneller überstreifte, als ein Marder einen BMW-Gummischlauch durchbiss. Die Ärztin ignorierte sie einfach, weil sie es eh nicht mehr ändern konnte, dass sie hier eine Burlesque-Show der absurden Art ablieferte. Eine lächerliche und unerotische. Sogar das war ihr gerade vollkommen egal. Außerdem hatte die Ärztin sie schon mehrfach in mehr oder weniger bekleidetem Zustand gesehen, was sollte es also, darüber auch nur eine Sekunde Zeit zu verschwenden.

Maxi zog einen kuschligen Jogginganzug heraus und seufzte, als sie ihn überstreifte. So langsam sah sie Land. Es wurde ihr schon Welten wärmer. Jetzt noch ein Tee. Leider lag die Küche unten, und sie musste wohl ausharren, bis Doktor Schneck sie fertig untersucht hatte.

»Soll ich unten einen Tee kochen?« Doktor Wilhelmine Schneck erhob sich von ihrer Position vor dem Ofen, in dem es bereits herrlich prasselte. Konnte sie Gedanken lesen?

»Damit würden Sie mir einen Wunsch erfüllen. Aber ich weiß nicht, ob Sie sich zurechtfinden.«

»Als Teenager war ich ein häufiger Gast bei der alten Irmingard. Wenn sich das Häuschen nicht vollkommen verändert hat, werde ich es schaffen, einen Tee zu kochen. Irgendwelche Spezialwünsche?«

Maxi musste kurz blinzeln, um diese neue Information einzusortieren. Natürlich kannte Doktor Schneck ihr Häuschen. Sie vergaß immer wieder, dass sie ja mit dem Dorf verwachsen war, wie sie es vermutlich nie sein würde.

»Heiß!«, schaffte sie schließlich, krächzend zu sagen.

Doktor Schneck schmunzelte. »Krieg ich hin«, antwortete sie und verschwand zur Tür hinaus.

Dieses kleine Lächeln ließ Maxi ganz konsterniert zurück. Sie kannte es eigentlich aus der Nacht ihres Pferdetritts. Da hatte die Ärztin ab und zu sehr schön gelächelt. Sehr überwältigend. Hier im Dorf allerdings seither gar nicht mehr. Da war sie bei ihrem Besuch in der Praxis furchtbar abweisend gewesen. Und auch heute bisher sehr ernst. Nicht dass es da etwas zu Lachen gegeben hätte, außer vermutlich ihrem grotesk verzerrten Gesicht. Sie tastete kurz einmal darüber, aber das fühlte sich beunruhigend an, deshalb ließ sie es sofort sein.

Maxi setzte sich schließlich in den Sessel, der direkt vor dem Ofen stand und mit seinem schwarzen Schaffell das Schlafzimmer zierte, und wartete. Sie taute langsam auf, aber damit leider auch die Stiche. So langsam fing ihr Gesicht an zu glühen, und auch alle anderen Stellen, die die Wespen bearbeitet hatten, kribbelten und fühlten sich doppelt so dick an wie normal. Nein, sogar zehnmal so dick. Maxi hatte noch nicht in einen Spiegel geschaut, aber sicherlich stimmte ihr erster Tast-Eindruck, und sie sah verboten aus. Wie gut, dass die Ärztin an ihr offensichtlich überhaupt kein Interesse hatte, denn sonst müsste sie sich jetzt Sorgen machen, sie mit ihrem entstellten Gesicht abzuschrecken. So war das vollkommen egal.

Die Schritte auf der Außentreppe kündigten die Ärztin an, noch bevor sie mit einer Teekanne und einer Tasse in der Hand wieder im Zimmer stand. Sie stellte sie auf dem kleinen Beistelltisch ab und schenkte ein.

»So«, sagte sie, während sie Maxi die Tasse reichte. »Ich würde mir jetzt gern mal in aller Ruhe die Stiche ansehen, und wenn mein erster Eindruck stimmt, Sie lediglich mit einer Salbe versorgen. Dieter hat mich bei seinem Anruf ja vorgewarnt, ich hab also die richtigen Medikamente dabei.« Sie holte ihre Tasche von ihrem Platz neben dem Ofen.

Maxi beobachtete sie dabei. »Wird das nicht auch einfach so wieder?«, fragte sie. Sie wollte nicht unbedingt untersucht werden, denn sie ertrug die Nähe der Ärztin kaum. Sie war von dieser schönen Frau abgewiesen worden, und doch schmachtete etwas in Maxi ihr weiterhin hinterher.

Ein strenger Blick traf sie. Noch strenger als alle anderen Blicke der Ärztin. Bei diesem Blick war ein Stirnrunzeln mit dabei. »Bestimmt. Aber das dauert dann vielleicht länger. Oder es entzündet sich, weil der Juckreiz Sie zum Aufkratzen verleitet. Das wäre dann noch langwieriger, weil Sie dann eh wieder in meine Praxis kommen und wir das dann mit härteren Mitteln bekämpfen müssten. So oder so ist es wohl besser, Sie lassen mich meine Behandlung beenden und machen nicht auf taffe Feuerwehrfrau.«

»Okay«, sagte Maxi nur. Was sollte sie auch sonst sagen? Sie war zwar keine Freundin von zu viel Medizin, aber die Erfahrung von neulich reichte ihr. Als sie gedacht hatte, ohne Schmerzmittel auszukommen, und dann fast nicht mehr atmen konnte vor Schmerzen. Nein danke, das brauchte sie nicht noch einmal. Verwirrende, widerstreitende Gefühle hin oder her.

»Wollen Sie im Sessel sitzenbleiben?«, fragte die Ärztin zuvorkommend.

»Wenn das für Sie machbar ist? Aber ich kann auch aufstehen.« Maxi rutschte sofort an die Sesselkante.

Eine Hand auf der Schulter stoppte sie. »Geht schon.« Die Hand wurde gleich wieder zurückgezogen. Fast schon abrupt.

Gott, war das eine merkwürdig verklemmte Situation. Sie strahlten beide aus, dass das hier unangenehm war. Während die Ärztin sich über sie beugte und ihre Haut im Nacken abtastete, fragte sich Maxi, warum. Warum war es der Ärztin so unangenehm, hier bei ihr zu sein? Die Ausstrahlung war inzwischen ganz eindeutig, so viel war klar. Sie konnte das gar nicht fehldeuten.

Warum es ihr, Maxi, so erging, nachdem Sie sich neulich diese herbe Blöße gegeben hatte, war keine Frage. Aber warum hatte das den gleichen Effekt auf Doktor Schneck? Wilhelmine. Mine. Schöner Name. Passend zur Person.

Und auch das tat gar nichts zur Sache. Auch nicht die grünlichbraunen Augen, die in einem ernsten, leicht sommersprossigen Gesicht über ihr schwebten und sie so genau betrachteten. Oder diese Wimpern, die jetzt blinzelten.

Leider aus den falschen Gründen. Maxi konnte ein Seufzen nicht unterdrücken, das natürlich sofort fehlinterpretiert wurde.

»Gleich vorbei«, sagte die Ärztin beschwichtigend. »Die Hände noch.«

Brav streckte Maxi ihre verquollenen Hände aus. Doktor Schneck nahm sie in die ihren, beugte sich darüber und drehte und wendete sie.

Maxi starrte auf den rötlichbraunen Kurzhaarschnitt vor ihrem Gesicht und hätte gern ihre Nase in diese köstlich nach blühenden Sommerwiesen duftenden Haare gewühlt.

»Sie haben wirklich Glück, dass Sie nicht allergisch reagieren.«

Maxi schaute auf ihre Hände hinunter, die in den zartgliedrigen Händen der Ärztin aussahen, als ob sie zum Monster aus der Tiefsee gehören würden, und konnte sich beim besten Willen nicht vorstellen, dass das ein Glücksfall war. Am liebsten hätte sie sie zurückgezogen, aber Doktor Schneck fuhr zuerst mit einem antiseptischen Tuch über die Stiche und holte dann eine Salbe aus ihrer Tasche. Akribisch tupfte sie die Stiche ab.

Nachdem sie das Prozedere in Nacken und Gesicht wiederholt hatte, spürte Maxi eine deutliche Verbesserung. Die Salbe kühlte das Brennen erheblich ab.

»Alle paar Stunden erneut auftragen. Morgen sollte schon deutlich ein Abschwellen zu sehen sein. Falls nicht, kommen Sie in die Praxis.«

Alles ganz sachlich, kurzangebunden und fast kühl. Die Beklemmung quoll der Ärztin aus jeder Pore. Wenn Maxi mit den Stichen nicht schon ausreichend malträtiert wäre, hätte sie es jetzt riskiert zu fragen, warum Doktor Schneck sich ihr gegenüber so verhielt. Aber sie brauchte keine weitere Breitseite.

Stattdessen kam etwas anderes aus ihrem Mund, und sie konnte es nur dem Wespengift zurechnen, das ihr Körper gerade verarbeiten musste und das ihre Vernunft wohl gerade ausschaltete. »Für einen neuen Roman, der im Krankenhaus in der Notaufnahme spielen soll, bin ich gerade dabei zu recherchieren. Wären Sie bereit, mir behilflich zu sein?«

Die Ärztin sah sie konsterniert an. Dann schaute sie schnell weg und klappte ihre Tasche zu. »Ich wüsste nicht, wie ich da behilflich sein könnte.«

Das war als Abfuhr gemeint, aber Maxi ließ sich dieses Mal nicht so schnell abwimmeln. »Ich würde Ihnen gern einfach Fragen stellen. Wie eine Art Interview.«

Doktor Schneck sah sie einen Augenblick an, als ob sie tatsächlich darüber nachdenken würde, dann trat wieder ein abweisender Ausdruck in ihr Gesicht. »Ich kann Ihnen auch den Kontakt zu meinem früheren ärztlichen Direktor herstellen. Das wäre vielleicht sinnvoller.«

Das war kein absolutes Nein. Das hörte Maxi deutlich heraus. Deshalb blieb sie einfach dran. Warum – dieser Frage würde sie sich später stellen. Allein. Wenn sie ihre Wunden lecken würde. Wie viele es auch immer noch werden würden.

»Später vielleicht. Ich will erst einmal ein Gespür für den Alltag im Krankenhaus kriegen. Und da Sie hier in Weiler sind und ich auch, wäre das doch praktisch.«

Doktor Schneck sah zunächst so aus, als ob sie ablehnen wollte. Aber dann überraschte sie Maxi wirklich. »Gut, das kann ich machen. Am besten direkt im Anschluss an meine Sprechstunde. Ich wohne nämlich nicht in Weiler.«

Das war mehr nolens volens, diese Zustimmung. Und die Information über ihren Wohnort schien ihr herauszurutschen. Trotzdem konnte Maxi nicht leugnen, dass sie sich darüber freute. »Sehr gut!«, sagte sie etwas zu begeistert.

Noch bevor sie nach einem genauen Termin fragen konnte, hatte Doktor Schneck ihre Tasche gepackt und war mit einem knappen Kopfnicken aus dem Häuschen geeilt. Die Salbe hatte sie auf dem Beistelltischchen zurückgelassen.

Maxi erhob sich, um ihr aus dem Fenster nachzusehen. Sie konnte gerade noch verfolgen, wie der gelbe Beetle die Straße runter davonfuhr. Maxi seufzte bei dem Anblick der entschwindenden Ärztin.

Als sie sich wieder zum Sessel wandte, um es sich dort gemütlich zu machen, blieb ihr Blick in ihrem barocken Spiegel mit dem Goldrand hängen. Was ihr da entgegenstarrte, war unglaublich. Es hatte ihre Haare, es hatte ihre Nase, aber der Rest war vollkommen verfremdet.

»Oh mein Gott!« Sie hatte sich in ein grauslich anzusehendes Scheusal verwandelt. In ein Ungeheuer aus den Albträumen kleiner Kinder. Kein Wunder, dass die schöne Ärztin geradezu geflohen war.

5

Frau Zacharias, bitte«, las Willa eilig von ihren Unterlagen ab, ohne sich weiter im überfüllten Wartezimmer umzusehen, und drehte sich gleich wieder in Richtung Behandlungszimmer. Es ging eine Erkältung im Dorf um, und sie war heute Vormittag zu sehr im Stress, um sich mit Plaudereien und Nettigkeiten aufzuhalten.

Sie hörte, wie jemand ihr ins Behandlungszimmer folgte – glücklicherweise mal nicht hustend oder schniefend –, aber erst, als sie sich hinter ihrem Schreibtisch niederließ, sah sie die Frau auch an. Und wäre fast vom Stuhl gekippt vor Schreck.

Frau Zacharias war niemand anderes als Maxi Gnädigs Vollweib von einer Freundin, die erwartungsvoll vor ihr saß und sie herausfordernd ansah.

Tausend Gedanken schossen Willa durch den Kopf. Keiner ergab richtig Sinn, aber alle balzten um ihre Aufmerksamkeit. Das allererste Bild, das sie vor sich hatte, zeigte Maxi Gnädig, wie sie die vollen Brüste der fast nackten Burlesque-Tänzerin spielerisch in ihren Händen wog wie zwei Charentais-Melonen. Ein aufdringliches, nicht auszulöschendes Bild. Dann kamen lauter Fragen dazu: Hatte Maxi ihre Freundin geschickt? Hatte Willa deshalb in den letzten Tagen nichts mehr von ihr gehört, weil es ihr schlechter ging? Hatte sie eine Fehldiagnose gestellt, und Maxi musste ins Krankenhaus? Oder was wollte Frau Zacharias sonst von ihr? War das das Stadium der Vorhölle, dass sie jetzt auch noch Umgang mit der Frau haben musste, die das Privileg hatte, mit Willas Traumfrau zusammen zu sein? Wieso schlug ihr das Schicksal solch ein Schnippchen? Wie sollte sie dieses Gespräch überhaupt führen?

Genau da kamen die tumultartigen Gedanken zum Erliegen. Und zwar vollständig. So vollständig, dass ihr noch nicht einmal ein einzelnes Wort zur Begrüßung einfallen wollte.

Frau Zacharias saß ihr einfach gegenüber, musterte sie unverhohlen und zog nach einigen Sekunden des dümmlichen Schweigens von Willas Seite süffisant eine Augenbraue hoch.

Diese Unverschämtheit ließ Willa schlagartig ihre Schockstarre abschütteln. Sie würde alles ignorieren, aber auch wirklich alles, und auch dieses Patientengespräch führen wie alle anderen. »Wie geht es Ihnen, Frau Zacharias?«, fragte sie in ihrem professionellsten Ton.

Sie hatte die Untersuchung neulich geschafft, und da hatte Maxi Gnädig halbnackt vor ihr gestanden. Sie hatte die Situation in Irmingards Häuschen gemeistert, obwohl die Schriftstellerin da sogar für einen unglaublichen blutdrucksteigernden Moment ganz nackt war.

Sie würde also auch diese Torpedotante bewältigen. Hoffentlich, ohne von ihr in die Erdumlaufbahn geschossen zu werden. Aber da die ja nicht ahnen konnte, dass Willa hinter ihrer Freundin herschmachtete, oder das zumindest getan hatte, bevor sie wusste, dass sie unerreichbar war, gäbe es dafür ja auch gar keinen Grund.

Ein breites Lächeln antwortete ihr auf ihre Standardeinleitungsfrage. »Mir geht es blendend. Danke der Nachfrage. Sie können mich übrigens Carolina nennen.«

Okay, das würde schwerer werden als erwartet. Wieder wollte eine kleine Schockstarre Willa lahmlegen, aber sie weigerte sich. Weigerte sich einfach, wie ein kopfloses Huhn in ihrer eigenen Praxis von einer Reaktion zur nächsten zu rennen und keinerlei aktive Gestaltung oder gar Lenkung der Geschehnisse herbeizuführen. Sie war die Meisterin der Geschicke hier. Ihrer eigenen Geschicke. Und so würde sie sich jetzt auch benehmen.

Willa atmete einmal tief durch, setzte sich noch aufrechter hin und formte mit ihren Fingern eine Bergspitze vor sich auf dem Schreibtisch. Fingerspitzen aneinandergepresst, Energie hochgefahren. Sie würde dieses Gespräch jetzt rocken. »Sehr gut. Das höre ich als Ärztin natürlich gern. Also, was kann ich für Sie tun, Kaloria?«

Ihr Gegenüber sah sie entgeistert an. So entgeistert, dass Willa ihre eigenen Worte Revue passieren ließ. Was hatte sie genau gesagt? Ganz genau? Sie scannte ihre letzten Sätze und fand nichts Merkwürdiges daran, bis sie zum letzten Wort kam. Hatte sie Carolina gesagt? Oder hatte sie einen Buchstabendreher gemacht? Hatte sie tatsächlich ›Kaloria‹ gesagt?

Sie betrachtete Maxi Gnädigs Freundin, die sie immer noch merkwürdig ansah. Sie hatte definitiv ein paar Pfunde zu viel auf den Rippen. Und Willa hatte sie Kaloria genannt. Kaloria wie

Kalorien. Zu viele Kalorien produzierten zu viele Pfunde. Einfacher Zusammenhang, aber nicht gerade schmeichelhaft. Um nicht zu sagen unverschämt.

Oh mein Gott! Willa merkte, wie sie von den Haarspitzen auf ihrem Kopf bis weit hinunter zu ihren schwarzlackierten Zehennägeln rot anlief. Sie musste glühen wie ein heißes Eisen, denn genau die Temperatur hatte ihr ganzer Körper, aber vor allem ihr Gesicht. Das überwältigende Gefühl der Peinlichkeit, das durch sie hindurchschwappte wie eine Monsterwelle, verstärkte diesen Effekt noch. Solch ein massiver sprachlicher Fehltritt war ihr noch nie passiert, und Willa wünschte sich, sie könnte auf eine Rückspultaste drücken und die letzte Minute zurückspringen, um sie auszulöschen und von vorn zu beginnen.

Aber da dieser Wunsch kaum in Erfüllung ging, musste sie wohl die Klappe aufmachen und das hier irgendwie ausbügeln. Denn sonst würde sie von Torpedotante doch noch aus ihrem Sessel gebombt und in einen zweiten Erdtrabanten verwandelt. »Ich wollte damit nicht sagen, dass …«, setzte Willa stammelnd an und brach ab. Wie sollte das denn weitergehen? *Dass Sie fett sind?* Ja, prima, gute Richtung für eine Entschuldigung.

Und ihr Gegenüber ließ sie verdammt noch mal zappeln und schaute sie lediglich an.

»Ich meine, ich habe Sie auf der Bühne gesehen …« Zweiter Anlauf, auch nicht besser. Wollte sie jetzt sagen, dass sie jedes der durch die Kalorien verursachten Fettpölsterchen mit ihren eigenen Augen gesehen hatte? Auch spitzenmäßig und nicht das, womit sich Willa würde herausreden können.

Carolina Zacharias alias Torpedotante sah sie aus immer mehr sich zu Schlitzen verengenden Augen argwöhnisch an.

»Also ein Bombenauftritt …« Wieder brach Willa ab. Sie konnte der Frau am besten gleich ihren Kopf auf einem Tablett servieren. Sie war heute – oder auch nur mit dieser Patientin – einfach unfähig. Willa strich die Segel. Man musste auch wissen, wann man auf verlorenem Posten stand. »Ich rede mich immer weiter rein, oder?«, fragte sie resigniert. Sie presste schamerfüllt die Hände aufs Gesicht und ließ ihren Kopf mit einem kleinen *Rumms* auf die Tischplatte mit der leeren Krankenakte und ihrem Tablet plumpsen. Doch wie beim Vogelstrauß führte das leider nur zu einem kurzfristigen Ausblenden der Realität und nicht zu einer echten Lösung.

Ein lautes Lachen aus tiefstem Herzen ließ Willa den Kopf hochreißen. Carolina Zacharias lachte das wilde, ungebändigte Lachen der Torpedotante. Es war so laut und aufrichtig, dass es mit Sicherheit noch im Wartezimmer zu hören war und für neugieriges Tratschen sorgen würde.

Willa starrte sie an, dann ließ sie sich von der Absurdität der Situation und diesem schallenden Lachen anstecken. Sie prustete ihre ganze Anspannung mit einem Lachen heraus. Das ihr aber gleich schon wieder vor Überraschung im Halse steckenblieb.

»Ich wollte dich eigentlich sondieren. Deshalb bin ich hier. Aber das ist vieeel besser«, sagte Carolina Zacharias zwischen zwei Lachern.

Willa verstand nicht, warum sie sondiert werden musste. Aber sie kam nicht dazu zu fragen, Carolina Zacharias redete sofort lachend weiter.

»Vielleicht sollte ich das in eines meiner Programme einbauen. Oder mich von Torpedotante umbenennen in Kaloria. Großartig!«

Wieder ließ sie dieses fast markerschütternde Lachen erklingen, und Willa lachte kurz mit. Einfach, weil es ansteckend war, nicht unbedingt, weil sie verstand, worüber gelacht wurde. Nun ja, ihr Verdreher war wohl schon einigermaßen komisch. Zugegeben.

Dann reichte es ihr aber auch so langsam. Sie wollte jetzt wissen, was Sache war. »Also, jetzt mal raus mit der Sprache. Warum bist du hier? Nachdem ich mich total blamiert habe, ist es das Mindeste, dass ich mal aufgeklärt werde.«

Carolina Zacharias schenkte ihr aber nur ein glucksendes Lachen und einen süffisanten Gesichtsausdruck. »Och, ich weiß nicht. Mir reicht das eigentlich schon, und das Wartezimmer sitzt voll.« Und damit erhob sie sich doch tatsächlich und nahm ihr zierliches, kleines Handtäschchen, das an einer üppigen Person wie ihr wie eine Miniatur aussah.

»Was? Ich sollte vielleicht schon wissen, warum ich sondiert wurde. Nur für den Fall der Fälle. Und wie geht es Frau Gnädig?« Willa erhob sich automatisch von ihrem quietschenden Stuhl.

Maxi Gnädigs Freundin drehte sich bei dieser Frage von der Tür weg, die sie gerade öffnen wollte, und wieder Willa zu. »Gut, dass du es ansprichst. Treffend. Maxi geht es gut. Unter dem optischen Schaden leidet sie am meisten. Und dass bestimmte Menschen sie so gesehen haben. Wenn du verstehst, was ich meine.«

Carolina zog wieder vielsagend die Augenbrauen hoch, aber Willa verstand eben nicht, was gemeint war und stand wie ein Klotz in ihrem eigenen Behandlungsraum herum. »Ähhh …«, gab sie nur von sich. Diese Torpedotante holte nicht gerade ihre besten Seiten hervor.

»Mannomann, das darf doch nicht wahr sein. Eine dämlicher als die andere.« Wieder war ein kleines glucksendes Lachen zu hören.

»Wer ist dämlich?«, fragte Willa – reichlich dämlich. Sie war noch nie in einem Gespräch so abgehängt worden.

Aber Carolina Zacharias winkte nur ab. Hatte tatsächlich vor, sie hier so stehenzulassen. »Egal. Ich geh dann mal«, sagte sie und drückte endgültig die Klinke herunter.

»Viele Grüße an die Lebensgefährtin.« Das entfuhr Willa wie ein plötzlich eintretendes Tourette-Syndrom. Warum musste sie das jetzt sagen? Das war doch schließlich genau das Thema, das ihr fast das Herz herausriss.

Carolina sah sie an, als ob sie nicht ganz knusper wäre, dann, als ob ihr in dem Moment plötzlich ein Licht aufging. Sie grinste Willa wieder an. Irgendwie triumphierend.

Willa war froh, wenn sie sich endlich wieder um die Rotznasen in ihrem Wartezimmer kümmern durfte. *Das* hier war ihr eine Nummer zu abgefahren.

Die Torpedotante schloss die Tür schlagartig wieder mit einem Rumms. Von innen. »Ich bin Single. Zieh dir das mal rein, Frau Doktor.« Sie grinste Willa weiterhin an.

Doch Willa konnte sie nur anstarren. Ihr Gehirn weigerte sich zu arbeiten. Was wollte sie ihr denn damit sagen? Sie versuchte, die Sache in ein Ordnungssystem einzusortieren, das einen Sinn ergab. Der rote Würfel wollte aber nicht in die dreieckige Öffnung passen. Was für eine Art Beziehung war das denn, wenn Carolina sich als Single bezeichnete? Konnte so was funktionieren? Ihre Gedanken kamen so langsam in Schwung und wurden immer verwirrender.

Carolina Zacharias musste ihr das angesehen haben, denn sie seufzte entnervt auf und sagte dann, ganz betont langsam und deutlich: »Maxi ist meine beste Freundin.«

Sie wartete ein paar Sekunden, bis sie in Willas Gesicht sah, wie der Groschen fiel, und schob sich dann mit einem befriedigten Schnauben aus dem Zimmer.

6

Carolina hatte es geschafft, Maxi aus dem Dorf in die Stadt zu locken. Bestes Lockmittel war das Kimchi in ihrem Lieblingskoreaner gewesen, das für Maxi praktisch einer Droge gleichkam.

Hier saßen sie an einem der kleinen Tische. Ihrer war inzwischen vollgestellt mit diversen Platten, Schüsseln und Geschirr. Wenn sie beide hierherkamen, schlugen sie immer zu.

Maxi schaufelte sich mit ihren Stäbchen das Kimchi rein und genoss die Schärfe, die auf ihrer Zunge brannte. Zu wissen, dass das milchsauervergorene Kimchi auch noch extrem gesund war, verstärkte den Genuss sogar noch.

Carolina schob sich inzwischen ein frittiertes Teigtäschchen in den Mund und kaute genüsslich. Ihre Geschmäcker gingen selbst beim Essen meist weit auseinander.

»Und dann habe ich losgelacht, weil es so absurd war und sie so wahnsinnig rot angelaufen ist. Der war das vielleicht peinlich.«

Maxi hätte das unglaublich gern gesehen, wie Frau Doktor Schneck dieser Patzer passiert war. Sie hatte Glück, dass Carolina das witzig genommen hatte. Maxi hätte sich auch gut vorstellen können, wie ihre beste Freundin in der Arztpraxis eine Szene hingelegt hätte. Das lag nicht außerhalb der Möglichkeiten. Bei weitem nicht. Und dann hätte ihr Doktor Schneck wirklich leidgetan.

Maxi kicherte ein wenig vor sich hin und stocherte in ihren Nudeln mit Pilzen und Garnelen. Stäbchen und lange Nudeln waren immer eine Herausforderung, die sie bisher noch nicht zu ihrer Zufriedenheit gemeistert hatte. Zur Not musste sie eben auf eine Gabel umsteigen.

»Sie hat übrigens gedacht, dass wir ein Paar sind.«

Maxi fielen sämtliche Nudeln wieder ins Schälchen zurück und ließen Soße aufspritzen. Ein Spritzer landete auf ihrer Nase, ein anderer auf ihrem T-Shirt.

Carolina grinste zu ihr herüber. Ihren frechen Versuch, ihr Gesicht mit ihrer Serviette abzutupfen, wehrte Maxi mit den Stäbchen ab. »Erklär mir noch mal, warum genau warst du bei unserer Dorfärztin?«

Carolina wedelte in der Luft herum. Die Geste bedeutete eindeutig, dass Maxi sie nicht mit unwichtigen Details nerven sollte und das auch gar nichts zur Sache tat.

Maxi beschloss, das erst einmal so stehenzulassen und diese Information zu einem späteren Zeitpunkt einzuholen.

Sie wischte dezent ihr Gesicht ab, das mittlerweile wieder abgeschwollen war und halbwegs normal aussah. Dann wischte sie an ihrem T-Shirt herum, das allerdings nur noch durch eine Wäsche gerettet werden konnte.

Carolina beäugte sie kurz, während sie versuchte, sich wieder instand zu setzen, und schien auf irgendwas zu warten. Auf irgendeine Erklärung oder Aussage von Maxi, aber die würde nicht kommen. Was sollte sie auch dazu sagen?

Sie war geschockt, gelinde gesagt. Sie wusste nicht, was das zu bedeuten hatte. Natürlich flammte sofort Hoffnung auf, aber war das vernünftig? Und wieso überhaupt darüber nachdenken? War es nicht gut so, wie es war? Und war die Ärztin wirklich aus diesem Grund abweisend gewesen? War das nicht Wunschdenken? Vielleicht konnte sie sie einfach nicht leiden … obwohl, nach dem Pferdetritt …

Carolina zog eine Augenbraue provozierend hoch, wartete noch kurz, und dann redete sie weiter – mitten hinein in Maxis konfuse Gedanken. »Mein Fazit ist also: Du musst sie torpedieren. Und dann einnehmen.«

Maxi runzelte unwirsch die Stirn, ließ sich dann aber trotzdem auf Carolinas Gesprächsrichtung ein, auch wenn ihr das gerade gar nicht passte. »Ich bin mir nicht sicher, ob diese martialischen Bilder meinem Selbstbild entsprechen. Ich führe ja keinen Krieg gegen sie.«

Warum hatte sie Carolina noch mal erzählt, dass sie auf die Ärztin stand, dass da bei ihrer ersten Begegnung eine fast schon magische Anziehung geherrscht hatte? Das war definitiv ein Fehler gewesen. Carolina mischte sich gern in Dinge ein, die sie eigentlich nichts angingen.

»Hallo? Die Liebe ist wie Krieg.« Carolina wedelte mit einem Teigtäschchen in der Luft herum.

Die Leute am Nebentisch schauten genervt zu ihnen herüber, aber da konnte Maxi auch nicht helfen. Carolina war eben so. Das war nicht für alle Menschen leicht zu ertragen. Maxi hingegen liebte das sogar.

Auch wenn ihr Carolinas Argumentation gerade den Appetit versaute. Trotzdem fing sie wieder an, ihre Nudeln mit den Stäbchen aufzunehmen. »Nicht … wirklich?«, erwiderte sie etwas zögerlich. »Sollte es nicht ganz anders sein? Und was heißt da überhaupt *Liebe*?«

Das Teigtäschchen zeigte jetzt auf Maxi. Ob Carolina noch wusste, dass sie es in der Hand hielt, war nicht ganz klar. »Natürlich, Liebe, was denn sonst! Also alle Geschütze durchgeladen und volle Breitseite.«

Carolina zu bitten, leiser zu sprechen, damit nicht alle Gäste in dem kleinen koreanischen Restaurant mitbekamen, worüber sie sprachen, war genauso sinnlos, wie ihre Freundin zu bitten, nicht mit dem Essen zu wedeln. Oder sich nicht in ihre Beziehungsangelegenheiten einzumischen.

Vielleicht sollte sie den Spieß mal umdrehen. »Komisch, dass du trotz dieser massiven Attacken immer noch solo bist. Das lässt mich zögern, deinen Rat anzunehmen.« Maxi ließ die Nudeln wieder ins Schälchen gleiten und nahm stattdessen eine Garnele auf.

Als sie sie gerade in den Mund schieben wollte, antwortete Carolina: »Hab ich dich damals so gekriegt oder nicht?« Dem folgte ein breites, selbstgefälliges Grinsen.

Maxi unterbrach ihren Versuch, die Garnele zu essen und hatte sofort eine Antwort parat. »Gekriegt schon, aber nicht behalten.«

Denn das war ja das Entscheidende. Frauen rumzukriegen – und einen vereinzelten Mann hier und da, wenn ihr danach der Sinn stand –, war für Carolina das Leichteste. Mit allem, was danach kam, hatte sie riesige Probleme. Das war ein ständiges Diskussionsthema zwischen ihnen.

Carolina war sich dessen durchaus bewusst und nahm es Maxi auch nicht krumm, wenn sie das ansprach. Meist sprach sie es sogar selbst an. »Das ist leider wahr. Und das lag nur daran, dass ich dich wie ein Panzer plattgewalzt habe? Das sagst du mir erst jetzt?«

Wenn es nur so einfach wäre, dachte Maxi. Dann wäre das eine simple Lösung für Carolinas Beziehungsunfähigkeit. Wobei sie selbst gut reden hatte. Sie war ja schließlich auch Single. Und an dem Desaster mit Carolina damals hatte sie keinen unerheblichen Anteil.

Maxi schenkte ihrer besten Freundin ein schiefes Grinsen. »Mir gefallen diese Kriegsmetaphern einfach nicht. Du weißt genau, dass es mit uns beiden nicht geklappt hat als Paar. Abseits von Panzern, Granaten und allem anderem.« Jetzt endlich schob sie sich die Garnele in den Mund und kaute schnell. Bevor Carolina sie wieder mit der nächsten provokanten Aussage davon abhalten konnte.

Aber natürlich tat sie das in Maxis genüssliches Kauen hinein. »Granate!«, rief sie lachend, und ihre Tischnachbarn warfen wieder Giftblicke herüber. Carolina redete nur wenig leiser weiter. »Du bist eine Granate im Bett. Und außerhalb unausstehlich, wenn du schreibst. Leider.« Das lange vernachlässigte Teigtäschchen, das so wild in der Gegend herumgewedelt worden war, landete nach dieser Aussage endlich in Carolinas Mund.

Maxi war diese peinlichen Momente gewöhnt. In ihrer langjährigen Freundschaft war das nicht anders möglich. Was nicht heißen musste, dass ihr nicht gerade trotzdem ziemlich unangenehm zumute war, als sie von mehr als der Hälfte der Gäste im Restaurant gemustert wurde nach Carolinas Erklärung. Gott! Maxi versuchte, ihr Gehirn davon abzuhalten, sich auszumalen, was die Leute sich so zusammenreimten.

Eine Frau, die schräg hinter Carolina saß, grinste hochgradig amüsiert zu ihr herüber und sagte dann etwas zu ihrem Begleiter, der den Kopf drehte und sie ebenfalls amüsiert musterte. Der Sohn der Restaurantbesitzerin, der sie immer bediente und vor Carolina mächtig Respekt hatte, schaute sie reichlich verblüfft an, bevor er mit dem Getränkeservieren weitermachte.

Maxi beschloss, das alles zu ignorieren. »Ich weigere mich, mit dir jetzt über unsere Vergangenheit in grauen Vorzeiten zu reden. Das hat noch nie zu guter Stimmung zwischen uns geführt.«

Sie zwang sich, in aller Seelenruhe weiter zu essen. Am besten gelang das mit Kimchi. Mit Inbrunst widmete sie sich dem Schälchen, das so langsam leer wurde. Sie kratzte am Boden die letzten Reste zusammen und machte dann den Fehler, zu Carolina aufzuschauen.

»Was gedenkst du also in Sachen Dorfärztin zu tun?«, fragte ihre aufdringliche und hartnäckige Gesprächspartnerin.

Manchmal fragte sich Maxi, ob Carolina auch mit ihren Kunden so umsprang. Sie war selbständige Schneiderin und arbeitete von ihrer Wohnung aus. Natürlich kamen viele Leute zu ihr. Brautkleider anzupassen war ihre Spezialität, und Maxi stellte sich vor, wie Carolina mit aufgedrehten Bräuten ganz genauso redete – wie sie eben war. Es schien gut anzukommen, denn sie war gefragt. Trotzdem. Manchmal wäre ein Quäntchen mehr Diplomatie, mehr Fingerspitzengefühl, mehr Zurückhaltung doch wünschenswert.

»Ich schätze mal: nichts«, antwortete sie salopp, als ob es nicht weiter von Bedeutung wäre. Als ob es ihr nicht ins Herz schneiden würde. »Wenn eine Frau nicht auf mich steht, werde ich mich doch nicht auf den Kopf stellen, um sie vom Gegenteil zu überzeugen. Das ist doch dann einfach so.«

Aber natürlich konnte Carolina das so nicht stehenlassen. Sie wäre nicht die Torpedotante, hätte sie auch nur einen Funken Zurückhaltung im Leib. »Ach Herrgottchen. Die Dame ist sich zu fein, um die Kunst der Verführung anzuwenden. Sie will stets selbst verführt werden. Na, da kannst du in diesem furchtbaren Kuhkaff, in dem du gerade haust, lange warten.«

Das Restaurant um sie herum amüsierte sich inzwischen köstlich. Aus den Augenwinkeln nahm Maxi die schmunzelnden Gesichter wahr. Schön, dass sie hier zur Abendunterhaltung beitrug. Wirklich klasse. Genau das, was sie schon immer angestrebt hatte.

»Ich will dir mal eins sagen …«, setzte sie zu einer Tirade an. Mittlerweile entwickelte sich mittelstarker Ärger in ihr.

»Oha, jetzt wird es spannend«, unterbrach Carolina sie. »Her mit den saftigen Geschichtchen.«

Der Ärger war so schnell verflogen, wie er gekommen war. Das hielt bei Maxi nie lange an, ihr Charakter war zu ausgewogen dafür, zu entspannt. »Nein, ich mag nicht«, sagte sie deshalb nur und schaffte es endlich, eine Portion Nudeln in ihrem Mund zu deponieren. Sie kaute betont langsam und gab Carolina so zu verstehen, dass das Gespräch über ihren Beziehungsstatus damit sein natürliches Ende gefunden hatte.

»Ich war bei ihr«, sagte Carolina und zeigte mit ihren Stäbchen zur Verstärkung auf ihren ausladenden Busen. »Ich weiß, was Sache ist. Sie tut nur so uninteressiert. Schnapp sie dir, Tiger.« Sie fauchte gekonnt tigerartig und machte mit der stäbchenfreien Hand eine ausfahrende Krallenbewegung in Richtung Maxi. Dann schloss sie ein verführerisches, reichlich anrüchiges »Miau« an.

Maxi kicherte amüsiert. Die Frau schräg gegenüber grinste sie verschwörerisch an und hielt den Daumen hoch. Der Sohn der Restaurantbesitzerin brachte ungefragt zwei Schnäpse an den Tisch. Ein Mann, der auf dem Weg zur Toilette war, klopfte ihr kumpelhaft aufmunternd auf die Schulter.

Wieder einmal hatte es die Torpedotante geschafft, unbeteiligte Menschen zu Freunden und Freundinnen zu machen. Und dabei noch Maxi zum *Lonely Heart* zu stilisieren, dem unbedingt geholfen werden musste. Oder so ähnlich. Maxi würde sich nicht wundern, wenn sie beide nachher noch Visitenkarten und Mailadressen zugesteckt bekämen. Die Leute wollten bestimmt auf dem Laufenden gehalten werden.

Wie langweilig wäre das Leben nur ohne ihre beste Freundin. Da brauchte sie doch gar keine umwerfende Dorfärztin. Oder?

7

Sie fuhren über kleine Landstraßen, und hinter Willa klapperten Onkel Erwins Imkergerätschaften. Wie früher roch es auch ganz wunderbar nach Bienenwachs und Honig in seinem Auto.

Auf der Fahrt plauderten sie über alles Mögliche aus dem Dorf. Tante Margit versorgte sie mit den neuesten Neuigkeiten. Willas Informationen über ihre Patienten und Patientinnen wurden allein während dieser Fahrt verdoppelt. Alles wusste Larissa offensichtlich auch nicht, obwohl sie ja wirklich ein Quell an Insiderwissen war.

Tante Margit hatte Willa einfach ohne Widerworte zu dulden dazu verdonnert, mit ihr auf eine Lesung zu kommen. Sie war in der Praxis aufgetaucht, hatte einen verlockenden Imbiss dabeigehabt und dann erklärt, dass Mine sie und Erwin zu begleiten hätte.

Onkel Erwin hatte mit dem Auto bereits unten vor dem Rathaus gestanden und die ganze Zeit gewartet, und Willa war sich etwas entführt vorgekommen, als sie in den alten Renault Kastenwagen eingestiegen war, ohne zuerst zu wissen, wo es hinging.

Sie fuhren in Richtung Bad Worich, dem kleinen Kurstädtchen, das zum Landkreis gehörte. Früher war sie dort öfter hingefahren, bevor sie zum Studium weggegangen war. Es gab dort ein großes Thermalbad, das sie mit Schulfreundinnen manchmal besucht hatte. Sie waren samstags mit dem Überlandbus nach Bad Worich gefahren, schwimmen gegangen und danach in das altbackene Café im *Das Schlösschen* Kuchen essen. Das waren eigentlich schöne Erinnerungen.

Immer, wenn sie der Fuchtel ihrer Mutter entkommen war, war sie hier in der Gegend zufrieden gewesen. Manchmal sogar fast schon glücklich. Auch jetzt war sie wieder an diesem Punkt angekommen. Die Praxis lief gut an. Sie kam mit den Menschen im Dorf sehr gut zurecht, wurde herzlich aufgenommen. Die Arbeit machte ihr wesentlich mehr Spaß als im Krankenhaus, es war geradezu erfüllend, Hausärztin zu sein. Einziger Wermutstropfen war die erbärmliche Honorierung durch die Krankenkassen.

Und ihre Herkunftsfamilie nicht zu vergessen. Nach reichlich Überlegungen war ihr klargeworden, warum ihr Vater sich neulich so atypisch verhalten hatte. Er hatte keinen Sinneswandel hingelegt, viel mehr passte er sich wie immer stromlinienförmig an die öffentliche Meinung an.

Das ganze Dorf, inklusive Bürgermeister und Gemeinderäten, war beglückt über die neue Hausärztin, und vermutlich bekam er zahlreiche Lobeshymnen über seine Tochter zu hören, die das

Dorf praktisch vor der Bedeutungslosigkeit bewahrt hatte. Keine ärztliche Versorgung, kein Neubaugebiet, keine neuen Gewerbeansiedlungen – ganz einfache Rechnung.

Da konnte Klaus Schneck nicht anders, als das auch so zu sehen. Und falls er es zulassen sollte, dass seine Frau die neue Ärztin – die nur zufällig seine Tochter war – wieder vertrieb, dann konnte er gleich einpacken gegenüber den Dorfhonoratioren.

Willa machte sich also gar nichts vor. Ihre einzige Familie, mit der sie etwas zu tun haben wollte, waren Larissa und die Kinder sowie die beiden, die gerade mit ihr im Auto saßen und auf den geschotterten Parkplatz vom *Schlösschen* fuhren: Tante Margit und Onkel Erwin.

Onkel Erwin fuhr ganz nach vorn bis fast an den Lieferanteneingang und stellte sein Auto etwas ungeschickt quer vor ein anderes Fahrzeug. Und da sage man mal, dass Städter chaotisch parkten, befand Willa. Ihrer Erfahrung nach ging es auf dem Land geradezu anarchisch zu, was das Abstellen von Autos und anderen fahrbaren Gerätschaften anging. Das war ihr erst so richtig bewusst geworden, seit sie mit ihrem Beetle auf Hausbesuche ging.

Willa betrachtete das alte Gemäuer, vor dem sie standen. Genauso hatte sie es in Erinnerung. Ein charmanter alter Schuppen, der etwas exzentrisch aussah. Als Jugendliche hatte sie diesen mysteriösen Ort geliebt. Als Erwachsene fand sie es immer noch toll und fragte sich, warum hier nicht längst eine gruselige Fernsehserie gedreht wurde. Oder ein Kinothriller. Oder *Das Schlösschen* von Netflix als typisch europäische Location entdeckt worden war.

Sie waren kaum aus dem Auto ausgestiegen, da kam ihnen schon eine dunkelhaarige Frau entgegen, die zur Begrüßung winkte.

»Frau von Gemseck, wir haben Ihre Lieferung mitgebracht«, rief Tante Margit laut.

Eine zweite Frau folgte der Dunkelhaarigen, die leicht hinkte, wie Willa jetzt bemerkte, und strahlte übers ganze Gesicht, als sie Tante Margit sah. Ihre Verwandtschaft war hier offenbar gern gesehen. Aber das wunderte Willa eigentlich nicht, da die beiden wirklich sehr liebenswerte Menschen waren. Warum sie die ganzen Jahre den Kontakt nicht besser gehalten hatte, konnte sie sich auch nicht erklären. Sie hatte einfach alle aus dem Dorf mit ihrer Mutter in einen Topf geworfen, was nicht fair war.

Die Frau, die Tante Margit als Frau von Gemseck angesprochen hatte, schüttelte ihr sehr gesittet und äußerst korrekt die Hand, lächelte dabei aber freundlich. Die zweite Frau, etwas jünger und mit wesentlich jugendlicherer Ausstrahlung, kannte keine solche Zurückhaltung und umarmte Tante Margit stürmisch. Auch Onkel Erwin erhielt die gleiche Begrüßung und strahlte wie ein Honigkuchenpferd die junge Frau an. Oho, da war jemand aber angetan auf seine alten Tage. Willa schmunzelte in sich hinein. Tante Margit schien die leichte Verknalltheit ihres Gatten aber zu ignorieren. Oder milde zu tolerieren.

»Mine, ich muss dir unbedingt Frau von Gemseck und ihre Frau Nellie vorstellen. Mine hat die Praxis von Doktor Frank übernommen. Sie ist meine Nichte zweiten Grades, und ich bin sehr glücklich, dass sie wieder zurückgekommen ist.«

Tante Margit war wirklich süß. Wenn nur ihre eigene Mutter so sein könnte. Aber Willa wollte den Gedanken nicht weiter wachsen lassen. Sie hatte sich geschworen, jegliche Hoffnung in Bezug auf Gertrud zu begraben. Doch offensichtlich wollte der Verstand etwas, das ihr inneres Kleinkind nicht lassen konnte.

»Willa, freut mich.« Sie schüttelte der hinkenden Schlösschenherrin die Hand und danach ihrer sehr nett wirkenden Frau. Ein wirklich hübsches Paar. Willa überkam ein Anflug von Neid. So stellte sie sich ihre Zukunft vor. Und nicht als alleinstehende Dorfärztin, die vor ihrer Mutter jeden Abend in die Stadt flüchten musste und dort in ihrer großen Wohnung ein einsames Dasein fristete. Okay, das war natürlich übertrieben. Definitiv. Und noch war nicht aller Tage Abend. Vielleicht hatte das Schlösschen-Paar ja einige attraktive Landlesben in seinem Bekanntenkreis …

Oder Maxi Gnädig …

Willa hielt sich gerade so davon ab, ihr inneres Kopfschütteln nach außen sichtbar werden zu lassen. Gar nicht in diese Richtung denken, auch wenn seit gestern die Hoffnung Flügel bekommen hatte.

»Schön, dich kennenzulernen«, sagte die Frau namens Nellie herzlich. »Die Hausärzte in Bad Worich sind alles verknöcherte alte Männer. Nimmst du noch eine Patientin aus Bad Worich auf, die gern zu einer Frau gehen würde?«

Selbst wenn sie hoffnungslos überfüllt gewesen wäre, Nellie hätte sie auf alle Fälle noch genommen. »Natürlich, sehr gern sogar. Komm bei der nächsten Gelegenheit einfach vorbei, ich führe eine offene Sprechstunde. «

Frau von Gemseck – wie interessant, dass Tante Margit Nellie duzte und die Hausherrin offenbar siezte – hatte das Gespräch interessiert verfolgt und klinkte sich jetzt ein. »Vielleicht kommen wir einfach beide. Dann hat Weiler etwas zu tratschen. Die Herrin des *Schlösschens* und ihre blutjunge Frau, die sie zu einem Leben der Sünde verführt hat.«

Willa erahnte einen messerscharfen Verstand hinter dieser sarkastischen Bemerkung. Frau von Gemseck erntete dafür auch gleich den Ellbogen ihrer Frau in den Rippen.

Tante Margit hingegen äußerte ihren Protest ganz offen. »So altbacken sind wir nun auch wieder nicht«, sagte sie leicht empört.

Frau von Gemseck grinste daraufhin schelmisch, fast als ob sie es auf diese Reaktionen angelegt hätte. »Na, dann ist Weiler progressiver als Bad Worich. Was hier so an Gerüchten rumgeht, ist unglaublich.« Sie legte den Arm um die Taille ihrer Frau. Die grinste mit. Ein Insider zwischen den beiden.

Willa seufzte innerlich. Solche Nähe, solche herzliche Zugewandtheit, solche Körperlichkeit. Ihr inneres Kind stampfte auf und kreischte *Ich will das auch!*

Onkel Erwin lud derweilen mit Hilfe einer Mitarbeiterin des Schlösschens mehrere Kartons Honiggläser aus und trug sie in die Richtung, wo Willa Küche und Lagerräume vermutete.

Ihre kleine Gruppe zerstreute sich schnell, man wollte sich nach der Veranstaltung wieder treffen. Von der Willa immer noch nicht wusste, worum es sich handelte.

Aber als sie den großen Saal betraten, sah Willa endlich ein Plakat an der Tür, das die heutige Lesung ankündigte. Mit Foto der Autorin, die aus einem ihrer Bücher lesen würde.

Willa stockte der Atem.

Maxi sah auf dem offiziellen Foto zwar anders aus, als sie sie bisher gesehen hatte, aber sie war unverkennbar.

Maxi Gnädig liest aus ihrem neuen Krimi »Eintagsfliegen leben länger«, stand neben dem Foto, das Willa fasziniert anstarren musste. Maxi hatte darauf ein dunkles Jackett an und ein weißes Hemd darunter, ihre Haare waren glattgegelt, und sie trug eine Nerdbrille. Ganz Schriftstellerin, ganz professionell. So hatte Willa sie noch nie gesehen. Bisher waren sie sich ja meist begegnet, wenn Maxi reichlich derangiert aussah. Oder sehr lässig angezogen, so wie in ihrer Praxis und im Hexenhäuschen. Oder auch gar nicht bekleidet. Willa schluckte bei dem Gedanken.

Tante Margit fasste sie kurz schmunzelnd am Ellbogen und dirigierte sie schließlich zu einer Sitzreihe ganz vorn.

Es war bereits ziemlich voll im Saal. Maxi Gnädig schien die Leute in Scharen anzulocken. Aber ihre Plätze waren sogar mit einem Zettel reserviert. Tante Margit hatte wirklich gute Beziehungen hier. Oder ihr Honig schmierte diese Sonderbehandlung. Aber das glaubte Willa nicht nach dem Gespräch mit dem Frauenpaar. Wer hätte gedacht, dass es hier in der Gegend solch illustre Frauenpaare gab. Das gefiel Willa.

Und dann noch Maxi Gnädig. Die gar nicht mit der Torpedotante zusammen war. Willa hatte sich bisher noch nicht wirklich erlaubt, darüber ausführlicher nachzudenken, was das heißen konnte. Sie wollte die Hoffnung nicht wieder aufkommen lassen, um sie dann wieder ersticken zu müssen. Das war beim ersten Mal schon sehr schmerzhaft gewesen. Außerdem hatte sie sich zwischenzeitlich so abweisend und rüde verhalten, dass sie sich mit Sicherheit sämtliche jemals existierenden Chancen eh versaut hatte, die nach ihrer ersten magischen Begegnung vielleicht bestanden hatten.

»Hast du schon angefangen, ihre Bücher zu lesen?«, fragte Tante Margit.

»Ich bin nicht so der Krimi-Fan«, antwortete Willa, und das war natürlich gelogen. Sie hatte die Bücher nicht gelesen, weil sie sie an Maxi erinnerten und an das, was sie nicht haben konnte. Ihre Traumfrau.

Aber natürlich hatte sie sie gleich nach dem Spaziergang mit Larissa damals bestellt. Ganz brav beim *Bücherwurm* in Unterweiler, der sogar einen guten Webshop mit kostenloser Lieferung hatte. Einen Tag später waren sie schon da und lagen seither unberührt auf ihrem Nachttisch. Sie hatte es nicht über sich gebracht, sie wegzulegen oder gar wegzuwerfen.

Also würde sie sich jetzt überraschen lassen, ob sie überhaupt in die Geschichte einsteigen konnte. Denn es handelte sich dabei wohl um eine Serie über eine Kriminalhauptkommissarin. Sehr beliebt, wie es den Eindruck machte. Umso mysteriöser, dass die offenbar gutverdienende Autorin, das vermutete Willa zumindest, im langweiligen Dorf Weiler in Irmingards altem Hexenhäuschen ohne jeden Komfort lebte. War das nur für eine bestimmte Zeit? Oder für eine Recherche? Einfühlen ins Dorfleben? Ihre Feuerwehrerlebnisse sprachen fast dafür.

Willa sah sich suchend um. Natürlich nicht nach Maxi Gnädig, wie sie sich selbst zusicherte. Das Innere des *Schlösschens* hatte einige Renovierungen hinter sich – wie es schien stilecht und liebevoll. Was gab es für einen besseren Ort für eine Krimilesung als das hier? Willa hätte es nicht verwundert, wenn sich Agatha Christie höchstpersönlich auf die Bühne gesellen würde. Oder eher wahrscheinlich, weil noch am Leben, Ingrid Noll. Noch lieber wäre ihr J. M. Redmann gewesen, die Amerikanerin, deren Privatdetektivin Micky Knight sie heiß und innig liebte. Und nicht nur, weil in ihrer Fantasie die Romanfigur erschreckende Ähnlichkeit mit einer quicklebendigen Maxi Gnädig hatte. Aber das war ihr kleines Geheimnis, das gar niemand wissen musste …

Willa lächelte vor sich hin und erntete von Tante Margit einen fragenden Blick.

Kaum hatte sich Onkel Erwin endlich zu ihnen gesetzt, da betrat auch schon Frau von Gemseck den als Leseecke eingerichteten vorderen Teil des Saals nahe der Tür.

»Herzlich willkommen zu unserer monatlichen Lesung im *Schlösschen*. Ich will Sie nicht lange auf die Folter spannen, das darf unser heutiger Gast Maxi Gnädig gern machen. Dafür ist sie ja schließlich bekannt. Falls Sie nach der Lesung durstig oder hungrig sein sollten, unsere Küche hat für Sie heute länger geöffnet.«

Frau von Gemseck verbeugte sich ein wenig steif, und Willa sah ihr an, dass solch eine Begrüßung nicht ihre Lieblingsbeschäftigung war. Etwas mehr Lächeln hätte auch geholfen, aber alles in allem hätte sie selbst das auch nicht besser gekonnt. Im Schatten neben der Tür sah sie, wie Frau von Gemseck von ihrer Frau einen zärtlichen Kuss auf die Wange erhielt. Süß. Als Belohnung für ihre Ansprache – so sah es für Willa aus.

Dann nahm sie nichts anderes mehr wahr als Maxi Gnädig, die genauso aussah wie auf dem Plakat. Wow! Lächelnd kam sie herein und nickte in den Saal. Sie wirkte, im Gegensatz zu ihrer Vorrednerin, vollkommen entspannt und sogar erfreut. Sie schien ganz und gar aufzugehen in solch einer Lesung.

Sie setzte sich in den bereitstehenden Sessel, schlug ohne viel Umschweife das mitgebrachte Buch auf und begann sofort zu lesen.

»Bauer Gümpel bückte sich über die nackte Leiche. Er öffnete seinen Hosenstall. Sah sich noch einmal um. Der Acker am Waldrand lag verlassen da. Nur die Steckrüben hoben die Köpfe aus dem Erdreich. Kein lebender Mensch weit und breit. Das war ihm nur recht so. Diese Gelegenheit war zu gut, um sie verstreichen zu lassen. Die Leiche war noch nicht wirklich kalt und steif geworden, das machte es einfacher. Einfacher, sie zu ficken.«

Willa war zugegebenermaßen entsetzt über diesen Einstieg in das Buch. Sie sah mit großen Augen zu Tante Margit hinüber, die

aussah wie elektrisiert. Auch Onkel Erwin hing an Maxis Lippen. Wie überhaupt der Rest des Publikums. *Blutrünstige, perverse Bagage,* dachte Willa. Ließ sich dann aber doch fesseln von den weiteren Geschehnissen.

Nach etwa zehn Minuten setzte Maxi ab, und ein Aufstöhnen ging durch die Reihen ihrer gefesselten Zuschauer, zu denen auch Willa inzwischen gehörte. Der widerliche Bauer Gümpel und seine Nekromanie waren nur der Einstieg gewesen in einen extrem mitreißenden Kriminalfall. Das wirklich faszinierende war die ermittelnde Kriminalhauptkommissarin, die Maxi geschaffen hatte. Willa war sofort verliebt in diese Figur. Und in Maxi Gnädig, wieder ganz aufs Neue. Ihre Faszination steigerte sich, je länger sie ihr zuhörte und in ihre Welt eintauchte.

»Es freut mich, Sie alle so gebannt zu sehen«, sagte Maxi Gnädig schmunzelnd.

Willa fiel erst jetzt auf, dass sie auch Maxis Stimme mochte. Sehr sogar.

Tante Margit linste wieder zu ihr herüber, ganz so, als ob sie wissen würde, wie sehr Willa von der Schriftstellerin gefesselt war.

8

Maxis Stimme wurde merklich heiserer. Sie musste die Lesung mal so langsam zu einem Ende bringen, obwohl es ihr kolossal Spaß machte. Der unmittelbare Kontakt mit ihren Leserinnen und Lesern hatte einen geradezu riesigen Suchtfaktor für sie. Denn die Schreiberei war ja sonst eine wirklich solitäre Angelegenheit.

Hier bekam sie endlich mal unmittelbares Feedback. So wie beim Einstieg in die Lesung. Da hatte sie Wilhelmine im Publikum entdeckt, weil sie ein angewidertes Geräusch nicht hatte unterdrücken können bei der Szene mit Bauer Gümpel und der nackten Leiche.

Seither stand Maxi noch mehr unter Strom als sonst schon bei solchen Auftritten. Weil sie sich die ganze Zeit bewusst war, dass die Ärztin sie beobachtete, ihr lauschte und an ihren Lippen hing. Denn das hatte ein gelegentlicher Blick in die Reihen der Zuhörenden gezeigt. Wilhelmine Schneck nahm wie der Rest des Publikums jedes ihrer Worte beinah gierig in sich auf. Das war zu schön, um wahr zu sein. Deshalb hatte Maxi das Ende der Veranstaltung auch hinausgezögert, so weit es ging. Aber ihre Stimmbänder wollten einfach nicht mehr.

Sie las das Kapitel noch zu Ende und senkte dann das Buch auf ihren Schoß. Jetzt kam die Fragerunde, die sich je nach Stimmungslage des Publikums auch hinziehen konnte.

»Vielen Dank fürs Zuhören.« Maxi stand auf und deutete eine kleine Verbeugung an.

Applaus belohnte sie für ihre Bemühungen. Sie schaute in Richtung Wilhelmine Schneck. Auch sie klatschte. Und wenn Maxi sie nicht fehlinterpretierte, auch sehr begeistert. Sie schenkte Maxi sogar ein breites Lächeln. Seit dem Pferdetritt das beste Lächeln, der offenste Blick. Maxi ging das Herz auf. *So* sollte die Ärztin sie immer anschauen.

Als der Applaus nachließ, ergriff Maxi wieder das Wort. »Gibt es eventuell noch Fragen?«

Natürlich gab es immer Fragen. Sie hatte noch keine Lesung erlebt, in der nicht mindestens eine Frage gestellt wurde, und sei sie noch so banal.

Dieses Mal machte ihre Nachbarin Margit den Anfang, als ob sie sie nicht auch in der Waldhohl beim Kehren oder beim Holzhereintragen hätte fragen können. Aber womöglich traute sie sich das tatsächlich nicht. Hier war die offizielle Erlaubnis erteilt, und Margit ergriff sie sofort. »Wie kommst du denn auf die ganzen grauslichen Sachen, Maxi? Ich meine, wir kennen uns ja als Nachbarinnen. Ich muss jetzt nicht befürchten, dass du eine Leiche im Garten vergräbst, oder?«

Das Publikum lachte schallend. Maxi sah, wie Wilhelmine ihre Tante in die Seite stupste. Sie lachte zwar auch, fand die Frage aber anscheinend ein bisschen zu frech.

Maxi grinste Margit an und blinzelte Wilhelmine kurz zu. »Tja, Margit, ich denke, das wirst du noch früh genug erfahren. Oder auch nie.«

Das Publikum lachte wieder. Maxi war froh, dass offensichtlich niemand wirklich dachte, dass sie ihre Details aus dem wahren Leben griff. Aus ihrem eigenen Erfahrungsschatz.

»Scherz beiseite. Die Antwort ist ein wenig langweilig, weil sie lautet: durch Recherche. Ich habe verschiedene Quellen, lese viel über echte Kriminalität und vermische das dann mit meiner ausufernden Fantasie. Ein ziemlich einfaches Rezept eigentlich.«

Die nächste Hand wurde schon in die Höhe gereckt, da hatte sie noch nicht einmal zu Ende gesprochen, und die Fragerunde nahm Fahrt auf. Leider stellte Wilhelmine keine einzige Frage in der halben Stunde, die das noch ging. Was sie von ihr gern gefragt worden wäre, wusste Maxi nicht, nur dass sie nicht wollte, dass der Abend schon gelaufen war. Dass Wilhelmine mit ihren Nachbarn ins Dorf zurückfuhr, ohne dass sie sie noch einmal sah, und die Ärztin sich dann ab morgen wieder so unnahbar verhielt wie immer.

»Der *Bücherwurm* hat im Foyer einen Stand. Ich unterschreibe gern dort Ihre gekauften oder mitgebrachten Exemplare.«

Sie hoffte, Wilhelmine käme. Sie würde sich eine ganz besondere Widmung einfallen lassen müssen. Aber was nur? Elegant und wortgewandt. Aber auch ein bisschen flirtend. Irgendwas zwischen den Zeilen. Subtil und stilvoll. Ihr wollte nur nichts einfallen.

Dass bereits Leute auf sie eintexteten, machte die Sache nicht gerade leichter. Die Frau von der Buchhandlung, die sie zum

Büchertisch dirigierte; eine Bedienung, die wissen wollte, was sie trinken und ob sie nachher auch noch ein Sandwich wollte; ein Fan, der unbedingt der Erste sein wollte, dessen Buch signiert wurde und gar nicht mehr aufhörte, sie mit Details aus ihren eigenen Büchern zu bombardieren. Eine Sekunde Luft zum Durchatmen, um sich eine Widmung für die verlockende Ärztin auszudenken, war das zu viel verlangt? *Aaaaarrrrgh!*

Anscheinend ja, denn Maxi befand sich umringt von Menschen am Bücherstand und wurde bestürmt. Sonst liebte sie das, heute wollte sie nur einen Blick auf Wilhelmine Schneck erhaschen, bevor sie ihr wieder entfleuchte. Denn Maxi war sich sicher, dass der heutige Abend lediglich ein Irrläufer war. Eine Anwandlung der Ärztin, die wieder verschwinden würde. Und an ihrer Stelle würde wieder die abweisende Person auftauchen, die ihr bisher im Dorf begegnet war.

Maxi gab es auf, zwischen den zu schreibenden Widmungen immer wieder suchend in die Runde zu schauen. Sie konnte es nicht ändern. Sie war hier gefesselt und würde auch so schnell nicht loskommen. Also warf sie sich ins Signieren und gab ihr Bestes, ihre Leserschaft glücklich zu machen.

Schließlich stand als Letztes die Hausherrin vor ihr und hielt ihr eigenes Exemplar in der Hand. »Dir fällt bestimmt gleich die Hand ab, und jetzt stehe ich auch noch da wie eine Vierzehnjährige, die ihrem Lieblingsstar einen Teddybären überreichen will.«

Maxi musste unwillkürlich lachen. Der Tonfall von Adelheid von Gemseck war herrlich trocken und sarkastisch. Er forderte sie heraus. »Ein Teddybär? Kein rosa Unterhöschen zum Signieren?«, fragte sie frech zurück.

Bevor Adel von Gemseck ihr angemessen antworten konnte, wurde sie von hinten umarmt, und ihre Frau stand plötzlich neben ihr. Sie hatte heute Abend einige Fotos gemacht und war eigentlich immer irgendwo um sie herum gewesen. »Da hätte ich mit Sicherheit etwas dagegen.«

Nellie, die den ziemlich pompös klingenden Nachnamen *Grüner von Gemseck* hatte, legte ihrer Frau den Arm um die Taille und grinste Maxi an. Keineswegs beunruhigt, dass ihre Frau hier solche Gespräche führte und Maxi ein klein wenig mit ihr geflirtet hatte.

»Schade. Das wäre mein erstes Höschen gewesen.« Maxi scherzte frech weiter mit den beiden. Sie spürte keine komischen Vibes und merkte, dass das okay war. Die beiden waren sich ihrer sicher. Ein absolut schönes Paar. In allem, auch in der sicheren Ausstrahlung. Gab es das also doch. Manchmal musste Maxi schon zweifeln bei all den Dramen und Trennungen um sie herum. Allen voran Carolina.

Sie schrieb eine Widmung für Adel, in der sie die Sache mit dem Teddy und dem rosa Unterhöschen aufgriff, und die Hausherrin lachte, als sie ihr das Buch übergab und sie es las.

Ihre Frau gab ihr einen Kuss auf die Wange und schenkte Maxi dann einen strahlenden Blick. Schriftstellerinnen, die ihre Frau glücklich machten, standen also hoch im Kurs bei Nellie. Noch sympathischer.

Maxi schaute kurz an den beiden vorbei in das sich leerende Foyer. Keine Wilhelmine Schneck weit und breit. Ein bisschen der positiven Energie, mit der sie an diesem Abend geflutet worden war, verpuffte schlagartig.

Adel musste ihren suchenden Blick jedoch bemerkt haben. »Ich habe deine Leute an einen Tisch im Nebenraum gesetzt. Sie warten dort auf dich«, sagte sie mit einem verstehenden Heben der Augenbrauen.

»Meine Leute?«, fragte Maxi nach und kam sich dabei etwas debil vor. Sie musste doch schließlich wissen, wer ihre Leute waren. Sie wagte allerdings nicht zu hoffen, dass jemand ganz Bestimmtes dazugehörte.

»Na, deine Imker-Nachbarn und Willa, die adrette Ärztin.«

Ja! Diese Variante ihres Namens hatte Maxi zwar bisher noch nicht gehört, aber sie verstand sofort. Auch sehr schön. So musste sich Wilhelmine bei den beiden vorgestellt haben. Und wenn sie sich selbst so nannte, würde Maxi sie in Zukunft, zumindest für sich, auch so nennen.

Maxi konnte ein Lächeln nicht unterdrücken. So happy machte sie die Tatsache, dass Willa nicht gegangen war. Gut, sie war vermutlich mit Margit und Erwin gekommen und musste schließlich auch wieder mit ihnen zurückfahren. Aber Maxi vermutete, dass die Ärztin ihre Tante und ihren Onkel auch hätte hocken lassen und zur Not heimgetrampt wäre, wenn sie Maxi hätte vermeiden wollen. Und bis vor Kurzem hätte sie Stein und Bein geschworen, dass Willa das auch nach der Lesung getan hätte.

Kurz grübelte sie, ob Carolina nicht doch eventuell recht hatte mit ihrer Vermutung. Hatte Wilhelmine Willa Mine Schneck gedacht, dass sie mit Carolina zusammen war, und hatte deshalb Abstand gehalten? Ein aufwühlender Gedanke.

»Hab ich es doch gewusst!«, rief Nellie triumphierend aus.

»Du scheinst mal wieder den richtigen Riecher gehabt zu haben«, antwortete Adel. »Ich gebe es zu.«

Maxi schaute reichlich belämmert drein.

»Du und die Ärztin.« Nellie machte mit dem ausgestreckten Zeigefinger ein komisches Gefuchtel in der Luft, das vielleicht einen Knoten darstellen sollte. Auf jeden Fall eine Art von Verbindung zwischen ihr und Willa.

»Oh …«, sagte Maxi verblüfft. Das *Nein* blieb ihr im Halse stecken. Weil sie es so sehr wollte, dass da eine Verbindung zwischen ihnen bestand. Welcher Art auch immer.

Adel von Gemseck hatte wohl Mitleid mit ihr und ihrer bedripsten Miene. »Komm einfach mit«, sagte sie und führte eine willige Maxi vom Büchertisch weg.

Ihre Nachbarn und Willa sahen ihr lächelnd entgegen, als sie den Nebenraum hinter Adel betrat. Sie saßen bei Tee und zierlichen Sandwichhäppchen, um sie herum selbst so spät nach der Lesung noch einige Tische besetzt.

Aber Maxi hatte nur Augen für eine lächelnde Willa.

Vielleicht sollte ihr die abweisende Variante der Ärztin doch lieber sein. Denn die lächelnde verschlug ihr die Sprache und ließ sie sich wie ein Tölpel fühlen.

»Setzen Sie sich doch auch zu uns«, sagte Margit und forderte Adel und Nellie auf, sich an dem großen Tisch zu ihnen zu gesellen.

Maxi landete neben Willa. Wie durch Meisterhand dahin dirigiert. Es war aber lediglich Margit und auch nicht viel dabei, Maxi auf diesen Platz zu verfrachten. Genau da wollte sie nämlich unbedingt sein.

Adel entschuldigte sich als Chefin des Etablissements, aber Nellie ließ sich zwischen Erwin und Margit nieder und fing auch sofort an, munter mit ihnen zu plaudern. Das war sehr hilfreich, weil Maxi einfach nichts einfiel, was sie sagen könnte. Sie wollte

Willa dringend sagen, wie sehr es sie freute, dass sie zur Lesung gekommen war und dass sie jetzt noch hier saß. Aber sie war sich nicht sicher, ob das nicht völlig falsch verstanden werden konnte. Doktor Schneck machte Maxi mit ihrem unberechenbaren Verhalten extrem unsicher.

Sie schaute zu Willa hinüber, um zu sondieren, ob sie in das am Tisch stattfindende Gespräch absorbiert war. Dabei trafen sich ihre Blicke. Als ob Willa es gespürt hätte, dass Maxi sie ansah.

»Wie hat Ihnen die Lesung denn gefallen?«, fragte Maxi. Mit einer neutralen Frage konnte sie hoffentlich nichts falsch machen.

Noch bevor Willa Schneck jedoch antworten konnte, grätschte Margit dazwischen. »Wie? Ihr siezt euch? Das gibt es doch nicht.«

Willa Schneck lief rot an und schien reichlich peinlich berührt von dem Zwischenruf.

Nellie Grüner von Gemseck griff das Thema sofort auf und rettete Maxi vor einer Antwort. »Stimmt. Wollen wir uns nicht alle duzen?«

»Sehr gute Idee«, sagte Erwin gleich, obwohl er normalerweise nun wirklich nicht der Kommunikationsweltmeister war und obwohl er Nellie bereits duzte, aber anscheinend nicht umgekehrt.

»Oder hätte ich das jetzt mal wieder nicht vorschlagen sollen als Jüngste am Tisch? Gab es da nicht irgend so eine Regel?« Nellie rollte lustig mit den Augen und schlug sich die Hand vor den Mund wie das Äffchen-Emoji, das Maxi gern verwendete, wenn sie freche Nachrichten verschickt hatte.

»Ach was«, sagte Margit und wischte den Einwand vom Tisch. »Also gilt es?« Sie sah ihre Großnichte herausfordernd an, bis sie nickend zustimmte. Maxi zwinkerte sie zu, als ob sie ihr gerade einen Gefallen getan hätte.

Maxi nahm es einfach mal so hin und beschloss, ihre Nachbarin dazu ein anderes Mal zu interviewen.

»*Deine* Lesung war sehr spannend«, sagte Willa Schneck zu ihr, hatte den Kopf seitlich geneigt und betonte das ›Deine‹ mit einem kleinen Schmunzeln. »Mir lief es teilweise kalt den Rücken hinunter.«

»Danke. Das werte ich als großes Kompliment«, antwortete Maxi mit einem Lächeln. Einem für ihre Verhältnisse fast schon schüchternen Lächeln. Was war eigentlich mit ihr los? Lag es daran, dass die Augen der Ärztin leuchteten und das Grün darin von der schicken grün-blauen Bluse betont wurde? Eine Bluse mit einem Ausschnitt, der nicht tief war, aber die Schlüsselbeine der Ärztin hier und da aufblitzen ließ? Ausgerechnet dem Körperteil, den Maxi am Körper einer Frau so sehr liebte?

»Ich glaube, ich verstehe jetzt besser, was du mit dieser Krankenhausrecherche bezwecken willst. Brauchst du noch die Insiderinformationen?«, fragte Willa und sah dabei schüchtern aus. Und sehr reizend mit ihrem schrägen Hündchenblick.

So viel hatte die Ärztin noch nie am Stück zu ihr gesagt. Nicht seit ihrer ersten Begegnung. Es klang fast, als ob sie ihr den Olivenzweig hinhielt und aufgeregt wäre darüber.

»Natürlich. Mehr denn je«, antwortete Maxi, und in ihrer Brust machte sich ein Strahlen breit, das in keinem Verhältnis zu der simplen Aussage stand. Vielleicht hatte Carolina doch recht mit allem. Maxi war bis zum Platzen gespannt, es herauszufinden.

»Nenn mich Willa«, sagte Dr. Wilhelmine Schneck.

4. Akt

1

Halten Sie sich von meiner Tochter fern. Die ist nicht so eine.« Die verrückte ältere Dame von neulich blockierte Maxis Eingang zum Hexenhäuschen. Die, die ihr den Weg in die Praxis versperrt hatte. Wie hieß sie noch gleich? Und vor allem: Was wollte sie hier?

Maxi war gerade vom Joggen gekommen, da stand die Frau plötzlich wie aus dem Nichts heraus vor ihr. Maxi hatte ihre In-Ear-Kopfhörer herausgezogen und war sofort bombardiert worden.

»Entschuldigung?«, sagte sie perplex. Das Einzige, was auf die Schnelle aus ihrem Mund kam.

»Meine Tochter ist nicht so eine wie Sie. Lassen Sie sie in Ruhe.« Das klang sehr aufgeregt, gespickt mit gerechter Empörung.

»Ich kenne Ihre Tochter überhaupt nicht.« Maxi ging in Abwehrhaltung, weil sie überhaupt nicht verstand, was hier vor sich ging.

Vermutlich war die Frau geistig gestört, auch wenn sie ganz und gar nicht danach aussah. So konservativ gepflegt, so mausig wie sie erschien mit ihrer ondulierten Dauerwelle und den dezent gefärbten Haaren. Twinset, Bundfaltenhose und vernünftige Damenschuhe rundeten den Eindruck ab. Der absolute Kontrast zu Maxis enganliegenden Joggingdress aus atmungsaktivem Stoff und den Hightech-Joggingschuhen mit Gelsohle.

Während Maxi auf der Stelle trippelte, wischte sie sich mit dem Handrücken über die Stirn. Sie war vom Joggen nassgeschwitzt, trotz atmungsaktivem Ensemble aus langer Hose und T-Shirt in Dunkelblau, und wollte sich nicht verkühlen in der fast schon herbstlichen Morgenluft. Heute müsste sie die Frau wohl aus dem Weg schieben. Sie wollte unter die Dusche und sich nicht mit der Dorfverrückten abgeben.

Allerdings strahlte diese Frau – Gertrud hieß sie, das fiel Maxi plötzlich wieder ein – eine extreme Aggression aus, dass zu befürchten stand, dass es dieses Mal wirklich zu einem Gerangel kommen würde. Direkt hier vor ihrem Hexenhäuschen. Wie hatte diese Gertrud sie überhaupt gefunden? Oder überfiel sie alle im Dorf in schöner Regelmäßigkeit?

Jetzt lachte ihr Gegenüber höhnisch auf. »Natürlich kennen Sie meine Tochter. Lügen Sie mich doch nicht an!«

Die Lautstärke hatte nicht zugenommen, trotzdem fühlte Maxi sich angeschrien. »Also schön«, sagte sie. Sie breitete die Arme in einer Geste des Nachgebens aus und fuhr fort: »Wenn Sie dann also so freundlich wären mir mitzuteilen, wie Ihre Tochter heißt, sodass ich sie, falls ich ihr jemals über den Weg laufe, schon von Weitem umschiffen kann?«

Aber ihr Entgegenkommen erzielte nicht die erhoffte Wirkung. »Tun Sie doch nicht so scheinheilig. Solche wie Sie sind doch ganz wild darauf, Frauen wie meine Tochter zu einem Leben in Sünde zu verführen.«

So langsam wurde Maxi trotz Jogging-Endorphinen klar, worum es der grässlichen Dorfverrückten ging. Die Dame hatte einen akuten Anfall von Homophobie. Wahrscheinlich hatte Maxis Anwesenheit im Dorf schon gereicht, das auszulösen. Denn wenn sie der Tochter dieser Schreckschraube schon mal begegnet sein sollte, hätte sie das bestimmt gewusst. Sie stellte sich die Tochter ähnlich furchtbar, ähnlich mausig vor. Keine Gefahr der Verführung zur Sünde. Maxi musste fast auflachen bei diesem Gedanken.

»Da also alles gesagt ist, gehe ich jetzt in mein Haus.« Maxi verkündete das in einem Ton der Endgültigkeit. Sie würde sich keine Sekunde weiter mit dieser Gertrud und ihren homophoben Ängsten abgeben.

Aber leider brachte das nichts. Die Dame im Twinset blockierte weiter ihr Gartentor. Jetzt mit noch mehr Vehemenz. Sie hatte sich fast schon in Stellung gebracht. Maxi wusste nur nicht, wofür. Es wäre sicherlich eine Schlagzeile wert, falls sie als Autorin blutrünstiger Krimis hier in Weiler von einer homophoben Dorfbewohnerin niedergestochen würde.

Maxi versuchte zu erkennen, ob diese verrückte Gertrud womöglich bewaffnet war. Außer einer sehr weiblichen kleinen

Handtasche konnte sie aber nichts ausmachen. Da würden weder ein Revolver noch ein ausreichend großes Messer hineinpassen.

»Nicht so schnell. Vorher will ich hören, dass Sie meine Tochter nicht weiter belästigen.«

Maxi reichte es jetzt mit dieser Verrücktheit. Sie warf ihre Arme in die Luft. »Herrgott noch mal, das ist doch nicht zu glauben. Lassen Sie mich doch mit ihrer blöden Tochter in Ruhe. Wenn die so aussieht wie sie, können Sie sie behalten.« Ihr war der Geduldsfaden gerissen. Normalerweise blieb sie immer ruhig oder ignorierte alle Attacken jeglicher Art. Und davon war sie in ihrem Schriftstellerinnendasein schon genügend ausgesetzt gewesen. Aber das hier war wirklich unglaublich. Sie war wütend, verschwitzt, ihr war kalt, und sie hatte den Kanal voll.

Maxi entschied sich gerade dazu, die Frau tatsächlich physisch aus dem Weg zu befördern, und wenn es sein musste, mit schierer Körperkraft, als Rettung von unerwarteter Seite nahte.

Ihre Nachbarin Margit musste den Vorfall zumindest teilweise mitgekriegt haben. Sie kam mit einem Besen um die Ecke, und Maxi dachte schon, sie würde der verrückten Gertrud eine damit überbraten.

»Ja, hallihallo«, rief sie, als sie aus ihrer Hofeinfahrt kam.

Ob das der richtige Ton war, um diese Gertrud zu vertreiben, wagte Maxi zu bezweifeln.

»Gertrud, was bringt dich denn hierher? Hast du dich im Haus geirrt?«, fragte sie mit freundlichem Gesichtsausdruck beim Näherkommen. Der war allerdings gespielt, denn sie zwinkerte Maxi unauffällig und konspirativ zu.

Maxis Aufregung über die Situation ließ ein ganz klein wenig nach, als Margit neben ihr stehenblieb.

Dass sich die beiden Frauen kannten, wunderte Maxi kein Stück. In Weiler kannten sich ja alle untereinander. Margit und die Verrückte waren sogar im gleichen Alter, so ungefähr zumindest.

»Margit, guten Tag«, sagte ihre Angreiferin hölzern.

Die Gertrudperson sah dabei plötzlich unangenehm berührt aus, und ihr Blick schweifte zwischen Maxi und Margit hin und her, als ob sie nicht wüsste, was sie weiter tun sollte oder wie sie aus der Situation wieder herauskam. So verrückt kam sie Maxi mit einem Mal gar nicht mehr vor. Denn mit Margits Anwesenheit schien sie plötzlich die Fassade aufrechterhalten zu wollen.

»Ich bin nur spazierengegangen.« Sie quetschte das zwischen zusammengepressten Lippen heraus.

»Ach ja?«, fragte Maxi sarkastisch. »Gerade eben war es noch ganz dringend, dass ich mich von Ihrer Tochter fernhalte. Die ich noch nicht einmal kenne.« Sie würde nicht helfen so zu tun, als ob alles in Ordnung wäre.

Aber anscheinend war diese Person gewohnt, dass die Leute mitspielten. Sie sah Maxi an, als ob sie mit dieser Aussage ein Verbrechen begangen hätte. »Sie sind doch verrückt«, sagte sie, aber es hörte sich mehr an wie ein Zischen. »Wagen Sie es nicht, solche Dinge zu behaupten.«

Sie würde noch ganz andere Dinge wagen, und Maxi machte sich auch bereit, das auszusprechen.

Margit hatte allerdings andere Pläne. »Gertrud, komm mit zu uns rüber. Wir trinken in aller Ruhe einen Tee«, sagte sie, als ob das hier ein ganz normaler Verwandtschaftsbesuch wäre und nicht eine total verrückte Begegnung.

Die Gertrudperson lächelte ein frostiges Lächeln, das Maxi wirklich Angst machte. »Ich habe keine Zeit. Ich muss Klaus noch sein Abendessen bereiten. Und Wilhelm will auch noch vorbeikommen.«

Margit nickte sehr vernünftig und freundlich, als ob es ganz normal wäre, morgens um neun schon dringend das Abendessen kochen zu müssen. »Dann will ich dich nicht aufhalten«, erwiderte sie.

Oh, dieser Satz. Er beinhaltete so viele Tiefen, dass Maxi es nicht fassen konnte, wie geschickt Margit war. Rein oberflächlich betrachtet konnte man ihrer Nachbarin keinen Strick daraus drehen, aber der Subtext war unmissverständlich: Verpiss dich, du altes Scheusal, ich konnte dich noch nie ausstehen.

Die verrückte Gertrud wandte sich zum Gehen, drehte sich ihnen aber ruckartig noch einmal zu und fixierte erst Maxi und dann Margit. »Denk daran, Margit, wie es heißt. Wer sich mit Ratten umgibt, bekommt Läuse.« Dann lief sie los.

»Tschüss, Gertrud. Sag Klaus, er soll den Kammerjäger bestellen«, sagte Margit im immergleich freundlichen Tonfall.

Dafür erntete sie einen letzten Giftblick über die Schulter, während die Gertrudperson die Hangstraße hinuntertippelte. Damenhaft, aber eilig.

Maxi und Margit standen nebeneinander und sahen ihr hinterher.

»Den Spruch hab ich noch nie gehört. Dann soll ich wohl die Ratte sein?« Sie war noch immer etwas perplex über das Ganze.

Margit sah sie kurz an, dann wieder ihrer Verwandten hinterher. »Mach dir nichts draus. Gertrud ist die übellaunigste Frau in ganz Weiler.« Sie zog eine Grimasse, die unterstrich, wie schrecklich auch sie die Frau fand.

»Furchtbar«, entfuhr es Maxi. Aber es kam aus dem Herzen und war keiner Tratschsucht geschuldet. Ein wenig kam sie sich nämlich so vor, wie sie beide hier standen, dem Objekt der Abneigung hinterherschauend. Wie zwei Dorffrauen eben, die sich über eine andere das Maul zerrissen. Nicht wirklich, aber Maxi kam sich trotzdem so vor. Was sie nicht von ihrer nächsten Bemerkung abhielt. »Wie muss erst ihre Tochter sein, von der ich mich fernzuhalten habe?« Das sollte ein Scherz sein, der allerdings nicht funkte.

Margit warf ihr einen komischen Blick zu. »Du weißt es wirklich nicht?«, fragte sie erstaunt.

»Was weiß ich nicht?«, fragte Maxi zurück und wünschte, sie hätte viel mehr Insiderwissen aus dem Dorf. Das rächte sich gerade.

»Na, wer ihre Tochter ist. Du kennst sie nämlich.« Margit sagte das mit einem seltsamen kleinen Lächeln um die Mundwinkel. Als ob jetzt gleich etwas kommen würde, was Maxi umhauen würde.

»Wirklich? Jetzt bin ich aber gespannt.« Sie überlegte, ob es in Weiler Quasimodos Ebenbild gab, dem sie vielleicht schon über den Weg gelaufen war. Oder sonst eine schräge Gestalt. Ihr fiel nichts ein, weshalb sie Margit umso erwartungsvoller anschaute.

Die lächelte noch einmal und sagte dann: »Mine.«

Von allen unmöglichen Möglichkeiten war das die allerunwahrscheinlichste. Nicht begreifbar, nicht logisch und doch auf eine verdrehte Art Sinn ergebend.

Maxi fragte trotzdem nach, obwohl sich eine schreckliche Erkenntnis in ihr breitmachen wollte. »Dr. Willa Schneck? Ist die

Tochter von dieser verrückten, homophoben Schreckschraube? Das kann nicht sein.« Das *durfte* nicht sein, wäre die bessere Aussage gewesen.

Wieder starrten sie gemeinsam die Straße hinunter, wo die verrückte Gertrud gerade um die Ecke verschwand.

Margit schenkte Maxi ein erneutes Lächeln. Jetzt allerdings mit einem gewissen Bedauern darin. Maxi wusste nicht, ob es ihr galt oder womöglich Willa, die mit solch einer fiesen Mutter geschlagen war. Margit hatte ja schon einmal erzählt, erinnerte sich Maxi, dass Willa in ihrer Jugend unter ihrer Mutter gelitten hatte. Das konnte sie jetzt bestens nachvollziehen.

»Willa sieht mehr meinem Vetter Klaus ähnlich«, sagte Margit. »Gott sei Dank. Aber ansonsten schlägt sie ganz aus der Art ihrer Familie.«

Maxi wuschelte sich durch die Haare, die vom Joggen eh schon ganz wild waren. »Und anscheinend hofft ihre Mutter immer noch auf einen Schwiegersohn, wie es aussieht.«

Margit und sie seufzten parallel, als ob sie beide es im gleichen Maß ungeheuerlich fanden, wie verbohrt Willas Mutter war.

Dann beäugte Margit sie schräg von der Seite. »Ich würde mal sagen, Gertrud hat einen guten Riecher.«

»Wie meinst du das?«, fragte Maxi nach, weil sie natürlich erahnte und erhoffte, in welche Richtung das ging.

»Sie spürt oder ahnt Mines Faszination.« Margit zuckte bedeutungsvoll die Augenbrauen, sodass selbst Maxi nicht umhin konnte zu verstehen, dass *sie* damit gemeint war. Willa war fasziniert von ihr? Wirklich?

»Glaubst du nicht eher, dass jede Lesbe, die ins Dorf gezogen wäre, von ihr so angegangen worden wäre? Sicherheitshalber?« Das war doch immerhin auch möglich. So paranoid wie diese Frau zu sein schien. Maxi wagte es schlicht noch nicht zu hoffen, dass ihr Interesse doch auf Gegenliebe stieß.

»Womöglich«, gab Margit zu. »Aber bei dir liegt sie noch nicht einmal daneben. Und außerdem hat ihr jemand vielleicht gesteckt, dass Mine gestern auf deiner Lesung war. Gertrud ist die Weilerer Gerüchteküche in Personalunion.«

Maxi sah Margit ungläubig an. Zum einen wegen der Lesung. Solch ein Detail war es wert zu tratschen? Und wer hatte die

Information denn weitergegeben? Wer war denn aus Weiler dagewesen?

Zum anderen fragte sie sich, ob ihre Nachbarin ihr gerade einen verbalen Schubs in Richtung Willa gab. Konnte das sein?

Sie würde darüber unter der Dusche nachdenken. Und auch über diese Begegnung mit Willas Mutter. Wenn sie das nicht von der Ärztin abschreckte, wusste Maxi auch nicht. Dann musste da irgendetwas zwischen ihnen sein. Irgendwas Undefinierbares.

Sie würde darüber nachdenken. Ernsthaft. Und außerdem darüber, wie sie mit Willa einen Termin zur Recherche vereinbaren konnte. Das stand ganz oben auf ihrer Liste.

2

Die Nachricht war auf ihrem Handy vor einer Stunde erschienen, und seither kam es Willa so vor, als ob sie an einer Stromleitung hängen würde, die kribbelnde Spannung durch sie hindurchjagte. Zweihundertzwanzig Volt konstant durch jeden Nerv ihres Körpers.

Willa vermutete, dass Maxi ihre Handynummer von Tante Margit bekommen hatte. Oder Dieter wäre auch eine Möglichkeit. Oder Onkel Erwin natürlich. Oder sonst wer aus dem Dorf.

Obwohl … die Nachricht war auf ihrem privaten Handy angekommen und nicht auf dem, das sie für die Praxis verwendete – also definitiv Tante Margit. Aber warum und unter welchen Umständen hatte sie Maxi ihre Nummer gegeben?

Willa tigerte wieder in ihrem Wohnzimmer hin und her. Sie hatte versucht, sich eine Dokumentation in der Arte-Mediathek anzuschauen – die Pyramiden faszinierten sie eigentlich immer. Aber die Nachricht nahm zu viel Raum ein, die Dokumentation lief immer noch im Hintergrund. Wahnsinnsaufnahmen, die Willa normalerweise in ihren Bann gezogen hätten, aber heute nicht einmal einen flüchtigen Blick wert waren.

Was machte sie jetzt also? Das war die Frage, die sie umtrieb.

Dass sie antworten würde, war klar. Nur wann und was stand zur Diskussion. Wenn sie sofort antwortete, kam sie dann nicht übermäßig eifrig, geradezu begierig rüber? Sie war wahnsinnig gespannt auf dieses Treffen, das sie da zu Recherchezwecken vereinbart hatten. Aber würde es nicht noch mehr bedeuten? Willa hoffte das, auch wenn es dafür so gut wie keine darauf hinweisenden Fakten gab.

Auch das versuchte sie beim Tigern über ihren hellen Berberteppich zu eruieren.

Sie versuchte aufzulisten, was dafürsprechen könnte, war aber irgendwann so konfus, dass sie in die Küche stapfte und sich nervös einen Gin Tonic machte. Nachdem sie die Hälfte in Sekunden runtergekippt hatte, fühlte sie sich kurzfristig etwas besser.

Bis das Kribbeln wieder losging. Jetzt aber gepaart mit einer gehörigen Portion vom Alkohol ausgelösten Mut. Vielleicht war es auch Dummheit, die sich als Mut verkleidete, und sie merkte es wegen des Gins nicht, aber irgendwann war auch mal Schluss mit den Grübeleien. Irgendwann war Handeln angesagt.

Willa lief mit dem restlichen Gin Tonic in der Hand ins Wohnzimmer zurück und nahm ihr Handy vom Couchtisch.

Sie würde Maxi jetzt einfach anrufen. Nicht weiter darüber nachdenken, einfach machen, was ihr Bauchgefühl sagte. Das tat sie sonst nie. Sonst wälzte sie Entscheidungen tagelang, auch wenn sie dann eh machte, was ihr Bauch sagte, nur eben unterfüttert von logischen Wegmarkern.

Heute nicht.

Sie wollte Maxi noch mit derselben Intensität wie bei ihrer ersten Begegnung. Vielleicht sogar noch mehr, noch stärker. Jetzt, da sie ein bisschen was von ihr wusste. Sie ein ganz klein wenig kannte. Die Traumfrau hatte sich mittlerweile ein bisschen in einen echten Menschen verwandelt, und das Ergebnis dieser Verwandlung war sogar noch besser. Weil … ja warum eigentlich? fragte sich Willa mit heftig gerunzelter Stirn. Dann fiel ihr auf, dass sie es ja schon wieder tat. Dieses exzessive Zerdenken. Ja, Zerdenken war das richtige Wort für das akribische Sezieren jedes Gedankens.

Schluss damit. Willa drückte auf die Funktion für Rückruf. Die fremde Nummer hatte sie bereits zwei Minuten nach Erhalt der Nachricht unter *Maxi Gnädig* abgespeichert.

Was machte sie, wenn Maxi jetzt nicht ranging? Das wäre wieder typisch für ihr Glück in dieser Angelegenheit.

Willa ging die ganze Sache mit der Torpedotante durch den Kopf, während sie auf den Verbindungsaufbau wartete. Wie hatte sie sich nur so in eine vollkommen falsche Vermutung hineinsteigern können? War das wie ein heimlicher Ausweg aus dieser Liebe-auf-den-ersten-Blick-Situation? Eine Ausflucht vor lauter Angst, dass wirklich eine Möglichkeit bestand, dass Maxi Gnädig das Gleiche empfand wie sie? Und die Torpedotante, das war ja eine Verkettung von verzwickten Zufällen gewesen. Der Besuch in der Praxis war wie die Erlösung eines Fluchs gewesen. Oder eben auch nicht. Was war Fluch, was war Segen? So nervös, wie sie gerade war, wusste sie das noch nicht einmal mehr.

Willa nahm einen weiteren beruhigenden und mutmachenden Schluck aus ihrem Glas. Es klingelte endlich im Handy. Einmal, zweimal. Willa hielt den Atem vor gespannter Erwartung an, oder weil sie einfach vergaß zu atmen.

»Willa!«, sagte eine atemlose Maxi Gnädig am anderen Ende. Es hörte sich freudig aufgeregt an. Und als ob auch sie die Luft angehalten hätte wie Willa. Was natürlich absurd war …

Willa klopfte sich innerlich für ihre mutige Entscheidung anzurufen auf die Schulter. Die erste Hürde war geschafft. Jetzt kamen tausend weitere. Nicht so weit denken.

Jetzt galt es einfach nur, dieses Gespräch zu rocken. Sie schluckte einmal vor Aufregung. Sie war ja so eine Versagerin in der Kommunikation mit schönen Frauen.

Willa beschloss, hier und jetzt ein neues Kapitel aufzuschlagen. Sie würde einfach sie selbst sein mit Maxi Gnädig. Sie würde nicht versuchen, besonders cool, besonders wortgewandt, besonders charmant zu sein. Wenn Maxi sie nicht so wollte, wie sie war – manchmal hölzern und verstockt, manchmal verkopft, manchmal lustig und wortreich, wenn sie entspannt war –, dann konnte sie das auch nicht ändern.

»Hallo Maxi. Vielen Dank für deine Nachricht. Ich hatte auch schon daran gedacht, dich zu kontakten. Ein Zettel in den Briefkasten wäre wahrscheinlich bei mir dabei herausgekommen.« Ehrlichkeit war doch ein Anfang, beschloss Willa.

Und wurde sofort mit einem Lachen belohnt. »Jetzt bereue ich die schnöde Textnachricht fast. Ein Zettel wäre viel charmanter gewesen.«

Willa schluckte einmal nervös und gemahnte sich, weiter bei sich zu bleiben. Es lief gut. ›Charmant‹, hatte Maxi gesagt. An dem hielt sich Willa fest und sagte einfach, was sie zu jemand anderem vielleicht auch gesagt hätte. »Je nachdem, was draufgestanden hätte. Wenn ich ihn mit dem Rezept für ein Abführmittel eines Patienten aus deiner Nachbarschaft – ich nenne keine Namen – verwechselt hätte, weiß ich nicht, wie charmant das gewesen wäre.«

Ups. Medizinerhumor. Achtung, Achtung! Der kam bei vielen Menschen gar nicht gut an. Bei Normalsterblichen waren viele Themen tabu, über die im Krankenhaus andauernd gefeixt wurden. Exkremente gehörten auch dazu.

Aber sie hätte sich keine Sorgen machen müssen. Der Humor einer Schriftstellerin, deren Fantasie solche Dinge wie Bauer Gümpel hervorbrachte, war wohl ausreichend abgehärtet und schräg. Denn Maxi lachte schon wieder sehr erheitert.

Willa war enorm stolz darauf. Zwei Lacher innerhalb von Sekunden. Das verbuchte sie schon jetzt als Erfolg. Und dieses Lachen ging ihr durch den ganzen Körper. So gut hörte sich Maxis Lachen an. Es war unglaublich schön und voll. Die Verkörperung des Begriffs *schönes Lachen*. Man hätte es aufnehmen können und als Vorzeigebeispiel in eine Datenbank einspeisen.

Dem Lachen folgte eine Frage. »Dann bin ich doch wieder froh, getippt zu haben. Wann hast du also Zeit für mich?«

Willa hätte am liebsten geantwortet: Immer! Sofort! Jederzeit! Sie verkniff es sich natürlich. Was zu viel war, war zu viel. »Ich bin inzwischen schon in meiner Wohnung zurück und nicht mehr in der Praxis. Also müssen wir wohl die kommenden Tage ins Auge fassen. Ich habe diese Woche nicht viel vor.«

Kurze Pause am anderen Ende der Leitung. Willa wusste nicht, wie sie das werten sollte. Sie wartete einfach.

»Ich bin nicht an Weiler gefesselt. Ich kann auch mal in die Stadt fahren«, sagte Maxi schließlich.

»Äh .... ja, gut.« Was hieß das jetzt? Willa hatte auf einen konkreten Terminvorschlag gehofft.

»Ich meine ...«, druckste Maxi etwas herum, sodass es sogar Willa auffiel.

»Ja?«, sagte sie auffordernd, um aus Maxi herauszulocken, was sie sich offenbar nicht so recht traute zu sagen. Und das war sehr erstaunlich. Hatte sie doch bisher immer sehr gelassen gewirkt und nicht wie eine Frau, die leicht aus der Bahn zu werfen war.

»Hast du heute Abend schon was vor? Ich könnte einfach heute in die Stadt kommen.«

Heute? Willas restliche Eiswürfel klirrten plötzlich in ihrem Glas. »Oh«, sagte sie überrascht und starrte auf das fast leere Glas in ihrer Hand. Diese Hand zitterte ganz leicht, obwohl sie normalerweise extrem ruhige Hände hatte.

»Blöde Idee. Entschuldige. Zu aufdringlich.«

Bitte sei noch aufdringlicher! schrie Willas Inneres. Maxi interpretierte ihre Überraschung und die dazu gehörende Aufregung vollkommen falsch. Sie musste schnell antworten und das geradebiegen. »Nein!«, schrie sie etwas zu laut und zu enthusiastisch ins Handy. Sie fuhr ein paar Dezibel zurück. »Super Idee. Ich hab nur gerade einen Gin Tonic getrunken, und mir ist etwas schwummrig, weil ich noch nichts gegessen habe, seit ich aus der Praxis raus bin. Ich habe definitiv Zeit, mich zu treffen.« Das war ein Wortschwall zur Erklärung für ihr Zögern, der ein kleines, lachendes Glucksen bewirkte. Sie hatte die Kurve gekriegt. Gerade noch so.

»Sollen wir dann was essen gehen? Magst du koreanisch?«, fragte Maxi, und Willas Aufregung war blitzartig wieder da.

Aber der Gin entfaltete inzwischen auch seine volle Wirkung, also redete sie einfach weiter und ließ kommen, was kommen wollte. Das hatte bisher funktioniert. »Ich glaube, ich war noch nie koreanisch essen. Aber asiatisch klingt gut.« Willas Magen knurrte bei der Vorstellung. Sie lachte spontan auf. »Mein Magen hat gerade geknurrt, es klingt sogar sehr gut.«

Wieder ein Lacher von Maxi. Sie musste bald eine Strichliste anlegen. Und das war absolut fantastisch. »Ich kann in einer halben Stunde da sein und dich abholen.«

Maxis Vorschlag ließ Willas Herz pochen. Halbe Stunde? »Schneller wäre es sogar, wir würden uns am Restaurant treffen.« Warum hatte sie das jetzt gesagt? Warum musste sie immer so praktisch sein? Es wäre doch viel romantischer gewesen, wenn Maxi sie abgeholt hätte. Mehr wie ein echtes Date.

Oder war sie da schon einen Schritt zu weit? Oder in die falsche Richtung?

Aber der Zug war eh abgefahren, weil Maxi ihr inzwischen schon die Adresse des Koreaners diktierte und versprach, gleich einen Tisch auf ihren Namen zu reservieren.

»Bis gleich«, sagte Maxi zum Abschied und hörte sich sehr erfreut an. Wirklich. Das war keine Einbildung, beschwor sich Willa.

»Bis bald«, antwortete sie ganz berührt, und ihre Stimme kam hauchiger rüber als gewollt. Jetzt verfluchte sie den Gin und seine zungenlösende Wirkung, die sie einigermaßen heil durch das Telefonat gebracht hatte.

Als die Verbindung beendet war, stöhnte Willa auf, ließ ihr Handy aufs Sofa plumpsen und sich gleich mit. Die Arme warf sie sich über den Kopf und versuchte so dem Ansturm an Gedanken, Analysen und Wortfetzen des Gesprächs Herrin zu werden.

Dann fiel ihr schlagartig ein, dass sie nur eine halbe Stunde Zeit hatte, sich schick zu machen und zum Koreaner zu fahren. Viel zu wenig! Sie sprang wie von der Tarantel gestochen auf und rannte ins Schlafzimmer.

3

Maxi saß an ihrem üblichen Tisch, den sie sich immer mit Carolina aussuchte, wenn sie zusammen herkamen und er frei war. Sie brauchte gerade diese gewohnte Umgebung, um ihre flatternden Nerven zu beruhigen. Sie traf sich mit Dr. Wilhelmine Schneck, an die sie inzwischen nur noch als Willa dachte. Nichts weiter dabei. Sie hatte ja sogar einen sehr guten Grund dafür. Recherche, alles Recherche, flunkerte sie sich selbst vor, um ein bisschen runterzukommen.

Wieso war sie eigentlich so aufgeregt? Und wollte sie das überhaupt genauer unter die Lupe nehmen?

Sie nippte an ihrer Litschischorle, die sie sich schon mal bestellt hatte, und fuhr sich dann kontrollierend über ihre welligen Haare. Zu Hause hatte sie versucht, ihre Frisur mit einem Schuss Gel zu bändigen. Es fühlte sich immer noch gut an. Diese

Unsicherheit in Bezug auf ihr Äußeres kannte sie von sich eigentlich gar nicht.

Als sie gerade beschloss, noch einmal auf die Toilette zu gehen und sich vor dem Spiegel abzuchecken, öffnete sich die Eingangstür, und Willa sah sich im Raum um.

Zu spät. Es würde reichen müssen, wie sie aussah. Sie strich den Pulli mit dem abstrakten Pferdemuster glatt, den sie bewusst ausgewählt hatte wegen der Assoziation. Ein Pferd hatte ihre erste Begegnung verursacht. Sie hoffte, Willa würde das subtile Signal der galoppierenden Pferde, die sich wie eine Escher-Zeichnung ineinander verschachtelten, wenn schon nicht verstehen, dann doch unterbewusst wahrnehmen. Wahrscheinlich war das aber zu viel erwartet. Wie noch so einiges mehr, das ihre Gedanken beherrschte.

Maxi beobachtete, wie Willa sich durch das kleine Restaurant und die eng beieinanderstehenden Tischchen schlängelte. Irgendetwas hatte sie an sich, das keine andere Frau toppen konnte. Es war etwas, das Maxi nicht fassen konnte, etwas, das sich ihrer Logik vollkommen entzog. Wenn sie Willa sah, bewegte sich in ihrer Brust etwas auf ganz magische Weise, und sie fühlte sich wie angefüllt mit einem strahlenden, warmen Licht.

Das hatte auch gar nichts mit dem sexuellen Gefühl zu tun, das sie in anderen Körperregionen überkam. Das war ein altbekanntes Gefühl, diese Erregung in der Nähe einer schönen Frau, die sie gern in ihrem Bett hätte. Das andere Gefühl in ihrer Brust war das erstaunlichere. Es ließ sie Willa beobachten wie unter Hypnose. Ihre Bewegungen, ihre Gestik und Mimik. Willas Art, sich zu bewegen, hatte einen Effekt sondergleichen auf Maxi. Dass die Verpackung stimmte, verstärkte diesen Effekt noch. Willa war heute Abend zwar leger angezogen, aber Maxi konnte erkennen, dass sie sich Mühe gegeben hatte. Sie trug eine schicke Jacke, geöffnet über einem Oberteil mit weit ausgeschnittenem Rundhals. Wieder dieses Schlüsselbein. Und dieser leichte Hüftschwung beim Gehen.

Willa trat schließlich nach wenigen Sekunden, die Maxi wie ein abendfüllender Spielfilm vorkamen, an ihren Tisch, und sie wirkte sehr nervös. Wofür war diese Nervosität ein Zeichen? Bereute sie die Zusage und wollte nicht wirklich hier sein? Oder ging es ihr wie Maxi? Wollte sie, dass das Treffen etwas mehr war als nur ein Interview? Durfte Maxi das überhaupt hoffen? Wenn sie Margit glauben wollte, könnte da möglicherweise etwas dran sein. Aber sie wusste nicht, ob sie dem glauben *durfte*.

Sie war gänzlich unerfahren in diesen Dingen. Carolina hatte vermutlich recht. Sie war es nicht gewohnt, nicht mit einem Fingerschnipp zu bekommen, was sie wollte. Aber was, wenn das Willas wahre Anziehung ausmachte? Dass sie sie eben nicht sofort bekommen hatte, sondern abgewiesen worden war? Kein schöner Gedanke. Keiner, der ihr schmeichelte. Das machte sie zu einer ganz furchtbaren Person. Doch sie war fest davon überzeugt, dass ihr Gefühl sie bei ihrer ersten Begegnung nicht betrogen hatte, dass diese gegenseitige Anziehung bereits vorhanden war.

Willa räusperte sich beim Setzen, und Maxi merkte, dass sie sie vermutlich reichlich bescheuert angestarrt hatte. »Hallo Willa«, sagte sie schnell und wahnsinnig redegewandt.

Aber sie erntete ein Lächeln. Einen zur Seite geneigten Kopf. Das Lächeln sah fast erleichtert aus. »Hallo Maxi«, antwortete Willa und richtete ihren Blick auf das Töpfchen mit scharfer Soße in der Mitte des Tisches.

Wenn Maxi nicht völlig daneben lag, war Willa wirklich extrem nervös, und wie es ihr vorkam, ihretwegen. Der Situation wegen. Weil sich das hier wie ein Date anfühlte. Lag sie daneben?

Sie hoffte nicht. Sie hoffte ganz stark und mit ganzem Herzen, und es war ihr vollkommen egal, was ihr Kopf oder sogar Carolina dazu sagte. Das fühlte sich hier echt und gut und richtig an. Alles in ihr sehnte sich nach dieser Frau. Das wurde ihr an diesem Tischchen nur knapp einen Meter getrennt von ihr klar. Es war wie ein Sog, wie ein ultrastarker Magnet, sie konnte nichts dagegen machen. Außer es annehmen. Und das tat Maxi. Zögerlich war sie eigentlich noch nie gewesen, und sie wollte es mit Willa nicht anfangen. Deshalb lächelte sie über den Tisch hinweg und wartete, bis sie den Blick der Ärztin von der scharfen Soße weglocken konnte.

Es dauerte ein paar Sekunden, dann gelang es ihr. Der Moment, in dem sich ihre Blicke trafen, fuhr ihr mit voller Wucht in die Brust. Sie dachte kurz, sie bekäme keine Luft mehr.

Auch Willa blinzelte, als ob sie dieser Blick aufwühlen würde. Sie räusperte sich wieder. Das schien eine nervöse Eigenart zu sein, und Maxi schmunzelte darüber. Es half ihr, ihre Zunge zu entknoten und über diesen intensiven Moment hinwegzukommen. Und über die gegenseitige Sprachlosigkeit, die sie anscheinend beide eiskalt erwischt hatte. Oder siedendheiß. Denn Maxi war es kein bisschen kalt unter Willas Blick.

»Sollen wir erst einmal was essen und dann loslegen?«, fragte Maxi und hoffte, Willa damit über ihr Unwohlsein hinwegzuhelfen. Sie wollte nicht, dass sich die Ärztin mit ihr unwohl fühlte. Sie wollte das genaue Gegenteil. Auch wenn es schmeichelhaft war, dass Maxi sie so aus dem Gleichgewicht bringen konnte. Nach der herben Abfuhr und der kalten Schulter brauchte sie das wie ein Schneeglöckchen die Sonne.

Wieder ein Räuspern, dann die Antwort. »Gute Idee. Ich bin wirklich ausgehungert.«

Ein kleines Lächeln folgte, und Maxi wusste, sie hatte richtig entschieden. Sie reichte Willa die kleine Speisekarte.

»Was kannst du empfehlen?«, fragte Willa mit Blick auf die fünfzehn Gerichte, die es hier nur gab. Sie hatte ihre Stirn gerunzelt und schien mit den fremden Namen darauf nicht viel anfangen zu können.

Familie Park machte nicht viel Schnickschnack mit ihrer Speisekarte. Maxi schätzte es sehr, dass Schnickschnack lediglich in der Küche betrieben wurde und das Essen extrem gut war. Keine Chemie, dafür viel Frisches und in sehr guter Qualität. Man musste allerdings auch fragen, woraus die einzelnen Gerichte bestanden, wenn man das nicht eh schon wusste oder kein Koreanisch konnte.

»Das Kimchi. Aber das ist nur eine kleine Vorspeise«, sagte Maxi und nahm sich vor, Willa die ganze Karte zu erklären. Das würde sie nicht Frau Parks Sohn überlassen.

»Was ist Kimchi?«, fragte Willa wie aufs Stichwort. »Zumindest habe ich davon schon mal gehört.«

»Milchsauervergorenes Gemüse«, sagte Maxi und war sich sicher, dass eine Ärztin damit etwas anfangen konnte. Zur Sicherheit erklärte sie weiter: »Im Grunde so eine Art Sauerkraut. Aber scharf. Sehr lecker.«

»Jamm«, erwiderte Willa und sah dabei ganz ernst aus. Essen schien eine wichtige Angelegenheit für sie zu sein.

Maxi lächelte entzückt. Eine Frau nach ihrem Geschmack. Willa lächelte zurück, als ob ihr ihr kleiner Ausbruch peinlich wäre, fing sich aber gleich wieder. Maxi hätte zu gern gewusst, was in ihr vor sich ging. Sie war so eine verwirrende Mischung aus fahriger Nervosität und dann wieder fast schon kühlem Selbstbewusstsein. Und zwischendrin tauchten immer wieder Augenblicke auf, in denen sie eine äußerst nette, humorvolle und entspannte Frau war, die Maxi mit Leichtigkeit verführen könnte. Verwirrend. Was davon war die wirkliche Dr. Willa Schneck?

Willa bekam von ihren Überlegungen nichts mit, denn sie studierte die Speisekarte, während Maxi sie studierte. »Das klingt so gesund, dass ich das auf alle Fälle probieren will«, sagte sie über das Kimchi. »Aber im Moment ist es mir eher nach was Frittiertem. Irgendwas Heißes und Fettiges, das satt macht. Oder was richtig Scharfes. Etwas, das sämtliche Gelüste befriedigt.«

Maxi zog süffisant die Augenbrauen hoch und lächelte herausfordernd. Sie brauchte es noch nicht einmal auszusprechen. Willa entwickelte eine leichte Röte im Gesicht. Maxi konnte sich diese Gelegenheit nicht entgehen lassen. Sie grinste Willa an.

Die leichte Röte steigerte sich, und fast bereute es Maxi, dass sie diese sexuelle Anspielung nicht einfach hatte vorbeiziehen lassen.

Aber Willa schien sich wieder einmal zusammenzureißen und sah ihr direkt in die Augen. »Nicht alle.«

Jetzt wurde es Maxi ganz heiß. Schlagartig. Natürlich geisterten ihr sämtliche unbefriedigte Gelüste durch den Kopf, die sie nur zu gern befriedigen würde. Sie zupfte unbewusst an ihrem Pulli herum, um etwas frische Luft an ihre überhitzte Haut heranzulassen. Ihre Anspielung war ganz schön nach hinten losgegangen. Jetzt war sie diejenige, die mit einer körperlichen Reaktion zu kämpfen hatte, die ihrem Gegenüber nicht entging.

Willa betrachtete sie leicht grinsend. Maxi wurde es noch heißer. Was machte diese Frau nur mit ihr? Sie war sonst die Queen der Anzüglichkeiten, und kein sexuell konnotierter Witz war ihr fremd. Carolina hatte ihr das beigebracht. Und sonst war ihr ja auch nichts wirklich peinlich. Wieder zupfte sie an der Vorderseite ihres Pullis und machte eine fächelnde Bewegung mit dem Stoff.

Willa sah die Geste und lachte darüber. Maxi lachte mit. Es war irgendwie ohne Worte klar, dass sie über sich lachten. Über diese Situation hier. Über ihre Nervosität und über den Witz, der sich so schnell in irgendetwas anderes verwandelt hatte, das zuerst der einen und dann der anderen die Hitze hatte aufsteigen lassen.

Das Lachen war wie Telepathie. Als ob sie in der Lage wären, die Emotionen und Gedanken der anderen zu erfassen. Dr. Wilhelmine Schneck und sie hatten tatsächlich die gleiche Wellenlänge. Das war bei ihrer ersten Begegnung nicht nur so ein vom Drogenrausch ausgelöstes Gefühl gewesen, eine Wahnvorstellung aus dem Wunsch heraus geboren, diese Frau zu etwas zu machen, was sie nicht war.

Maxi stockte plötzlich der Atem, und sie sah Willa wieder ernst an. Eine leichte Panik wollte sie erfassen. War sie überhaupt bereit für so etwas? Was auch immer das war?

Dieses Mal war es Willa, die zu spüren schien, dass Maxi mit irgendeiner nervlichen Attacke kämpfte, und das Zepter an sich riss. »Wir bestellen jetzt schnell. Ich glaube, Essen wäre jetzt gut«, sagte sie.

Maxi wusste nicht, wie sie das meinte, hatte aber das Gefühl, dass Willa es genauso meinte, wie Maxi dachte, dass es zu meinen war.

Aaaargh.

Verwirrend. Essen. Ja. Das wäre jetzt gut. Und sei es nur, um ihre Gedanken auf etwas anderes zu lenken als auf die Frau ihr gegenüber, die ihr komplettes Gefühlsleben gerade auf den Kopf stellte und im Schein der roten Lampions aussah wie ein Geschenk der Götter, das nur für sie aus dem Olymp geschickt worden war, um sie zu verführen.

»Und wo fangen wir an? Erkläre ich dir die Struktur eines Krankenhauses? Wer für was zuständig ist, wie die Hierarchien funktionieren, solche Dinge?«, fragte Willa später über den Tisch hinweg mit ihrem Hündchenblick.

Das Essen war inzwischen vertilgt. Und in Willas Fall war *vertilgt* genau das richtige Wort. Sie hatte alles, aber auch wirklich alles aufgegessen. Sogar einen Rest von Maxis Nudelgericht, das sie in dem heißen gusseisernen Pfännchen, in dem es serviert worden war, übriggelassen hatte. Ihre Portion Kimchi hatte Willa quasi inhaliert und dabei Laute des Vergnügens von sich gegeben, die Maxi für einen Wimpernschlag so an andere Momente hatten denken lassen, in denen Willa solche Geräusche machen könnte, dass sie einen richtigen Kloß im Hals bekam. Aber sie hatte danach weiteressen können. Wenn auch zuerst mit kleineren Schwierigkeiten beim Schlucken.

Jetzt räumte Frau Parks Sohn den Tisch ab, und Willa wollte zum Grund ihres Treffens kommen. Maxi hatte diesen Grund doch tatsächlich bereits vergessen. Sie hätte auch den ganzen Abend einfach nur so mit Willa verbringen können. Wieso brauchte sie überhaupt einen Grund?

4

Willa blickte Maxi erwartungsvoll an. Das war ja schließlich der Grund, warum sie überhaupt hier saßen, oder? Sie hätte ja gar keinen Grund gebraucht. Einfach ein Date mit Maxi. Das war das, was sie wollte. Wenn sie nachher all ihren Mut zusammennahm, würde sie es dann schaffen, genau danach zu fragen?

Maxi sah sie einen Moment fast verwirrt an, als ob auch sie den Grund, warum sie sich hier trafen, für einen Moment vergessen hatte. Willa bereute es unmittelbar, das überhaupt noch angesprochen zu haben. Hätte sie mal lieber den Mund gehalten, dann wäre der heutige Abend ein richtiges Date gewesen. Aber nein, sie war ja so furchtbar korrekt.

Maxi blinzelte kurz und schien darüber nachzudenken, worum es ging. Recherche, Krankenhaus, Insiderinformationen, Hierarchien. Dann erschien ein herausforderndes Glitzern in ihren Augen. »Mäh, das ist mir zu trocken. Erzähl mir einfach ein paar Geschichten aus deinem Berufsleben. Die, die dir unweigerlich im Gedächtnis geblieben sind. Fangen wir lieber so an.«

Willa lachte. Da hatte sie sich auf der Fahrt hierher fast verrückt gemacht mit Überlegungen zu ihrem ehemaligen Arbeitgeber und seinen Strukturen, und Maxi wollte etwas ganz anderes. Etwas, das sie natürlich ganz leicht liefern konnte. Alle

Mediziner steckten voller Geschichten. Einmal angebohrt war diese Quelle schier unerschöpflich. Und Willa hatte ihre Geschichten noch nicht oft außerhalb ihres eigenen Medizinerkreises erzählen können. Ihre Exfreundinnen hatten immer sofort die Nase gerümpft. Alle drei waren sich da einig gewesen. Eklige Arztgeschichten waren kein gutes Gesprächsthema gewesen.

Jetzt saß ihr Maxi gegenüber und wartete mit glänzenden Augen erwartungsvoll auf Anekdoten. Und wenn Willa ihre Bücher richtig interpretierte, würden ein bisschen Blut und Spucke sie nicht abschrecken. Ganz im Gegenteil. Maxi schien geradezu darauf zu warten, dass es auch richtig zur Sache ging.

Na, dann mal sehen, ob sie ihrer ersten Geschichte gewachsen war, grinste Willa in sich hinein. »Dann fange ich gleich mal mit einer Geschichte aus meiner Ausbildungszeit an. Ich weiß nicht, ob die dir etwas bringt, aber ich erzähle sie einfach immer wieder gern.« *Zumindest in passenden Kreisen,* fügte Willa gedanklich hinzu. Mal sehen, ob Maxi das Prädikat *passend* verliehen bekäme. Sie wünschte es sich so sehr, dass dem so wäre.

»Lass hören«, sagte Maxi und zückte ein kleines Notizbuch und einen Stift.

Willa registrierte das mit Adleraugen. Sie hätte mit einem Stift-Tablet oder einem Laptop gerechnet, aber nicht mit solch einem simplen Ding wie einem Notizbuch. Der Stift war allerdings alles andere als simpel. Ein edler Füller von Montblanc, wie ihn ihr ehemaliger Oberarzt benutzt hatte. Einer von der Sorte, die mehrere hundert Euro kosteten und nur von Menschen benutzt wurden, die auf das Schreiben mit der Hand äußersten Wert legten und daraus fast schon Kalligraphie machten. Bei einer Schriftstellerin wie Maxi wohl nicht weiter verwunderlich.

Maxi machte eine erste Notiz, und Willa konnte selbst quer über den Tisch erkennen, was für eine charaktervolle und schöne Schrift sie hatte. Warum war eigentlich alles an Maxi Gnädig so, dass es wie ein Aphrodisiakum auf sie wirkte? Auch die Hand, die diesen Füller führte und diese ästhetische Schrift hervorbrachte, war ein Aphrodisiakum. Elegant, mit langen Fingern, die in geschwungenen Fingernägeln endeten. Die natürlich kurzgeschnitten waren und sehr gepflegt. Natürlich.

Maxi schaute auf und erwischte sie beim Starren. Sie sah sie auffordernd an, und Willa stürzte sich in ihre Geschichte, weil sie mit allem anderen überfordert war. Ihre Geschichte war die perfekte Ablenkung. »Während meines allerersten Praktikums ganz zu meinen Anfangszeiten sollte ich mich auf meiner Station um einen Parkinsonpatienten kümmern. Ihn ganz simpel aufs Klo führen.« Sie zog die Augenbrauen hoch, um zu zeigen, dass daran nichts simpel war und der große Knaller noch käme.

Maxi lächelte gespannt zu ihr herüber. Ganz Ohr.

»Als Hinweis gab mir die Stationsschwester den dringenden Rat mit, dass er sich unbedingt hinsetzen müsste. So jung und naiv, wie ich war, habe ich das nicht ernstgenommen. Ich habe nicht darauf geachtet und ihn einfach machen lassen. Er hat sich also nicht gesetzt. Ergebnis war: Kein einziger Tropfen ist in der Kloschüssel gelandet.« Sie demonstrierte mit ihren Händen den Tremor eines Parkinsonpatienten. Nahm ihr Wasserglas in die Hand und ließ zitternd ein paar Tropfen über den Rand hüpfen.

Maxi prustete los vor Lachen. Und sah Willa danach reichlich erstaunt an. Ganz so, als ob sie nicht damit gerechnet hätte, dass diese bisher recht spröde Ärztin so witzig sein konnte. So oder so ähnlich musste der Gedanke sein, der in ihrem Kopf herumspukte.

Willa beschloss, noch nachzulegen. Sie hatte Maxi am Haken. Noch ein Lacher wäre da rauszuholen. Sie grinste Maxi über den Tisch hinweg an und brachte die Schlusspointe. »Ich musste das komplette Klo putzen. Keine Gnade. Selbst die Wände. Das war eine unglaublich einprägsame Lehrstunde.«

Maxi lachte noch einmal auf, und ihre Augen funkelten erheitert zu Willa herüber. Dann fing sie an, wie eine Verrückte Stichworte aufzuschreiben, während sie weiter lachte. »Eine wahnsinnig witzige Geschichte. Das kannst du eigentlich fast nicht mehr toppen«, erklärte sie, als sie wieder aufblickte.

Willa sah sie provokativ an. »Fordere mich nicht so heraus. Du weißt ja gar nicht, was in Krankenhäusern alles passiert.« Sie sagte das herausfordernd witzig, aber mit einem neuen Unterton.

Maxi lächelte diesem Ton folgend flirtend zurück. »Okay, ich lass mich gern eines Besseren belehren.«

Sie waren definitiv beim Flirten angekommen. Willa kribbelte es ganz eindeutig im Bauch und auch südlich davon. Sie hätte nie gedacht, dass Maxi sich als wesentlich näher am Ideal ihrer

Traumfrau entpuppte. Maxi hatte genau ihren Humor, sie hatte das beste Lachen der Galaxis, sie war umwerfend. Die Nervosität vom Anfang des Abends war gewichen und hatte Platz gemacht für eine Spannung, die Willa erst jetzt so langsam als sexuell erkennen konnte. Wie hatte sie das bislang nicht merken können? Wie naiv war sie eigentlich?

Aber ebenso wie die Nervosität versuchte sie, auch diese Spannung zur Seite zu schieben. Sie hatte hier Geschichten zu erzählen. Das war der Deal. Das erwartete Maxi von ihr. Und nicht, dass sie sie über den Tisch hinweg anschmachtete. Oder sich gar überlegte, wie sie Maxi in ihre Wohnung und ihr Bett bekam. Das war ja ganz und gar irre. Und vollkommen außerhalb ihres Erfahrungshorizonts.

Also würde sie jetzt weitererzählen. Und zur Abkühlung des Ganzen mal ans Eingemachte gehen. Sie hatte nicht nur witzige Anekdoten auf Lager. Sie würde jetzt einen Schocker auftischen. Vorsichtig fing sie an. »In meiner Zeit als Notärztin wurde ich zu einem Einsatz in eine Fabrik gerufen. Einem Mitarbeiter war der rechte Arm unter eine Walze geraten.« Sie beobachtete aufmerksam Maxis Reaktion. Blutrünstige Krimis zu schreiben war eine Sache, die Realität jedoch etwas vollkommen anderes. Aber Maxi schaute sie lediglich interessiert an. Eher gespannt und empathisch als aufgeschreckt. Also fuhr Willa fort: »Bis dahin hatte ich gedacht, dass so etwas heutzutage mit den modernen Maschinen gar nicht mehr möglich wäre. Aber als ich mit dem Team ankam, wurde ich eines Besseren belehrt.«

Wieder machte sie eine kleine Pause, sondierte Maxi. Noch immer kein Funken Abscheu in deren Augen, obwohl sie sich sicherlich bereits bildlich vorstellen musste, was jetzt noch kam. Willa würde sich jetzt getrauen, deutlicher zu werden. Weil sie spürte, dass sie in Maxi ein Gegenüber hatte, mit dem sie das teilen konnte, ein Gegenüber, das sie verstehen würde. Ein Gegenüber, das nicht kreischend davonrannte und sich fragte, wie sie nur solch einen Beruf ausüben könnte.

Und so erzählte sie die ganze Geschichte, wobei sie mit Details nicht unbedingt geizte, während Maxi immer wieder Notizen machte.

Nachdem sie zu Ende berichtet hatte, atmete sie tief durch. Dieses Erlebnis wühlte sie selbst Jahre später immer noch auf.

»Mein Gott!«, stieß Maxi aus und ergriff über den Tisch hinweg ihre Hand.

Ein Tsunami unverarbeitbarer Gefühle wälzte sich durch Willa hindurch. Die durch die Geschichte aufgewühlten Gefühle vermischten sich plötzlich mit der Erregung, die von dieser plötzlichen Berührung ausgelöst wurde. Extrem verwirrend.

Das Gefühl von Maxis Hand auf ihrer toppte aber schließlich nach einem kurzen inneren Chaos alles andere. *Das* war genau das, was sie wollte. Mehr davon. Dringend.

Aber dann beging Willa den Fehler, auf ihre Hände zu schauen. Und vermutlich auch mit der gleichen Intensität, die sie fühlte. Offensichtlich verstand Maxi das falsch, denn sie zog sie sofort zurück. Als ob ihr erst durch Willas Blick so richtig bewusst geworden wäre, wo sie ihre Hand hatte. Das löste sofort wieder Zweifel in Willa aus, ob sie diese magische Anziehung zwischen ihnen nur halluzinierte oder schlicht etwas herbeiwünschte, was nicht da war.

Willa räusperte sich unangenehm berührt.

Maxi schien einen Moment lang auch nicht zu wissen, was sie sagen sollte.

Zum Glück kam in diesem Moment ihr Ober und räumte den Tisch ab.

Als er beladen mit allen Tellern und Schälchen wieder ging, herrschte kurz wieder unangenehme Stille, und Willa versuchte krampfhaft, einen Anknüpfungspunkt an das Gespräch zu finden.

»Bei all deinen Erlebnissen kommt dir in Weiler vermutlich alles total langweilig vor«, sagte Maxi.

Eine Feststellung, keine Frage. Aber darauf hatte Willa wirklich eine Antwort. Sogar eine mit einer Geschichte. Auch wenn Maxi sie nicht wirklich danach gefragt hatte. Sie würde nichts unversucht lassen, die entspannte Atmosphäre, das lockere Gespräch wiederzubeleben. »Auf schöne Art langweilig«, sagte sie voller Überzeugung und erntete einen skeptischen Blick. »Gestern war ich im Altenheim in Unterweiler, das ich mir mit Doktor Erhardt teile. Die haben dort eine Pflegekraft mit Therapiehund. Ein Airedaleterrier namens Bob. Ein sehr kluges Tier. Wir haben uns gerade begrüßt – Bob und ich. Ausführlich, wie sich das gehört.« Sie lächelte bei der Erinnerung daran über den Tisch hinüber und fuhr dann fort: »Da kommt mein erster Patient im Rollstuhl angerollert und fragt ganz beleidigt: ›Kümmern Sie sich jetzt auch mal um mich?‹ Das war echte Eifersucht. Wegen mir, seiner Ärztin. Das sind die Geschichten, die mir in der Praxis den Tag verschönern, und das reicht mir vollkommen.«

Maxi lachte über Bob, den Airedaleterrier, und machte sich wieder Notizen. Was auch immer sie daran für notierenswert hielt.

»Was schreibst du da immer? Lese ich das in ein paar Monaten in deinem nächsten Buch? Wird die Ärztin die Mörderin sein?«

Wieder lachte Maxi, und sie, Willa, hatte es doch tatsächlich geschafft, die Stimmung zu retten. Ganz unfähig war sie ja gar nicht. Sie klopfte sich innerlich auf die Schulter.

»Das ist mal gar keine schlechte Idee«, sagte Maxi schmunzelnd. »Die schöne Ärztin ist die Serienkillerin, und kein Mensch würde das vermuten, weil sie so beliebt ist. Ach was, besser noch: Kommissarin Carsta verliebt sich unsterblich in sie, aber die schöne Ärztin ist unnahbar und merkt es nicht einmal, wie Carsta versucht, sie für sich zu gewinnen.«

Willa schluckte schwer. Ihre ganze Gelassenheit verpuffte mit Maxis Worten. Wie sollte sie das verstehen? War das eine Anspielung, oder war sie schlicht zu verblendet, um zu kapieren, dass das alles nur harmlos gemeint war? Sie war ja schließlich keine schöne Ärztin. Trotzdem wurde ihr furchtbar heiß im Dekolleté, und es war ihr nur zu bewusst, dass sie gerade rot wurde wie das Blut eines Patienten auf Marcumar und hektische Flecke ihre Wangen zierten.

Oh nein. Oh ja. Maxi Gnädig brachte sie vollkommen durcheinander.

5

Maxi konnte die Wirkung ihrer Worte auf Willa so deutlich sehen, als ob sie ein Schild hochgehalten hätte. Diese reizvollen Schlüsselbeine waren plötzlich mit einem roten Hauch überzogen. Aber war das gut oder schlecht? War Willa rot, weil es ihr peinlich war, so offensichtlich angeflirtet zu werden? Oder war sie rot, weil sie von Maxi gern als schöne Ärztin bezeichnet wurde? *Aaargh!*

Normalerweise wäre sie selbstbewusst genug gewesen, von Zweiterem auszugehen, aber mit Willa war nichts normal.

Leider brachte Frau Parks Sohn jetzt auch noch ungebeten die Rechnung. Ganz so, wie er es sonst auch immer tat. Carolina und sie hatten ihn mit großzügigem Trinkgeld und blöden Scherzen darauf gedrillt. In diesem Moment verfluchte sie das, denn es machte die Situation zwischen Willa und ihr gerade noch unangenehmer.

»Ich bezahle. Schließlich war das mein Vorschlag. Als Recherche.« Mist, warum hatte sie das gesagt. Maxi hätte sich am liebsten auf die Zunge gebissen. Sie wollte doch gerade nicht, dass das hier nur Recherche war.

»Das ist nicht nötig«, sagte Willa sofort, und ihr Gesichtsausdruck war eine Mischung aus peinlich berührt und was war das Zweite ... ärgerlich? Oder unsicher?

Maxi streckte Frau Parks Sohn einen Fünfziger hin. »Danke, Myung.«

In ihrer Aufregung vergaß sie, Trinkgeld zu geben, und er legte ihr das Wechselgeld bis auf den Cent genau hin. Sie schob schnell einen Stapel Münzen wieder in seine Richtung. Zu abgelenkt, sie abzuzählen. Sie konnte es ja nächstes Mal wiedergutmachen, falls das zu wenig war. Sie war zu sehr auf Willa fixiert und darauf, ihre Reaktionen zu lesen und zu deuten.

Willa stand bereits auf. Sie vermied den Blickkontakt, obwohl Maxi versuchte, ihren Blick einzufangen. Irgendwie aus diesen Augen zu lesen, was los war, was in der Ärztin vor sich ging.

Schließlich stand sie sehr aufrecht vor dem Tisch und wartete auf Maxi. Immerhin stürmte sie nicht aus dem Lokal oder ließ sie kühl herablassend einfach stehen. Das war positiv zu bewerten.

Ohne ein weiteres Wort verließen sie zusammen das koreanische Lokal. Maxi winkte den Parks kurz zu, und schon standen sie auf dem Gehweg.

Jetzt zu fragen, ob sie noch was zusammen trinken gehen wollten, käme vermutlich nicht gut an. Und dass Willa sie mit in ihre Wohnung nahm, war wohl auch vollkommen unrealistisch. Willa war mit ziemlicher Sicherheit keine Frau, die mit ihr sofort im

Bett landete. Bei jeder anderen Frau hätte sie es zumindest versucht. Warum also nicht bei Willa? Was war nur mit ihr los?

Maxi wurde hier auf dem Gehweg nur wenige Meter vom Restaurant entfernt klar, warum sie so vorsichtig war, warum sie sich immer wieder zurückzog, warum Willa so anders war als andere Frauen.

Weil sie das Gefühl hatte, dass das, was zwischen ihnen vibrierte, etwas ganz Besonderes sein konnte. Etwas, das sie noch nie erlebt hatte. Etwas, dass mehr sein konnte als eine weitere Affäre oder halbherzige Beziehung, die dann wieder nur plus minus ein Jahr halten würde.

Maxi wollte nichts Falsches tun, nichts ruinieren. Und offensichtlich hatte sie das bereits mit ihren unbedachten Worten geschafft. Es hatte ein Kompliment sein sollen, eine Art Offenbarung. Irgendwie hatte Willa das aber vollkommen falsch verstanden. Oder sie hatte es sehr gut verstanden und wusste jetzt nicht, wie sie ihre Abfuhr verpacken sollte. Ihre erneute Abfuhr!

Gott! Wann war sie denn zur klebrigen Verehrerin mutiert, die nicht verstand, dass ihre Avancen nicht erwünscht waren? War es das, was hier gerade passierte? Aber sie hatte doch gemeint zu spüren, dass da was war.

»Wo hast du denn geparkt?«, fragte Willa in ihre Verzweiflung hinein.

»Öhhhh …«.

Maxi konnte sich gerade wirklich nicht erinnern, wo sie ihr Auto abgestellt hatte, und sie sah sich reichlich bescheuert um. Rechts und links die vielbefahrene Straße hinunter. Ihr Gehirn war in Bezug auf ihr Auto leer. In Bezug auf Willa ein Wirbelsturm, der alles mit sich riss und immer schön rundherum im Kreis wirbelte, bis am Schluss nur zerstörte Landschaften und Trümmer übrigblieben. Sie war sich in diesen paar Minuten selbst zur Fremden geworden. Diese irrationale Person war doch nicht sie. Und wo war verdammt das scheiß Auto?

Maxi fuhr sich verzweifelt durch die Haare, was ihrer Optik sicherlich nicht zuträglich war – sie sah mit verwuschelten Haaren einfach nur peinlich aus, aber das war jetzt auch schon vollkommen egal.

»Es tut mir leid. Ich bin nicht gut in sowas«, sagte Willa neben ihr.

Maxi gab die Sache mit dem Auto auf und sah sie ruckartig an. Was meinte sie?

Willas Gesicht war vom Licht des Restaurants, das durch die großen Glasscheiben herausstrahlte, geradezu beleuchtet, und Maxi konnte jede Regung sehen. Sie sah in diesem weichzeichnenden Schein noch schöner aus, als sie es den ganzen Abend schon getan hatte. Maxi brach fast das Herz bei ihrem Anblick. Weil sie Willa wollte und nicht haben konnte. So sehr wollte wie noch keine Frau zuvor.

Willa sah sie mit leicht geneigtem Kopf an, als ob sie auf eine Antwort oder Reaktion warten würde. Als nichts von Maxi kam, senkte sie den Kopf und lief los.

Maxi sprintete nach einer Schrecksekunde hinterher und fasste sie am Arm. »Warte. Wo gehst du hin? Was meinst du denn? Ich bin ein schrecklich ungehobelter Klotz gerade. Na ja, vermutlich den ganzen Abend schon. Bitte erklär es mir.«

Willa ließ sich von ihr umdrehen und sah sie an. Maxi konnte den Ausdruck in ihrem Gesicht nur schwer deuten, aber sie wünschte inständig, dass es Hoffnung war.

»Ich bin eben einfach nicht gut in sowas«, wiederholte Willa ihre Worte nur.

Das machte es für Maxi nicht unkomplizierter oder leichter verständlich. Sie musste mit einem großen Fragezeichen über dem Kopf dagestanden haben, denn Willa atmete einmal tief aus und schien zu verstehen, dass da mehr von ihr kommen musste.

Sie blickte aber erst einmal auf ihren Arm hinunter, und Maxi wurde da erst bewusst, dass sie sie immer noch am Ellbogen hielt. Verbrannt wie von einer heißen Kartoffel ließ sie sofort los. Es wurde immer peinlicher für sie. Sie hatte in Willas Nähe einfach keine Kontrolle über ihre Reaktionen und offensichtlich auch nicht darüber, sie ständig anzufassen. Erst im Restaurant ihre Hand und jetzt das. Und ganz offensichtlich war das nicht erwünscht. Willas Blicke beide Male waren eindeutig.

»Siehst du?«, sagte Willa. »Ich bin ganz furchtbar darin. Du denkst jetzt wahrscheinlich, ich wollte, dass du deine Hand von meinem Arm nimmst. Oder?«

Maxi nickte bestätigend. Was sollte sie dazu auch sagen?

»Aber das ist nicht so. Gar nicht.«

Maxi sah sie skeptisch an. Willa musste doch nicht lügen. Maxi war ein großes Mädchen. Sie konnte das verkraften. Am besten wie bei einem Pflaster. Schnell abreißen, dann tat es weniger weh. In der Theorie klang das praktikabel. In der Praxis würde Maxi vermutlich trotzdem bitterlich leiden.

»Es ist schon gut«, zwang sie sich zu sagen. »Du musst kein Mitleid haben. Das ist sogar noch schlimmer.«

»Mitleid? Wieso Mitleid? Wie meinst du das?« Willa sah so aus, als ob sie das wirklich nicht verstand. Konnte das sein? Verstand Maxi alles falsch, was hier passierte?

Sie standen immer noch im Lichtschimmer des Restaurants. Willa war nicht weit gekommen bei ihrem Versuch, einfach zu gehen. Beim Versuch einer Erklärung waren sie beide auch bisher noch nicht weit gekommen.

Maxi fuhr sich wieder durch die Haare. Sie richtete inzwischen wahrscheinlich ein totales Chaos auf ihrem Kopf an. Aber da *in* ihrem Kopf auch Chaos herrschte, passte das.

Wie konnten sie hier nur weiterkommen und sich gegenseitig verstehen? Es war inzwischen so viel ungesagt, schwebte so viel Vermutetes zwischen ihnen, dass Maxi schon gar nicht mehr durchschaute, wer was wie gesagt hatte und vor allem tatsächlich und unverrückbar meinte.

Der Gehweg vor dem Restaurant war nicht wirklich ein geeigneter Platz, um ein klärendes Gespräch zu führen, aber sie befürchtete, keine weitere Chance dazu zu kriegen, wenn sie nicht hier und jetzt alles bereinigte. Alles aussprach. Verdammt noch mal. Sie war doch Schriftstellerin. Geeignete Worte zu finden, war normalerweise ihre Passion. Die leichteste Aufgabe für sie. Warum musste ihr ausgerechnet mit Willa diese Leichtigkeit abhandenkommen?

»Lass uns doch mal ganz von vorn anfangen und alles, was bisher passiert ist, zusammenfassen. Okay?«

»Wie meinst du das?«, fragte Willa und sah dabei in dem weichen Licht so schön aus, dass es Maxi fast schon wehtat.

»Ich fange an, aus meiner Sicht zu erzählen, und du ergänzt an passender Stelle mit deiner Perspektive. Wie bei einem Roman. Eine Nacherzählung.« Maxi zwang sich dazu, rational und logisch zu klingen, obwohl ihr Herz wummerte. Aus Angst vor einer endgültigen Ablehnung.

»Ist das so ein Ding bei Schriftstellerinnen? Eine Spezialmethode?« Willas Gesichtsausdruck war herzerweichend, weil verwirrt und weich und alles, was Maxis Gefühle noch steigerte.

»Ich weiß es nicht. Mir fällt gerade nichts Besseres ein.« Sie musste es zugeben. Sie konnte nicht so tun, als ob sie wüsste, was sie tat. Sie fühlte sich wie auf Treibsand, der Boden wurde ihr unter den Füßen weggezogen, und Willa durfte das ruhig wissen.

Willa sah sie kurz nachdenklich an, dann schien sie eine Entscheidung gefällt zu haben. »Gut, lass es uns versuchen.«

Maxi wusste, jetzt musste sie vorlegen. Musste den Ton festlegen, in dem das hier laufen sollte. Das hier musste die beste Geschichte werden, die sie jemals formuliert hatte. Kein Schnipsel davon durfte erfunden sein, jeder Fetzen musste ihre Wahrheit enthalten. Maxi würde sich nackt machen. Das war klar. Emotional entblößen. Denn offensichtlich half bei Dr. Willa Schneck nichts anderes.

Kurz fehlten ihr die Worte, dann kam alles wie von allein. »Die Schriftstellerin Maxi Gnädig wird bei ihrem ersten Einsatz als Feuerwehrfrau von einem Pferd schmerzhaft in die Rippen getreten und in die Notaufnahme eingeliefert. Sie wird dort von Dr. Wilhelmine Schneck behandelt. Maxi ist sofort fasziniert von der Ärztin und wünscht sich, sie wiederzusehen.«

Willa blinzelte sie erstaunt an. Hündchenblick und alles. Maxi wusste nicht, ob über die Art, wie sie erzählte oder darüber, dass sie ausgesprochen hatte, wie sie ihre erste Begegnung empfunden hatte. Sie zwang sich zu warten, ob von Willa etwas kommen würde.

Als nicht sofort etwas kam, redete sie weiter, einfach weil sie musste. Etwas in ihr wollte ganz deutlich sagen, was Sache war. »Später dachte sie, dass sie die schöne Ärztin nur im Drogenrausch fantasiert hatte. Aber die Schriftstellerin setzte alles daran, sie wiederzusehen. Als ihr das gelang, war die Ärztin so faszinierend und schön wie gedacht, aber extrem abweisend. Maxi wusste nicht, was tun.«

Wieder hielt sie inne und ließ Willa die Gelegenheit, ihren Teil der Geschichte zu ergänzen. Denn das war jetzt der entscheidende Moment, um zu erklären, wie es stand.

Sie hielt unwillkürlich den Atem an.

6

Willa holte tief Luft. Jetzt oder nie. Sie musste es sich trauen, etwas zu sagen. Maxi sah sie an und wartete. Sie hatte gerade im Grunde gesagt, dass sie an Willa romantisches Interesse hatte. Davon schwirrte Willa noch der Kopf. Sie hätte jetzt gut wieder einen mutmachenden Schluck Gin vertragen können, aber es war keiner da, und zum Essen hatte sie wie Maxi Litschischorle getrunken.

»Die Ärztin Willa Schneck wurde eines Abends von ihren ehemaligen Kollegen aus dem Krankenhaus mehr oder weniger unfreiwillig zu einer Burlesque-Show mitgeschleppt.«

Maxi runzelte zuerst fragend die Stirn, dann schwand das Glänzen in ihren Augen.

Willa beeilte sich deshalb, schnell weiterzureden. Sie musste zum Punkt kommen. »Dort sah sie nichts, was sie erotisch fand. Bis sie im Publikum eine ehemalige Patientin entdeckte.«

Jetzt kehrte das Glänzen in Maxis Augen wieder ein wenig zurück. Ein ganz klein wenig.

Okay, Willa hatte praktisch gesagt, dass sie Maxi erotisch fand. Erotischer als eine ganze Kohorte nackter Frauen, die über eine Bühne tanzten. Nicht schlecht für den Anfang. So musste sie weitermachen. »Diese Patientin hatte ihr Herz vom ersten Moment an höherschlagen lassen. In einem Ausmaß, wie es die Ärztin noch nie erlebt hatte.«

Sie machte eine kleine Atempause und nahm wahr, wie Maxi sie jetzt anschaute. Das Glänzen war zu einem Strahlen geworden. Willa hatte offensichtlich den richtigen Ton gefunden. Und Maxi rannte nicht kreischend davon. Das war in einem kleinen Winkel ihres Gehirns immer noch eine heimliche Befürchtung gewesen.

»Allerdings sah sie dann auch, wie eine Burlesque-Tänzerin sich nach der Show besagter Ex-Patientin an den Hals warf und sie vor aller Augen küsste. In dem Moment verabschiedete sich die Ärztin von sämtlichen Hoffnungen.« Maxi wollte etwas darauf sagen, aber Willa kam ihr schnell zuvor. »Bis eines Tages diese Burlesque-Tänzerin in ihre Praxis stürmte und sie als Idiotin bezeichnete. Da fasste sie wieder Hoffnung.« Sie schaute Maxi herausfordernd an. Ihr Herz pumpte wie verrückt Blut durch sie hindurch, trotzdem war es ihr wie unter Sauerstoffmangel schwindlig.

Maxi ließ sie nicht lange zappeln. Sie zog süffisant die Augenbrauen hoch und kam einen halben Schritt näher. »Diese Burlesque-Tänzerin namens Torpedotante hat auch die Schriftstellerin als Idiotin bezeichnet und ihr vorgeworfen, die Kunst der Verführung nicht zu beherrschen, weil sie die schöne Ärztin nicht für sich gewinnen konnte«, sagte sie ziemlich leise, aber Willa klebte an ihren Lippen und saugte jedes Wort auf. Offenbar hatten sie Carolina-Kaloria viel zu verdanken. Etwas hemdsärmelige Methoden, die sie da anwandte, aber auf alle Fälle erfolgreich.

Sie grinsten sich beide schelmisch an. Eigentlich war jetzt alles gesagt, was gesagt werden musste. Oder? Trotzdem standen sie noch hier. Der Verkehr auf der Straße brauste weiter vorbei. Die Leute im Restaurant schauten heraus und fragten sich wohl, was die beiden Frauen da so intensiv zu besprechen hatten. Bald würden Hunde beim Gassigehen sie mit Laternenpfosten verwechseln und anpinkeln.

»Und wie geht es jetzt weiter?«, fragte Willa, weil es ihr im Moment wirklich nicht klar war und keine von ihnen sich bewegte – egal in welche Richtung und zu welchem Zweck.

»Das kommt auf die Art Geschichte an, die wir hier schreiben.« Maxi lächelte süffisant. Eigentlich wussten sie beide, wie es weiterging. Oder zumindest, wie es weitergehen sollte.

Willa wagte daher einen morbiden Scherz. Auch weil es das Einzige war, was ihr gerade einfiel. »Wäre es ein Krimi, würde die Ärztin von einem erbosten Patienten aus Rache erstochen, und die Schriftstellerin würde dem Alkohol verfallen und versuchen herauszufinden, wer die Tat begangen hat. So was in der Art?«

Maxi grinste jetzt breiter. Das war offenbar ganz ihr schräger Humor, und Willa hatte damit gepunktet. Wie sie es liebte, bei Maxi zu punkten!

Sie nahm Willas Vorlage begeistert auf. »Wäre es ein moderner deutscher Roman, wären die beiden so neurotisch und vom Leben gezeichnet, dass sie sich gegenseitig psychisch zerfleischen würden und nie zusammenkämen, sondern nur mit weiteren Narben auf der Seele in verschiedene Richtungen davonzögen.«

Sie lachten darüber. Offenbar hatten sie sich beide schon durch diverse solcher Bücher gequält, die vermutlich nur zur geistigen Folter der Leserschaft geschrieben waren.

»Ich schlage also vor, wir erzählen eine Liebesgeschichte«, sagte Maxi.

Und wieder schlug Willas Herz schneller. Maxi das aussprechen zu hören, was sie sich schon so lange wünschte, war aufregend und überwältigend. »Sie küssen sich und lieben sich für immer?«, fragte Willa. Sie hielt Maxis Blick kaum noch stand, aber sie schaffte es, sie vielsagend anzulächeln.

Maxi erwiderte dieses Lächeln voll und ganz. »So etwas in der Art würde ich mir vorstellen. Du auch?«

Willa beeilte sich zu antworten. Dass Maxi da überhaupt fragen musste, nach allem, was sie schon gestanden hatte. »Absolut. Keine Frage. So und nicht anders«, haspelte sie in ihrem Überschwang heraus.

Und jetzt? Sie standen dicht beieinander, sahen sich an und lächelten. Müsste nicht jetzt ein Kuss kommen, um das Ganze zu besiegeln? War das nicht in einer richtigen Liebesgeschichte so? Die Feuerwehrfrau und Schriftstellerin küsste die Ärztin? Oder umgekehrt?

Bisher hatte Willa nie Probleme gehabt, mit den Frauen, auf die sie sich einließ, intim zu werden. Von Küssen ganz zu schweigen. Sie liebte es zu küssen. Sie konnte stundenlang küssen. Und sie nahm an, Maxi war kein Unschuldslamm, was Frauen anging. Wieso schaffte es dann keine von ihnen, den ersten Schritt zu tun?

Bei ihr war der Grund einfach. Sie hatte noch für keine der Frauen das empfunden, was sie für Maxi empfand. Dieses alles verzehrende Gefühl, das sie fest im Griff hatte. Dieses fast an Ehrfurcht grenzende Gefühl des Begehrens und Verlangens. Sie war wie gelähmt dadurch. Maxi war so nahe an ihrem Ideal einer Traumfrau, dass sie sich schlicht nicht traute. Wieder einmal stand sie sich selbst im Weg.

Aber was hielt Maxi davon ab, einfach *sie* zu küssen? So zu küssen, wie sie es sich gerade wünschte? Es konnte doch nicht sein, dass sie ebenso wie Willa erstarrt war. Oder von plötzlicher Schüchternheit eingeholt.

Sie sahen sich ein paar Sekunden lang intensiv an, dann riss Maxi sich aus diesem magischen Moment und blickte scheu zu Boden.

Das konnte doch wohl nicht sein.

Na super!

Maxi scharrte mit dem Schuh etwas sinnlos auf dem Asphalt herum. »Bringst du mich zu meinem Auto? Mir ist wieder eingefallen, wo es steht«, murmelte sie drucksend.

Aber Willa war dankbar für die Erlösung aus dieser so langsam fast schon unangenehmen Situation. Klemmschwestern waren sie. Alle beide. Das war so süß, dass sie fast Maxis Hand genommen hätte beim Losgehen. Aber eben nur fast.

So schlenderten sie also den Bürgersteig entlang, unendlich langsam und in einer derart aufgeladenen Stimmung, dass keine ein Wort herausbrachte.

Willa linste zu Maxi hinüber und erwischte sie gerade noch dabei, wie sie schnell wegschaute.

Das war ihr einziger Trost. Dass es Maxi genauso ging. Aber das änderte nichts an der Tatsache, dass ihr Herz so schnell schlug, dass es im Hals pochte. Ihr Mund war furchtbar trocken und ihr Gehirn in einer Sekunde gähnend leer und in der nächsten so voller rasender Gedanken, dass sie keinen einzigen greifen und festhalten konnte.

Schließlich blieben sie vor einem schwarzen Fahrzeug stehen, das Willa hinterher in einer Polizeibefragung niemals hätte näher beschreiben können. Es war ein Auto, es war schwarz und es gehörte offenbar Maxi, denn sie zog einen Schlüssel heraus. Die Lichter zeigten kurz an, dass Maxi den Öffner gedrückt hatte, und dann war es wieder Straßenlampendunkel um sie herum. Die Blätter der Alleebäume raschelten herbstlich über ihnen, der Verkehr lieferte den Rest der Geräuschkulisse, einige wenige Fußgänger gingen an ihnen vorbei. Und dazwischen sie beide, zwei Lesben, die etwas voneinander wollten, womöglich sogar schrecklich verliebt, aber so gehemmt waren, dass sie nichts zustande brachten, was das Wörtchen *Annäherung* verdient hätte.

»Soll ich dich heimfahren?«, fragte Maxi und scharrte wieder auf dem Boden wie ein Huhn. Das schien eine Übersprunghandlung zu sein, die so offensichtlich war, dass selbst Willa sie in ihrem aufgewühlten Zustand wahrnahm.

»Das ist nicht nötig. Ich wohne praktischerweise nur zwei Straßen weiter.« Willa biss sich schmerzhaft auf die Unterlippe. Sie hätte *ja* sagen sollen, verdammt. Jede Minute länger mit Maxi wäre ein Traum. Egal, ob sie einfach weiter vor ihrem Auto standen. Oder eben zu ihr fuhren. Bei diesem Gedanken wurde es ihr fast schwummrig. In einem Auto eng beieinander, wer weiß, was passiert wäre. Oder sie hätte Maxi noch mit zu sich nehmen können. Ein fast schon radikaler Gedanke.

Zynisch lachte sie sich innerlich aus. Ja, klar. Sie alte Draufgängerin hätte es bestimmt geschafft, Maxi in ihre Wohnung zu lotsen und dann direkt in ihr Bett. Mit Sicherheit.

Jetzt sah sie untätig dabei zu, wie Maxi die Fahrertür öffnete und ihre Messangertasche auf den Beifahrersitz warf. Sie nahm jedes Detail wie in Zeitlupe wahr. Wie Maxi sich drehte und hinunterbeugte. Wie dabei ihr Hintern für einen kurzen Moment ihr zugedreht war. Wie dieser Hintern in der engen Hose zur Geltung kam. Wie Maxis Oberschenkel sich abzeichneten und dabei deutlich wurde, wie trainiert sie waren. Wie Maxi sich wieder zu ihr drehte und ihre Haare sich dabei im leichten Luftzug bewegten. Wie ihre Augen sie ansahen und eine Frage darin lag. Wie Maxis Mund sich bewegte, aber keine Worte bildete. Wie ihre Lippen aussahen, als sie sie mit der Zungenspitze befeuchtete.

All das schürte das Feuer in Willa, und es loderte in ihr auf. Ihr war heiß. Ihre Wangen glühten. Aber was konnte sie nur tun? Selbst dieses Feuer schaffte es nicht, ihre Schüchternheit wegzubrennen. Sie stand trotzdem – oder gerade deshalb? – handlungsunfähig vor Maxi.

»Dann fahre ich also mal«, sagte Maxi etwas gedehnt.

»Ist gut«, antwortete Willa, obwohl sie sagen wollte *Bleib da, geh noch nicht*.

»Wann sehen wir uns wieder?« Oh, wie Maxi mutig war.

Willa spukte diese Frage schon seit geraumer Zeit im Kopf herum, aber wie mit allem anderen, was da so spukte, hatte sie sich nicht getraut, etwas zu unternehmen. »Morgen?« Wenn Maxi schon so mutig war, musste sie ihr zeigen, dass sie auch nicht nur Lippenbekenntnisse von sich gegeben hatte. Trotzdem biss sie sich wieder auf die Unterlippe. War das zu schnell? Zu eifrig und zu sehnlich?

Aber Maxi lächelte sie an, als ob das genau der richtige Vorschlag gewesen wäre. »Am Nachmittag habe ich noch eine Übung mit der Feuerwehr. Danach?«

Willa hätte zu allem *ja* gesagt. Sie hätte sich den ganzen morgigen Tag freigeschaufelt. Sie wäre auch nachts um drei aufgestanden, um Maxi wiederzusehen. »Wann wirst du fertig sein? Und willst du danach vielleicht zu mir kommen?«

Oha! Sie hatte das tatsächlich ausgesprochen! Hauptsächlich weil sie sich nicht vorstellen konnte, unter den Augen des ganzen Dorfes irgendetwas mit Maxi zu unternehmen. Und sei es nur, sie in ihrem Häuschen zu besuchen. Sie wäre so gehemmt, dass sie sich mit Sicherheit noch unfähiger anstellen würde als heute. Weil sie sich immer vorstellen würde, wie getratscht würde. Kein unbeobachteter Schritt, nichts, das nicht ihrer Mutter zugetragen werden würde. Eine grausliche Vorstellung, so die ersten Schritte einer Beziehung mit Maxi zu gehen.

»Sehr gern. Ich könnte gegen sieben bei dir sein«, sagte Maxi und war wohl mit diesem Vorschlag mehr als einverstanden. Vielleicht war sie auch nicht so scharf auf die Beobachtung durch die Dörfler.

»Ich werde jede Sekunde bis dahin daran denken, dich wiederzusehen und mich darauf freuen. Auch wenn ich dann vermutlich wieder zu einer verstockten und verklemmten Teenagerin mutieren werde, die lieber Zettelchen schreiben würde als auszusprechen, dass sie verknallt ist.«

Oh mein Gott! Sie hatte auch das ausgesprochen. Ihr mussten vor lauter innerer Hitze sämtliche Sicherungen durchgebrannt sein.

Aber Maxi sah gar nicht schockiert aus. Im Gegenteil lächelte sie, als ob sie genau verstand, was Willa meinte und es vielleicht sogar süß fand. Niedlich. Aber nicht sexy. Nein, sie sah nicht aus, als ob sie Willa sexy fand. Bis sie sich vorbeugte und in ihren Augen ganz klar ihre Absicht zu lesen war, so fixiert war sie auf Willas Lippen.

Instinktiv hielt Willa wieder die Luft an, und jede Zehntelsekunde verstrich wie eine halbe Ewigkeit, als sie Maxi dabei beobachtete, wie sie immer näher kam. Sie hielt die Augen offen, bis es nicht mehr länger ging, sie schnappte noch kurz nach Luft, und dann trafen Maxis Lippen schon die ihren. Willa spürte ihre

Weichheit, schmeckte die leichte Schärfe des Kimchi und roch Maxis feinen Duft, der ihr schon den ganzen Abend die Sinne wirr gemacht hatte, aber sie jetzt mit all seiner Herrlichkeit umgab.

Dann lösten sich diese Lippen schon wieder von ihren, und Willa konnte es nicht fassen, wie enttäuscht sie war. Sie wollte doch unendlich mehr. Sie hatte doch noch gar nicht alles wahrgenommen und gefühlt. Ohne nachzudenken folgte sie diesem Mund mit ihrem und suchte wieder den Kontakt zu diesen Lippen.

Und bereitwillig waren sie da und ließen sich küssen. Willa hörte, wie Maxi kurz und schnell einatmete. Aber es war keine Zeit für Zweifel und verwirrte Gedanken. Es war ihr genug, dass diese Lippen ihren weich entgegenkamen.

Dann war der Moment auch schon wieder vorbei. Sie wusste nicht, wer von ihnen den Kuss zuerst beendet hatte, aber er war definitiv zu Ende. Viel zu früh.

Jetzt erst bemerkte sie, dass Maxi sie an der Hand hielt. Eine so kostbare Verbindung. Alles in ihr konzentrierte sich auf diese Berührung.

Maxi entfernte sich einige Zentimeter, hielt kurz inne, dann noch ein paar Zentimeter in Richtung ihres Autos.

Willa ließ ihre Hand nicht los. Sie schaute Maxi tief in die Augen und versuchte, in diesen Blick alles hineinzulegen.

Maxi ging wieder ein paar Zentimeter rückwärts, bis ihre ausgestreckten Arme gerade noch einander halten konnten. Schließlich entglitten Maxis Finger Willas Hand, und ihre Fingerkuppen streiften noch kurz die ihren, dann war die Berührung vorbei.

Maxi stieg in ihr Auto, und mit einem letzten Blick auf Willa fuhr sie los. Ohne dass Willa hätte etwas einwenden können, etwas sagen können, dass der Abend doch weitergehen könnte. Dass sie Maxi noch nicht gehen ließe. Dass sie mehr wollte als nur einen fast schon harmlosen Kuss auf die Lippen.

Sie seufzte, als sie dem davonfahrenden Auto hinterhersah.

Immerhin hatte sie diesen einen Kuss erhalten. Sie berührte mit den Fingerspitzen ihre Lippen und lächelte. Das war doch viel mehr und wundervoller, als sie sich den ganzen Abend über ausgemalt hatte. Viel mehr! Sie war wie betrunken. Betrunken vor Liebe. Gab es das medizinisch gesehen überhaupt?

7

Sie hätte Willa nicht einfach so stehenlassen sollen. Nein, auf keinen Fall. Auch wenn es sich in dem Moment richtig angefühlt hatte, Willa nicht zu drängen. Es mit diesem einen Kuss bewenden zu lassen, der sich so wundervoll angefühlt hatte.

Maxi schwitzte wie verrückt unter ihrer vollen Montur und dem Helm. Ihre Gedanken, die immer wieder um den gestrigen Abend kreisten, machten sie zusätzlich fast wahnsinnig.

Willa erwiderte ihre Gefühle. Das war die Essenz, die sie herauszog aus all den merkwürdigen Kommunikationssträngen, die sie gemeinsam verfolgt hatten. Zeitweise war es fast schon komisch gewesen, aber sie hatten immer wieder die Kurve gekriegt. Aber nur knapp. Und dann war es auf einmal so leicht und vollkommen zwischen ihnen gewesen. Ein echtes Wechselbad der Gefühle.

Maxi versuchte, den Schlauch so zu halten, wie Dieter es ihr gezeigt hatte, aber das Ding war wirklich verdammt schwer.

Vorn loderte bereits ihr Übungsfeuer in dem kurzen Tunnelstück, das sie von der Gemeinde fürs Training zur Verfügung gestellt bekamen. Drumherum lauter Äcker und weit und breit kein Gebäude. Eigentlich war es eher eine Art Unterführung unter der Landstraße. Und das Feuer war auch eine bisher eher popelige Angelegenheit in einem alten Autowrack, das einen Tunnelbrand simulieren sollte.

Die Lebensgefährtin eines ihrer Mitglieder hatte sich als Opfer zur Verfügung gestellt und wartete bereits in einem zweiten alten Fahrzeug außerhalb des Tunnels auf den Einsatz des Ersthelferteams.

Maxi durfte in sicherer Entfernung einen Schlauch halten.

Juchu! Das glorreiche und aufregende Leben einer Feuerwehrfrau.

Aber so konnte sie gefahrlos über Willa nachdenken. Und darüber, wie der heutige Abend wohl verlaufen würde. *Das* machte sie wirklich aufgeregt und nicht diese harmlose Übung hier, von der sie so weit weg stand, dass es eigentlich schon langweilig war.

Würde sie es sich trauen, weiter zu gehen als gestern Abend? Der Kuss war berauschend gewesen, obwohl es ja nur ein kurzes

Berühren ihre Lippen war. Es hatte sich trotzdem fantastisch angefühlt. Alles in ihr hatte mit dieser Berührung mitgeschwungen. Viel mehr, als so etwas fast schon Harmloses auslösen könnte. Aber Willa war eben nicht irgendeine Frau. Selbst ein kleiner Kuss fühlte sich an wie das Schweben auf einer Wolke am sommerlichen Abendhimmel.

Ein Ruck erfasste sie. Kurz dachte sie, dass es das Gefühl des Kusses wäre. Aber dann fiel sie fast hin, als an ihrem Schlauch plötzlich ein weiteres Mal gezogen wurde.

»Hey«, schrie jemand am Tunneleingang. »Schläfst du? Komm endlich her.«

Maxi schluckte den Kommentar, der ihr auf der Zunge lag, hinunter, schließlich hatte ihr niemand genaue Anweisungen gegeben. Sie beeilte sich, so gut es eben ging, den Schlauch schnell abzurollen und mit dem Ding in der Hand auf den Tunneleingang zuzugehen. Kein leichtes Unterfangen, wenn man das noch nicht oft gemacht hatte, und schon gar nicht in voller Montur. Der Helm drückte ihr auf den Kopf, und sie hatte nicht gerade optimale Sicht, die aufgeheizte, schwere Jacke hing wie Blei auf ihren Schultern, und der Schlauch wand sich wie eine Boa constrictor. Keine weitere Sekunde Zeit, über Willa nachzudenken und wie es mit ihnen weitergehen würde. Weitergehen könnte. Auch wenn das das Einzige war, woran sie gerade denken wollte.

Ihre Kollegen wuselten herum wie eine Schar programmierter Roboter. Jeder schien genau zu wissen, wo sein Platz war und was er zu tun hatte. Nur Maxi kam sich vor, als ob bei ihrer Programmierung alles gelöscht worden wäre. Sie wusste überhaupt nicht, was tun.

Dieter stand mit einem Mal neben ihr. »Weißt du noch, was wir besprochen haben?«, fragte er hinter seinem Visier hervor, und es klang wie eine rhetorische Frage.

Um sich nicht gänzlich zu blamieren und weil bisher schon so viel schiefgelaufen war in ihrer kurzen Feuerwehrkarriere, nickte Maxi. »Klar«, sagte sie.

Dieter sah sie eindringlich fragend an, dann nahm er ihr Wort für bare Münze.

Maxi konnte sich jedoch an gar nichts erinnern. Natürlich hatte es eine Vorbereitung gegeben, natürlich hatten sie, bevor es losging, noch einmal alles durchgekaut. Aber in ihrem Hirn gab es gerade nur Willa. Was sollte ihr das sagen?

Dieter rief irgendetwas, das sich anhörte wie »Los geht's!«, und plötzlich brach das kontrollierte Chaos um sie herum aus.

Die Flammen im Tunnel loderten höher, der Wasserdruck machte aus ihrem bisher schlaffen Schlauch einen Riesen-Python, und es wurden Kommandos geschrien, dass ihr Hören und Sehen verging.

Irgendwie schaffte sie es, sich nicht gänzlich dämlich anzustellen und immer ungefähr da zu sein, wo sie hinsollte, und nur mit wenigen Sekunden Verzögerung die Kommandos auszuführen. Und sie war noch nicht mal mitten im Geschehen. Die dunklen Rauchschwaden zogen mit reichlich Abstand zu ihr in den Himmel über Weiler.

Es lief alles wie am Schnürchen, und Maxi fühlte Stolz auf ihre Truppe. Auch wenn das alles nur eine Übung war, war es doch beeindruckend.

Es kam ihr vor, als ob bereits nach wenigen Minuten alles vorbei wäre. Das Feuer fachmännisch gelöscht, das Opfer aus dem Auto gerettet und versorgt. Sie hatte keine Sekunde Zeit gehabt, an Willa zu denken. Das kam erst jetzt wieder, als sie anfingen aufzuräumen.

Dieter hatte immer noch nicht die Erlaubnis gegeben, die schweren Jacken auszuziehen. Harry hatte sich einen ziemlich wütenden Rüffel eingehandelt, als er seine Jacke nur aufgemacht hatte.

Maxi schwitzte also weiter, als sie den Schlauch wieder aufwickelte. Sie hatte das Gefühl, dass das wie Kaffeekochen für Praktikanten war. Der Dummenjob, den niemand wirklich machen wollte. Die anderen Schläuche wurden nämlich hydraulisch aufgewickelt. Ihrer war das einzige altmodische Exemplar.

Sie stand allein hinter dem zweiten Weilerer Löschfahrzeug und arbeitete ruhig vor sich hin. Das war gar nicht so schlecht, musste sie sich eingestehen. Sie konnte Pläne für später schmieden. Was sollte sie denn Willa mitbringen? Trank die schöne Ärztin wohl gern Wein? Im *Schlösschen* hatten sie alle Sekt getrunken. Vielleicht sollte sie eine gute Flasche Sekt besorgen.

Noch während sie darüber nachdachte, welchen Weinhändler sie in der Stadt abends anfahren konnte, denn natürlich hatte sie

Supermarkt sofort als Option ausgeschlossen, hörte sie, wie der Motor des Löschfahrzeugs ansprang.

Sie wunderte sich darüber, denn normalerweise gab es vorher ein Kommando, und außerdem war sie ja noch gar nicht fertig. Geschweige denn die Kollegen im Tunnel. Bestimmt brauchte nur irgendein Gerät die Power des Motors, schloss Maxi und machte sich weiter keine Gedanken darüber.

Bis sie einfach sang- und klanglos über den Haufen gefahren wurde. Mit Schlauch und allem Drum und Dran.

Ihr Kopf bekam einen ziemlichen Schlag ab, den sie trotz Helm spürte. Ein grässliches Quietschen erklang. Dann lag sie unter dem Fahrzeug, und es kam mit viel Getöse über ihr zum Stehen. Das quietschende Geräusch machte vermutlich die Schlauchspule, die neben ihr gestanden hatte und nicht so leicht zu Boden ging wie sie.

Ihr wurde klar, dass sie lebte. Sie lebte! Sie konnte es kaum fassen. Sie hatte sich schon zermanscht gesehen. Ungelogen war da ein Moment gewesen, in dem sie dachte, dass es das jetzt war. Ende. Ohne mit Willa mehr als einen Kuss geteilt zu haben. Ohne sie jemals wiederzusehen.

Schreie ertönten um sie herum, offenbar war ein riesiges Tohuwabohu ausgebrochen. Maxi lag immer noch mit den Armen über dem Kopf unter dem Fahrzeug. Es war noch nicht vorbei. Sie wusste nicht, ob sie einfach weiter still liegenbleiben sollte und hoffen, dass das Fahrzeug nicht weiterfuhr. Oder wenn es weiterfuhr, dass es nicht die Richtung änderte und über sie rollte. Die Alternative wäre herauszukrabbeln und zu hoffen, dass es nicht in genau dem Moment losfuhr.

Was tun? Konnte sie überhaupt krabbeln? Sie hatte noch keine Bestandsaufnahme ihres Körpers gemacht. Sie wusste gerade gar nicht, wie sie sich fühlte. Das musste Schock sein, beschloss sie. Zumindest tat nichts so offensichtlich weh wie bei dem Pferdetritt.

»Wo ist Maxi?«, rief da eine Männerstimme. Das war Dieter. »Sie hat doch hier gestanden.« Er hörte sich für ihren Kommandanten ziemlich aufgebracht an.

Maxi beschloss, dass Schreien die dritte und beste Möglichkeit war, sich aus dieser Falle zu befreien. »Hey! Hilfe! Ich bin hier! Nicht wieder losfahren!«, schrie sie, so laut sie konnte.

Ihr antworteten zahlreiche Rufe mit ihrem Namen, und auch diverse Kraftausdrücke waren dabei.

Gut. Sie wussten jetzt, wo sie war. Maxi ließ die Arme sinken und atmete erst einmal tief durch. *Die Another Day.* Hieß so nicht ein James Bond Film? Sie hatte ihn nie gesehen, aber der Filmtitel hatte gerade etwas, das sie nachvollziehen konnte. Heute würde sie noch nicht sterben. Nein, würde sie nicht. Und sie würde Willa wiedersehen, und wenn es das letzte war, was sie tat auf diesem Planeten. Dafür musste sie aber erst einmal unter diesem Fahrzeug rauskommen, dessen metallische Eingeweide direkt über ihrer Nase schwebten. Näher, als ihr lieb war. Sie roch die Schmiere und den Diesel und wusste nicht, was tun außer liegen.

Die ganze Situation wurde ihr jetzt gerade erst so richtig bewusst, und sie erstarrte vor Angst.

8

»Wow, da vorn macht die Feuerwehr eine Übung. Seht euch mal die Rauchschwaden an, Kinder.«

Larissa war begeistert davon, das zu entdecken, und steuerte jetzt umso bereitwilliger in die von Willa eingeschlagene Richtung. Dass sie an einem Samstag freiwillig nach Weiler gekommen war, um mit ihrer Schwägerin einen Herbstspaziergang über die Felder zu machen, hatte natürlich nur einen einzigen Grund: Maxi Gnädig.

Es war ein Leichtes gewesen herauszufinden, wann und wo die Freiwillige ihre Übung machte. Und ihre Schwägerin hatte sich bereits daran gewöhnt, dass Willa auch am Wochenende oft in der Praxis war, um sich um all das zu kümmern, was noch nicht rund lief. Sie war auf den Vorschlag mit dem Spaziergang dieses Mal ohne Fragen oder Kommentare eingegangen.

Willa würde Maxi wiedersehen. Sie konnte nicht anders, sie musste selig lächeln bei dem Gedanken. Wieder einmal versteckte sie das hinter einem Taschentuch und putzte sich die Nase, obwohl das nicht nötig war.

»Hast du dir etwa die Erkältung eingehandelt, die rumgeht?«, fragte Larissa prompt.

»Das ist nur die kalte Luft«, murmelte Willa in ihr Taschentuch und drückte das Lächeln vollends weg.

»So kalt ist es auch wieder nicht. Was machst du dann erst im Winter?«, fragte Larissa rhetorisch und knuffte Willa kurz, um ihr zu zeigen, dass das ein Scherz war. Hart aber herzlich. Es war erstaunlich, wie gut sie sich verstanden, obwohl sie so verschieden waren und obwohl sie jeden Tag zusammen arbeiteten.

Die Kinder waren inzwischen mit dem Hund vorausgerannt, kamen jetzt aber doppelt so schnell wieder zurück. Ganz aufgeregt fingen sie schon von Weitem an zu rufen.

»Da ist was passiert! Das müsst ihr sehen!«

»Voll Hammer! Ein Unfall!«

Wie immer ganz auf die Sensation aus, ihre Nichte und ihr Neffe.

Willa fuhr allerdings der Schreck in die Glieder. Wer hatte denn in letzter Zeit immer alle Unfälle bei der Feuerwehr gehabt? Wer war denn der vereinseigene Pechvogel? Darauf gab es nur eine Antwort, und die löste in Willa eine halbe Panik aus.

Sie rannte los, ohne weiter darüber nachzudenken. Über die Schulter rief sie Larissa zu: »Komm, vielleicht können wir helfen.«

Sie hörte einen unwilligen Seufzer, aber dann musste auch Larissa sich in Gang gesetzt haben, denn die Kinder rannten samt Hund mit Willa mit. Lange hielten sie allerdings ihrem Tempo nicht stand, denn sie rannte, so schnell sie konnte. Wie gut, dass sie für den Spaziergang Turnschuhe anhatte, auch wenn der Rest von ihr zu schick war, um hier querfeldein zu rennen. Aber sie hatte ja schließlich bei einer etwaigen Begegnung mit Maxi Eindruck machen wollen.

Die Ahnung, dass der Unfall wieder Maxi betraf, wurde zur Gewissheit, als sie näherkam und aufgeregte Maxi-Rufe hörte.

Völlig außer Atem blieb sie neben einem der Löschfahrzeuge stehen, um das sich eine Horde Männer in Uniformen scharte. Die meisten heruntergebeugt, um darunter zu schauen. Sie bemerkten sie gar nicht. Es roch beißend nach Rauch.

Maxi lag doch nicht etwa unter diesem Riesenmonster von einem Fahrzeug? Wie war sie dahingeraten? Willa schwante nichts Gutes. Man lag nicht einfach so unter einem Feuerwehrauto.

Sie verschaffte sich ziemlich unsanft Platz und drängte sich durch lauter kräftige Männerkörper in dicken Uniformen. »Was ist passiert? Ist es wieder Maxi?«, fragte sie außer Atem keuchend.

Als die Männer merkten, wer sich da nach vorn drängte, bildeten sie eine Gasse. Willa ging neben Dieter in die Knie und versuchte, unter das Fahrzeug zu sehen. Es war näher über dem Boden, als sie vermutet hätte.

»Wir holen sie da raus«, sagte Dieter.

»Wie ist das denn passiert, Herrgott noch mal? Ihr seid doch angeblich jetzt so professionell. War da wieder jemand besoffen, oder was denkt ihr euch eigentlich bei sowas?«

Willa hörte sich selbst keifend schreien. Sie war wütend und ungerecht, sie wusste das. Aber sie hatte die Gestalt unter dem Fahrzeug sich noch nicht bewegen sehen. Wenn Maxi ernsthaft verletzt war, würde die Feuerwehr noch viel mehr von ihr zu hören bekommen. Köpfe würden rollen oder sonst was.

»Ich war nicht besoffen! Ich hab sie nicht gesehen«, rief eine Tenorstimme aufgeregt und schuldbewusst.

Und Dieter sagte fast zeitgleich: »Das war ein Unfall. Harry hätte vorwärts fahren sollen.«

Willa beschloss, das alles zu ignorieren. Für die Schuldfrage war hier und jetzt keine Zeit. Es gab Wichtigeres. Sie beugte sich wieder vor. »Maxi!«, rief sie zu der unbeweglich liegenden Gestalt.

Ein leichtes Stöhnen antwortete ihr. »Willa, bist du das?« Maxis Stimme hörte sich fremd an. Schwach und hilflos und ängstlich.

Und das wiederum machte Willa Angst. Es fiel ihr unendlich schwer, nicht einfach zu Maxi zu robben und sich neben sie zu legen. Sie zwang sich, für Maxi die professionelle Ärztin zu sein. Die hoffentlich zukünftige Frau ihres Lebens brauchte jetzt eine Ärztin mit klarem Kopf dringender als eine hysterische Beinahe-Geliebte. »Tut dir etwas weh? Wo bist du verletzt?«

»Ich weiß nicht. Ich fühl mich nicht so toll, aber es blutet nichts, und es scheint auch nichts gebrochen oder so.«

»Das klingt doch schon mal beruhigend.« Das sagte sie lediglich für Maxi. Sie war äußerst beunruhigt. Es kam ihr komisch vor, dass Maxi einfach nur dalag und nicht versuchte hervorzukriechen. Es gab massenhaft Verletzungen, die sie haben konnte, und Willa gingen sie alle durch den Kopf. Alle gruseligen Möglichkeiten.

»Ich bin so froh, dass du da bist. Ich will hier weg«, drang Maxis Stimme wieder zu ihr, und sie hätte am liebsten aufgeschrien vor Ärger, Hilflosigkeit und Panik.

»Wir holen dich da raus, keine Sorge«, sagte sie beruhigend. Dann stand sie auf und richtete all die Frustration über diese Situation auf die Männer der Freiwilligen Feuerwehr. »Ihr fahrt jetzt dieses Fahrzeug weg, und zwar pronto. Wir sollten sie besser nicht bewegen, bevor ich sie nicht untersucht habe. Und wenn ihr ein weiteres Haar gekrümmt wird, wollt ihr es nicht mit mir zu tun bekommen. Sezieren ist eines meiner Hobbys.«

Sie erntete entsetzte Blicke, aber ihrer Aufforderung wurde unmittelbar Folge geleistet. Es brach Hektik aus unter Dieter, Harry und wie sie alle hießen. Der Motor des Fahrzeugs wurde angelassen, und Willa beobachtete mit Argusaugen, wie die Männer das Fahrzeug millimeterweise vorwärts dirigierten.

Willa ließ sie machen und beugte sich wieder runter.

»Willa?«, fragte Maxi, und Willa hörte sie trotz des Lärms um sie herum.

»Ich bin bei dir. Es passiert dir nichts.«

»Das meinte ich gar nicht. Sehen wir uns heute Abend trotzdem?«

»Willst du unsere Verabredung etwa absagen?«

»Wenn du mich auch nimmst, wenn ich ein bisschen angeditscht bin.«

»Auf alle Fälle.« Willa wollte noch viel mehr sagen. Dass Maxi auch mit zehntausend Wespenstichen, mit geprellten Rippen, grün und blau von oben bis unten immer ihre Traumfrau bleiben würde.

Aber genau in diesem Moment fuhr das Fahrzeug die letzten Meter und gab Maxi endlich Stück für Stück frei.

Als Erstes sah Willa Maxis ziemlich lädierten Helm. Sofort schrillten bei ihr sämtliche Alarmsirenen. »Ruft den Krankenwagen. Wir dürfen sie nicht bewegen«, befahl sie barsch. Dieter neben ihr hatte schon sein Handy am Ohr. »Sag ihnen, mögliche Kopfverletzungen oder Verletzungen der Halswirbelsäule.«

Sie hätte das selbst zwar anders formuliert, aber Dieter verstand ihr Fachkauderwelsch mit Sicherheit nicht so schnell, und sie wollte keine Sekunde Zeit verlieren, die sie stattdessen mit Maxi verbringen konnte.

Einen Wimpernschlag später kniete sie neben ihr. »Bleib liegen und beweg dich nicht.«

Sie drückte mit der Hand Maxis Schulter wieder runter. Die Feuerwehrfrau hatte nämlich Anstalten gemacht, sich aus ihrer liegenden Position aufzurichten. Wie leicht Maxi sich zum Liegenbleiben bewegen ließ, beunruhigte Willa aufs Neue. Sie hätte gedacht, dass Maxi schon längst wieder stehen würde. So widerborstig, wie sie sich nach den Wespenstichen benommen hatte.

Willa fing an, Maxi zu untersuchen. So, wie es eben ging, ohne sie zu sehr zu bewegen. Sie tastete die Gliedmaßen ab, testete ihre Beweglichkeit. Sie sah keine offensichtlichen Wunden, Arme und Beine waren in Ordnung. Maxi hatte auch Gespür in ihnen. Das war schon mal gut.

»Wieso sieht dein Helm so aus? Hast du einen Schlag abbekommen?«

»Ich weiß nicht genau. Ich glaube, ja.«

»Welcher Tag ist heute?«

»Der Tag, an dem wir verabredet sind. Der Tag, an dem ich eine Flasche Sekt mitbringe und dich wieder küssen werde.«

Willa ignorierte die Tatsache, dass die versammelte Feuerwehr jedes ihrer Worte mitbekam. Sie hatte ja eigentlich ihre anbahnende Beziehung eine Weile unter dem Radar halten wollen. Das war nun völlig unmöglich, und es war ihr scheißegal. Wenn nur mit Maxi alles in Ordnung kommen würde.

»Jahr? Monat?«, fragte sie nach.

»Willa.« Dem folgte ein Seufzen. »Es ist September, und es ist das chinesische Jahr der Ratte. Das steht für Neuanfang. Neue Möglichkeiten, Geld und Liebe, sagt das Horoskop. Letzteres bewahrheitet sich hoffentlich.«

Willa musste ungewollt lächeln. Sehr breit sogar. »Das hoffe ich auch.«

Irgendjemand sagte: »Ohh, wie süß.«

Und es war nicht nur ihre Schwägerin, die alles beobachtete. Willa konnte sich wohl auf einige Fragen gefasst machen. Rundum in Weiler. Es würde sich wie ein Lauffeuer im Dorf verbreiten. Die Ärztin und diese dubiose Schriftstellerin, die schon wieder einen Unfall hatte, weil Frauen bei der Feuerwehr nichts zu suchen hatten.

Willa hielt Maxis Hand und sah ihr in die Augen. Sie konnte nicht viel mehr tun, als auf die Ankunft des Krankenwagens zu warten.

»Soll ich nicht so langsam mal aufstehen?«, fragte Maxi.

Willa kam es so vor, als ob so langsam etwas Farbe in ihr Gesicht zurückkehrte. Ein gutes Zeichen. Aber dennoch, sie wollte nichts riskieren. »Du bleibst liegen. Bitte, Maxi.«

Eine Antwort wurde von dem Martinshorn, das schnell näherkam, unnötig gemacht. Willa blickte auf und sah, dass sich die Feuerwehrmänner bis zur Einfahrt aufgestellt hatten und den Krankenwagen samt begleitendem Notarztwagen auf schnellstem Weg zur Unfallstelle dirigierten. Jetzt würde alles gut werden.

Willa beugte sich schnell hinunter und küsste Maxi kurz auf den Mund. Sie dachte gar nicht weiter darüber nach. Im Gegensatz zu gestern kam es ganz natürlich. Der Schock über den Unfall musste das ausgelöst haben. Nichts war wichtig außer Maxi.

Es war Willa vollkommen, aber sowas von vollkommen scheißegal, wer das sah und weitertratschte. Wenn ihre Mutter die Erste war, die es erfuhr und nie wieder ein Wort mit ihr redete – bestens. Kam ihr gerade recht. Die Patientinnen und Patienten, die eventuell nicht mehr kommen wollten, sollten alle wegbleiben. Die Praxis war eh schon überlaufen. Dann nahm sie lieber aus Bad Worich noch ein paar lesbische Patientinnen auf. Und gab es nicht auch ein paar Bauernhofschwule in der Umgebung? Der fast schon tuntige *Ohh-wie-süß*-Kommentar aus den Reihen der Männerstimmen ließ so etwas erahnen.

»Noch einmal«, sagte Maxi lächelnd und drückte ihre Hand.

Willa kam dieser Aufforderung nur zu gern nach.

5. Akt

1

Maxi beobachtete, wie Willa mit ihrem behandelnden Arzt sprach. Sie wirkte hochkonzentriert und ließ sich ganz offensichtlich nicht so schnell abwimmeln. Maxi konnte nicht hören, was geredet wurde, aber die Körpersprache der beiden war eindeutig. Willa insistierte massiv, ihr Kollege wiegelte immer wieder ab.

»Sie ist ganz schön kämpferisch«, sagte Ingrid, die neben ihrer Liege stand, und sie schauten gemeinsam hinaus in den Krankenhausflur, wo Willa irgendetwas verhandelte, von dem sie keine Ahnung hatte.

»Hm …«, antwortete Maxi lediglich. Innerhalb weniger Monate war sie jetzt zum zweiten Mal mit dem Krankenwagen hierhergebracht worden.

Das zweite Mal gefiel ihr wesentlich besser als das erste Mal. Willa war im Krankenwagen mitgefahren und hatte sie seither keine Sekunde aus den Augen gelassen. Sie hatte dafür gesorgt, dass Maxi bei ihren alten Kollegen eine Vorzugsbehandlung genoss und alles genauestens untersucht wurde.

Maxi fühlte sich prächtig und nicht so, als ob irgendetwas nicht stimmen würde. Willa übertrieb vielleicht ein ganz klein wenig, aber das war natürlich schmeichelhaft. Wie sehr sie sich sorgte. Und auch, wie sie ihre Schüchternheit überwunden und sie geküsst hatte. Vor den Augen sämtlicher Kameraden, und ihre Arzthelferin war auch irgendwo gewesen. Das hatte Maxi beim Abtransport gesehen. Sie fühlte sich, als ob sie innerlich glühen würde wie ein Glühwürmchen, und das hatte ganz und gar nichts mit ihrem Unfall zu tun.

Willa fuhr im Flur ihren rechten Zeigefinger aus wie ein Florett und stach dem behandelnden Arzt ins Brustbein. Mehrfach und bestimmt schmerzhaft. Es sah fast drohend aus. Der wischte den Finger aber lediglich weg und zuckte die Schultern.

»Du scheinst einen Hang zu solch leidenschaftlichen Frauen zu haben«, sagte Ingrid schmunzelnd, die das Wortgefecht genauso wie Maxi aufmerksam verfolgte.

»Bisher habe ich diese Seite von Willa noch nicht zu sehen bekommen. Aber sie gefällt mir.«

Und wie ihr das gefiel. Bislang hatte sie Willa lediglich sehr kontrolliert erlebt, ihre heitere Seite war auch schon mal aufgeblitzt. Aber dass es da so viel Power hinter der Zurückhaltung gab, war eine Überraschung. Maxi hoffte, Willa ließ diese Power auch an anderer Stelle heraus. Und sie hoffte, dass sie das erleben durfte.

»Mir auch. Wie überhaupt die ganze Frau.« Ingrid unterbrach ihre Fantasien, die in eine dezidiert sexuelle Richtung ausgeufert waren. »Wieso hast du mir noch nichts von ihr erzählt?«

Als ob sie ihrer Mutter immer und ständig von Frauen erzählen würde. Ingrid war manchmal ein bisschen zu naiv, was bestimmte Dinge aus Maxis Leben anging. »Weil es bisher nicht viel zu erzählen gab«, antwortete sie knapp, und es stimmte ja auch.

Dann nahm sie sich die Zeit, Willa eingehender zu beobachten. Nicht nur, wie sie redete, sondern auch, wie sie aussah. Was war es, das sie an ihrer Erscheinung von ihrer ersten Begegnung an so faszinierend gefunden hatte?

Vielleicht war es die Summe aller Eigenschaften.

Willa hatte eine tolle Figur, keine Frage. Sie war schlank und wohlproportioniert, hatte genau die richtigen Rundungen an den richtigen Stellen. Ihre graue Skinny Jeans und das legere Oberteil betonten das gerade optisch auffällig. Willa war ungefähr gleich groß wie Maxi und vom Alter her auch genau in ihrem Spektrum irgendwo Mitte dreißig.

Maxi schwenkte weiter zu Willas Gesicht. Harmonisch geschnitten. Ihr Punktesystem lag im positiven Guthabenbereich, keine Frage. Aber Willas Lippen sprengten dieses Verfahren mit ihrer schieren Sinnlichkeit. Und dann erst ihre Augen, die den anderen Arzt anfunkelten. Maxi wusste um ihren grünlichen Schimmer, der mal mehr, mal weniger hervortrat.

Eigenschaften, die sich mit einem Punktesystem nicht aufrechnen ließen, weil sie irrationale Dinge in Maxi auslösten. Verlangen, Begehren. Aber auch etwas anderes. Sie wollte dieser Frau nahe sein, sie kennen. Sie lieben? Es erschreckte sie fast, was sie da so fabulierte. Sie war Autorin blutrünstiger Kriminalromane, sie war keine Schnulzenschriftstellerin und somit auch nicht anfällig für solche überzogenen romantischen Anwandlungen.

»Sie kommt«, sagte ihre Mutter warnend, und Maxi war froh für die Unterbrechung.

Aber dass das Objekt ihres Begehrens jetzt den Raum betrat, half nicht dabei, Ordnung in den Sturm der Gefühle zu bringen. Im Gegenteil. Die Sehnsucht nahm exponentiell zu, je näher Willa bei ihr stand. Bislang hatte Maxi noch mit keiner ihrer Frauen eine solche Erfahrung gemacht.

Willa blieb neben ihrer Liege stehen und nahm ihre Hand so selbstverständlich auf, als ob sie das schon seit Jahren täte und nicht erst, seit Maxi von einem Löschfahrzeug überrollt worden war.

»Entwarnung auf ganzer Linie«, sagte Willa, und die Erleichterung war ihr anzuhören.

Diese Erleichterung erfasste auch sofort Maxi. Sie hatte sich ja gutgefühlt, aber das jetzt medizinisch bestätigt zu bekommen, löste eine ganze Geröllawine an Steinen aus, die tosend von ihrer Brust herabstürzte.

»Die CT von deinem Kopf war vollkommen in Ordnung«, fuhr Willa fort. »Du hast auch keine Gehirnerschütterung. Du hattest mal wieder mehr Glück als Verstand.« Sie grinste und drückte ihre Hand, wie sie es während der ganzen Zeit hier und im Krankenwagen öfter getan hatte.

»Aber ich konnte doch überhaupt nichts dafür. Harry hat mich einfach umgefahren.«

»Mit Harry werde ich noch ein Hühnchen rupfen. Und mit Dieter auch«, sagte Willa und sah so aus, als ob sie das auch erschreckend ernstmeinen würde.

»Muss ich hierbleiben?«, fragte Maxi. Denn das war nach der Entwarnung für den Moment ihre größte Sorge.

»Obwohl ich es für besser gehalten hätte, dich über Nacht zu beobachten, hat der Herr Kollege entschieden, dich gehen zu lassen.«

Darum war es also in der Auseinandersetzung gegangen, die auf dem Flur stattgefunden hatte.

»Das passt für mich sehr gut.«

»Du solltest aber nicht allein sein.« Willa sah fragend zu Ingrid.

»Oh, tut mir furchtbar leid, aber ich kann nicht. Ich muss den Hund meiner Nachbarin versorgen. Der ist Diabetiker und braucht sein Insulin. Und Elli ist verreist. Mit der ganzen Familie. Was machen wir nur?«

Maxi hätte beinah lautstark ihre Mutter der Lüge bezichtigt, aber in der letzten Sekunde wurde ihr klar, was sie mit diesem Märchen bezweckte. Na, vielen Dank. Ihr Umfeld schien ja zu denken, dass sie es ohne Hilfe nicht auf die Reihe bekam, eine Frau wie Willa für sich zu gewinnen. Und dabei war sie doch bereits auf bestem Wege gewesen, bevor der Unfall passierte. Einem langsamen, schneckengleichen Weg, aber immerhin.

Ihr Bruder kam in Ingrids Lügengeflecht gar nicht erst vor. Und sie war eine furchtbar schlechte Schauspielerin. Hatte Willa es gar nicht gemerkt, dass Ingrid log, bis sich die Balken bogen?

»Dann komme ich mit zu dir und bleibe über Nacht«, sagte Willa wie als Antwort auf Maxis innere Frage. Offensichtlich merkte sie nichts.

Doch schon stellte sich die nächste Frage: Sollte da Maxi wirklich mitmachen? Sie versuchte, so schnell es ging Pro und Kontra abzuwägen, ihrem bematschten Kopf fielen allerdings nur Argumente dafür ein. Außerdem war sie für ein Veto bereits zu spät dran, wie sie am triumphierenden Lächeln ihrer Mutter erkannte.

»Du hast nicht zufällig auch schon eine Reisetasche für Willa mitgebracht?«, fragte sie ihre Mutter aus Rache für die Einmischung.

Sie bekam dafür lediglich ein freches Grinsen und einen Kuss auf die Wange, der kaschierte, dass sie sie in die Seite kniff.

»Ich brauche doch nicht viel für eine Nacht. Du kannst mir sicher irgendwas Bequemes ausleihen. Und eine Zahnbürste können wir noch unterwegs kaufen«, sagte Willa ganz sachlich und schien wirklich nichts daran zu finden mitzukommen.

Maxi hatte sich ja den ganzen Abend und ihre erste gemeinsame Nacht völlig anders zusammenfantasiert. Nicht mit einem Krankenhausaufenthalt, der sich über Stunden erstreckte, und danach dann als Invalide über Nacht von Willa als Ärztin überwacht zu werden.

Aber man musste nehmen, was man kriegen konnte. Und Zeit mit Willa war definitiv bestens verbrachte Zeit. Egal wie, egal wo, egal womit. Willa würde jetzt also mit ihr mitgehen, und dabei würde Maxi bestimmt viel Neues über sie erfahren. Schließlich hatte sie noch nie so viel Zeit am Stück mit ihr verbracht.

Diese Aussicht machte sie jetzt ganz hibbelig. Sie wollte, dass es losging mit dieser Entdeckungsreise. Keine Sekunde später. »Darf ich mich jetzt aufsetzen?«, fragte sie ungeduldig.

2

In Maxis Hexenhäuschen angekommen, verließ Willa plötzlich der Mut. Wie hatte sie sich das nur vorgestellt? Die ganze Nacht bei Maxi. In ihrem minikleinen Häuschen. Ohne Gästezimmer. Wo würde sie schlafen? Worüber würden sie bis zum Schlafen reden? Würde es den einen oder anderen Kuss geben? Würde sie sich das jetzt noch trauen, da ihr wieder bewusst wurde, was sie da tat?

Bisher hatte sie alles professionell geregelt. Auf Autopilot. Und auch etwas panisch, wenn sie ehrlich mit sich selbst war. Sie hatte schließlich aus lauter Sorge Maxi vor den Augen der ganzen Feuerwehr geküsst. Auf den Mund! Und oh mein Gott! Larissa hatte das auch gesehen.

All das flutete jetzt auf sie ein, als sie Maxi ins obere Stockwerk folgte. Was jetzt? Es war ja alles so puppenstubenklein hier. Und dennoch. Maxi war so nah und doch so weit weg.

»Äh …«, sagte Willa. Wie bescheuert sie sich gerade vorkam.

»Okay«, erwiderte Maxi entschieden. »Du fremdelst doch jetzt etwa nicht wieder mit mir?« Sie blieb einfach in dem kleinen Vorraum stehen. Ganz dicht. »Willa, du hast mich heute gerettet. Und auch noch vor allen geküsst. Du bist meine Heldin.«

Und dann streichelte Maxi ihr die Wange, als ob sie ein Wunder wäre. So hatte noch keine Frau sie angesehen, noch keine sie gestreichelt. Zumindest kam es Willa gerade so vor. Vor allem keine, die so viel in ihr auslöste. Die so umwerfend gut aussah wie Maxi. Die so umwerfend *war* wie Maxi.

Maxi beugte sich vor und gab ihr einen Kuss. Nur auf die Lippen. Das war jetzt ihr vierter Kuss dieser Art. Aber Willa brannte sofort lichterloh wie ein ausgetrockneter Weihnachtsbaum an Dreikönig.

»Gut?«, fragte Maxi. Willa konnte nur nicken. »Ich geh dann mal duschen, und dann überlegen wir, wie wir das heute Nacht regeln.«

Willas überaktive Fantasie dachte sofort *Sex*. Sie konnte es nicht stoppen. Denn natürlich wusste sie, dass Maxi nicht meinte, welche Stellungen sie ausprobieren würden, sondern lediglich das Schlafarrangement. Es half aber nichts, dass sie sich das in der gleichen Millisekunde rational wie einen Spiegel innerlich vorhielt. Willas Gesicht wurde trotzdem heiß wie die Motorhaube eines Maserati nach einem Straßenrennen.

Sie machte es nicht besser, indem sie herausposaunte: »Ich gehe mit.«

Maxi sah sie sehr, sehr süffisant an. Hochgezogene Augenbrauen, amüsiert glitzernde Augen, anzügliches Grinsen. »Du weißt schon, dass die Dusche unten zur Küche hin offen ist und dass das alles inklusive meines Büros eigentlich ein großer Raum ist? Das Einzige, was eine Tür hat, ist die Toilette. Oder meintest du *in* die Dusche?«

Maxi umfasste sie an der Taille und zog sie noch enger an sich. Für eine Frau, die von einem großen Löschfahrzeug über den Haufen gefahren wurde, war sie wirklich äußerst fit.

»Äh …«, sagte Willa wieder. Denn sie fühlte sich vollkommen überfordert. Von den sexuellen Anspielungen und den Bildern, die dabei heraufbeschworen wurden. Maxi, nackt, unter der Dusche. Wow. Sie beide gemeinsam unter der Dusche. Beide nackt. Miteinander. Doppelwow!

Und das kombiniert mit dem Gefühl, wie Maxi sie hier im Vorraum in den Armen hielt. Das Gefühl ihrer Brüste an den ihren. Bauch an Bauch. Blick in Blick. Triplewow! Megawow! Ihr Gehirn hatte sich in einen Einzeller verwandelt oder eine Amöbe. Auf jeden Fall etwas, das keine Sprache produzieren konnte, nur pures Gefühl.

Maxi schien peinlicherweise auch noch zu merken, was sie anrichtete. Interessanterweise erntete sie dafür keine freche Bemerkung, sondern einen weiteren Kuss. Und bei diesem kam ganz kurz Maxis Zunge mit ihren Lippen in Berührung.

Aber bevor Willa begierig ihren Mund öffnen konnte, hatte Maxi sich schon wieder zurückgezogen. Was der Amöbe nicht gerade half. Ganz und gar nicht. Desorientiert schwamm sie in Willas Gehirnschale herum und wusste nicht, was gerade mit ihr geschah.

»Ich geh jetzt runter und dusche brav allein. In zehn Minuten bin ich wieder da. Okay?«

Willa nickte. Die Amöbe ließ nichts anderes zu. Dann ließ Maxi sie los und trat einen Schritt zurück. Das gefiel der Amöbe in ihrem Kopf gar nicht. Aber nachdem sich Maxi ein paar Schritte in Richtung Kleiderschrank entfernt hatte, konnte Willa sich von einer Amöbe zurück in einen Menschen verwandeln und die Oberhoheit über ihre Sprachfunktion wiedererlangen. »Wenn du nach zehn Minuten nicht wieder da bist, komme ich runter und sehe nach. Als deine Ärztin.«

Maxi drehte sich kurz zu ihr um und grinste. Dann suchte sie wieder Kleider zusammen, die sie nach der Dusche anziehen konnte. »Du bist hier nicht als meine Ärztin, Willa. Das weißt du doch, oder?«

Und zack, da war sie wieder, die Amöbe. Aber Willa nickte trotzdem. Ja, das wusste sie. Und die Amöbe auch. Sie war als Maxis Freundin hier.

Freundin? Beziehung in spe? Oder was? Machten einen fünf Küsse schon zur Freundin?

Maxi verschwand mit einem Stapel Kleider durch die Tür nach draußen, und dann hörte Willa sie die untere Ebene des Häuschens betreten. So hellhörig war hier alles, so dünn die Wände.

Sie atmete einmal prustend aus. Ihr Herz beruhigte sich ein wenig. Sie war so aufgeregt, seit sie das Hexenhäuschen betreten hatten. Zuerst darüber, dass sie hoffentlich niemand sah. Vor allem nicht Tante Margit, die mit Sicherheit tausend Fragen gehabt hätte. Und dann darüber, mit Maxi allein zu sein.

Das war der erste Moment, an dem sie ihre Gedanken ordnen konnte und ein bisschen runterkommen. Dann fiel ihr Blick auf einen Stapel Kleidung, den Maxi offenbar für sie hingelegt hatte. Dieser Anblick erinnerte Willa daran, dass sie die Nacht hier verbringen würde. Ein Blick in Maxis Schlaf- und Wohnzimmer, in dem sie ja neulich bei der Versorgung der Stiche schon war, machte ihr deutlich, dass es lediglich ein Bett gab. Kein Sofa, keine Schlafcouch und schon gar kein Gästezimmer. Das hatte sie gewusst. Ja, wirklich. Sie hatte sich sehenden Auges in diese Situation manövriert.

Und an Sex war gar nicht zu denken. Sie kamen schließlich gerade aus dem Krankenhaus, verdammt noch mal. Was war sie denn für eine Ärztin? Sie durfte noch nicht einmal ansatzweise daran denken. Sie war ja schließlich hier, um ein Auge auf Maxi zu haben. Für nichts anderes. Sie würde also auf dem Boden schlafen. Sie hoffte nur, dass Maxi eine Isomatte hatte. Der wunderschön aufgearbeitete Eichendielenboden sah zwar sehr edel und gepflegt aus, aber nicht so bequem, dass sie eine Nacht ohne Rückenschmerzen überstehen würde.

In diese Überlegungen verstrickt merkte sie erst, als die Tür aufging, dass bereits zehn Minuten oder mehr verstrichen waren.

Maxi kam mit nassen Haaren herein. Sie trug jetzt einen kuschelig aussehenden Kapuzenpulli und eine abgetragene Jeans. Die wirklich gut saß. Schluck. Willa hatte eine absolute Schwäche für Frauen in Jeans, die einen knackigen Hintern zeigten und schlanke Schenkel und erahnen ließen, was es sonst noch an verlockenden Schätzen darunter gab.

Bisher hatte sie es sich nicht erlaubt, Maxi so richtig ausgiebig zu betrachten. Ausgiebig im Sinne von Einsaugen der Tatsache, dass Maxi so dermaßen dem Ideal einer Frau entsprach, die Willa maßlos anmachte.

Sie erlaubte es sich jetzt, Maxis Gesicht genau zu studieren. Der schön geschwungene Mund, von dem sie inzwischen wusste, wie wunderbar weich er war und wie gut diese Lippen küssen konnten. Maxis wunderschöne Zähne, die jedes Lächeln zu einem Strahlen machten. Die edle Nase, perfekt geformt für das symmetrische Gesicht, perfekt für eine griechische Statue. Die dunklen, wellig lockigen Haare, die bis knapp über die Ohren gingen und sich jetzt gerade nass kringelten. Und schließlich dic blaucn Augen, die vor Intelligenz nur so sprühten, sie augenblicklich aber erstaunt ansahen.

»Du stehst ja immer noch hier. Hast du dich nicht getraut, dich zu setzen?«

Willa ging als Antwort einfach rückwärts ins Zimmer hinein. Sie ließ Maxi keine Sekunde aus den Augen. Wollte diesen Blick nicht loslassen. Immer noch konnte sie es nicht fassen, dass diese extrem gutaussehende Frau mit ihr hier sein wollte. Sie hier sein ließ bei sich. Sie fünf Mal geküsst hatte. Und offenbar das Gleiche wollte wie sie.

Sie stolperte über den Ofen und fiel zu ihrem eigenen Entsetzen unelegant in den mit Fell ausgelegten bequemen Sessel hinein.

Maxi lachte jedoch darüber, als ob es wieder eines dieser Dinge wäre, die sie an Willa unglaublich liebenswert fand. »Besser«, sagte sie.

Dann drehte sie sich wieder zur Tür, und Willa wollte schon enttäuscht aufseufzen, weil sie dachte, Maxi würde wieder nach unten verschwinden. Aber sie kam keine zwei Sekunden später wieder herein und hatte ein Tablett in den Händen, das vollbeladen war mit Zutaten für einen spätabendlichen Imbiss.

Willa sprang auf, um es ihr abzunehmen. »Du sollst dich doch heute Abend noch schonen.«

»Das ist sehr galant von dir, aber ich fühle mich prächtig. Vielleicht ein bisschen durchgerüttelt, aber nichts, was nicht durch deine Anwesenheit vollkommen in Vergessenheit gerät.«

Willa wurde wieder ganz amöbig und heiß zumute. Diese Frau konnte mit Worten wirklich umgehen. Sie war Schriftstellerin, kein Wunder also, dass sich Willa manchmal reichlich spröde und schlicht im Stil vorkam. Aber vielleicht sollte sie das einfach mehr annehmen und genießen. Dass Maxi ihre wortgewandte Umgarnung zum Einwickeln von ihr, Willa Schneck, benutzte.

Sie stellte das Tablett auf den kleinen Tisch und vergaß es im gleichen Moment schon wieder. Ja, sie hatte etwas Hunger, aber der Hunger auf Maxi war viel größer. Sie erinnerte sich noch zu gut an die kurze Berührung ihrer Zunge an ihren Lippen. Und sie wollte mehr davon. Wollte Maxi endlich mal richtig küssen, zumindest ein einziges Mal. Auch die Amöbe fand das goldrichtig.

Willa war klar, dass es heute Abend ganz außer Frage stand, dass mehr zwischen ihnen passieren durfte. Rein medizinisch war das ihrer fachlichen Meinung nach nicht angebracht. Aber Küssen war durchaus möglich. Einmal intensiv küssen, und dann konnten sie sich ja mit dem Imbiss ablenken.

Als sie den Meter, der sie trennte, überbrückte und ihre Arme um Maxis Taille schlang, überraschte sich Willa selbst. Sie zog Maxi an sich und ließ sich durch dieses unglaublich gute Gefühl ihrer verschmolzenen Körper nicht aufhalten. Ihr Mund näherte sich Maxis Mund, sie blickte in diese funkelnden blauen Augen und sah das Willkommen darin, sah, wie sich diese Augen sinnlich schlossen, und schloss ihre eigenen. Und dann war da nur noch Gefühl.

Zuerst diese weichen Lippen. Dann, wie sie sich unter den ihren öffneten. Der Moment, in dem ihre eigene Zunge die von Maxi berührte und sie schockartig von einer Welle der Erregung erfasst wurde. Willa küsste mit einer Leidenschaft und einer Intensität, wie sie ihr ganzes Leben noch nicht geküsst hatte. Maxi war eine unglaublich gute Küsserin. Sie schien es so sehr zu lieben, wie Willa es liebte.

Und Willa konnte es nicht lassen. Sie fuhr mit ihrer Zunge auch über diese schönen Zähne, über die sinnlichen Lippen und biss ein ganz kleines bisschen in die untere hinein. Ein unkontrollierbarer Impuls in der Erregung, der ihr von einer Ex mal fast eine Ohrfeige der Empörung eingehandelt hatte, Maxi jedoch ein kleines Aufkeuchen entlockte.

Willas Hände gingen ungefragt auf Wanderschaft. Zuerst Maxis Rücken hinauf, dann etwas gewagter an ihren Seiten entlang. Die Frau in ihren Armen sah nicht nur blendend aus, sie fühlte sich auch irrwitzig gut an. Willa merkte, aber mehr am Rande, wie Maxi sie irgendwohin dirigierte. Wie Maxis Hände ebenfalls auf Wanderschaft gingen. Ihr Oberteil fiel so locker, dass diese Hände keine Mühe hatten, darunterzufahren.

Willa wollte beim Küssen gern weiterhin so dicht es ging an Maxi klebenbleiben, aber das verhinderte, dass sowohl ihre eigenen als auch Maxis äußerst geschickte Hände irgendwohin kamen, wo es sich noch besser anfühlte. Sie löste sich ein paar Zentimeter und nutzte den entstandenen Raum. Nur noch ein bisschen, gemahnte sie sich mantraartig. Brüste streicheln hatte noch keiner Frau geschadet. Auch keiner, die von einem Löschfahrzeug umgeschubst worden war.

Als Maxis Hände genau das Gleiche taten, riss ihr gedanklicher Faden ab. Ihre Brustwarzen waren hochgradig sensibel, und sie hatte heute keinen BH an. Weil legeres Oberteil und Freizeit und . . . auch dieser Faden brach ab, da Maxis elegante Finger ihre Brustwarzen auf sanfte, aber sichere Art berührten. Genau so, dass es ihr direkt entlang sämtlicher Nervenbahnen zwischen die Beine fuhr.

Willa seufzte auf und ließ sich mit Maxi zusammen auf das Bett sinken, neben dem sie aus unerfindlichen Gründen standen.

3

Wir sollten besser aufhören«, sagte Willa unvermittelt und setzte sich auf. Allerdings so, dass sie rittlings auf Maxis Schoß saß, was nicht gerade zur Abkühlung der Situation beitrug.

Nicht bei Maxi, die spürte, wie sich Willas Mitte an ihre drückte. Und definitiv auch nicht bei Willa, die versuchte, so vernünftig zu sein, aber der die pure Erregung in dem glühenden Blick brannte.

Dass sie so schnell hier auf ihrem Bett gelandet waren, zeigte Maxi, dass die Gefühle zwischen ihnen auch genau die richtige Menge Leidenschaft mit sich brachten. Mehr als sie vielleicht bei Willas bisheriger Schüchternheit und Zurückhaltung erwartet hätte. Mehr als sie sogar von sich selbst erwartet hätte.

»Ich finde ja, das ist die beste Therapie, die ich mir vorstellen kann. Mir geht es von Sekunde zu Sekunde besser. Das ist geradezu eine Wunderheilung, die du da vollbringst.« Der letzten Aussage ließ Maxi eine ganz kleine Aufwärtsbewegung ihres Beckens folgen.

Kleine Sache, großer Effekt. Willa seufzte auf, schloss für einen Moment die Augen und biss sich sinnlich auf die Unterlippe. Das wiederum fuhr Maxi so mächtig in ihre Mitte, dass sie fast wie automatisch mit kleinen rhythmischen Bewegungen weitermachte. Es war sooo gut. Sie schnappten beide gleichzeitig nach Luft.

Was war das nur mit Willa? Sie waren beide noch vollständig bekleidet, und doch fühlte sich Maxi, als ob sie gleich vor Lust explodieren würde.

»Ich bin die schlimmste Ärztin aller Zeiten.« Willas Stimme hörte sich gequetscht an, aber ein kleines Schmunzeln umspielte ihre Lippen. Eine Kombination, die Maxi unglaublich anmachte. Willa war sexy, ohne es darauf anzulegen. Die beste Art von sexy.

»Die allerschlimmste«, sagte Maxi und zog Willa gleichzeitig das Oberteil aus. Keinerlei Widerstand. Gut.

Darunter kam ein weißes Unterhemd mit Spaghettiträgern zum Vorschein. Hübsch, aber definitiv praktisch und nicht zur großen Verführung gedacht. Willa hatte eindeutig, genau wie sie, nicht gedacht, heute mit ihr im Bett zu landen. Hatte Willa überhaupt verführerische Unterwäsche im Repertoire? Maxi hoffte, auch das bald herauszufinden. Für heute reichte es ihr herauszufinden, was sich unter den Spaghettiträgern verbarg. Diese hübschen Schlüsselbeine raubten ihr schon fast wieder den Atem, und das, was von Willas Brüsten unter dem dünnen weißen Stoff zu sehen war, war verlockend. Willas aufgerichtete Brustwarzen zeichneten sich ab.

Maxi wusste kurz nicht, ob sie diese Brüste nicht sofort berühren wollte, Stoff hin oder her, oder doch lieber sofort weiter entkleiden und dann nackte Haut fühlen.

Willa schien zu erahnen, was in Maxi vor sich ging. Sie lächelte zart – eine Mischung aus Schüchternheit, Erregung und dann erregtem Entschluss, wie es Maxi schien. Sie zog kurzerhand das Top aus.

Beim ersten Blick auf Willas nackte Brüste stockte Maxi der Atem. Sie atmete erst wieder, als ihre Hände wie von selbst die Berührung mit den Objekten ihrer Begierde suchten. Wieder schnappten sie synchron nach Luft.

Maxi gab sich der Huldigung dieser Brüste ganz hin. Und sie waren es wert, angebetet zu werden, so wunderbar weich, so wunderbar geformt, so wunderbar empfänglich für ihre Berührungen waren sie.

»Wir sollten jetzt wirklich aufhören«, sagte Willa atemlos.

»Nenne mir einen veritablen Grund«, antwortete Maxi, ohne aufzuhören, Willas Brustwarzen zu streicheln, wie es den größten Effekt zu haben schien.

»Wenn du solche Dinge machst, kann mein Gehirn nicht rational denken. Dann denkt es nur in eine Richtung.«

»Und das ist genau meine Richtung.« Maxi öffnete Willas Jeans und versuchte, sie etwas herunterzuschieben, allerdings war das in dieser Position fast unmöglich.

Willa erhob sich plötzlich, und Maxi befürchtete, dass sie jetzt wirklich ernst machte mit der ärztlichen Überfürsorge. Aber Willa streifte sich neben dem Bett stehend kurzerhand die Hose herunter. »Wenn sich die Patientin dann bitte ebenfalls freimachen würde«, sagte sie mit ernster Miene in ihrem Ärztin-in-der-Untersuchung-Tonfall.

»Uuuuih, Doktorspiele«, sagte Maxi, während sie sich möglichst elegant erhob. Sie hielt Willas Blick und fing an, sich auszuziehen. Willa hatte sie ja schon mehrfach mehr oder weniger nackt gesehen, aber nicht in einer solch aufgeheizten Stimmung. Willas Blick hatte zwar jedes Mal einen erregenden Effekt auf sie gehabt, aber kein Vergleich zu diesem Moment. Willa selbst nur noch im weißen Slip und Maxi bereits ebenfalls bis auf die Unterhose entblößt.

»Wird das reichen, Frau Doktor?«, fragte Maxi und liebte es, dieses Doktorspielchen weiterzutreiben.

Willa hob die Augenbrauen und musterte sie ganz unverhohlen lüstern. »Aber nein, wo denken Sie hin, Frau Patientin? Seien Sie nicht so schüchtern.«

Willa schien wirklich zu gefallen, was sie sah. Auch Maxis verbale Fantasien kamen gut bei ihr an. Allein das machte Maxi unglaublich an. Sie spürte die Nässe zwischen ihren Beinen, und Willa würde sofort sehen, wie erregt sie war, wenn sie ihr rotes Höschen auszog. Deshalb und auch, um dieses Gefühl der aufgestauten Erregung noch zu steigern, zögerte Maxi den Moment hinaus. »Müssen Sie mich denn so genau untersuchen?«

Willa legte einen Ausdruck gespielter ärztlicher Empörung auf. »Genug davon, Frau Patientin. Höschen runter. Und dann legen Sie sich wieder hin.«

Willa zeigte aufs Bett, und Maxi zog schmunzelnd ihren Slip aus. Herausfordernd hielt sie ihn kurz hoch und warf ihn dann hinter sich. In Willas Augen konnte sie sehen, was sie mit ihr machte, und das war gut so.

Maxi legte sich wieder hin und sah zu Willa auf. Die streifte sich selbst den Slip ab und stand dann einen Moment vor ihr. Ihre Schüchternheit, oder vielleicht auch Zweifel, schien zurückgekommen zu sein, obwohl sie die doch mit diesem Spiel so gut in Schach gehalten hatten.

Um sie zu sich zu ziehen, hob Maxi die Hand, und bereits diese kleine Geste genügte, um den Bann zu brechen und Willa wieder in den Moment zurückzuholen.

»Dann begebe ich mich für diese ganz spezielle Untersuchung in Position«, sagte sie wieder spielerisch. Und dann setzte sie sich erneut rittlings auf Maxi.

Die schockartige Erregung, die Maxi flutete, ließ ihr fast sämtliche Sicherungen verkohlen. Sie konnte das Doktorspiel nicht länger aufrechterhalten. Ihre Mitte drängte sich an Willas. Und die drängte sich an sie.

Willa beugte sich vor und steigerte diese explosionsartige Situation noch, indem sie beide Hände auf Maxis Brüste legte. Sie hielt sich nicht zurück, fasste zu, und Maxis Brüste verschwanden in ihren Händen. Als ob Willa wüsste, dass Maxi das ganz genau so und nicht anders mochte. Im Gegensatz zu Willa liebte es Maxi, forsch berührt zu werden, nicht vorsichtig und zu sanft.

Ihre Becken folgten gleichzeitig einem immer treibenderen Rhythmus. Wenn Willa so weitermachte, brächte sie Maxi zu einem ziemlich unkomplizierten und ziemlich schnellen Höhepunkt. Aber so wollte sie das nicht. Nicht so schnell. Sie wollte Willa mit sich reißen. Auch wenn die Geräusche, die die schöne Frau über ihr offenbar nicht verhindern konnte, davon sprachen, wie groß ihre Erregung bereits war.

Maxi nutzte die Position aus, in der sie sich befanden, und schlängelte ihre rechte Hand zwischen ihre Körper. Sie eroberte Willas Mitte, die sie mit üppiger Nässe willkommen hieß. Maxi schaffte es, sich mit dem Oberkörper aufzurichten, schlang ihren linken Arm um Willa und zog sie noch enger an sich. Gleichzeitig drang ihr Mittelfinger ein. Und ihr Mund fand Willas Brust, ihre Lippen umschlossen eine willige Brustwarze, und Willa bedankte sich dafür mit einem so tiefen Aufstöhnen, dass Maxi fast gekommen wäre.

Normalerweise war sie eine wesentlich zurückhaltendere Liebhaberin. Vorsichtiger, sondierender, solange sie ihre Geliebte noch nicht gut kannte. Dass sie sich beim ersten Mal so draufgängerisch und entfesselt verhielt, war Willas Schuld. Sie konnte sich mit ihr nicht beherrschen. Wollte sich auch gar nicht beherrschen.

Willas Reaktionen bestätigten sie aber Schritt für Schritt. Jetzt gerade wieder. Willa schlang ihre Beine um sie und rieb sich auf ihrem Schoß gegen sie. Maxi musste, um das Gleichgewicht für sie beide besser halten zu können, in einen lockeren Schneidersitz gehen. Aber keine Sekunde ließ sie davon ab, Willas Brustwarze zu saugen, ihren Mittelfinger immer tiefer gleiten zu lassen. Maxi liebte diese Stellung, seit jeher, aber mit Willa war es gehirnverschmelzend sondergleichen. Weil sie überall hinkam und gleichzeitig alles sah. Maxi wollte in diesem Moment alles geben.

Ihr gemeinsames Keuchen steigerte sich. Maxi ließ die Brustwarze los, um Willa anzusehen. Sie war unglaublich in ihrer Erregung. Das Schönste, was Maxi je gesehen hatte.

Als sie ihre andere Hand von Willas Taille löste, um sie über Willas Perle durch die Nässe gleiten zu lassen, wurde Willa noch schöner. Denn sie kam. Sie bäumte sich auf und warf den Kopf zurück. Aber Maxi ließ nicht nach. Dehnte den Orgasmus für Willa aus, bis sie erschöpft auf sie sank. Ihr Schenkel kam dabei zwischen Maxis zum Liegen. Mit purer Absicht, wie es Maxi schlagartig bewusst wurde. Denn dieser Schenkel trieb sie unmittelbar in den Wahnsinn mit dem Druck, den er auf ihre Mitte ausübte. Willa stütze sich leicht auf und steigerte ihre Bewegungen. Maxi war zu weit, um die heranrollende Welle zu verlangsamen. Willa erregte sie zu sehr. Schon die ganze Zeit.

Maxi war pure Ekstase. Sie schlug für einen Moment die Augen auf, und der Anblick einer wilden Willa über ihr, die alles tat, um sich mit ihr zu verschmelzen, ließ Maxi aufkeuchen vor Lust. Eine Lust, die in ihrer Mitte explodierte. Willa über ihr kam mit einem heiseren »Maxi« auch noch einmal. Ihre nackte Haut, ihr heißer Atem, ihr gemeinsamer Höhepunkt – Maxi schwebte auf Glückshormonen davon.

Als Letztes nahm sie wahr, wie Willa die Bettdecke über sie breitete, dann gab sie sich der Erschöpfung des Tages hin. In Willas Armen, das spürte sie beim Einschlafen genüsslich.

4

Willa wachte schlagartig zu vollem Bewusstsein auf, denn eine splitterfasernackte Maxi lag an sie gedrängt im Bett, und das wurde ihr just in diesem Augenblick klar. Es fühlte sich großartig an, und ihr fiel im Schlag einer Wimper alles wieder ein. Wie sie sich geliebt hatten. Wie sie sich in eine Fremde verwandelt hatte, die bei Maxis Doktorspiel mitgemacht hatte und schließlich sogar treibende Kraft war in ihrem darauffolgenden Liebesspiel. Es war eine unbekannte Willa gewesen, die da so leidenschaftlich agiert hatte. Die wilden Erinnerungen lösten eine ungekannte Wollust in ihr aus und spontane Nässe. Sie wollte Maxi sofort und so heftig, dass es in ihrem Unterleib zog. Sie musste sie wieder und wieder haben. Jetzt.

Im frühen Morgenlicht schob sie die Decke ein wenig zur Seite, obwohl es in Maxis Hexenhäuschen entsetzlich kalt war. Gestern Abend hatten sie das wohl einfach ausgeblendet. Die Gänsehaut, die Maxis Körper bei dem kalten Lufthauch überzog, ließ Willa ihre Pläne um ein paar Minuten verschieben. Leise stieg sie aus dem Bett und machte sich ebenso leise am Holzofen zu schaffen. In Rekordgeschwindigkeit hatte sie ein prasselndes Feuer am Start. Gut.

Aber jetzt zum Wesentlichen. Sie glitt ins Bett zurück, zurück zu Maxis Sinnlichkeit, zurück in die gemeinsam erzeugte Wärme. Nicht nur die körperliche Wärme. Beim Liebesspiel waren sie zusammen wie ein Fusionsreaktor. Die erotische Hitze, die sie erzeugten, war eine Supernova und der Sex nur mit der Geburt einer Sonne zu vergleichen. Und Willa wollte mehr davon.

Sie hatte bisher keine richtige Gelegenheit gehabt, Maxi zu erkunden. Zu schnell war alles gegangen. Es war fantastisch gewesen, vollkommen anders als der Sex, den sie bislang erlebt hatte. Vielleicht lag das schlicht daran, dass sie Maxi mit tausendprozentiger Leidenschaft wollte. Mit dem Herzen und dem Verstand. Physisch und psychisch. Mens et corporis zum ersten Mal im Einklang.

Im sich schnell aufwärmenden Zimmer genoss Willa mit tastenden Händen und schwelgenden Augen Maxis nackten Körper.

Fuhr ihren Rücken entlang, ihren knackigen Gluteus Maximus, ihre langen Läuferinnenbeine hinab.

Schon bald streckte Maxi sich halbschlafend ihrem Streicheln entgegen. Mit noch immer geschlossenen Augen drehte sie sich ihr zu, und Willa betrachtete das als Einladung zu mehr. Sie liebkoste Maxis Brüste mit dem Mund und nahm ihre ganze erotische Qualität das erste Mal voller Bewusstsein wahr. Noch nie hatte ihr eine Frau so gut gefallen wie Maxi. Eine Tatsache, die ihr in diesem Moment einmal mehr ganz deutlich vor Augen stand.

Willa schob sich unter der Decke nach unten. Maxi war auch südlich schön. Der erste Eindruck von gestern Abend bestätigte sich mit jedem Zentimeter nackter Haut. Und sie roch so überwältigend gut, wie Willa das in Erinnerung hatte. Maxi war so verlockend, so reizvoll, dass sie unbedingt mit dem Mund dort verweilen wollte.

Ihre Geliebte war längst wach, ließ sie aber nur zu bereitwillig gewähren. Womit Willa dieses Glück verdiente, war ihr nicht ganz klar. Aber ausnahmsweise hatte sie kein Problem damit, ihr Hirn in den Ruhemodus zu versetzen. Sex mit Maxi vollbrachte das. Und machte sie so mutig und leidenschaftlich und draufgängerisch und vieles mehr, was sie eigentlich nicht war. Bisher zumindest.

Willa rieb ungezügelt ihre Wange an Maxis Schamhaaren. Sie liebte es, dass Maxi zwar ordentlich gepflegt war, aber immer noch Schamhaare hatte. Als Ärztin verstand sie den Wunsch vieler Frauen nach à l'enfant überhaupt nicht. Kinder hatten keine Schamhaare, Erwachsene schon. Alles andere war irgendwie irritierend.

Maxi bewegte sich unter ihr, als ob sie ungeduldig würde. Als ob sie darauf wartete, sehnsüchtig wartete, dass es weiterging.

Willa ließ sich nicht lange bitten. Sie küsste sich weiter in Maxis Mitte hinein, stieß auf Nässe und leckte genüsslich vom Eingang bis zur Klitoris. Maxis Stöhnen war durch die Bettdecke etwas gedämpft, aber eindeutig. Ihre Hände an Willas Kopf auch.

Willa genoss in vollen Zügen, was sie tat. In manchen Dingen kamen ihr ihre medizinischen Fachkenntnisse zugute. Es half, wenn frau wusste, wo alles lag und was sich alles an Nerven stimulieren ließ. Es war eines ihrer Privatvergnügen, sich mit dem weiblichen Geschlecht zu befassen. Direkt und unmittelbar wie jetzt, aber auch theoretisch. Sie hatte zahlreiche Fachbücher zuhause. Dieses kleine Detail würde Maxi noch über sie erfahren. Zuerst jetzt gleich in der Anwendung und später mal den Hintergrund.

Willa musste jetzt nur noch Maxis ganz persönliche Vorlieben erforschen. Aber da war sie bereits auf bestem Weg. Maxi hatte es zuerst mit flacher Zunge geliebt, aber so langsam war sie bereit für eine punktgenauere Zuwendung. Willa widmete sich mit Hingabe dieser Angelegenheit, und Maxi belohnte alles mit den schönsten Seufzern und Lauten der Lust, die Willa sich vorstellen konnte. Sie zögerte das Unausweichliche hinaus, aber schließlich waren die Reizüberflutungen für Maxi zu viel. Sie sprang über die Klippe und tauchte in ihren Höhepunkt wie eine Apnoetaucherin. Hielt die Luft an und presste sie mit einem heiseren Aufstöhnen wieder heraus. Willa machte weiter, bis ihr von einer erschöpften Maxi Einhalt geboten wurde. Dann legte sie ihre nasse Wange auf Maxis Schenkel und sah zu ihr hoch. Die Bettdecke war irgendwann weggeschleudert worden, und sie lagen nackt in dem kleinen, inzwischen warmen Zimmer.

Maxi lächelte zu ihr herunter. »Oh mein Gott! Du bist darin sooo fantastisch …«, sagte sie. Ihre Stimme klang rau, ihr Atem immer noch schnell. Sie keuchte auf, als Willa mit ihrer Zunge spielerisch noch einmal an den Ort zurückkehrte, an dem sie sich die letzten Minuten so kunstfertig beschäftigt hatte.

»Gewisse Kenntnisse in grundsätzlicher Anatomie kombiniert mit einer Leidenschaft für gewisse Bereiche *deiner* Anatomie. Nichts weiter dabei.« Willa grinste zu Maxi hoch. Dieser Morgen danach versprach so gut weiterzugehen wie der Abend. Dann fiel ihr das Davor ein. Mist. Sie hatte wirklich keine Sekunde mehr daran gedacht. Was war sie nur für eine selbstsüchtige und miese Medizinerin und Geliebte. »Geht es dir gut?«, fragte sie reumütig. Das hätte sie mal vorher fragen sollen.

Aber Maxi schmunzelte immer noch und wirkte alles in allem überhaupt nicht wie ein Unfallopfer. »Meinst du wegen deines morgendlichen Überfalls oraler Natur? Oder wegen der Sache mit dem Löschfahrzeug, das mich so plattfahren wollte wie ein Eichhörnchen auf der A3?«

Willa konnte nicht anders. Sie musste darüber lachen. Maxis Formulierungen waren manchmal einfach zum Niederknien.

Wie sie immer auf solche Ideen kam, war Willa reichlich unverständlich, aber umso charmanter wirkten sie auf sie. »Das Löschfahrzeug. Ich glaube, die orale Sache war eindeutig.«

Maxi streichelte ihr über die Wange und fuhr in ihre Haare. Willa schmiegte sich diesen Zärtlichkeiten entgegen, wollte ihren Platz auf Maxis Schenkel aber noch nicht verlassen.

»Gut, ich dachte schon, ich muss mit dir ein grundsätzlich klärendes Gespräch über Sex führen«, sagte Maxi schmunzelnd. »Und das scheint mir dann doch reichlich unnötig nach den Erfahrungen von gestern Abend und heute Morgen.« Sie tippte Willa auf die Lippen, und Willa küsste den frechen Finger dafür.

»Soll das heißen, du bist zufrieden?« Willa blinzelte Maxi herausfordernd an und schmiegte sich neckend in ihr Dreieck, an dem sie nur zu gern noch ein Weilchen bleiben wollte.

»Zufrieden ist gar kein Ausdruck. Und das weißt du auch, Frau Doktor. Wer hätte das gedacht.« Maxis Ausdruck wurde nachdenklicher.

»Was?« Eine kleine Unsicherheit wollte sich in Willa trotz Glückstaumel doch einschleichen. Vielleicht hatte Maxi den Sex nicht so umwerfend gefunden wie sie, und ein Bekenntnis käme jetzt. Jetzt, da Willa es auf keinen Fall hören wollte.

Aber Maxi erlöste sie sofort von jeglichen Zweifeln. »Dass hinter der Fassade der zurückhaltenden Ärztin eine *Sex Machine* steckt, die mich in orgiastische Sphären katapultieren kann.«

Das schmeichelte ihr ungemein und ermöglichte es ihr, ungehalten zurückzuschäkern. »Du willst sagen, dass du mich vorher für eine Langweilerin im Bett gehalten hättest, die du in die Kunst der sapphischen Liebe erst noch einführen musst?«

Willa war schon klar, dass Maxi aufgrund ihrer verkorksten Schüchternheit zu Beginn ihrer Annäherung etwas anderes vermutet hatte als das, was jetzt zwischen ihnen stattfand. Dass sie es so zugespitzt formulierte, lag daran, dass sie es nicht ernstlich als schlimm empfand. Sie hatte Maxis Wahrnehmung von ihr gern auf den Kopf gestellt. Und täte es in Zukunft auch mit Sicherheit noch das eine oder andere Mal.

Maxi sprang allerdings aus dem Bett, als ob sie sie mit einer Nadel gestochen hätte. »Lass uns frühstücken. Ich bin am Verhungern. Dank deiner Künste in der sapphischen Liebe.«

Nackt stand sie vor dem Bett und sah einfach nur göttlich aus. So göttlich, dass Willa Frühstück vollkommen überbewertet fand. »Dir ist klar, dass ich dieses Ausweichmanöver natürlich registriert habe, aber fürs Erste lasse ich es durchgehen«, sagte sie gnädig und schmunzelte mit ausgestrecktem Arm Maxi an.

Die kam wieder einen Schritt näher und nahm ihre Hand. »Ich glaube, wir sind uns ebenbürtig. Und das gefällt mir.« Maxi spielte mit ihren Fingern und sah zuerst nur ihre Hand an. Dann traf der Blick aus blauen Augen den ihren, und es lag eine Tiefe darin, die der Aussage eine große Relevanz verlieh.

»Mir auch«, antwortete Willa ernst. Dann zog sie Maxi wieder zu sich aufs Bett. »Neben anderen Dingen.«

»Zuerst Frühstück, Willa. Lass Gnade walten.« Maxis Worte klangen nach Widerstand, aber der konnte wirklich nur gespielt sein, denn ihr Körper drängte sich mit der gleichen Leidenschaft an Willa wie schon in der Nacht. Und am Morgen.

Willa konnte ein Seufzen nicht unterdrücken. Maxis nackte Haut an ihrer fühlte sich berauschend an. Aber noch ließ sie den Gesprächsfaden nicht fallen. Er machte zu viel Spaß, trug zu der aufgeladenen Spannung zwischen ihnen noch bei. »Und da dachte ich, du bist eine mit allen Wassern gewaschene Schriftstellerin, der ich nicht gewachsen bin. Ist womöglich das Gegenteil der Fall?«

Hatten sie bis gerade eben noch auf der Seite gelegen, änderte sich das schlagartig. Maxi vollbrachte das Kunststück, Willa mit Geschick unter sich zu bringen. »Oh, warte nur. Das ist unentschuldbar.« Und dann stürzte sie sich auf Willa, ganz genau so, wie sie es erhofft hatte. Die Provokation hatte zu ihren Gunsten funktioniert. Das Frühstück oder der Imbiss von gestern Abend, der noch dastand, war wieder vollkommen vergessen.

Willa würde zwar nicht wirklich lange brauchen, nach dem, was sie mit Maxi gemacht hatte und dem, was das mit ihr gemacht hatte. Aber das jetzt war erst der Anfang. Ein Orgasmus war kein Orgasmus. Diesen Lehrsatz würde Maxi auch noch von ihr lernen.

Maxis Hand wanderte planmäßig südlich und erreichte ihr Ziel punktgenau, als es plötzlich an der Tür klingelte. Unabgesprochen ignorierten sie es beide. Maxis Hand fand ihre Klitoris, die begierig darauf war, die eleganten Finger besser kennenzulernen.

Das Klingeln wiederholte sich. Ein Klopfen kam hinzu. Dann die Stimme, die Willa sofort Torpedotante Carolina Zacharias zuordnete.

»Maxi, du machst jetzt besser die Tür auf, oder ich trete sie ein.« Die Lautstärke war selbst durch die geschlossene Tür megafonartig.

Willa seufzte und gab sich zeitgleich mit Maxi geschlagen. Die wunderbare Hand stoppte ihre sinnlichen Kreise. Willas Klitoris zog sich erschreckt wie ihre Namensgeberin die Schnecke in ihr Häuschen zurück. Es würde also nicht einmal einen minikleinen Orgasmus geben. Und nicht viele, wie sie es geplant hatte. Willa seufzte noch einmal.

»Sie ist durchaus in der Lage dazu«, sagte Maxi über ihr bedauernd.

Schicksalsergeben rollten sie sich gemeinsam zur Seite.

»Ich kann mir das sogar vorstellen. Doch lieber Frühstück?« Willa küsste Maxi noch ein letztes Mal auf den Mund. Die nächste Gelegenheit würde auf sich warten lassen. So viel war sicher.

»Frühstück mit der Torpedotante. Aber danach ...« Maxi wippte im Aufstehen spielerisch mit den Augenbrauen.

Willa lachte darüber und stand dann ebenfalls auf.

In Windeseile anziehen. Maxi hatte doch gestern irgendwo einen Stapel Kleider hingelegt ...

»Ich komme«, rief Maxi in Richtung Tür.

Ich leider nicht, grummelte Willa in sich hinein und war der Torpedotante in diesem Moment überhaupt nicht geneigt.

5

Maxi warf einen letzten Blick auf Willa, die so süß verwühlt aussah und eindeutig nach wildem Sex am Morgen.

Mit einem bedauernden Seufzer öffnete sie die Tür, und Carolina stürmte ohne Begrüßung herein in den Vorraum. »Warum hast du mich nicht angerufen? Warum muss ich von deiner Schwester erfahren, dass du schon wieder einen Unfall –« Sie verstummte schlagartig, als Willa in ihr Blickfeld kam. »Oh! Jetzt ist mir alles klar«, rief Carolina absolut rücksichtslos wie immer.

»Hallo Carolina«, erwiderte Willa wesentlich diplomatischer.

Maxi hätte schwören können, dass ihr noch etwas auf der Zunge lag. Nach den vergangenen paar Minuten wäre das kein Wunder.

»Für dich immer noch Kaloria, Frau Doktor.«

»Was muss ich tun, um das aus der Welt zu schaffen?«

»Jetzt, da ihr ins Bett gehüpft seid, meine beste Freundin nicht dermaßen mit Beschlag belegen, dass sie keine Zeit mehr für mich hat.«

Das stieß Willa ziemlich vor den Kopf. Maxi beschloss einzugreifen. Carolina musste man definitiv gewöhnt sein. So wie diese eine schwedische Fischkonserve, die zum Himmel stank, aber angeblich süchtigmachend gut schmeckte, wenn man sich erst einmal daran gewöhnt hatte. So ungefähr. »Charmant wie immer. Bist du wegen etwas Bestimmtem hier? Denn ein Anruf hätte ja vielleicht auch genügt, um zu erfahren, dass es mir gutgeht.«

»Wenn du an dein Scheißhandy gehen würdest, schon.« Carolina ließ sich in den Sessel plumpsen und schien sich auf einen längeren Aufenthalt einzurichten. Es war ja auch zu viel verlangt, dass sie sich ausnahmsweise mal anständig benahm und einfach wieder ging, um dem frischen Paar Gelegenheit zu weiteren Amourösitäten zu geben.

Maxi hatte ihr Handy irgendwann auf Flugmodus gestellt. Das stimmte. Und wegen gewisser Aktivitäten hatte sie auch keine Notwendigkeit gesehen, das wieder zu ändern. Was womöglich ein Fehler war. Eine Nachricht hätte ihnen Carolinas gnadenlosen Besuch erspart. Denn mit Sicherheit würden die aufdringlichen und indiskreten Fragen in Kürze losgehen.

Willa stand etwas verloren und unsicher neben dem Bett, und Maxi machte es sich zur Priorität, das zu ändern. Carolina konnte da einfach hocken. Oder besser noch das Frühstück richten. »Sei ein Schatz, Carolina, und geh runter Kaffee kochen. Du weißt ja, wo alles ist.«

Maxi sagte das zwar zu ihrer besten Freundin, wandte sich aber bereits Willa zu. Sie überbrückte die zwei trennenden Meter zu ihr und schob sanft die Arme um sie. Sie hörte, wie Carolina sich abfällig aufschnaubend erhob und auf den Weg machte. Ausnahmsweise mal ohne Widerworte.

»Es tut mir leid«, sagte Maxi und hauchte einen Kuss auf Willas Lippen. Dann schaute sie die Frau an, die ihr Leben umkrempelte. Massiv.

»Ist schon okay. Sie macht sich Sorgen um dich. Das ist doch schön.« Willa rieb ihre Wange an ihrer.

Maxi erinnerte sich, wie sie das heute bereits mehrfach getan hatte. An anderen Körperstellen. Wie eine sexy menschliche Katze. Die ganze Erregung war plötzlich wieder da. Aber sie konnte das auch genießen, dieses Köcheln auf kleiner Flamme, bis die Temperatur zu passender Gelegenheit wieder hochgedreht werden konnte. »Du siehst das wirklich so?«, fragte sie nach, weil Carolina einer der wichtigsten Menschen in ihrem Leben war und das hier vielleicht vorgab, wie ihr Verhältnis sich entwickeln würde.

Willa löste sich für die Antwort von ihrer Wange und sah sie wieder an. »Ich glaube, du bist ein Menschenmensch. Das habe ich schon beobachtet. Wo du bist, sind auch immer andere Leute, die dich mögen. Das ist bei mir nicht so, also werde ich damit vielleicht manchmal nicht gut umgehen können. Aber ich werde mich bemühen.«

Ehrlich. Offen. Geradeheraus. Das war wohl meistens Willas Art, wie Maxi gerade lernte. Damit konnte sie gut umgehen. Und Willa schien wie sie davon auszugehen, dass das hier zwischen ihnen etwas Größeres war. »Das heißt, wir sind jetzt wirklich ein Paar?« Das war eigentlich schon klar, aber Maxi wollte es hören. Dass nicht nur sie so empfand. Sie musste es vielleicht noch ganz oft hören. Weil sie offensichtlich, wenn es darauf ankam, mehr Unsicherheiten hatte als vermutet. Als sonst in ihren Beziehungen bisher.

»Dachtest du, das ist nur eine Affäre?« Willa schaute sie mit schiefgelegtem Kopf entsetzt an.

Jetzt hieß es, Willas Ehrlichkeit mit ihrer eigenen Ehrlichkeit zu beantworten. Auch wenn das vielleicht kein so gutes Licht auf ihr Vorleben warf. Auf die ganze Maxi warf. »Natürlich nicht. Aber ich will nichts beschönigen. Ich war lange nicht der Beziehungstyp. Aber mit dir will ich keine Affäre oder lose Bindung.«

Das hörte sich nicht wirklich toll an. Sie würde daran noch arbeiten müssen.

»Wow, das ist eine glühende Rede«, erwiderte Willa prompt mit schiefgezogenem Mund. »Vielleicht hätten wir mehr reden sollen, bevor wir miteinander geschlafen haben.«

Willa wollte sich jetzt tatsächlich aus ihrer Umarmung lösen, aber Maxi hielt sie fest und versuchte, besser zu erklären. »So habe ich das nicht gemeint. Keine Frau hat mich bisher so in ihren Bann gezogen wie du, Willa. Das ist für mich ungewohnt. Hab ein bisschen Nachsicht mit mir. Okay? Meine Verführungsfunktionen sind in deiner Anwesenheit ein wenig konfus wegen der ganzen Gefühle, die du auslöst.« Besser. Definitiv schon besser.

Der schiefe Mund entspannte sich zu einem leichten Lächeln. »Das klingt fast nach einem Kompliment.«

Maxi setzte einen hoffentlich seelenvollen Kuss hinterher. »Das ist ein ganz großes Kompliment. Riesengroß. Lass uns später weiter darüber reden. Ich kann das noch besser. Und noch anderes tun.«

Willa lächelte jetzt richtig versöhnt. *Gerade noch mal die Kurve gekriegt,* dachte Maxi erleichtert. Fast hätte sie alles ruiniert mit ihrer tollpatschigen Ehrlichkeit.

Wieder unterbrach Carolinas Stimme von draußen einen intensiven Moment zwischen ihnen. »Kaffee ist fertig und Frühstück. Margit und Larissa haben frische Brötchen gebracht.«

Willa stöhnte auf.

»Larissa?«, fragte Maxi.

Willa löste sich von ihr. »Meine medizinische Fachangestellte und Ex-Schwägerin. Sie war gestern Zeugin deines Unfalls, weil wir zusammen spazieren waren.« Sie ging zu der kleinen Toilette mit dem Miniwaschbecken.

Maxi wurde ein wenig rot als sie sie dabei beobachtete, wie sie sich zuerst die Hände wusch und dann improvisiert das Gesicht. Gut, dass Willa daran gedacht hatte, wo ihre untere Gesichtshälfte den Morgen verbracht hatte.

»Ich dachte, du bist anders als ich. So menschenmäßig«, sagte Maxi schließlich, weil gerade mindestens eine von drei Personen, die in ihrem Hexenhäuschen zu Besuch waren, nicht wegen ihr hier war.

»Kommt ihr Knutschkugeln endlich?« rief Carolina von der Außentreppe her, dass es vermutlich auch der Rest von Weiler hören konnte. Bald stünde sie wieder im Zimmer, wenn sie nicht reagierten.

»Hier im Dorf ist nichts mehr, wie es mal war«, sagte Willa und trocknete ihr Gesicht mit dem Handtuch ab, das Maxi ihr reichte.

Sie schenkte Willa einen vielsagenden Blick. Das würde man noch sehen, wie wenig Menschenmensch die Dorfärztin auf Dauer sein könnte. Wie sie das einschätzte, würden die Weilerer und Weilererinnen das schon selbst in die Hand nehmen.

»Lass uns runtergehen und uns der Inquisition stellen«, sagte Maxi aber nur. Das war auch Thema für ein andermal.

Maxi nahm das Tablett mit dem, was sie gestern Abend hergerichtet hatte. So kalt, wie es in ihrem Hexenhäuschen war, seit der Herbst Einzug hielt, waren die Sachen so gut wie in einem Kühlschrank gewesen, ergo gar nichts verdorben. Oliven, Schafskäse und Weinblätter waren allerdings nicht ganz ihre normalen Frühstückszutaten. Sie würde Willa unten gleich von Carolinas bitterer Orangenmarmelade anbieten. Falls Willa das mochte, würde die Stimmung gleich um tausend Prozentpunkte besser werden. Falls nicht, würde die Annäherung ihrer Lieblingsmenschen vielleicht ein bisschen länger dauern.

Carolina jedenfalls würde mit der neuen Situation zurechtkommen. So viel war klar. Und Willa würde schon auch irgendwann feststellen, dass die zur Schau getragene widerborstige Hülle ihrer besten Freundin ein ganz sanftes und gutes Herz beschützte.

Willa folgte ihr die steinerne Treppe hinunter, einmal ums Häuschen herum bis zur unteren Tür. Diese umständliche Verbindung der Stockwerke war der große Nachteil des Hexenhäuschens. Vor allem, wenn der Winter kam. Sie war ja im Frühjahr eingezogen und hatte das noch nicht mitgemacht.

Sie drehte sich zu Willa um. Der Winter mit Willa. Der Herbst hatte ja schon sehr gut angefangen. Sie schenkte ihr ein breites Grinsen. Willa drückte sich an ihr vorbei und öffnete ihr die Tür, sodass sie mit dem Tablett problemlos durchgehen konnte.

Gleich darauf standen sie in Maxis Küche, umringt von drei uneingeladenen Gästen.

Und hinter ihnen ertönte noch Dieters Stimme. »Hoi, Maxi, ich wollte mal sehen, wie es dir geht.«

Warum wurde ihr Hexenhäuschen eigentlich ausgerechnet dann von Menschen gestürmt, wenn sie die erste Nacht und den ersten wundervollen Morgen mit Willa verbringen wollte? Vielleicht war sie doch kein Menschenmensch, wie Willa meinte.

Sie warfen sich schnell einen vielsagenden Blick zu. Der Energieschub, den sie dadurch erhielt, reichte aus, um sich den Gästen zuzuwenden und mit aller Freundlichkeit und Geduld die besorgten Fragen zu beantworten. Niemanden schien es weiter zu verwundern, dass Willa hier war und Maxis Klamotten trug. Das lief im Dorf doch besser als befürchtet.

6

Als Willa gähnend die Praxis betrat, saß das Wartezimmer bereits voll. Für einen Montag nicht weiter verwunderlich. Sie hatte allerdings bei ihren zwei Hausbesuchen am frühen Morgen schon festgestellt, dass sich die Information über Maxi und sie bereits wie ein Lauffeuer im Dorf ausgebreitet hatten. Mehr als Andeutungen waren nicht gekommen. Dafür war man ja zu dezent und außerdem auch angewiesen auf die einzige Ärztin im Dorf. Willa machte sich nichts vor. Die Grenzen der Toleranz würde sie bald zu spüren bekommen.

»Deine Mutter sitzt im Wartezimmer und hat sich auch nicht von mir abwimmeln lassen«, flüsterte Larissa ihr zu. Sie kam gerade aus dem kleinen Labor und nutzte offenbar die Chance, Willa allein zu erwischen. Denn vor ihrem Tresen standen zwei neue Patienten – zwei Schnecks weitläufiger Verwandtschaft –, die darauf warteten, sich anzumelden.

»Lass sie warten, bis sie Rost ansetzt.« Willa nickte den Patienten kurz zu und ging ins Behandlungszimmer.

Larissa folgte ihr einfach, schloss die Tür und sagte für einen Moment nichts, als Willa ihren weißen Kittel überstreifte. Allerdings sah sie sie skeptisch an. »Sie war die Erste vor der Tür. Sie stand schon da, als ich gekommen bin. Ich hab versucht, sie abzuwimmeln, aber du kennst ja deine Mutter.«

Zu wahr. Leider. »Hat sie sich mit ihrer Versichertenkarte angemeldet?«, fragte Willa. Die einzige Hoffnung, die blieb, um sie hier rauszukriegen.

Larissa nickte aber. »Sonst hätte ich sie wegschicken können.«

Okay, sie würde also eine Begegnung mit ihrer Mutter absolvieren müssen. Warum eigentlich nicht? Lieber schnell und zügig hinter sich bringen. Und nach dem wunderschönen Wochenende, das sie mit Maxi hatte, schwebte sie auf solch einem Hoch, dass es vielleicht nicht ganz so schlimm würde. Die seelischen Wunden eher verkraftbar. Sie würde sich mit einer Rüstung bestehend aus reiner Liebe umhüllen, und Gertruds Messerstiche aus negativen Gefühlen hätten gar keine Chance, Schaden anzurichten.

So viel zur Theorie. Die Praxis erforderte ein handfesteres Vorgehen. »Steck sie ins Quarantänezimmer«, sagte Willa mit einer Grimasse.

Am Ende des Flurs hatte ihre Praxis zwei weitere Behandlungszimmer. Eines für EKG und Ultraschall, das andere, um Grippe- und andere ansteckende Patienten vom Rest zu trennen. Die Huster steckten sie da auch immer rein. Dann nervten sie die anderen Patienten nicht so. Wenn man dahinten die Tür schloss, hörte man im vorderen Teil der Praxis nicht viel. Willa hoffte, das würde genügen, um auch die anstehende Auseinandersetzung mit ihrer Mutter zu dämpfen.

Sie wollte das nicht, schon gar nicht hier, aber wie immer hatte ihre Mutter keine Gnade. Sie zwang Willa das Gespräch auf. Und Willa machte sich nichts vor. Sie wusste genau, worum es gehen würde. Gut, sie hatte Gertrud in letzter Zeit gemieden. War allen Einladungen, Begegnungen und Kontaktversuchen geschickt ausgewichen. Aber offensichtlich ließ es sich nicht länger aufschieben. Die brandaktuellen Neuigkeiten waren natürlich in Windeseile auch bei ihrer Mutter gelandet. Willa seufzte. Warum hatte sie das prickelnde Hochgefühl ihrer neuen Liebe nicht noch ein paar Tage auskosten dürfen? Es war wirklich nicht fair.

»Dort kann ich sie noch zwei, drei Patienten hinhalten. Aber dann musst du wohl. Sie steht unter Druck wie eine geschüttelte Sektflasche. Ich kann auch mit dir reingehen.«

Die Vorstellung, Larissa mit reinzunehmen, war verlockend, aber sie war nicht mehr die junge Frau, die vor ihrer Mutter kuschte und lieber flüchtete als sich ihr zu stellen. »Ich glaube, das muss ich allein ausfechten. Es ist schon lange überfällig.«

Larissa sah sie mitleidig an. Und das machte Willa wütend. Auf die verdammte Gertrud, die sie geboren hatte und dann einen Roboter oder einen Gertrudklon aus ihr machen wollte, sie aber nicht liebte.

»Wenn es zu sehr ausartet, komme ich einfach rein«, sagte Larissa. »Sie hat ein bisschen Angst vor mir. Schließlich kann ich ihr den Umgang mit ihren Enkeln massiv erschweren.« Sie umarmte Willa kurz, aber fest.

Willa setzte sich mit einem Quietschen auf ihren Schreibtischstuhl, an den sie sich in den letzten Wochen tatsächlich gewöhnt hatte. »Ich hoffe, das ist nicht nötig.« Sie rutschte sich auf der ausgesessenen Sitzfläche zurecht und freute sich doch wieder auf den Tag, an dem ihr neuer Designerstuhl geliefert werden würde.

Larissa war neben ihrem Schreibtisch stehengeblieben, obwohl draußen bestimmt schon Ungeduld an der Rezeption herrschte. Aber Larissa ließ sich nicht aus der Ruhe bringen, und wenn sie noch etwas zu sagen hatte, dann sagte sie das auch. Da konnte warten, wer wollte. »Hab ich schon gesagt, wie sehr ich mich für dich freue? Diese Schriftstellerin ist ein echter Fang.«

Das überraschte Willa wirklich. Schließlich war der Besuch im Hexenhäuschen zusammen mit Margit eine echte Sondierung gewesen, und Irmingards altes Haus hatte bei Larissa nur für weiteres Unverständnis gesorgt, wie man dort nur wohnen konnte. Das hatte Willa ihren Fragen und ihrer Mimik ganz klar entnehmen können. Und sie hatte gedacht, Maxi würde von ihr deshalb als hoffnungslos exzentrisch eingestuft.

»Ich dachte ja gestern, du schwärmst eher für Carolina«, antwortete Willa neutral. Tatsächlich hatten sich ihre Ex-Schwägerin und die Torpedotante beim Frühstück blendend verstanden. Larissa hatte sogar geschworen, zum nächsten Auftritt zu kommen, weil es sie brennend interessierte.

»Puhh!«, schnaufte Larissa gespielt hitzig und wedelte sich affektiert vor dem Gesicht herum. »Was für ein Vollweib! Wenn ich ein bisschen mehr wie sie wäre, würden mir die Kerle zu Füßen liegen.«

Willa musste darüber trotz des sich unerfreulich entwickelnden Vormittags lachen. Ihr Stuhl quietschte kurz auf vertraute Art, und sie fühlte sich gleich wieder ein bisschen besser.

»Aber zurück zu Maxi«, fuhr Larissa fort. »Sie ist toll. Sieht gut aus, ist charmant und auch noch erfolgreich. Ist leutselig und in allem das absolute Gegenteil zu deiner Familie. Und sie bringt dich zum Strahlen. Was willst du mehr?«

Wow, diese Zusammenfassung haute sie fast um. So gesehen war Maxi vielleicht doch eine Nummer zu groß für sie. Kurz wurde sie von einer unerklärlichen Panik gepackt. Dann dachte sie wieder daran, wie Maxi ausgesehen hatte, als sie zusammen im Bett waren. Ihre Blicke, die Willa unter die Haut gegangen waren und die Gefühle transportiert hatten, die tiefer gingen als pure Lust. Sie dachte auch daran, wie Maxi sie in den Arm genommen und so zärtlich gehalten hatte, bevor sie zusammen nach unten gegangen waren. *Das* war Maxi für sie. So waren sie miteinander. Und es fühlte sich einfach nur großartig an und ganz genau so, wie sie sich das erhofft hatte. Wie es sich anfühlen musste, wenn man wirklich verliebt war. Einfach nur richtig.

Willa lächelte versonnen. Sie war hoffnungslos verloren. Und sie wollte verloren sein. Wollte das alles. »Ich will gar nicht mehr«, sagte sie immer noch lächelnd zu Larissa. »Außer vielleicht, dass mich meine Mutter in Ruhe lässt.« Und sie wussten beide, dass das in diesem Leben nicht mehr passieren würde. Sie hatte sich mit der Praxis ja praktisch selbst in die Höhle des Löwen hineinmanövriert. Aber weil das Maxi in ihr Leben gebracht hatte, war auch das okay. Dafür könnte sie sich ihrer Mutter stellen.

»Träum weiter«, antwortete Larissa flapsig und grinste sie mutmachend an. Dann ging sie aus dem Zimmer und ließ Willa allein zurück.

Als Willa ihr Tablet mit den Patientendaten startete, hörte sie, wie Larissa draußen vor ihrem Zimmer Gertrud den Flur entlang nach hinten dirigierte. Sie verstand nicht, was gesagt wurde, aber es hörte sich auf Larissas Seite drohend an, und Gertruds Stimme keifte zurück. Na prima.

Nach einer Minute der Verzögerung befahl sich Willa innerlich, die Angelegenheit hinter sich zu bringen. Das Wartezimmer saß voll, und Gertrud ginge nirgends hin.

Willa ging also wie eine Verurteilte zum Schafott durch den Flur und betrat entschlossen das Quarantänezimmer. Gleich beim Eintreten redete sie los. »Wir brauchen nicht so zu tun, als ob du wegen einer Erkrankung hier wärst. Wir können es genauso lassen, so zu tun, als ob du nicht wüsstest, dass ich eine Beziehung mit Maxi Gnädig habe und –«

Ihre Mutter ließ sie nicht zu Ende reden, fuhr ihr aggressiv ins Wort. Sie hatte sich von dem Patientenstuhl im Zimmer erhoben und baute sich vor Willa auf. Ihre ganzen ein Meter und fünfundfünfzig Zentimeter. Eine Wolke ihres wohlbekannten Parfüms zusammen mit ihrem Haarspray umhüllte Willa unangenehm. »Du wirst dich von dieser Frau fernhalten. Ich dulde so etwas nicht. Nicht bei meiner Tochter. Schon gar nicht hier im Dorf. Die Leute sagen dreckige Dinge über dich!« Gertruds Gesicht war fast zu einer Fratze mutiert, so angewidert war sie in ihrer Homophobie.

»Oho! Dreckige Dinge! Unerhört. Na, das geht ja gar nicht.«

Willas Sarkasmus war allerdings verschwendet an Gertrud Schneck. Und überhaupt war sie mit solch guten Vorsätzen hier hereingekommen, hatte jetzt aber das Gefühl, dass ihr die Kontrolle über das ›Gespräch‹ schon entglitten war. Obwohl sie die Aussage über ›dreckige Dinge‹ fast schon witzig fand. In einer anderen Situation, an einem anderen Ort, mit anderen Menschen könnte sie darüber mit Sicherheit sogar lachen.

Wieso war eigentlich ausgerechnet ihre Mutter solch ein hoffnungsloser Fall, und wieso hörte sie sich solchen Müll von ihr an? Wieder war sie an diesem Punkt angekommen.

»Deine Praxis wird gemieden werden, und du wirst Schande über deinen Vater und Wilhelm bringen.«

Die armen Männer, dachte Willa. Mussten beschützt werden in ihrer Ehre. Ganz tolles Bild, das ihre Mutter da entwarf. Gertrud machte so weiter, wie sie angefangen hatte, alles, was Willa sagte, ignorierend.

Sie fühlte sich in ihre Kindheit teleportiert. Der Duft des Parfüms weckte unschöne Erinnerungen. Es würgte Willa fast, so eingeengt, so im Schwitzkasten fühlte sie sich. Wie schnell man doch wieder in solche altbekannten Strukturen und Verhaltensmuster zurückfiel.

Wie so oft in ihrem Leben stand sie einfach da und ließ ihre Mutter ihre Ansichten über sie kippen wie einen Eimer Gülle. Neulich beim Sonntagsbraten war es ihr so gut gelungen, ihre Position zu behaupten. Jetzt gelang ihr das nur mäßig bis gar nicht. Nicht dass sie auch nur eine Sekunde daran dachte, zu tun, was Gertrud verlangte. Da könnte sie vor dem Rathaus einen Veitstanz aufführen, Willa war immun gegen jegliche Einflussnahme. Sonst hätte sie schon längst nachgegeben und ihrer Mutter zuliebe irgendeinen Mann geheiratet.

Willa unterbrach die Litanei. Ihre Mutter ließ sie nicht ausreden, also ließ sie auch umgekehrt ihre Mutter nicht ausreden. »Ich bin und war schon immer lesbisch, Mama. Und das wird sich auch nicht ändern. Das hat nichts mit Maxi zu tun.«

»Du darfst so etwas nicht sagen. Wenn das jemand hört. Solche Dinge macht man allerhöchstens heimlich. Wenn es gar nicht anders geht.«

»Hoho! Heimlich?« Das war neu. Bisher kannte sie ja die meisten der Argumente – wenn man das so nennen konnte – ihrer Mutter. Heimlicher Sex war dabei noch nie vorgekommen und schien ihr auch vollkommen abwegig. Aber abwegig war ja nicht neu. »Ist das der Wille der katholischen Kirche? Oder deiner?«, fragte sie höhnisch nach.

Aber auch das ging an Gertrud mit großem Bogen vorbei und löste nur einen weiteren verbalen Ausbruch aus. »Lass die Kirche aus dem Spiel. Du beschmutzt den Herrn und alles, was heilig ist. Du bist es nicht wert, sein Haus zu betreten. Du wirst in der Hölle landen für all deine Sünden.«

Willa kam es so vor, als ob der religiöse Wahn, den ihre Mutter schon seit Jahren pflegte, noch schlimmer geworden wäre. Was sollte sie noch sagen? Nichts. Absolut nichts. Die Frage war nur: Wie beförderte sie Gertrud aus ihrer Praxis? Und wie schaffte sie es in Zukunft, dass Maxi ihr nie begegnete? Denn eines war klar: Gertrud Schneck war die Abschreckung in Person. Sie selbst würde am liebsten auch Reißaus nehmen.

7

Maxi öffnete einer hektisch klopfenden Margit die Tür. Sie hatte sich eigentlich gerade an den Schreibtisch gesetzt, aber anscheinend würde es auch heute nichts werden mit dem Schreiben. Nicht dass sie sich über den Verlauf des gestrigen Tages beschweren würde. Sie lächelte vor sich hin, wie sie es schon die ganze Zeit tat.

Aber Margit sah für ihre ansonsten stets gutgelaunte Mimik reichlich aufgeregt aus. »Gertrud Schneck wurde gesichtet, wie sie die Praxis betreten hat. Und sie sah aus, als ob sie auf dem Kriegspfad wäre«, fiel sie mit der Tür ins Haus. Ohne herzliche Begrüßung, ohne eine Anspielung auf gestern, ohne sie über Willa aufzuziehen.

»Welches arme Schwein ist ihr denn in die Quere gekommen?« Maxi war froh, dass Willas Mutter sich offenbar ein neues Opfer für ihren Irrsinn gesucht hatte. Denjenigen in Willas Wartezimmer zu stellen, war aber schon sehr dreist. Larissa würde damit umzugehen wissen. So viel war klar, nachdem sie die Arzthelferin gestern besser kennenlernen konnte. Aber warum kam Margit deshalb so aufgeregt zu ihr?

»Du hast noch viel zu lernen, wie so ein Dorf tickt. Komm mit. Sofort«, befahl Margit herrisch. Was auch überhaupt nicht ihrem sonst so ausgeglichenen Gemüt entsprach, das Maxi so sehr an ihr schätzte.

Aber mit herrischen Frauen konnte sie dank jahrelanger Übung mit Carolina sehr gut umgehen. Verzögerung und gut getarntes Ausbremsen waren eine hervorragende Anfangsstrategie. »Wohin denn?«, fragte Maxi und ging hinein, sodass sie beide in ihrer Küche standen. Sie nahm den Teefilter mit den Ceylon-Blättern aus der Kanne, der jetzt lange genug gezogen hatte.

Sie wollte sich gerade eine Tasse einschenken – Verzögerungstaktik –, wurde von Margit aber davon abgehalten. »Na, in die Praxis. Wir müssen Mine beistehen.«

Das hatte sofort ihre vollständige Aufmerksamkeit. Dieser Name hätte sie von den Toten wiedererweckt. »Was? Wieso? Wie können wir ihr beistehen?« Maxi hatte das Gefühl, ihre Fragen ergaben gar keinen Sinn. Würden gar nicht zur Beantwortung dieses Sachverhalts beitragen. Margit hatte recht. Sie verstand die Dörfler nicht wirklich. Und die Strukturen des Zusammenlebens schon gar nicht.

»Komm bitte mit. Jetzt gleich und schnell. Ich erklär dir alles auf dem Weg.«

Maxi hatte ihre Verzögerungstaktik bereits gestrichen, nahm sich die erstbeste Jacke vom Haken und schloss hektisch die Haustür zu.

Eigentlich hatte sie auf einen gemütlichen Morgen gehofft, an dem sie viel ihren Erinnerungen an die Zeit mit Willa nachhängen konnte und dabei ein bisschen arbeiten. In Liebe schwelgen. Das Arbeiten war zweitrangig.

Margit legte im Stechschritt los und rannte fast die Hangstraße hinunter.

Maxi musste neben ihr herjoggen, sonst hätte sie sie abgehängt. Sie gab es auf, irgendetwas in Erfahrung bringen zu wollen. Margit war sich sicher, dass Willa sie aus irgendeinem Grund brauchte, natürlich ging sie mit. Auch ohne ihre verwirrten Fragen beantwortet zu bekommen.

Auf dem Weg in die Dorfmitte rasten sie an Leuten vorbei, die einen Gruß riefen, und manche wollten Margit auch ansprechen, aber sie winkte bei allen nur unwirsch ab. »Keine Zeit!«, rief sie einem Rentner mit Hund zu.

Maxi lächelte ihn entschuldigend an, als sie sich an ihm auf dem Bürgersteig vorbeidrängte.

Eine Frau fuhr sogar kurz mit ihrem Traktor auf der Straße neben ihnen her und wollte eine Honigbestellung aufgeben.

Aber auch sie wurde abgekanzelt. »Gertrud ist auf dem Kriegsfuß«, sagte Margit barsch zur Traktorfahrerin.

»Oje, mal wieder. Mine?«, fragte sie mit einem Seitenblick auf Maxi.

»Mine«, antwortete Margit kurzatmig, stapfte aber unaufhaltsam weiter.

»Ich hoffe, du verpasst Gertrud eine Abreibung. Das ist längst überfällig«, sagte die Traktorfahrerin mit einem winkenden Gruß, der auch an Maxi gewandt war, und gab Gas, dass aus dem seitlichen, senkrechten Auspuffrohr schwarzer Dieselruß in einer dicken Wolke herausquoll. So viel zum Klimaschutz auf dem Dorf. Aber der Traktor war vielleicht ein Oldtimer, die fielen da wahrscheinlich gar nicht drunter. Vielleicht sollte sie Bauer Gümpel in einer Fortsetzung solch einen Traktor andichten?

Mit diesem Gedanken beschäftigt, kam sie in Margits Bugwelle schließlich am Rathaus an. Gut, dass sie so trainiert war. Margit hätte sie sonst in ihrer aufgewirbelten Staubwolke zurückgelassen. Ganz wie im Western, wenn die Cowboys irgendwohin im wilden Galopp zur Rettung ritten. Und offenbar musste heute die schöne Frau, in die sie verliebt war und mit der sie eine langjährige Beziehung führen wollte, gerettet werden. Vor einer psychopathischen Mutter im Twinset. Warum auch immer. Das war egal. Sie würde diese Gertrud Schneck nur zu gern mit einem Lasso an einen Marterpfahl binden und dort ihrem Schicksal überlassen. Und mit dem einen oder anderen Pfeil dekorieren.

Maxi grinste bei dieser Vorstellung und stürmte hinter Margit das steinerne Treppenhaus hoch.

Die Glöckchen an der Eingangstür zur Praxis wurden fast aus ihrer Halterung gerissen, als Margit die Tür aufwarf.

Larissa zeigte sogleich den Gang hinunter. »Hinten im Husterzimmer«, rief sie ihnen hinterher.

Margit schien zu wissen, was damit gemeint war. Ohne Verzögerung walzte sie auch durch diese Tür.

Maxi hörte noch einen gekeiften Satz von Gertrud Schneck – »Du wirst in der Hölle landen für all deine Sünden« –, dann standen sie schon mitten im schönsten Streit zwischen Willa und ihrer Mutter.

Und Maxi wurde mit einem Mal schlagartig klar, dass nicht irgendeine andere arme Sau zum Objekt des Hasses geworden war. Willas Mutter versuchte alles erdenklich Mögliche, ihre Tochter und Maxi auseinanderzuhalten. Vermutlich hatten sich die Ereignisse von Samstag und Sonntag schon herumgesprochen. Wäre ja auch ein Wunder gewesen, wenn nicht. Und da die Feuerwehr in Vollbesetzung mitbekommen hatte, wie Willa sie geküsst hatte, war davon auszugehen, dass auch diese homophobe Schreckschraube jetzt wusste, mit wem ihre Tochter zusammen war.

Maxi fing innerlich an zu bibbern. Wie viel Einfluss hatte diese Gertrud Schneck eigentlich auf Willa und ihre Lebensentscheidungen? Würde sie sich mit Androhungen von Fegefeuer und Verdammnis dazu bringen lassen, Maxi aufzugeben? Bisher hätte sie das vehement verneint, aber da Margit wie ein Racheengel durchs Dorf geflogen war, musste wohl doch eine Wahrscheinlichkeit bestehen. Schließlich war Willa auch ins Dorf zurückgekehrt, hatte eine Praxis übernommen, obwohl sie sich damit wieder in den Einflussbereich ihrer Mutter begeben hatte. Wäre sie bereit, sich den erzkonservativen Vorstellungen zu beugen, die ihre Mutter versuchte durchzudrücken?

»Jetzt ist Schluss. Ein für alle Mal!« Margit brüllte, wie Maxi ihre Nachbarin noch nicht hatte brüllen hören.

Die Tür hinter Maxi stand immer noch offen, und aus dem Flur drang das erste Getuschel. Bestimmt stünde bald das ganze Wartezimmer bei Larissa und würde lauschen, was sich da für ein dörfliches Drama entfaltete.

Willa drehte sich jedenfalls auf Margits Geschrei hin verwundert zu ihnen um, dann trat ein Ausdruck der Erleichterung in ihr Gesicht, der Maxi einen Stein vom Herzen plumpsen ließ. Willa sah entnervt aus, ja gestresst, aber nicht so, als ob sie einer religiösen Läuterung durch ihre Mutter geneigt wäre.

Die beiden älteren Damen standen sich nun wie zwei Pitbulls gegenüber, die bereit waren, den Gegner in einem illegalen Hundekampf zu zerfleischen. Willa und sie wurden zu Zaungästen degradiert.

»Verschwinde. Zusammen mit deiner unmoralischen Begleitung. Ich habe mit meiner Tochter zu reden.«

Die Frau, der jetzt vor aufgeregter Selbstermächtigung Spucketröpfchen aus dem Mund flogen, war ihre Schwiegermutter in spe? Schreckliche Vorstellung. Aber wie schon neulich war Maxi klar, dass nicht einmal das sie von Willa fernhalten konnte. Was das hieß, wurde ihr in diesem Moment erst so richtig bewusst. Dafür hatte sie hingegen eine saunette Tante um zwei Ecken.

Margit rückte keinen Millimeter von ihrer Position ab, selbst die fliegende Spucke ließ sie nicht zurückzucken. »Wenn du nicht sofort Mine in Ruhe lässt, und zwar für immer, dann werde ich dem ganzen Dorf von Andrea erzählen. Und zwar so, wie es wirklich war.«

Gertrud Schneck wurde schlagartig leichenblass. Das Stichwort *Andrea* schien ein Volltreffer zu sein. »Das würdest du nicht wagen«, sagte sie, ihr Gesichtsausdruck schwankte zwischen abgrundtiefer Abscheu und etwas, das Maxi als tiefsitzende Angst eingestuft hätte, wenn es nicht so flüchtig gewesen wäre.

Margit begegnete ihr auf alle Fälle weiterhin mit größter Entschlossenheit. »Viel zu lange habe ich mit angesehen, wie du deine Tochter behandelst. Natürlich würde ich es tun«, sagte sie voller Unnachgiebigkeit.

Maxi zollte ihr innerlich einen Heidenrespekt. Offenbar war heute der Tag, an dem Margit etwas tat, was sie vorher noch nie gemacht hatte. Sie konfrontierte diese Frau, die sie schon seit Jahrzehnten kannte, aber deren Handeln sie ebenso lange wohl ablehnte. Und sie tat es nicht für sich selbst, sondern für Willa. Etwas, wofür Maxi dieser Frau, die als simple Nachbarin angefangen hatte und nun im Ranking unumstößlich zu einer guten Freundin aufgestiegen war, für ewig dankbar wäre. Sie hätte nur zu gern gewusst, womit Margit Gertrud Schneck so im verbalen Schwitzkasten hatte.

Es funktionierte auf alle Fälle. Willas Mutter wandte sich zur Tür und gab sich offenbar geschlagen. Sie drehte sich noch einmal um und wollte wohl noch etwas zu Willa sagen, aber Margit musste nur ihr Kinn heben und ihre Augenbrauen hochziehen, da war das auch erledigt. Gertrud Schneck trollte sich. Zwei Sekunden später ertönten die Glöckchen der Eingangstür.

Willa ließ sich gegen die Behandlungsliege sinken, Margit plumpste in einen der Stühle, und Maxi überlegte sich, ob sie vor Erschöpfung einfach umfallen sollte. Sie fühlte sich so ausgelaugt wie nach einem Marathonlauf. Oder sollte sie doch lieber zu Willa gehen und sie in den Arm nehmen? Sie war sich ihrer Stellung noch nicht ganz sicher, und auch nicht, wie Willa das hier in der Praxis aufnehmen würde. Deshalb blieb sie einfach, wo sie war, und stand ein wenig bedripst herum.

»Alles in Ordnung hier drin?«, fragte Larissa in ihre gemeinsame Erschöpfung hinein.

»Wir sind angezählt, haben aber gewonnen. Sieg durch K. o. in der ersten Runde. Unsere Gegnerin wird nie wieder den Ring betreten. Falls doch, wischen wir den Boden mit ihr.«

Margits Worte erinnerten Maxi daran, dass sie ihr mal erzählt hatte, dass sie Fan von Boxkämpfen war. Nur deshalb hatte Maxi sich überhaupt getraut, ihr einen ihrer blutrünstigen Romane zu schenken. Denn ansonsten hätte sie sie für eine harmlose Dörflerin gehalten mit dem weltlichen Horizont einer Balkongeranie.

Wie gut, dass sie sich so getäuscht hatte. Margit war überhaupt keine Geranie. Sie war Vladimir Klitschko als ältere Dame verkleidet.

»Das gesamte Wartezimmer hat mitgefiebert. Ich soll dir ausrichten«, sagte Larissa zu Willa, die bisher ein wenig paralysiert gewirkt hatte, »dass niemand von deinen Patienten deine Mutter jemals leiden konnte. Und zwar von allen!« Das sagte sie mit einem vorsichtigen Lächeln, als ob sie nicht ganz wüsste, wie ihre Aussage aufgenommen würde.

Willa lachte allerdings darüber und sah richtiggehend glücklich aus. Nicht wie jemand, der vermutlich gerade die Beziehung zu seiner Mutter endgültig und unwiderruflich in die Mülltonne getreten hatte. Ihre geschockte Stille schien damit auch aufgehoben. »Ich hab plötzlich Hunger wie ein Bär«, war das Erste, was sie nach der Konfrontation von sich gab. Eine Frau ganz nach Maxis Geschmack.

Sie ging jetzt doch zu ihr, während Larissa und Margit noch über diese Aussage lachten. Sie beugte sich ein bisschen hinunter, da hob ihr Willa das schöne Gesicht bereits entgegen. Der Kuss war willkommen, den sie Willas Lippen schenkte.

Als er ein bisschen ausuferte, riss Larissas frivoles Pfeifen sie allerdings aus der Versenkung. Dann verschwand sie in Richtung Wartezimmer.

»Punkt zwölf gibt es Mittagessen bei Erwin und mir«, verkündete Margit jetzt wieder ganz gelassen, erhob sich und folgte Larissa.

Plötzlich allein mit Willa überkam Maxi ein enormes Glücksgefühl. Und ein unwiderstehlicher Drang zu etwas, was sie noch nie getan hatte: einer Liebeserklärung.

»Ich liebe dich«, sagte Maxi spontan und gänzlich unüberlegt. Weil das jetzt der Moment dafür war. Das spürte sie ganz deutlich.

Sie wurde mit dem schönsten strahlenden Lächeln belohnt, das sie bei Willa je gesehen hatte. Alles richtig gemacht.

8

Willa war noch nie so froh über eine Einladung zum Mittagessen gewesen wie über die heutige bei Tante Margit und Onkel Erwin. Nicht nur, weil sie furchtbar ausgehungert war und sich über die Hausmannskost aus Sauerkraut, Pellkartoffeln und Leberwürsten mächtig freute. Sondern auch, weil sie diese Aufnahme durch ihre Ersatzfamilie gerade einfach brauchte. Nachdem ihre Mutter ihr endgültig den Fehdehandschuh hingeworfen hatte.

Sie saß trotz dieser Tatsache erstaunlich zufrieden auf der Eckbank aus massiver Eiche im Heim ihrer Verwandtschaft. Tante Margit am Kopfende mit dem kürzesten Weg zum Herd und Onkel Erwin in Richtung Tür zum Hausflur, weil er mit Sicherheit, so wie früher auch immer, auf dem Sprung zur nächsten Tätigkeit war. Maxi saß ihm gegenüber auf dem undankbarsten Platz auf der Bank, eingekesselt von Willa und Tante Margit.

Willa grinste zu Maxi hinüber, die ›Ich liebe dich‹ gesagt hatte. Die heute ganz selbstverständlich mit in die Praxis zu ihrer Rettung gekommen war. Nicht, dass sie wirklich gerettet werden musste. Irgendwie wäre sie, wie ihr ganzes Leben lang, schon mit ihrer Mutter fertig geworden. Aber es war so zauberhaft gewesen, das nicht allein tun zu müssen. Mit Schützenhilfe sozusagen. Tante Margit hatte Gertrud dermaßen eingeschüchtert, dass sie kleinlaut abgezogen war. Apropos …

»Wer ist eigentlich Andrea?«, fragte Willa über den Tisch hinweg Tante Margit, die allen gerade Sauerkraut auf die Teller schöpfte.

Maxi hielt ihren Teller brav hin und bekam eine stattliche Menge aufgetan. Sie protestierte nicht einmal, sondern sah sogar begierig aus.

»Du hast Andrea erwähnt?«, fragte Onkel Erwin reichlich erstaunt, was Willa nur noch neugieriger machte. Warum wusste jeder, wer Andrea war, nur sie nicht? Na ja, Maxi auch nicht. Die blinzelte nämlich auch reichlich interessiert zwischen ihrem Teller und der Konversation hin und her. Sooo süß. Ihr Herz war so voll mit Liebe für diese Frau, dass alles andere gar nicht so wichtig war.

»Nur so am Rande. Nebenbei«, antwortete Margit schalkhaft und legte Maxi noch eine heiße Leberwurst aufs Sauerkraut. »Die heilige Gertrud braucht nicht zu denken, dass sie auf ihrem erhabenen Sockel einfach so stehen darf und über uns Normalsterblichen thronen wie bereits zu Lebzeiten in geweihte Sphären entrückt.«

Onkel Erwin lachte über die ungewöhnlich bissige Aussage seiner Frau. So hatte Tante Margit noch nie geredet. Vielleicht profitierte sie auch von der Freundschaft mit Maxi und nicht nur umgekehrt, wie Maxi wahrscheinlich dachte. Sie würde das später mal fragen müssen, wenn sie mit ihrer Geliebten allein war. Aber jetzt musste sie das hier wissen. Dieses geheimste aller Dorfgeheimnisse.

Willa wollte gerade ansetzen, noch einmal nach Andrea zu fragen, da kam ihr Onkel Erwin zuvor. »Andrea war die Jugendfreundin von Gertrud. Die beiden waren wie Pech und Schwefel.«

»Unzertrennlich«, ergänzte Margit und belud weiter die Teller am Tisch. Überließ das weitere Erklären allerdings ausnahmsweise mal ihrem sonst eher wortkargen Mann.

»Bis der alte Priester Hornig von der Kanzel von unnatürlichen Freundschaften und Verdammnis gepredigt hat. Dabei hat er Andrea und Gertrud direkt angesprochen.« Onkel Erwin erzählte wie immer langsam und bedacht. Willa hing an seinen Lippen. Von all dem hörte sie wirklich das erste Mal. »Danach hat deine Mutter Andrea gemieden wie eine Aussätzige. Kurz darauf ist Andrea weggezogen, um Krankenschwester zu werden. Und nie wieder zurückgekommen.« Erwin schnitt in eine Kartoffel und fing an zu essen.

»Und?«, fragte Maxi, eine Gabel mit Sauerkraut auf halbmast.

Erwin kaute erst zu Ende. Margit war erstaunlich still, schnitt friedlich ihre Kartoffeln klein und beobachtete die Reaktionen am Tisch mit Adleraugen.

»Es gab natürlich Gerede. Vermutungen. Aber von da an war Gertrud wie der Ausbund an Tugend persönlich. Unerträglich.«

Margit schien es nicht länger auszuhalten. »Ich bin mit Andrea in Kontakt geblieben«, platzte sie geradezu heraus. »Gertrud war ihre große Liebe. Sie hatte geglaubt, dass sie zusammen weggehen würden. Das war der Plan, bis Priester Hornig deine Mutter mit dem Fegefeuer so verängstigt hat, dass sie noch Jahrzehnte später ihre eigene lesbische Tochter wie eine Aussätzige behandelt.«

Willa wusste nicht, was sie sagen sollte. Sie war geschockt wie selten in ihrem Leben. Dass ihre Mutter aus eigener unterdrückter Homosexualität heraus handeln könnte, war ihr noch nie in den Sinn gekommen.

»Internalisierte Homophobie«, sagte Maxi und schnitt zeitgleich am Zipfel in ihre Leberwurst.

Es gab ein zunächst harmlos klingendes *Flopp*, dann wurde die heiße Leberwurstmasse wie aus einer Druckluftpistole abgeschossen aus dem Plastikdarm herauskatapultiert und landete mit mehreren Flatschgeräuschen auf allem, was sich im Umkreis von drei Metern befand.

Willa hatte sich auch schon über die pralle Aufgeblähtheit der Wurst auf ihrem Teller gewundert. Das war ihr anders vorgekommen, als sie es von früher kannte.

Sie erschrak bis aufs Mark und erstarrte vor Schreck. Gertrud und Andrea vergaß sie völlig, als sie sich die Schweinerei besah, und bekam es mit dem Grausen zu tun. In ihrer Herkunftsfamilie gäbe das jetzt die schlimmste Szene mit anschließendem Hausverbot. Und Geschrei. Sehr viel Gekeife von Gertrud, der ihre Einrichtung fast so heilig war wie ihr Mann und ihr Sohn.

Die ganze Eckbank war vollgespritzt, Tante Margits Plastikmopsfigur in der erhabenen Ecke, Tante Margits Pulli, ja sogar die Gardinen hinter Maxi. Es war furchtbar!

Die Sauerei aus grauer Leberwurstmasse sah aus wie Gehirn in Splatterfilmen. Grau und unappetitlich, mit kleinen Stückchen darin, die überall klebten.

Die arme Maxi sah so aus, als ob sie im Boden versinken wollte. Das Besteck immer noch über der Wurst schwebend, die mittlerweile auf ihrem Teller zusammengesunken war und mindestens die Hälfte ihres Volumens in den Raum gespritzt hatte.

Willa blickte entsetzt zu Tante Margit und Onkel Erwin. Für einen unendlich langgezogenen Moment reagierte niemand, alle schauten nur auf das Desaster, das sich am Esstisch ausbreitete.

Onkel Erwin brach als Erster die Stille. »Schönen Gruß an den Metzger. Er soll seine Würste wieder in Naturdarm verpacken, wie es sich gehört.« Es klang amüsiert. Und gar nicht wütend.

Als Nächstes kam aufgeregt miauend Stubsi angelaufen, Tante Margits vierfarbige Katze, und schleckte wie in Ekstase an den Leberwurstspritzern auf der Eckbank herum.

Dann lachte Tante Margit einfach los.

Und das löste Willa aus ihrer ängstlichen Starre. Das Leberwurstdebakel würde sie nicht auch noch den Rest der Familie kosten. Maxi stimmte mit ein, dann Onkel Erwin mit einem brummenden Basslachen. Erst da drängte sich auch bei Willa das Lachen aus ihrer Kehle. Wie ein erlösender Reflex hüpfte ihr Zwerchfell. Das Gegenteil ihrer Befürchtungen trat ein: So, wie sie jetzt alle miteinander über die Schweinerei lachen konnten, schweißte es sie noch mehr zusammen.

»Ich werde übrigens aus der Feuerwehr austreten«, sagte Maxi unvermittelt in das Gelächter hinein. »Ich glaube, ich bin ein viel zu großer Pechvogel. Was ich gerade mal wieder bewiesen habe.« Sie zeigte auf den großen Fleck, der sich auf Tante Margits Pullover ausbreitete.

Aber Tante Margit zuckte nur die Schultern. »Ach was. Du hast nur bewiesen, dass der Metzger nicht auf jeden neumodischen Quatsch hereinfallen sollte. Leberwurst in Plastik. So ein Blödsinn.«

Das brachte Onkel Erwin wieder zu einem erheiterten Brummeln.

Tante Margit kratzte mit dem Zeigefinger an einem Leberwurstklumpen, der auf ihrem Busen thronte, sodass er herunterplumpste und der lauernden Stubsi auf der Eckbank praktisch ins wartende Katzenmäulchen fiel.

Willa schmunzelte darüber. Gertrud wäre in dieser Situation undenkbar. Die hätte eine Beruhigungsspritze gebraucht. Stubsi hätte sie einfach getreten und Maxi verbal zerstückelt.

»Außerdem ist jetzt gerade Larissa mit ihrer besten Freundin eingetreten. Du bist also nicht mehr die einzige Frau«, sagte Tante Margit ganz so, als ob für sie die Welt in bester Ordnung wäre.

Willa fand, dass sie hier viel besser aufgehoben war. Mit diesen drei Menschen, die alle einen festen Platz in ihrem Herzen hatten. Der neueste Platz gehörte der Frau, die gerade eine komplette Eckbank in ein Leberwurstschlachtfeld verwandelt hatte.

Ihrer Traumfrau. Willa strahlte vor Glück trotz oder gerade wegen des Leberwurstdebakels. Weil es so offenbarend war.

Tante Margit holte ein paar Lappen, und zu viert wischten sie die Reste, die Stubsi noch nicht weggeleckt hatte, von Gardinen, Plastikmops und Eckbank.

Nachdem Tante Margit einen frischen Pulli angezogen hatte, ging das Mittagessen einfach weiter. Willa hatte zwar noch lauter Fragen zu ihrer Mutter und ihrer damaligen Freundin, wollte aber die schöne Stimmung nicht ruinieren. Warum ihre Mutter so war, wie sie war, blieb schließlich zweitrangig. Dass Willa jetzt darum wusste, dass es eine Vorgeschichte gab, würde ihr allerdings in Zukunft bei etwaigen konfrontativen Begegnungen nützlich sein. Obwohl sie vermutete, dass die nächste mindestens ein paar Monate entfernt lag. Zu groß war der Effekt, den Tante Margit heute erzielt hatte.

Und Willa würde sie auch nicht vermissen. Ganz im Gegenteil. Sie war ja ins Dorf zurückgekehrt, *obwohl* ihre Familie hier wohnte. Und sie bereute es kein Stück.

Immer wieder schaute sie zu Maxi hinüber und erhielt ein schönes Lächeln als Belohnung. Diese Frau war alles wert, was ihr ihre Mutter an Steinen in den Weg werfen konnte.

Als sie sich nach dem gemütlichen Mittagessen gerade verabschieden wollten, klingelte das Schnecksche-Telefon, das noch ganz althergebracht neben der Eckbank auf einem Schränkchen stand.

Tante Margit wechselte mit dem Anrufer nur ein paar Worte, dann legte sie wieder auf und wandte sich Willa zu. »Das war Larissa. Sie hat deine Nachmittagssprechstunde um zwei Stunden nach hinten verschoben, die meisten Hausbesuche auf morgen und nur die wirklich dringenden auf den Abend.«

Willa hatte also gerade zwei Stunden hinzugewonnen. Und sie wusste auch, wie sie die verbringen wollte.

Tante Margit und Onkel Erwin verabschiedeten sie ohne den kleinsten Versuch, sie noch weiter bei sich zu behalten. Tante Margit schenkte ihr ein kleines wissendes Lächeln zum Abschied, und Onkel Erwin zwinkerte unauffällig – wie er wohl dachte – mit dem rechten Auge.

Willa nahm Maxi an der Hand und zog sie hinüber zum Hexenhäuschen.

»Denkst du gerade, was ich auch denke?«, fragte Maxi lachend und ließ sich nur zu willig hinter Willa herziehen.

»Du willst in der Arte-Mediathek den Film über die Wikingerkriegerinnen sehen?«, fragte Willa gespielt naiv. Dass sie beide süchtig nach Arte-Dokus waren, hatten sie bereits festgestellt. Gemeinsame Interessen mit ihrer Traumfrau. Was für ein Traum.

»Das auch.« Maxi lachte wieder. »Hinterher«, fügte sie entschieden hinzu.

»Irgendwann hinterher«, sagte Willa und schubste Maxi durch die offene Schlafzimmertür.

»Sehr viel später«, ergänzte Maxi und ließ sich aufs Bett fallen.

Das würde die beste Mittagspause werden, die sich eine frisch verliebte Hausärztin nur vorstellen konnte. Wildes Liebemachen mit ihrer Lieblingsschriftstellerin in einem romantischen Weinberghäuschen am Rande eines pittoresken Fachwerkdorfes. Richtig kitschig. Und amöbig. Das natürlich auch.

»Ich liebe dich übrigens auch«, sagte Willa und sank auf Maxi nieder. »Vom ersten Moment an.« Und das war die volle Wahrheit.

Epilog

Sie hätte nicht mit dieser Frau schlafen sollen. Carolina schlich in der fremden Wohnung umher und suchte ihre Kleider zusammen, die aus Gründen, die sie nicht mehr wissen wollte, überall verstreut lagen. Warum hatte sie das getan? Heterofrauen hatte sie doch vermeiden wollen, und jetzt war sie mit einer ins Bett gegangen, die noch nie etwas mit einer Frau hatte. Einer mit aufgeklebten, langen, buntlackierten Fingernägeln mit Swarovski-Steinchen drin. Abartig. Gestern Abend hatte sie das abgefahren gefunden und divers und andere unmögliche Dinge, die im Licht des grauen Morgens nur noch betrunkener Blödsinn waren.

Nach ihren Auftritten war sie ja immer ein bisschen aufgedreht und scharf auf Sex, aber normalerweise ließ sie etwas mehr Vernunft walten bei der Auswahl der Menschen, die sie dann abschleppte. Ja, sie hatte dann ab und zu spontan schon mit einem Mann geschlafen. Ja, das war auch nicht gerade das, was sie normalerweise tun würde. Aber da hatte sie immer guten Geschmack bewiesen. Die Swarovskifrau war eher ein Reinfall gewesen. Auf ganzer Linie.

Carolina schwor sich in diesem Moment, als sie in ihre knallenge Jeans von gestern Abend schlüpfte, dass sie durch war mit den One-Night-Stands. Sie würde sich das in Zukunft verkneifen. Das war all die miesen Gefühle am Morgen danach nicht wert. An welche dieser Eskapaden dachte sie denn wirklich noch gern zurück? An welche erinnerte sie sich überhaupt noch?

Die einzige erinnerungswerte wilde Nacht, an die sie stets gern zurückdachte, hatte sie mit Maxi verbracht. Das war aber kein klassischer One-Night-Stand gewesen, weil sie am nächsten Morgen und auch danach noch lange geblieben war.

Carolina schloss ihren roten BH, der heute im frühen Morgenlicht merkwürdig frivol wirkte, und zuckte bei einem Geräusch aus dem Schlafzimmer zusammen. Jetzt bloß keine unangenehme Begegnung.

Sie lauschte, aber es blieb ruhig. Schnell streifte sie sich ihren Pulli über und machte sich auf die Suche nach ihren Schuhen.

Die Gedanken an Maxi, die ja glücklicherweise inzwischen ihre beste Freundin war, brachten andere Überlegungen mit sich, die unmittelbar an ihren One-Night-Stand von gestern Nacht und die miese Stimmung heute früh anknüpften.

Sie wollte das haben, was Maxi und Willa hatten. Die Beziehung zwischen den beiden war erst ein paar Monate alt, aber Carolina konnte jetzt schon sehen, dass das die wahre, die große Liebe war. Das war so offensichtlich, dass man es nicht übersehen konnte. Die beiden strahlten vor Glück. Und wenn sie zusammen waren, strahlten sie noch mehr.

Warum konnte sie nicht auch so eine Frau finden, die so zu ihr passte, dass sie sich ergänzten, sich glücklich machten? Sie suchte eine Frau, die auf Dauer bei ihr bleiben würde. Die sich nicht, wie Maxi es einmal gesagt hatte, plattwalzen ließe, als ob Carolina ein Panzer wäre. Die Paroli bieten konnte, die ihr ebenbürtig war.

War sie so ein hoffnungsloser Fall, dass es solch eine Frau gar nicht gab auf der großen, weiten Welt? Und wenn es nicht zu viel verlangt war, sollte es am besten eine echte Femme sein. Carolina stand auf Femmes. Keine Swarovskinägel, aber ansonsten gern ein richtiges Vollweib mit Brüsten und Kurven. Ja, so wie sie auch eines war. Darauf stand sie. Maxi war da eher ein Ausrutscher gewesen. Die war eigentlich viel zu sportiv für sie, viel zu wenig klassisch feminin.

Carolina fand schließlich ihre Schuhe neben der samtbezogenen roten Couch, die wohl jedem Puff zur Ehre gereicht hätte und auf der ihr gestriges Stelldichein seinen Anfang genommen hatte. Sie schlüpfte hinein, fand ihre Tasche und ihre Jacke auf einem Haufen neben der Tür und zückte sofort ihr Handy. Ohne konnte sie nur sein, während sie schlief. Und natürlich beim Sex. Aber ansonsten war sie wie Anne Lister alias Gentleman Jack. Sie hielt alles aus ihrem Leben fest. Allerdings nicht mit Bleistift. Sie bloggte und postete. Einundzwanzigstes Jahrhundert und so.

Als sie gerade die fremde Wohnung verließ und sich überlegte, was sie als Nächstes für ihre Follower posten würde – die unselige Nacht mit der Swarovskifrau kam dafür nicht in Frage –, klingelte das Smartphone in ihrer Hand los. Eine ihr unbekannte Nummer, aber mit hiesiger Vorwahl und keiner von den Bahamas.

Also vermutlich kein Callcenter, das ihr irgendeinen Humbug andrehen wollte.

Carolina lief ein Stück die Treppe hinunter und ging ran. »Torpedotante«, sagte sie. So meldete sie sich auch für die Kundinnen ihres Schneiderateliers. Sie machte da keine Ausnahmen. Wer nicht von einer Schneiderin mit diesem Namen bedient werden wollte, war garantiert bei ihr nicht richtig.

»Hallo, Kaloria. Die Frau Doktor am Apparat.«

Maxis Freundin Willa hatte einen feinen, unterschwelligen Humor, den sie immer mehr zum Spielen rauskommen ließ, je länger sie sich kannten. Anfangs hatte Willa vor ihr Angst gehabt. Zumindest ein bisschen. Eine Tatsache, die Carolina durchaus gefiel.

»Was kann ich für dich tun, Schätzchen?«

Sie wusste, sie sollte mit Maxis Herzensdame nicht so unverschämt flirten, und in den Hörer hauchen gehörte definitiv in diese Kategorie. Aber sie tat es unheimlich gern, weil es Willa noch jedes Mal kolossal aus der Bahn geworfen hatte. Wenn Maxi dabei war, errötete sie sogar ganz entzückend wie eine Jungfer des neunzehnten Jahrhunderts und legte ihren Kopf auf diese typische Art, die sie hatte, schief.

Ein kleines Hüsteln am anderen Ende zeigte ihr, dass sie auch dieses Mal den gewünschten Effekt erzielt hatte.

Carolina ging langsam weiter das Treppenhaus hinunter. Nun nicht mehr ganz so in Eile, von hier wegzukommen. Die Swarovskifrau käme jetzt garantiert nicht mehr hinter ihr her.

»Äh ja …«, sagte Willa. Dann räusperte sie sich. »Adelheid von Gemseck hat mich angerufen, weil sie Maxi nicht erreichen konnte und sie eine dringende Anfrage hat. Sie lässt dich fragen, ob du bei ihr im *Schlösschen* auftreten würdest. Kennst du *Das Schlösschen* in Bad Worich?«

Carolina pfiff kurz beeindruckt ins Telefon. Sie kannte zwar weder diese Adlige, noch ihr Schloss, aber das klang doch mal nicht schlecht. Das klang sogar sehr gut. Deshalb vermied sie eine direkte Antwort, weil sie nicht wollte, dass das womöglich ein Ausschlusskriterium war. Warum auch immer. »Ich bin dabei. Wann soll das sein?«, fragte sie enthusiastisch. Der Tag erhellte sich gerade ziemlich. Fast ließ sie das die Swarovskifrau vergessen.

»Das weiß ich nicht«, antwortete Willa. »In ein paar Wochen. Sie hat irgendwas von einem feministischen Kongress gesagt. Zum Thema *Genderperformance* oder so.«

Carolina war inzwischen an der großen doppelflügeligen Haustür angekommen, hielt aber inne und ging noch nicht hinaus auf die Straße. Das Telefonat erforderte gerade ihre ganze Aufmerksamkeit. »Ich soll vor einem Saal voller Feministinnen auftreten? Mit meinem Programm? Ist sie sich da sicher?«, fragte sie glucksend. Die Vorstellung erheiterte sie.

»Du bist doch selbst Feministin. Oder hab ich da was falsch verstanden?«, fragte Willa gewitzt zurück.

Verdammte Ärztin, hellhörige und clevere. Carolina lachte ins Smartphone. »Nicht alle Feministinnen haben so viel Humor wie ich. Manche haben sogar gar keinen«, antwortete sie dann.

»Das gilt für Ärzte und Ärztinnen auch«, kam prompt die gescheite Retoure. »Also soll ich absagen?«

Es war klar, dass das eine rein rhetorische Frage war. Die Ärztin wurde so langsam richtig frech, und das gefiel Carolina immer besser. »Ach was«, rief sie laut, sodass ein Mann mit einem Zwillingskinderwagen und Kleinkind an der Hand, der gerade zur Haustür hereinkam, ganz erschrocken guckte. »Das wird lustig. Ich liebe Herausforderungen. Schick mir die Nummer von dieser Adelheid.« Sie quetschte sich an dem Kinderwagen vorbei und stand auf der morgendlichen Straße. Wo war sie hier eigentlich?

»Von Gemseck heißt sie, und sie ist ein ganz kleines bisschen steif«, holte Willa sie zurück zum Thema. »Du solltest sie vielleicht nicht gleich Adelheid nennen.«

Carolina lief in die Richtung los, in der sie das Schild einer stadtbekannten Bäckereikette erkennen konnte, denn es verlangte sie nach einer Tasse Kaffee zum richtig Wachwerden.

»Ich komm schon klar«, antwortete sie. »Danke für deinen Anruf. Wir sehen uns am Sonntag.«

»Tschüss, Kaloria«, sagte die freche Ärztin, die sich ihre beste Freundin gekrallt hatte, und legte auf.

Carolina schlenderte fröhlich weiter zur Bäckerei. Ihr Handy piepste mit dem Kontakt von Adelheid, die sie Adelheid nennen würde und nicht mit ihrem spießigen Adelsnamen, und die das lieben würde, weil sie ja schließlich die Torpedotante war, die sowas durfte.

Sie würde sich also vor einem unsortierten Haufen Feministinnen ausziehen. Wie geil war das denn? Und vielleicht wäre da ja die eine Femme dabei, die ihr erliegen würde, nachdem sie Torpedotantes Auftritt mit Worten zerrissen hätte, aber in Wahrheit in ihrem kleinen Höschen unter ihrem engen Rock äußerst unruhig geworden wäre. Alles, weil sie, Carolina, die Torpedotante, sie hinweggefegt hätte.

Eine wollüstige Fantasie, die mit Sicherheit nicht stattfinden würde. Aber eine Frau durfte ja wohl noch träumen.

ENDE

Weitere Titel

bei édition el!es

Hanna Berghoff: Hochzeit machen ist nicht schwer …

Roman

Ganz überraschend springt Marina in einem Hochzeitskleid in Ronjas Cabrio und bittet Ronja, sie so schnell wie möglich vor ihrem Verlobten zu retten. Obwohl Ronja nicht die geringste Lust hat, die junge Frau bei sich aufzunehmen, kann sie Marinas Charme nicht widerstehen und nimmt sie auf den Gutshof ihrer Familie mit. Dort halten sie alle für verheiratet, und weil Ronjas Großmutter schwer herzkrank ist, kann Ronja den Irrtum nicht aufklären, ohne ihr Leben zu gefährden. So müssen Ronja und Marina ein Ehepaar spielen, das sie nicht sind. Daraus entsteht die eine oder andere turbulente Situation, doch gerade, als Ronja dabei ist, sich an den Gedanken zu gewöhnen, mit Marina verheiratet zu sein, stellt sich heraus, dass alles noch viel weniger so ist, als sie angenommen hatte. Was hat Marina eigentlich im Sinn?

Jenny Green: Die Heimat in uns

Roman

Greta lebt in Kanada und kehrt nur nach Bayern zurück, weil ihre Großmutter gestorben ist. Als sie in ihrem Nachlass einen Holzkoffer findet, erfährt sie von einem großen Geheimnis: der Liebe ihrer Großmutter Hannelore zu Ilse, die sie im Krieg auf der Flucht aus Breslau kennengelernt hatte. Erst durch die Geschichte von Hannelore und Ilse, die sie in Briefen und Tagebüchern aus dem Koffer nach- und fast noch einmal miterleben kann, wird Greta sich ihrer Liebe zu Klara bewusst, deren Zuneigung sie bisher immer zurückgewiesen hat. Deshalb hat Klara sich nun einer anderen Frau zugewandt. Doch nach all dem, was die Geschichte ihrer Großmutter sie gelehrt hat, beschließt Greta, alles zu versuchen, um Klaras Herz zurückzugewinnen …

Ruth Gogoll: Wechselgeld für einen Kuss

Roman

Lian Lorenz, geheimnisvoll und unverschämt, tritt in Nicolas Leben wie ein plötzlicher Blitzschlag. Sie erinnert Nicola so sehr an ihre letzte Freundin, mit der sie keine guten Erfahrungen gemacht hat, dass sie zuerst nichts mit Lian zu tun haben will. Doch Lian kann nicht nur an Fassaden hochklettern, um Nicolas Schlüssel aus deren Wohnung zu holen, sie schleicht sich auch langsam in Nicolas Herz, obwohl Nicola sich mit aller Macht dagegen zu wehren versucht. Auch, weil ein Geheimnis um Lian zu schweben scheint, das Nicola nicht lösen kann. Wer ist Lian eigentlich? Und wird es eine Zukunft für sie geben, wenn Nicola das herausfindet?

Katja Freeh: Solange du bei mir bist

Roman

Charlotte Flemming, genannt Charlie, hat ihr Erbe in kurzer Zeit durchgebracht. Da erfährt sie durch Zufall von der todkranken Bettina Hersbach, die auch eine Erbin ist, aber eine bescheidene, die ihr Geld nicht zum Fenster hinauswirft. Sofort fasst Charlie den Entschluss, Bettina zu heiraten, um von ihrem Vermögen zu profitieren.
Charmant, wie Charlie ist, kann sie Bettina schnell von der Ehe überzeugen. Auf der Hochzeitsreise in Venedig schwebt Bettina, die Charlie aufrichtig liebt, im siebten Himmel und fühlt sich wie in einem Traum. Aber da erleidet sie einen Schwächeanfall, und Charlie erinnert sich an ihr abgebrochenes Medizinstudium, weil erwachende Gefühle für Bettina, mit denen sie nicht gerechnet hatte, ihren Kampfgeist wecken: Sie will Bettina nicht sterben lassen. Doch kann sie einen Weg finden, sie zu retten?

Kay Rivers: Heiße Küsse in Berkeley

Fortsetzung des Romans »Küsse voller Zärtlichkeit«

Die Beziehung zwischen Cindy und Michelle nimmt einen holprigen Verlauf, denn Cindy geht an die Universität in Berkeley, Kalifornien, während Michelle weiterhin Disney World in Florida leitet. Das Angebot, Disneyland in Anaheim zu übernehmen, ist für Michelle im Gegensatz zu Cindy kein Anlass zur Freude, denn mit Kalifornien verbindet sie traumatische Kindheitserinnerungen. Um jedoch Cindy nah zu sein, nimmt sie das Angebot an. Alles scheint in Ordnung zu kommen, da bricht auf dem Disneyland-Gelände ein Feuer aus, bei dem ein Kind stirbt. Michelles Leben gerät völlig aus den Fugen, denn nun muss sie nicht nur um ihren Job und das Ansehen von Disney, sondern auch gegen Dämonen aus der Vergangenheit kämpfen. Wird Cindy sie mit ihrer Liebe aus diesem erdrückenden Spinnennetz befreien können?

Lo Jakob: Gelogene Wahrheiten

Eine Fortsetzung des Romans »Ehrliche Haut«

Nicola Morell wurde von der Co-Mutter ihres Sohnes einfach sitzengelassen, und was kann eine mittellose Malerin dann schon machen, um über die Runden zu kommen? Sie wird zur besten Kunstfälscherin des Jahrhunderts. Das geht auch eine Zeit lang gut – bis Rike Tomme mit der Detektei Sander+Frenzel ins Spiel kommt. Die neue Mitarbeiterin von Luisa und Flix weiß gar nicht, worauf sie sich mit ihrer neuen Stelle eingelassen hat. Nach und nach gehen der Computerexpertin die Augen auf – vor allem, als sie der reizvollen Malerin Nicola Morell begegnet, die irgendwie in Dinge verstrickt zu sein scheint, die sie in Gefahr bringen können …

Sima G. Sturm: Mehr Schein als Sein

Kriminalroman

Eine Leiche im Kurpark Warnemünde führt Kriminalhauptkommissarin Hanna Platner ins Rostocker Milieu, denn obwohl die Tote Niki Bernhagen aus einer reichen Familie stammte, lebte sie mit ihrer Freundin Sandy in einer Hütte am Ostseestrand und schlug sich mit Taschendiebstählen durch. Schnell stellt sich heraus, dass Sandy früher als Tänzerin in Raimund Hassbachs Stripteasebar beschäftigt war. Vorfälle in der Vergangenheit machen Hassbach verdächtig, doch nicht nur er steht auf Hannas Liste, denn in seinem Dunstkreis tauchen immer mehr zwielichtige Gestalten auf, die allesamt Motive gehabt haben könnten, Niki umzubringen. Und schließlich ist da noch Nikis scheinbar so anständige Familie, in der Hanna immer dunklere Geheimnisse aufdeckt, je tiefer sie gräbt – sie muss also ihr ganzes Können als Kriminalpolizistin aufbringen, um diesen verworrenen Fall lösen zu können, während eine attraktive Privatdetektivin ihr gehörig den Kopf verdreht …

Sina Kani: Lockende Versuchung

Roman

Torie Simmons betreibt in der kleinen Stadt Pleshette, Nevada, einen Frisiersalon, der immer schlechter läuft. Die Schulden bei der Bank

häufen sich, und Torie droht ihren Salon zu verlieren. Da taucht plötzlich die attraktive Delia Cavanaugh auf, eine Anwältin aus Las Vegas, die einen Auftrag in Pleshette zu erledigen hat. Obwohl Torie sich von Delia angezogen fühlt, will sie sich zuerst nicht auf sie einlassen, aber Delias Charme kann sie nicht lange widerstehen.
In der nächsten Zeit scheint es für Torie gut zu laufen, der Salon brummt auf einmal, sie kann ihre Schulden abbezahlen. Doch als sie herausfindet, dass Delia und ihre steinreiche Familie hinter dem plötzlichen Boom stecken, wendet sie sich wutentbrannt ab, denn ihr Stolz verbietet es, solche Almosen anzunehmen. Sie reißt alle Brücken hinter sich ein und verschwindet, aber Delia gibt nicht auf, sie zu suchen …

Ruth Gogoll: Von der Lust geblendet

Roman

Eigentlich ist Ker ganz zufrieden mit ihrem Leben als Polizistin und ›Single mit Benefits‹. Doch als sie die Ermittlungen in einem neuen Fall aufnimmt, gerät sie in die Fänge der betörend schönen Adriane. Als Verdächtige sollte Adriane zwar tabu sein, doch Ker verfällt ihr mit Haut und Haar. Da führen die Ermittlungen sie zu Privatdetektivin Sam Marlowe, die sich in Ker verliebt. Aber Ker, geblendet von der Lust mit Adriane, nimmt Sams Liebe gar nicht wahr. Sam, die nicht mit ansehen kann, wie Adriane Ker immer weiter in einen gefährlichen Strudel aus Lüge und falscher Leidenschaft hineinzieht, versucht trotz aller Abweisung, um Kers Liebe zu kämpfen. Nur … will Ker überhaupt mehr als Sex von ihr?

Manuela Schopfer: Süße Begleitung

Roman

Weil Jasmin zur Hochzeit ihrer Schwester nicht schon wieder als Verliererin, die nichts auf die Reihe kriegt, aufkreuzen will, engagiert Jasmins beste Freundin ihr eine Escortdame, die sich als Jasmins Lebensgefährtin ausgeben soll. Doch kaum reist Jasmin mit Pia in den hohen Norden, schlägt der Tollpatsch erbarmungslos zu. Was soll Pia nur von ihr, Jasmin, denken? Dass die auf der Fähre ihre Ex trifft und Jasmin tatsächlich als Freundin ausgibt, stiftet nur noch mehr Verwirrung. Und dass die Ex dann auch noch auf der Hochzeit auftaucht und misstrauisch wird, kann Jasmin überhaupt nicht brauchen, denn sie hat sich Hals über Kopf in ihre süße Begleitung Pia verliebt …

Eike Tonsen: Bäuerin sucht Frau

Roman

Auf dem Wiestruper Dorffest kommt jemand auf die Idee, für die Bäuerin Rieke Olthus einen Mann zu suchen im Stil von »Bauer sucht Frau«, so richtig mit Casting und allem Drum und Dran. Rieke ist entsetzt und will die Sache abblasen, schließlich ist sie immer noch lesbisch. Doch dank Social Media wird die Sache zum Selbstläufer, und es wird sogar die Fernsehjournalistin Svenja Rasmussen hingeschickt, um eine Reportage zu machen. Ganz Städterin mit Stöckelschuhen und Abneigung gegen alles Ländliche prallen Rieke und sie sofort unsanft aufeinander. Riekes einsames Bäuerinnendasein ist endgültig dahin, als eine PR-Managerin auftaucht und Rieke groß rausbringen will, denn damit ist das Chaos perfekt – während die männlichen Kandidaten bereits ahnungslos Schlange stehen, kann sich Rieke plötzlich auch vor weiblichen Verehrerinnen kaum retten …

Katja Freeh: Lügen haben schlanke Beine

Roman

Iris Keilwerth wird als Kreativdirektorin einer Werbeagentur von Esther Berles, Erbin eines Kaufhauskonzerns, fast in den Wahnsinn getrieben – kein Entwurf für die Werbekampagne will der mürrischen Auftraggeberin gefallen. Es dauert eine Weile, bis Iris endlich merkt, was Esther wirklich von ihr will: Eine ganz spezielle Form von Sex. Obwohl Iris bislang nicht sehr viel von Liebe hielt, verliebt sie sich gegen ihren Willen in Esther, als sie sich auf das Abenteuer mit ihr einlässt. Sehr bald wird klar, dass Esther meint, von allen nur belogen und betrogen zu werden, auch von Iris, und sich deshalb auf nicht mehr als Sex einlassen will. Dass Iris zuerst noch damit kokettierte, es als Werbefachfrau mit der Wahrheit nicht so genau zu nehmen, sowie ein unerwartetes Ereignis machen es ihr nicht leicht, Esther zu überzeugen, dass ihre Gefühle wahr und echt sind …

www.elles.de